Joël Dicker

Ein ungezähmtes Tier

Joël Dicker

Ein ungezähmtes Tier

Roman

Übersetzung aus dem Französischen
von Michaela Meßner und Amelie Thoma

PIPER

Von Joël Dicker liegen im Piper Verlag vor:
Die Wahrheit über den Fall Harry Quebert
Die Geschichte der Baltimores
Das Verschwinden der Stephanie Mailer
Das Geheimnis von Zimmer 622
Die letzten Tage unserer Väter
Die Affäre Alaska Sanders

ISBN 978-3-492-07344-8

Titel der französischen Originalausgabe:
»Un animal sauvage«, Éditions Rosie & Wolfe SA, Genf 2024

Für einen direkten Kontakt und Fragen zum Produkt wenden Sie sich bitte an: *info@piper.de*
Gesetzt aus der Minion Pro
Satz: Satz für Satz, Wangen im Allgäu
Druck und Bindung: GGP Media GmbH, Pößneck
Printed in Germany

DAS EREIGNIS

Am 2. Juli 2022 sorgte ein spektakulärer Raubüberfall in Genf für große Aufregung.

Von diesem Ereignis handelt der vorliegende Roman.

PROLOG

Der Tag des Raubüberfalls

Samstag, 2. Juli 2022

9:30 Uhr.

Die beiden Täter drangen von zwei Seiten gleichzeitig in den Juwelierladen ein.

Der erste kam wie ein normaler Kunde durch die Eingangstür. Seine elegante Erscheinung hatte den Sicherheitsmann getäuscht, Schirmmütze und Sonnenbrille waren im Juli nichts Ungewöhnliches.

Der andere trug eine Sturmhaube und zwang mit abgesägtem Gewehr eine Angestellte, ihm die Hintertür zu öffnen.

Nichts war dem Zufall überlassen worden: Sie kannten sich offenbar bestens aus, hatten Zugang zum Gebäude- und Personalplan gehabt.

Sobald sie drin waren, fesselte die Sturmhaube die Angestellte im Hinterzimmer des Ladens und eilte zu ihrem Komplizen. Der zückte den Revolver, den er am Gürtel trug, und brüllte: »Keine Bewegung! Das ist ein Überfall!« Dann zog er einen Timer aus der Tasche und drückte auf Start.

Sie hatten exakt sieben Minuten.

ERSTER TEIL

Die Tage vor ihrem Geburtstag

KAPITEL 1

20 Tage vor dem Raubüberfall

→ **Sonntag, 12. Juni 2022**
Montag, 13. Juni
Dienstag, 14. Juni
Mittwoch, 15. Juni
Donnerstag, 16. Juni
Freitag, 17. Juni
Samstag, 18. Juni (Wochenende in St. Tropez)
Sonntag, 19. Juni (Wochenende in St. Tropez)
Montag, 20. Juni (Sophies Geburtstag)

Das Haus, ein großer, moderner, komplett verglaster Kubus mit großer Terrasse und Schwimmbad im gepflegten Garten, war umgeben von Wald. Das Anwesen war eine Oase, ein kleines, verborgenes, vor Blicken geschütztes Paradies, zu dem man nur über einen Privatweg gelangte. In diesem Traumhaus wohnte ein Traumpaar: Arpad und Sophie Braun mit ihren beiden zauberhaften Kindern.

Auch an diesem Morgen schlug Sophie um sechs Uhr die Augen auf. Schon seit einiger Zeit wurde sie immer zur gleichen Uhrzeit wach. Neben ihr lag Arpad und schlief tief und fest. Es war Sonntag, sie wäre gern noch einmal eingedöst. Sie drehte sich um, doch es half nichts. Schließlich stand sie leise auf, zog ihren Morgenmantel an und ging hinunter in die Küche, um sich einen Kaffee zu machen.

In einer Woche wurde sie vierzig, und sie war schöner denn je.

Vom Waldrand aus hatte man einen perfekten Einblick in den Glaskubus. Ein Mann, der wusste, dass er in seinen dunklen Sportklamotten kaum gesehen werden konnte, kauerte hinter einem Baumstamm und starrte auf Sophie in ihrer Küche.

Den Kaffee in der Hand, betrachtete Sophie den Waldrand, an den ihr Garten grenzte. Es war ihr Morgenritual. Sie ließ den Blick über ihr kleines Reich schweifen, ohne zu ahnen, dass sie beobachtet wurde.

Wenige Kilometer entfernt, im Zentrum von Genf, fuhr ein grauer Peugeot mit französischem Kennzeichen eine leere Avenue entlang. Der ausländische Wagen zu dieser frühen Stunde zog die Aufmerksamkeit einer gelangweilten Polizeistreife auf sich, die ihn herauswinkte. Das Blaulicht huschte über die Fassaden der umliegenden Gebäude, während die Polizisten den Peugeot und seinen Fahrer überprüften. Es war alles in Ordnung. Einer der Beamten fragte den Mann, was ihn nach Genf führe.

»Ein Besuch bei der Familie«, antwortete dieser. Offenbar zufrieden, ließen die Polizisten ihn weiterfahren. Der Fahrer beglückwünschte sich zum Kauf dieses Gebrauchtwagens, den er sehr billig und noch dazu vollkommen legal erstanden hatte. Perfekt, um nicht aufzufallen.

Sophie blickte immer noch aus dem Fenster in ihren Garten. Manchmal schnürte ein Fuchs über den Rasen, und einmal hatte sie sogar ein Reh gesehen. Sie liebte dieses Haus, das sie vor einem Jahr mit ihrem Mann gekauft hatte. Sie hatten im Herzen von Genf gelebt, im Champel-Viertel. Der Gedanke, ein Haus mit einem Garten für die Kinder zu kaufen, hatte sie schon seit einer Weile beschäftigt. Die steigenden Immobilienpreise hatten sie schließlich dazu bewogen, ihre Wohnung mit hübschem Gewinn zu veräußern und sich nach einem Haus umzutun. Als sie sich diese Architektenvilla im schicken Cologny ansahen, hatten sie keine Sekunde gezögert. Sie würden jeden Morgen in dieser zauberhaften Umgebung aufwachen, keine vier Kilometer vom Genfer Stadtzentrum entfernt, in dem sie beide arbeiteten. Nur wenige Bushaltestellen, zwölf Autominuten, fünfzehn Minuten mit dem E-Bike für die Hipster, mehr brauchte es nicht, um von der einen Welt in die andere zu gelangen.

Der im Gebüsch versteckte Mann beobachtete Sophie jetzt mit einem kleinen Militärfeldstecher. Sein Blick wanderte aufmerksam über den schlanken Körper und verharrte an einer Stelle auf dem Oberschenkel, wo der kurze Morgenmantel das Tattoo eines Panthers enthüllte.

Wenige Dutzend Meter hinter ihm lag sein an einen Baum angeleinter Hund auf einem Laubteppich und wartete geduldig. Das Tier kannte dieses Spielchen, das sich jetzt schon mehrere Wochen wiederholte:

Der Mann kam jeden Tag hierher. Im Morgengrauen ließ er sich an derselben Stelle nieder und beobachtete Sophie durch die großen Panoramafenster. Die Brauns schliefen mit offenen Jalousien, und er konnte alles sehen: wie sie aufstand, wie sie hinunter in die Küche ging, um sich einen Kaffee zu machen und ihn am Fenster zu trinken. Sie war so betörend. Sie beherrschte sein ganzes Denken. Er war von ihr besessen.

Als sie ihren Kaffee getrunken hatte, ging Sophie hinauf in den ersten Stock und betrat das eheliche Schlafzimmer. Sie zog den Morgenmantel aus und schlüpfte nackt ins Bett, wo ihr Mann immer noch schlief.

Vom Wald aus wurde sie voller Begehren betrachtet. Doch dann holte die Realität ihren heimlichen Beobachter ein. Er musste gehen, er musste zurück sein, ehe Karine und die Kinder wach wurden.

Er band seinen Hund los und ging, wie er gekommen war: joggend. Vom Waldweg bog er in die Hauptstraße ab und erreichte rasch die kleine Reihenhaussiedlung im Dorf. Eine Gruppe identischer Häuser, eine preiswerte Wohnmöglichkeit für die Mittelklasse, das hatte in dieser schicken, an Luxusvillen gewöhnten Gemeinde für Unmut gesorgt.

Als er durch die Haustür trat, hörte er, wie seine Frau rief: »Greg? Bist du das?«

Er fand Karine im Wohnzimmer, wo sie ein Buch las und ihren Tee trank. Die Kinder schliefen noch. »Schon auf, mein Schatz?«, fragte er mit gespielter Gelassenheit.

»Ich habe gehört, wie du aufgestanden bist, und konnte nicht wieder einschlafen.«

»Tut mir leid. Ich wollte dich nicht wecken. Ich bin mit dem Hund laufen gewesen.«

Greg, der nichts als Sophie im Kopf hatte, setzte sich zu seiner Frau aufs Sofa und schmiegte sich an sie. Aber Karine war offensichtlich nicht in Stimmung.

»Nicht doch, Greg, die Kinder werden gleich wach. Wenn ich schon einmal in aller Ruhe schmökern kann.«

Enttäuscht ging Greg zum Duschen in den ersten Stock. Er blieb lange unter dem lauwarmen Wasserstrahl. Sollte man seine morgendlichen Eskapaden entdecken, würden sie ihn teuer zu stehen kommen. Er könnte seinen Job verlieren. Karine würde ihn verlassen. Er schämte sich ja selbst dafür, eine Frau in ihrem Haus auszuspähen. Aber er kam nicht dagegen an. Das war das Problem.

Seine Faszination für Sophie hatte einen Monat zuvor bei einem Fest der Brauns begonnen. Seit jenem Abend war er nicht mehr derselbe.

Einen Monat zuvor
Samstag, 14. Mai 2022

Greg und Karine hätten auch zu Fuß kommen können. Das schlechte Wetter hatte sie dann doch bewogen, das Auto zu nehmen. Die Fahrt dauerte keine drei Minuten. Sie nahmen die Route de la Capite, dann bogen sie gemäß den Anweisungen des GPS auf den kleinen Privatweg ab, der durch den Wald zum Haus der Brauns führte.

»Schon komisch«, stellte Greg fest, »ich laufe hier oft mit dem Hund, trotzdem wusste ich nicht, dass am Ende des Weges ein Haus steht.«

Sie waren zum ersten Mal bei Sophie und Arpad, Anlass war die Feier zu Arpads vierzigstem Geburtstag. Nach den vielen Autos zu schließen, die am Wegrand parkten, waren schon etliche Leute da. Greg nahm einen der letzten freien Plätze auf dem grasbewachsenen Seitenstreifen, und sie gingen zu dem großen, offen stehenden Tor, dessen metallischer Anstrich ziemlich aus der Vegetation rausknallte.

Arpad und Greg hatten sich im örtlichen Fußballverein kennengelernt, in dem ihre ungefähr gleich alten Söhne spielten. Die beiden Väter gehörten dem Freiwilligenteam an, das sich um den Getränkeausschank am Spielfeldrand kümmerte, mit dem die Clubkasse ein bisschen aufgebessert wurde. Sie waren sich auf Anhieb sympathisch gewesen.

Karine dagegen kannte die Brauns überhaupt nicht. Sie war nervös.

Auf unbekanntem Terrain fühlte sie sich schnell unwohl. Um ihre Unsicherheit zu überspielen, redete sie drauflos:

»Wie nett, dass sie uns eingeladen haben.«

Greg nickte.

»Wie viele Leute kommen denn?«, fragte sie.

»Keine Ahnung.«

»Hat Arpad dir nichts gesagt?«

»Nein.«

»Eher ein Dutzend oder um die dreißig? Worauf muss ich mich einstellen?«

»Ich weiß es nicht. Ich habe diesen Abend nicht geplant.«

»Vielleicht hat Arpad es mal erwähnt.«

»Nein, hat er nicht.«

»Worüber redet ihr denn, wenn ihr zusammen den Getränkeausschank für den Club schmeißt?«

Greg zuckte mit den Schultern: »Über die Kinder, das Leben, irgendwas Banales … Aber bestimmt nicht über Einzelheiten seiner Geburtstagsfeier.«

»Ist auch egal«, beendete Karine dieses sinnlose Gespräch. »Jedenfalls nett, dass sie uns eingeladen haben.«

Schweigend gingen sie weiter. Derzeit schwiegen sie ziemlich viel. Karine war überzeugt, dass ihnen der letztjährige Umzug nach Cologny nicht gutgetan hatte. Sie hatten in einer Mietwohnung im Zentrum von Genf gewohnt, im Eaux-Vives-Viertel. Eine belebte Straße, die Läden waren zu Fuß zu erreichen, der Genfer See lag gleich nebenan. In der Wohnung hatten sie sich wohlgefühlt, für eine vierköpfige Familie war es zwar ein bisschen eng, aber die Miete war unschlagbar niedrig gewesen. Aber dann hatte Greg ein bisschen was geerbt (von seiner Großmutter). Sobald er das Geld hatte, fing er mit seinem spießigen Gerede an, man müsse investieren, am besten in Immobilien, das sei sicherer als Aktien. Außerdem würden die Banken achtzig Prozent der benötigten Summe als Kredit dazugeben, bei Zinsen, die auf einem historischen Tiefstand waren. Also hatte er begonnen, die Immobilienanzeigen durchzukämmen, und dabei war er auf dieses Projekt in Cologny gestoßen: hübsche kleine Doppelhaushälften, die man noch vor Fertigstellung kaufen konnte. Die Bilder brachten einen in der Tat zum Träumen. Ein eigenes Haus mit einem kleinen Garten. Ein Leben wie auf dem Land, nur wenige Minuten von der Stadt entfernt. Greg versicherte, sie könnten nichts falsch machen: Seit Jahrzehnten seien die Immobilienpreise immer nur gestiegen. Also hatten sie den Schritt gewagt. Alles war wie von allein gegangen. Die Bank hatte ihnen den Kredit bewilligt, beim Notar hatten sie den Kaufvertrag unterzeichnet, letztes Jahr waren sie in die feine Gemeinde Cologny gezogen. Doch seit dem Umzug litt Karine unter dem Eindruck, nicht hier hinzugehören. Nun kam ihr das Haus kleiner vor als gedacht: Zwischen der Vorstellung, die sie sich anhand der Pläne von den einzelnen Räumen gemacht hatte, und der Realität gab es einen großen Unterschied. Es fühlte sich ein wenig beengt für sie an, dabei hatte das neue Zuhause deutlich mehr Quadratmeter als das alte. Dann begriff sie, dass ihr Unwohlsein vor allem mit der neuen Umgebung zusammenhing. Denn in diesem prächtigen Genfer Vorort sah man den meisten Anwohnern ihren unverschämten finanziellen und sozialen Erfolg an: es waren Anwälte, Bankiers, Chirurgen, Geschäftsmänner, Unternehmer. Die Autos und Villen sprachen Bände, hier wohnten nur Menschen, die es geschafft hatten. Karine fragte sich ständig, was sie und Greg hier verloren hatten – sie, eine Verkäuferin in einer Boutique, und er, ein Beamter. Das Unwohlsein hatte sich verschärft, als sie mitbekam, dass die Mittelklasse-Wohnanlage, in die sie gezogen waren, zwischen all den Millionärsanwesen als Schandfleck galt. Zu ihrem Entsetzen entdeckte sie, dass die Bewohner von Cologny die kleine Häusertraube »*die Warze*« nannten, und dass es im Gemeinderat eine Sondersitzung gegeben hatte, auf der man beschloss, solche Bauvorhaben zukünftig zu vereiteln.

Morgens brachte Karine die Kinder nun in die wenige Fußminuten entfernt liegende Schule und sprang dann in den Bus der Linie A, der das Umland mit dem Stadtzentrum verband. Die Strecke führte durch Eaux-Vives, ihr altes Viertel. Das gab ihr immer einen Stich ins Herz. Am Rond-Point de Rive stieg sie aus, um zu der Boutique in der Rue du Rhône zu gelangen, in der sie arbeitete. Erst im Strom der Passanten kam sie wieder zur Ruhe.

Greg und Karine gingen durch das Tor und staunten über das Innere des Anwesens. Ein gepflasterter Hof führte zu einer vollverglasten Garage, in der zwei Porsche standen. Gleich dahinter lag das Haus, ganz aus Glas und modern designt.

»Na, die lassen es ja krachen!«, zischte Karine. »Womit verdienen die noch mal ihr Geld?«

»Arpad arbeitet in einer Bank. Sophie ist Anwältin.«

Sie stellten sich vor die Tür und klingelten. Durch die riesigen Scheiben konnten sie sehen, dass das Fest schon in vollem Gange war. Vierzigjährige in schnieken Designerklamotten, einen Champagnerkelch in der Hand, bewegten sich lächelnd zu hipper Musik. Karine betrachtete ihr Spiegelbild im Glas: Sie hatte Stil und war wie immer gut gekleidet. Trotzdem fühlte sie sich für diese Abendgesellschaft *underdressed*. Momentan war alles aus dem Lot. Sie war zweiundvierzig Jahre alt und hatte das Gefühl, dass ihre Jugend vorbei war. Der Spiegel sagte ihr das jeden Morgen.

Dann ging die Tür auf, Greg und Karine durchzuckte es gleichermaßen schmerzlich beim Anblick des außergewöhnlichen Paares, das sie nun willkommen hieß: Sophie und Arpad. Die beiden verkörperten alles, was sie selbst längst nicht mehr waren: verliebt, lächelnd, gut gelaunt standen sie Arm in Arm da. Ein Duo. Verbündete.

Arpad sah fabelhaft aus, schick und lässig zugleich, in einer perfekt geschnittenen italienischen Hose und einem schneeweißen Hemd: Die obersten Knöpfe standen offen und ließen seinen muskulösen Torso erahnen.

Sophie dagegen trug ein göttliches kleines Schwarzes. Es war unverschämt sexy und betonte ihren straffen Busen und die herrlich langen Beine über den Saint-Laurent-Stilettos.

Karine und Greg waren wie vom Blitz getroffen. Aber schon wurden sie mit einer fröhlichen Umarmung und Küsschen empfangen. Man holte sie ins Haus. Arpad schenkte ihnen Champagner ein, dann zog Sophie Karine weiter, um sie ihren Freundinnen vorzustellen. Karine war erleichtert und plötzlich ganz entspannt. Sie leerte ihr Glas in einem Zug. Sophie schenkte sofort nach. Sie stießen miteinander an.

Karine war verzaubert. Noch vor wenigen Minuten, an der Eingangstür, hatte sie Sophie und Arpad voreilig dafür verachtet, dass sie ein solches Haus, solche Autos, ein solches Leben hatten. Sie hatte sich von Äußerlichkeiten täuschen lassen und sich die beiden als arrogante, unnahbare Snobs vorgestellt. Dabei waren sie genau das Gegenteil. Sie strahlten eine große Wärme und Freundlichkeit aus.

An diesem Abend war Karine zum ersten Mal seit dem Umzug nach Cologny richtig glücklich. Sie tanzte, amüsierte sich, fand sich schön. Sie hatte das Gefühl, dazuzugehören. An diesem einen Abend mochte sie sich wieder leiden.

Doch diese Begegnung war in Wahrheit eine Kollision. Ein Frontalzusammenstoß. Ein Unfall, dessen Ausmaß niemand ahnen konnte. Niemand außer Greg: Seit sie das Haus betreten hatten, konnte er den Blick nicht mehr von Sophie wenden. Er war wie magnetisiert. Dabei sah er sie nicht zum ersten Mal, doch jetzt nahm er sie ganz … anders wahr. Am Rand des Fußballplatzes oder in der Dorfbäckerei hatte er das Besondere an ihrer Schönheit nicht bemerkt, dieses Animalische, das sie ausstrahlte.

Während Karine sich amüsierte und einen Champagner nach dem anderen trank, brachte Greg vollkommen nüchtern den Abend damit zu, Sophie zu belauern. Alles, was sie tat, faszinierte ihn: ihre Art zu reden, zu lächeln, zu tanzen, die Schulter ihres Gesprächspartners zu berühren. Gegen Mitternacht, als die Torte angeschnitten wurde, sah er, wie sie Arpad ansah, und wünschte, er wäre an dessen Stelle. Sophie umschlang Arpad, küsste ihn lange und half ihm beim Anschneiden der ersten Stücke. Dann überreichte sie ihm vor allen Gästen ein Päckchen. Arpad wirkte überrascht und noch überraschter, als beim Auspacken eine Rolex-Schachtel zum Vorschein kam. Er öffnete sie und zog eine goldene Uhr heraus. Sie legte sie ihm ums Handgelenk. Verblüfft betrachtete er die Uhr. Dann murmelte er seiner Frau etwas ins Ohr und küsste sie noch einmal. Die Verschworenheit der beiden brachte einen zum Träumen.

Gegen ein Uhr morgens, als das Fest auf dem Höhepunkt war, konnte Greg Sophie in der kleinen Gästeschar nicht mehr finden. Er machte sich auf die Suche und entdeckte sie in der Küche, wo sie die Gläser in die Spülmaschine räumte. Er wollte ihr helfen, stieß jedoch ungeschickt ein Glas herunter. Es zerschellte auf dem Boden. Hastig begann er die Scherben einzusammeln, und als sie sich neben ihn kauerte (um nun ihrerseits ihm zu helfen), rutschte ihr Kleid hoch und enthüllte auf dem Oberschenkel das Tattoo eines Panthers. Greg war wie gebannt. Schlimmer noch: Er verliebte sich endgültig in sie.

»Es tut mir wirklich leid«, sagte er. »Ich wollte helfen, und jetzt …«

»War ja keine böse Absicht«, versicherte sie ihm lächelnd.

Einen Monat später, unter der Dusche, fielen Greg Sophies Worte wieder ein. »War ja keine böse Absicht …«, doch das Böse war in ihm. Als er am Tag nach der Feier mit Familienhund Sandy, einem Golden Retriever, spazieren gegangen war, hatte er entdeckt, dass er durch den Forst bis zum Grundstück der Brauns gelangen konnte. Vom Waldrand aus hatte er freien Blick auf das Innere des Glaskubus. Greg hatte den Drang, die Brauns in ihrem Wohnzimmer zu beobachten, nicht unterdrücken können. Am nächsten Tag war er im Morgengrauen unter dem Vorwand, er gehe mit dem Hund joggen, zurückgekehrt. Er hatte Sophie am Fenster stehen sehen. Seither kam er jeden Morgen.

Greg trocknete sich ab, zog sich an und ging runter in die Küche. Die Kinder waren mittlerweile auf und saßen beim Frühstück. Er küsste sie, setzte sich dazu und versuchte, wie jeden Morgen seit letztem Monat, sich einzureden, dass alles in Ordnung sei und dass sein Platz hier bei ihnen war.

Doch in genau zwanzig Tagen sollte sein Leben entgleisen.

SAMSTAG, 2. JULI 2022

Der Tag des Raubüberfalls

9:31 Uhr

Die Sturmhaube drängte den Verkäufer und den Geschäftsführer des Ladens zurück ins Hinterzimmer. Die Schirmmütze zwang den Sicherheitsmann, die Ladentür zu verriegeln, und sorgte dann dafür, dass auch er aus dem Blickfeld verschwand. Sollte jemand draußen am Schaufenster vorbeigehen, würde er nur ein leeres Geschäft sehen.

Noch sechs Minuten.

KAPITEL 2

19 Tage vor dem Raubüberfall

~~Sonntag, 12. Juni~~
→ **Montag, 13. Juni 2022**
Dienstag, 14. Juni
Mittwoch, 15. Juni
Donnerstag, 16. Juni
Freitag, 17. Juni
Samstag, 18. Juni (Wochenende in St. Tropez)
Sonntag, 19. Juni (Wochenende in St. Tropez)
Montag, 20. Juni (Sophies Geburtstag)

7:30 Uhr, im Glashaus.

Während Sophie sich im ersten Stock zurechtmachte, stand Arpad am Herd. Seine beiden Kinder saßen am Küchentresen und sahen vergnügt zu, wie er einen Stapel Pfannkuchen backte. Sichtlich guter Laune, führte er ihnen eine seiner Lieblingsnummern vor. Er warf den Pfannkuchen in die Luft und fing ihn zur Begeisterung seiner Sprösslinge Grimassen schneidend mit der anderen Pfanne wieder auf.

»Normalerweise essen wir Pfannkuchen doch nur am Wochenende«, sagte Isaak, der fast schon sieben war. »Ist was Besonderes?«

»Heute gibt es ein Fest!«, jubelte die vierjährige Léa.

»Das Leben ist ein Fest«, bemerkte Arpad.

Sophie erschien in der Küche

»Euer Papa hat recht«, sagte sie. »Das Leben ist ein Fest. Vergesst das nie!«

Sie küsste die Kinder, dann umarmte sie ihren Mann, der ihr eine Tasse Kaffee reichte. An ihn geschmiegt, betrachtete sie glücklich die beiden Kleinen.

»Wenn das Leben ein Fest ist, warum muss man dann in die Schule gehen?«, fragte Isaak.

»Da haben wir ja einen Philosophen unter uns«, feixte Arpad.

»Was ist ein Fisolof?«, fragte Isaak.

»Das wirst du lernen, wenn du weiter zur Schule gehst«, antwortete Sophie.

»Und wer bringt uns heute hin?«, wollte Léa wissen.

»Ich kann sie mitnehmen«, schlug Arpad Sophie vor.

Arpad trug Sportkleidung und war offensichtlich nicht auf dem Weg in die Bank.

»Hat man dir gekündigt?«, fragte Sophie mit einem Augenzwinkern.

Er lachte laut auf. »Ich hätte eigentlich mit einem britischen Kunden frühstücken sollen, aber der hat gestern seinen Flug verpasst. Also nutze ich die Gelegenheit und geh joggen und erst danach zur Arbeit.«

Sophie sah auf die Uhr. »Es wäre mir tatsächlich lieb, wenn du die Kinder zur Schule bringen könntest. Heute Vormittag habe ich ein wichtiges Meeting, auf das ich mich noch vorbereiten muss.«

Sie stellte die dampfende Tasse auf den Tresen und gab jedem einen liebevollen Kuss. Dann lief sie durch den gläsernen Gang, der direkt in die Garage führte, stieg ins Auto und verließ ihr kleines Paradies.

Als sie kurz darauf an der Grundschule von Cologny vorbeikam, war zu dieser frühen Stunde noch alles menschenleer. Auf Höhe der Bushaltestelle fuhr sie langsamer, um zu sehen, ob sie Karine entdecken konnte. Auf Arpads Geburtstag hatten die beiden Frauen sich angefreundet und dabei festgestellt, dass sie beide in der Rue du Rhône arbeiteten. Karines Boutique war nur rund fünfzig Meter von dem Gebäude mit Sophies Kanzlei entfernt. Seit dem Fest nahm Sophie Karine immer im Auto mit, wenn sie sie hier an der Haltestelle sah. Diese gemeinsame Fahrt genossen die neuen Freundinnen beide sehr.

Als Sophie Karine an jenem Morgen nicht sah, spürte sie, wie enttäuscht sie darüber war. Sie fühlte sich in ihrer Gesellschaft wohl. Karine war geradeheraus und nicht berechnend. Auf den Fahrten ins Stadtzentrum unterhielt sie Sophie mit köstlichen kleinen Anekdoten. Sophie parkte ihr Auto dann im Mont-Blanc-Parkhaus, wo sie einen Dauerstellplatz gemietet hatte. Die beiden Frauen nahmen den Aufzug nach oben, der auf dem Quai Général-Guisan herauskam, direkt am Genfer See mit seinen Wolken von Möwen und weißen Schwänen, die von den Passanten gefüttert wurden. Sie gingen noch ein paar Schritte zusammen, bis ihre Wege sich auf der Rue du Rhône trennten.

Aber während Sophie ihr Auto heute im Mont-Blanc-Parkhaus abstellte, machte Karine Greg in der Küche der *Warze* eine Szene, und das vor den Jungs, die gerade ihr Müsli aßen. Anlass des Streits war Gregs neue Joggingzeit. Bisher war er nur gelegentlich morgens laufen gegangen, und wenn, dann so früh, dass er rechtzeitig zurück, geduscht und angezogen war, ehe die Kinder aufwachten. Doch seit einem Monat joggte er jeden einzelnen Morgen, und noch dazu später als bisher, sodass Karine die beiden Kinder allein schulfertig machen musste und dadurch unweigerlich zu spät zur Arbeit kam.

»Du musst früher loslaufen!«, warf sie ihrem Mann vor.

»Ich bin heute Morgen um fünf Uhr fünfundvierzig los«, verteidigte sich Greg.

»Und während der Herr dann duscht, sich fein macht und in aller Ruhe sein Frühstück einnimmt, muss ich mich um alles andere kümmern! Warum hast du deine Zeiten geändert? Als du um fünf Uhr losgelaufen bist, hat es prima funktioniert. Und du hast immer gesagt, dass du gern früh unterwegs bist.«

»Es war zu früh, ich bin erschöpft. Ich hab auch ein Recht auf ein bisschen Schlaf!«

»Und ich hab ein Recht auf ein bisschen Hilfe!«

»Einer muss ja mit dem Hund raus«, warf Greg ein.

Sandy, der Hund, war zur Einweihungsfeier ins Haus gekommen, und das war eine sehr schlechte Idee gewesen, denn der winzige Garten vor der *Warze* bot nicht genug Auslauf.

»Sandy muss nicht eine Stunde lang im Wald rumrennen!«

»Aber ich muss morgens ein bisschen Luft schnappen, bei dem ganzen Druck auf der Arbeit.«

»Dann verschaff dir die halt am Abend, da sorgst du nicht dafür, dass alle Welt ins Schleudern kommt! Ich werde auch heute zu spät im Laden sein. Willst du, dass man mich rausschmeißt?«

Greg bemühte sich, die Wogen zu glätten.

»Na los, geh schon«, sagte er, »überlass mir die Kinder. Ich kann ein bisschen später in den Dienst fahren.«

Karine gab den Jungs einen Kuss – den Mund ihres Mannes überging sie bewusst – und war verschwunden.

Die frische Luft tat ihr gut. Sie eilte zur Bushaltestelle und wartete, in der Hoffnung, Sophie würde vorbeifahren. Sie mochte deren unbekümmerte und entspannte Art, bewunderte die Leichtigkeit, mit der Sophie durchs Leben glitt, während sie selbst das Gefühl hatte, über jedes Hindernis zu stolpern. Und das war keine Frage des Geldes, sondern der Persönlichkeit.

Als der Bus kam, war Sophies Auto immer noch nicht in Sicht. Karine stieg ein, setzte sich nach hinten und holte ein Päckchen aus ihrer Tasche. Es war eine Kleinigkeit, die sie für Sophie gekauft hatte: ein Kaffeethermobecher, ideal fürs Auto. Sie wickelte ihn aus dem Geschenkpapier. Sophie hatte ihr erzählt, sie könne nie in Ruhe ihren Kaffee austrinken, bevor sie aus dem Haus musste. Karine kam sich plötzlich ein bisschen lächerlich vor, wie sie mit dem Geschenk in der Hand im Bus saß. Es mangelte ihr wirklich an Selbstvertrauen.

Kurz nachdem der Bus vorbeigefahren war, setzte Arpad, immer noch in Sportsachen, Léa und Isaak an der Schule von Cologny ab. Er wollte schon losjoggen, da stieß er auf Greg, der auch gerade seine Kinder zur Schule gebracht hatte.

»Was hältst du von einem Kaffee?«, schlug Arpad vor.

Greg sah kurz auf die Uhr, um abzuschätzen, wie spät er schon dran war, dann sagte er verschmitzt lächelnd: »Ja gern, das macht den Kohl jetzt auch nicht mehr fett ... Aber ich will dich nicht vom Joggen abhalten ...«

»Das hole ich später nach.«

»Lässt deine Frau dich laufen, wann immer du willst?«

»Ja, warum?«

»Nur so.«

Die beiden Männer setzten sich in einen Tearoom in der Nähe und bestellten zwei Espressi. Greg fühlte sich plötzlich außergewöhnlich gut. Das lag an Arpad, an seiner Lässigkeit, seiner verblüffenden Art, morgens eine Joggingrunde zu planen und stattdessen einfach einen Kaffee trinken zu gehen. Gregs Alltag war dagegen starr und voller Zwänge. Es kam ihm so vor, als habe er zwischen den Kindern und der Arbeit für nichts Zeit. Und wenn er ein paar Tage freinehmen konnte, um Überstunden abzubummeln, schickte Karine ihn zum Einkaufen, mit Sandy zum Tierarzt oder ließ ihn Möbel reparieren.

Arpad redete zwischen zwei Schluck Kaffee, aber Greg war zu sehr damit beschäftigt, ihn zu beobachten, und hörte ihm nicht zu. Arpad und Greg waren einander ähnlicher, als es schien. Sie waren beide gute Väter, aufmerksame Ehemänner. Aber für Greg war es offensichtlich, dass Arpad noch etwas darüber hinaus besaß, eine Art natürliche Überlegenheit, um die er ihn beneidete. Vor allem aber beneidete er ihn um Sophie.

»Wie denkst du darüber?«, fragte Arpad und zog Greg wieder ins Gespräch zurück.

Greg hatte keine Ahnung, wovon Arpad sprach. Er antwortete: »Ich denke, ich sollte ein bisschen mehr sein wie du.«

Arpad lachte. »Und das heißt was?«

»Ein Leben mit flexiblerem Zeitplan, besser bezahlt, und so weiter und so weiter!«

»Denk bloß nicht, ich hätte nicht auch jede Menge Ärger«, wandte Arpad ein. »Glaub mir, in der Bank gehen mir die meisten Kunden ziemlich auf den Senkel, die sind nie zufrieden. Sie wollen, dass du ihr Geld für sie anlegst, aber du hast die ganze Verantwortung auf dem Buckel. Wenn es gut läuft, ist das in ihren Augen normal. Aber wenn die Märkte schwanken, dann ist es deine Schuld.«

»Ich meinte nicht nur die Arbeit. Auch die Familie …«

»Da ist auch nicht immer alles rosig. Haste Kinder, haste Sorgen. Und manchmal ist es mit Sophie ganz schön anstrengend.«

Du hast gut reden, dachte Greg. *Ich weiß, wie sie dich jeden Morgen weckt.*

Arpad fuhr fort: »Übrigens wird Sophie in genau einer Woche vierzig, und ich habe noch immer kein Geschenk für sie. Ich bin dankbar für jeden Vorschlag.«

Greg deutete auf die goldene Rolex an Arpads Handgelenk, die Sophie ihm geschenkt hatte, und sagte: »Müsste was Vergleichbares sein.«

Arpad erwiderte nichts.

»Werdet ihr wieder ein Fest bei euch machen?«, fragte Greg weiter.

»Keine Ahnung, Sophie meint, sie will kein großes Ding draus machen. Wir werden das Wochenende zu ihren Eltern nach Saint-

Tropez fahren und im Kreis der Familie vorfeiern. Und dann sehen wir mal.«

Greg, der auf der Rolex die Zeit gesehen hatte, stand auf. »Ich muss los«, sagte er.

»Ich auch. Hau ruhig ab, der Kaffee geht auf mich.« Arpad bezahlte die Rechnung, dann zwang er sich trotz allem, joggen zu gehen. Anschließend kehrte er zum Glashaus zurück, duschte, zog einen perfekt geschnittenen Anzug an und verließ in seinem Porsche das Grundstück. Er zerbrach sich schon eine ganze Weile wegen Sophies Vierzigstem den Kopf: Er würde ihr gern ein ganz besonders originelles Geschenk machen, dessen symbolischer Wert den materiellen überstieg. Aber seit dieser blöden Rolex fragte er sich, ob er Sophie vielleicht doch einfach nur Schmuck schenken sollte. Da ihn der Gedanke quälte, beschloss er, schnell noch in der Rue du Rhône vorbeizuschauen, jener Hauptstraße von Genf, in der sämtliche Juweliere und Luxusmarken versammelt waren: Vielleicht würden die Auslagen in den Schaufenstern ihn auf eine Idee bringen. Er ließ sein Auto bei der Place Longemalle stehen, ging zu Fuß durch die Rue du Rhône und hoffte dabei, Sophie nicht über den Weg zu laufen. An den Uhrenläden ging er rasch vorbei, dann verlangsamte er den Schritt vor den Auslagen der Juweliere. Ein Armband? Ein Anhänger? Nichts überzeugte ihn. Da sah er im Schaufenster der Cartier-Boutique einen Ring in Form eines Pantherkopfes, ganz aus Gold und mit Diamanten besetzt, die Augen zwei kleine Smaragde. Arpad war von der Schönheit und Perfektion des Objekts überwältigt. Der Panther – das war sie. Ohne zu zögern, betrat er den Laden. Er konnte ja nicht ahnen, welche Konsequenzen seine Entdeckung haben sollte.

Als Sophie am Ende des Tages aus dem Büro kam, bemerkte sie nicht den Mann, der auf sie lauerte, und das seit Stunden: Er war am Vorabend am Steuer eines grauen, gebrauchten Peugeot mit französischem Kennzeichen in die Stadt gekommen … Sophie eilte ins Mont-Blanc-Parkhaus zu ihrem Auto. Der Mann folgte ihr diskret, umschlich seine Beute.

Die Jagd konnte beginnen.

SAMSTAG, 2. JULI 2022

Der Tag des Raubüberfalls

9:33 Uhr

Es war ein perfekt orchestriertes Zusammenspiel. Die Sturmhaube hielt mit ihrem abgesägten Gewehr die Geiseln in Schach, während die Schirmmütze den Sicherheitsmann und den Verkäufer an Händen und Füßen mit Kabelbinder fesselte. Der Einzige, der nicht verschnürt wurde, war der Geschäftsführer. Die Diebe wussten genau, was sie taten.

Die Schirmmütze zerrte ihn zum Haupttresor, während die Sturmhaube die Geiseln bewachte.

Ihnen blieben noch vier Minuten.

KAPITEL 3

18 Tage vor dem Raubüberfall

~~Sonntag, 12. Juni~~
~~Montag, 13. Juni~~
→ Dienstag, 14. Juni 2022
Mittwoch, 15. Juni
Donnerstag, 16. Juni
Freitag, 17. Juni
Samstag, 18. Juni (Wochenende in St. Tropez)
Sonntag, 19. Juni (Wochenende in St. Tropez)
Montag, 20. Juni (Sophies Geburtstag)

19:00 Uhr in Cologny. An der Haltestelle im Dorfzentrum spuckte der Bus seine Stammfahrgästin Karine aus. Müde trottete sie Richtung *Warze*. Es war ein langer Tag gewesen, sie hatte ihn größtenteils stehend verbracht, um den Kunden Kleider zu zeigen, oder kniend, um ihnen in Schuhe zu helfen. Füße, Rücken, Kopf – alles tat ihr weh. Zur Krönung des Ganzen war die Rückfahrt außergewöhnlich unangenehm: der Bus war rappelvoll gewesen, sie hatte sich zwischen die anderen Fahrgäste quetschen müssen, war beim Bremsen und Gasgeben angerempelt worden. Zur alten Wohnung hatte sie zu Fuß gehen können. Fünfzehn Minuten am Ufer des Genfer Sees entlang. Immer ein angenehmer Spaziergang, ganz gleich, wie das Wetter war. Dagegen dieser blöde Bus … Sophie hatte ihr zwar angeboten, sie abends mitzunehmen, aber sie hatte zu spät Feierabend, die Boutique machte erst um neunzehn Uhr zu.

Als sie in der *Warze* ankam, stellte Karine fest, dass Gregs Auto noch nicht vor der Tür stand – er machte wahrscheinlich Überstunden. Ganz was Neues … Das bedeutete, das Abendessen war mal wieder nicht fertig. Vor der Haustür hielt sie kurz verzagt inne. Dann trat sie ein. In dem kleinen unordentlichen Wohnzimmer rauften die beiden Jungs brüllend unter den gleichmütigen Blicken von Natalia, dem Kindermädchen.

Natalia war zwanzig Jahre alt und die meiste Zeit damit beschäftigt, Selfies zu machen. Sie räumte nicht auf, sie putzte nicht, sie kochte nicht (*ich soll mich ja um die Kinder kümmern*), aber Greg fand, *man kann ihr vertrauen, darauf kommt es an*. Entscheidend war eigentlich, dass sie sich mit einem ungewöhnlich niedrigen Stundenlohn zufriedengab, das hieß: Karine und Greg konnten sie sich leisten. Sie bezahlten Natalia also dafür, auf ihrem Handy rumzudaddeln, während die Kinder Halligalli machten, bis die Eltern nach Hause kamen.

Karine ließ Natalia gehen, schickte die Jungs unter die Dusche und begann zu kochen. Nach einem Blick in den Kühlschrank verzichtete sie aufs Putzen, Schälen und Schnippeln und beschloss, eine Lasagne aufzutauen. Eine Flasche Wein war schon offen, sie goss sich ein Glas ein. Er war nicht mehr wirklich gut, aber das war auch schon egal. Während der Ofen vorheizte, holte sie das schmutzige Geschirr aus dem Spülbecken (*danke, Natalia*), dann spülte sie den Thermobecher aus, den sie für Sophie gekauft und schließlich selbst benutzt hatte. Ihr Handy klingelte – es war Sophie. »Ich hab dich heute Morgen an der Bushaltestelle verpasst«, sagte Sophie bedauernd.

»Ich war mal wieder viel zu spät dran«, seufzte Karine. »Die Kinder und so weiter. Greg mit seiner verfluchten Joggerei …« Karine hörte Musik im Hintergrund. Sie stellte sich vor, dass Sophie bei einem Konzert war. Vielleicht in der Oper. »Stör ich dich?«

»Nein, überhaupt nicht, außerdem hab doch ich angerufen«, bemerkte Sophie.

»Ich mein ja nur, weil ich klassische Musik im Hintergrund höre, und da hab ich mich gefragt …«

»Das tut Arpad uns an«, erklärte Sophie und sah belustigt zu ihrem Mann hinüber, der mit seinen Kochtöpfen hantierte.

Sie hatte es sich gerade mit einem Glas Wein auf dem Sofa gemütlich gemacht. Arpad stand in der Küche hinterm Tresen und rief seiner Frau und ihrer Gesprächspartnerin zu: »Wer kocht, darf auch die Musik aussuchen!«

»Dein Mann kocht?«, fragte Karine.

»Er meint, es würde ihn entspannen.«

»Der perfekte Partner«, sagte Karine beeindruckt.

Während sie sich unterhielten, betrachtete sie ihr unordentliches Zuhause und die Fertiglasagne. Die Jungs kamen gerade kreischend aus dem ersten Stock heruntergerannt. Sophie wohnte kaum einen Kilometer entfernt, doch es fühlte sich an, als lebte sie in einer völlig anderen Welt.

»Ich muss auflegen«, sagte Karine zu Sophie. »In meinem Wohnzimmer sind zwei halb nackte Kinder am Verhungern.«

»Das kenne ich«, sagte Sophie lächelnd.

»Das bezweifle ich«, antwortete Karine. »Du hast ein Symphonieorchester in deinem Wohnzimmer, ich ein Affentheater.«

Sophie lachte schallend: »Ich hol dich morgen früh ab, ja?«

»Falls ich rechtzeitig fertig bin …«

»Ich fahr bei dir vorbei. Sobald ich da bin, hupe ich laut, dann lässt du Greg einfach alleine klarkommen. Bis morgen, meine Schöne.«

Sophie hatte sie *meine Schöne* genannt. Das hatte schon lange niemand mehr zu ihr gesagt. Karine nahm den Thermobecher und beschloss, ihn wieder einzupacken. Sie hatte ihn zwar schon benutzt, aber man konnte ihn doch trotzdem noch verschenken, oder?

An diesem Abend aß die Familie Braun im Glashaus das von Arpad gekochte Gericht. Dann sollten Léa und Isaak schlafen gehen, und das Abendritual begann: Die Kinder quetschten sich mit Sophie in Isaaks Bett, und Arpad las theatralisch ein paar Kapitel aus dem Buch vor, das sie vor wenigen Tagen angefangen hatten. Das allabendliche Zeremoniell war immer ein großer Familienmoment. Arpad liebte es, wie die kleine Schar an seinen Lippen hing. Und je stärker sich seine Zuhörer von der Geschichte packen ließen, desto mehr strengte er sich an, noch fesselnder zu erzählen. Die Zeit konnte stehen bleiben.

Die Familie Liégan in der *Warze* aß an diesem Abend spät eine Lasagne, die zu lange im Ofen gewesen war. Als die Kinder endlich bettfertig waren, gestand der Älteste heulend, er habe seine Hausaufgaben noch nicht gemacht und werde morgen in der Schule bestimmt Ärger bekommen. Greg musste ihm in Mathe helfen. Die Stimmung war gereizt, es wurde herumgeschrien, und schließlich machte Greg die Aufgaben selbst. Danach waren die Kinder sehr aufgekratzt, und der Vater musste seine ganze Geduld aufbringen, um sie ins Bett zu bekommen. Als sie endlich eingeschlafen waren, ging Greg zu Karine in die Küche. Sie wusch eisig schweigend immer noch das Geschirr ab. Greg sagte irgendetwas, um die schlechte Stimmung aufzulockern: »Endlich schlafen sie. Natalia hätte wenigstens die Hausaufgaben kontrollieren können.«

»Das kannst du ihr gerne sagen«, antwortete Karine spitz. »Als ich letztens dazu eine Bemerkung fallen ließ, war sie tierisch beleidigt.«

»Wie dem auch sei, vor dem Abendessen sollte immer jemand nachschauen, ob für die Schule alles erledigt ist«, regte Greg an.

»Ist dieses *sollte jemand* an mich adressiert?«, fragte Karine, die ihren Ärger kaum zügeln konnte. »Vielleicht *solltest* du nicht so spät nach Hause kommen, oder?«

»Ich hatte dir eine Nachricht geschickt.«

»Glaubst du ernsthaft, dass ich mein Handy checken kann, während die Jungs schreiend um mich herumspringen? Ich hatte ja nicht mal Zeit, aufs Klo zu gehen!«

»Das tut mir leid«, sagte Greg, der einen richtigen Krach unbedingt vermeiden wollte. »Das nächste Mal ruf ich dich an. Ich musste dringend Berichte schreiben. Es ist so mühsam, wie bürokratisch alles geworden ist. Als hätte man nicht schon genug Papierkram zu erledigen. Dem nächsten, der behauptet, wir Beamten würden eine ruhige Kugel schieben, dem knall ich eine!«

Karine, der es auch recht war, wenn sich die Situation entspannte, nickte, um zu zeigen, dass sie sich für seine langweiligen Themen interessierte. Aber sein Gejammer über den vielen Papierkram und die Probleme im Dienst waren ihr herzlich egal. Sie wünschte sich ein bisschen mehr Zauber in ihrem Leben. Ihrem Mann konnte sie das schlecht sagen, aber eigentlich hätte sie gern das Leben von Arpad und Sophie geführt. Nach dem Aufräumen setzte Greg sich im Wohnzimmer vor den Fernseher.

»Ich geh schnell duschen«, sagte Karine, »dann können wir unsere Serie weiterschauen.«

Aber als Karine im Bademantel wieder ins Wohnzimmer kam, stand Greg mit der Hundeleine in der Hand in der Tür und schlüpfte gerade in seinen Mantel.

»Wo willst du hin?«, fragte sie erstaunt.

»Ich geh mit Sandy raus.«

»Um diese Zeit? Er kann doch einfach in den Garten pinkeln.«

»Ist seit heute Morgen jemand mit ihm draußen gewesen?«, fragte Greg, der die Antwort schon kannte.

»Nein«, gab Karine zu.

»Na also. Irgendwer muss es ja tun. Wenn ich nicht mit ihm rausgehe, macht es keiner.«

»Soll das ein Vorwurf sein?«

»Nein. Eine simple Feststellung.«

»Du warst derjenige, der einen Hund haben wollte«, rief sie ihm in Erinnerung.

»Es waren die Kinder, die einen Hund wollten.«

»Die Kinder wollen auch ein Pony. Heißt das, dass wir bald eins im Wohnzimmer halten werden?«

Greg zuckte mit den Schultern, es war sinnlos, weiter zu zanken. Er pfiff Sandy herbei und verschwand mit ihm in der Nacht.

Er hatte wirklich nur eine Runde um den Block drehen wollen. Aber wie ferngesteuert befand er sich bald auf der Route de la Capite und ging weiter bis zu dem Privatweg, der zum Glashaus führte. Es war stärker als er. Er verließ den Weg und schlich zwischen den Bäumen hindurch, wie er es schon am Morgen getan hatte. Als er sich dem Waldrand näherte, wickelte Greg Sandys Hundeleine um einen Baumstamm. Der Hund, der das inzwischen schon kannte, legte sich friedlich ins Laub. Greg folgte den Lichtern des Hauses durchs Unterholz. Er kauerte sich hin, um ins Innere des großen Kubus zu spähen, dessen Panoramafenster einen unverstellten Blick auf ein wahres Schauspiel im Wohnzimmer boten! Sophie gab sich nackt auf dem Sofa ihrem Ehemann hin, der sie in seinem eigenen Rhythmus von hinten vögelte.

Greg verschlang sie mit seinen Blicken. Nach der Wohnzimmerszene spionierte er ihnen bis ins Schlafzimmer nach. Er ahnte, dass sie unter der Dusche waren, dann sah er sie nackt, mit der Zahnbürste im Mund, im Zimmer auf und ab gehen, bevor sie sich im Bett aneinanderschmiegten. Sie lasen noch eine Weile. Erst als das Licht ausging, machte er sich auf den Heimweg und schlüpfte neben die längst schlafende Karine ins Bett.

Im Glashaus stand Arpad wieder auf, sobald Sophie eingeschlafen war, und ging hinunter in die Küche. Er fand keine Ruhe. Er schnappte sich sein Handy und wischte durch die Fotos, die er am Morgen in der Cartier-Boutique aufgenommen hatte. Lange betrachtete er den Ring mit dem Pantherkopf. Um ihn anzuziehen, musste man den Finger durchs Maul des Tieres stecken. Was für ein außergewöhnliches Schmuckstück. Er war überzeugt, dass dieser Panther das perfekte Geschenk für Sophie wäre. Doch angesichts des astronomischen Preises hatte er gezögert und dem Verkäufer gesagt, er werde noch einmal vorbeikommen.

Er quälte sich. Er wusste, dass er auf diesen Panther-Ring verzichten müsste. Es war Zeit, Sophie alles zu gestehen. Die Maske fallen zu lassen. Aber das konnte er ihr eine Woche vor ihrem Geburtstag nicht antun.

15 JAHRE ZUVOR

SEPTEMBER 2007

Saint-Tropez

Nach Saint-Tropez konnte er nie mehr zurückkehren. Er verließ diesen Ort, den er so geliebt hatte, für immer. Er konnte nicht bleiben. Es war zu riskant. Binnen weniger Stunden zog Arpad einen Strich unter diesen Teil seines Lebens. Er würde schnell und gründlich verschwinden, ohne Spuren zu hinterlassen.

Mit seiner Wohnung fing er an. Er erzählte der reizenden Alten, bei der er ein möbliertes Zimmer gemietet hatte, etwas von einem »familiären Notfall«. Sie stellte keine Fragen und steckte vor allem geschwind die beiden Monatsmieten ein, die er ihr als »Vorschuss« in einem Umschlag gab. Dann holte er seine Sachen aus dem Zimmer und lud alle Habe in sein kleines Auto.

Anschließend ging er ins Szenelokal *Béatrice*, wo er seit einem Jahr arbeitete. Er war dort Chef der Bar und des Empfangsbereichs dieses mehr als hippen Restaurants, das sich im Laufe des Abends in einen Club verwandelte. Dem Geschäftsführer erklärte er, er habe gerade ein Angebot aus der Finanzbranche bekommen, das er unmöglich ausschlagen könne. Der Geschäftsführer hatte Verständnis gezeigt. »Arpad, du musst dich nicht entschuldigen. Du hast fünf Jahre lang studiert. Ich hab vorher noch nie einen Barchef mit einem Diplom in Wirtschaftswissenschaften gesehen. Das ist toll für dich. Auch wenn es mir lieber gewesen wäre, wenn du mir gesagt hättest, dass du dich nach einem richtigen Job umschaust, dann hätte ich parallel Ersatz für dich suchen können.«

Er hoffte Sophie im *Béatrice* zu sehen, aber sie war noch nicht da. Da sie auch telefonisch nicht erreichbar war, irrte er durch die Straßen von Saint-Tropez und suchte nach ihr. Vergeblich. Letztlich war es besser so, sie hätte ihm seine Lügengeschichten niemals abgekauft. Vielleicht sollte er sie loslassen, um sie zu schützen.

Seine letzte Station war eine Tankstelle. Während er volltankte, übertrug er zwei Nummern in sein Notizbuch: die von Sophie und die von Patrick Müller, einem Schweizer Bankier, den er aus dem *Béatrice* kannte und der ihm nützlich sein könnte. Dann zerstörte er die SIM-Karte und warf sie mitsamt Handy in einen Mülleimer. Keiner würde ihn finden.

Anschließend fuhr er auf die Autobahn. Richtung Norden. Er würde nie mehr zurückkehren. Dachte er zumindest.

KAPITEL 4

17 Tage vor dem Raubüberfall

~~Sonntag, 12. Juni~~
~~Montag, 13. Juni~~
~~Dienstag, 14. Juni~~
→ **Mittwoch, 15. Juni 2022**
Donnerstag, 16. Juni
Freitag, 17. Juni
Samstag, 18. Juni (Wochenende in St. Tropez)
Sonntag, 19. Juni (Wochenende in St. Tropez)
Montag, 20. Juni (Sophies Geburtstag)

5:45 Uhr am Morgen, Cologny. Noch war es draußen dunkel. Greg joggte recht zügig die Straße entlang, sein Hund rannte neben ihm her. Schnell erreichten die beiden Schatten, die gerade die *Warze* verlassen hatten, den Wald. Dort blieb Greg wie immer stehen, band Sandy an einen Baum und versteckte sich im Gebüsch, um das Glashaus beobachten zu können. Im Haus war alles noch finster.

Greg setzte sich auf den Boden und holte eine Thermoskanne mit Kaffee aus dem Rucksack. Er schenkte sich eine Tasse ein und wartete auf den Beginn des Spektakels. Da ging in der Küche das Licht an. Sophie erschien und machte sich einen Kaffee. Greg packte die Thermoskanne wieder in den Rucksack und griff nach seinem Feldstecher. Ihm fiel auf, dass sie immer früher aufstand.

Sophie stellte sich mit der Tasse in der Hand ans Panoramafenster. Sie trug ein T-Shirt und Shorts. Greg bewunderte durch den Feldstecher lange ihre Beine, ließ den Blick langsam von den Knöcheln, über Waden, Knie und Schenkel nach oben wandern und verharrte dann bei dem Panther-Tattoo. Ein Klingeln zerriss die frühmorgendliche Stille. Es war das Handy in seiner Tasche. *Scheiße!* Ein rascher Blick auf die Nummer sagte ihm, dass es dienstlich war. Er nahm das Gespräch an – ihm blieb keine Wahl – und sprach flüsternd ins Telefon, als läge neben ihm seine schlafende Frau.

In der Dunkelheit draußen sah Sophie plötzlich, wie ein Licht am Waldrand aufleuchtete. Es war nur ein kurzes Flackern gewesen, aber sie hatte ganz eindeutig ein künstliches Licht gesehen. Sie öffnete die Terrassentür und meinte, eine Stimme zu hören. Das Herz schlug ihr bis in den Hals. Da war jemand im Wald. Sie stieß einen Schrei aus und machte alle Lichter an.

Greg begriff, dass er entdeckt worden war. Er rannte zu seinem Hund, um ihn loszubinden, doch die Leine hatte sich irgendwie verheddert. Er wurde hektischer, als er hörte, wie Sophie Arpad um Hilfe rief. Nun ging auch im Schlafzimmer das Licht an.

Greg fummelte an der Leine herum, doch je mehr er daran zerrte, desto weniger bekam er sie ab. Dieser dämliche Hund! Er hätte ein Messer gebraucht, um den dicken Lederriemen abzuschneiden. Als er sich zum Glashaus umdrehte, sah er, dass Arpad aus der Küche in den Garten kam und hörte ihn *Wer ist da?* rufen.

Die Leine leistete weiter Widerstand. Greg wurde kopflos. Er sah den Lichtstrahl einer Taschenlampe näher kommen und hörte Arpad jetzt brüllen; wahrscheinlich war der genauso verstört wie er selbst. Nur noch ein paar Meter und er wäre geschnappt – also klinkte er die Leine aus dem Halsband, zerrte den Hund mit und rannte los. Die Leine ließ er notgedrungen am Baumstamm zurück.

Arpad erreichte den Waldrand und ließ den Schein seiner Taschenlampe über die Baumstämme wandern. Er sah einen Schatten davonhuschen. »Halt!«, schrie er, sein Herz schlug wie wild. »*Bleiben Sie stehen!*«

Greg rannte, so schnell er konnte. Die Angst verlieh ihm Flügel. Sandy kam kaum hinterher. Auf der Straße legte er Richtung *Warze* noch einen Zahn zu.

Arpad gab die Verfolgung des Schattens auf. Er ging ins Haus zurück und rief die Polizei.

Bei sich angekommen, stürzte Greg ins Schlafzimmer, um Karine Bescheid zu sagen. »Ich bin angerufen worden, ich muss sofort los.« Sie schlief noch, doch Gregs Satz ließ sie augenblicklich hochschnellen. »Pass auf dich auf«, sagte sie sanft, »und ruf mich an, wenn es vorbei ist.« Er nickte und verließ in seinen Laufsachen das Haus. Es war Vorschrift, bei einem Notruf, egal wie, so schnell wie möglich in die Zentrale zu kommen. Vor dem Haus stand sein Dienstwagen, er sprang hinein und raste los. Eine Hand am Steuer, griff er, während er Gas gab, nach dem Blaulicht, das vor dem Beifahrersitz am Boden lag, und klatschte es aufs Autodach seines zivilen Einsatzfahrzeugs. Dann schaltete er die Sirene ein.

Im Glashaus waren Isaak und Léa durch den allgemeinen Aufruhr geweckt worden. Arpad und Sophie bemühten sich, die Sache herunterzuspielen, damit die Kinder keine Angst bekamen.

»Es ist nichts Schlimmes, meine Süßen«, sagte Sophie beschwichtigend, »wahrscheinlich nur ein Spaziergänger. Ich hatte so früh nicht damit gerechnet, deshalb bin ich erschrocken.«

»Wenn es nur ein Spaziergänger war, wieso habt ihr dann die Polizei gerufen?«

»Wenn man es nicht so genau weiß, geht man lieber auf Nummer sicher, dafür ist die Polizei doch da«, antwortete Arpad, als wäre alles ganz normal. Sophie ging mit den Kindern ins Schlafzimmer und machte ihnen einen Film an. Isaak fragte begeistert, ob man nicht jeden Tag die Polizei rufen könnte. Und Léa wollte wissen, ob sie wegen dieser Sache vielleicht nicht in die Schule gehen musste.

»Heute ist Mittwoch. Da musst du sowieso nicht in die Schule, mein Schatz.«

»Können wir im Bett frühstücken?«, fragte Léa.

»Gute Idee«, antwortete Sophie.

»Dürfen wir die Polizisten sehen?«, fragte Isaak hoffnungsvoll.

»Natürlich«, behauptete Sophie, die nur schwer verhehlen konnte, wie beunruhigt sie war.

Léa versuchte ihr Glück: »Kriegen wir Bonbons zum Frühstück?«

»Nein«, erwiderte Sophie scharf, was ihr sofort leidtat. Ihr Ton spiegelte ihre Nervosität. Sie hatte eine schlimme Ahnung.

Im Garten suchte Arpad den Rasen am Waldrand ab. Es gab keinen Zaun, keine Hecke, was im Übrigen den besonderen Charme ihres Grundstücks ausmachte. Er dachte, es sei vielleicht naiv gewesen, sich hier sicher zu fühlen.

Greg fuhr in vollem Tempo über die Rampe de Cologny und weiter auf dem Quai Gustave-Ador am Ufer des Genfer Sees. Die Autos der Arbeiter, die zur Frühschicht unterwegs waren, wichen auf den Seitenstreifen aus, um dem Einsatzwagen Platz zu machen. Greg raste zum Rond-Point de Rive und dann weiter bis zum Quartier des Acacias, wo sich das Polizeipräsidium befand.

Wenige Minuten später betrat Greg die Umkleide der Interventionsgruppe, in der seine Kollegen bereits ihre Ausrüstung anlegten. Wie immer in solchen Augenblicken herrschte eine angespannte, aber ruhige Atmosphäre. Man war ernst und konzentriert. So wie alle, zog Greg sich die schwarze Uniform und eine kugelsichere Weste an und setzte sich die Sturmhaube auf, aber noch, ohne sie herunterzurollen. Dann gab er als Leiter des Einsatzkommandos den Kollegen in einem generellen Briefing die Informationen weiter, die er soeben am Telefon erhalten hatte.

»Es geht in die Rue des Pâquis. Die Kripo wollte ein Individuum in seinem Haus festnehmen. Der Typ hat Widerstand geleistet und sich jetzt dort in der Wohnung verbarrikadiert. Wir sollen ihn da rausholen. Vor Ort werden wir die Einzelheiten erfahren.«

Etwa zehn Polizisten stiegen in drei Fahrzeuge, die hintereinander losfuhren. Mit Blaulicht durchquerten sie die Stadt. Greg saß im ersten Wagen auf dem Beifahrersitz und starrte mit Unbehagen sein Bild im Rückspiegel an. Das war knapp gewesen. Er, der Teamleiter eines Einsatzkommandos, von allen respektiert und geschätzt, wäre beinahe als gewöhnlicher Voyeur geschnappt worden.

7:00 Uhr, im Glashaus. Vor dem Tor der Familie Braun standen zwei Streifenwagen. Im Haus nahm ein Beamter Sophies Aussage auf, während drei weitere Polizisten in Arpads Begleitung den Waldrand inspizierten. Im ersten Stock sahen Léa und Isaak fern.

Die Polizisten im Wald wussten nicht, wo sie noch nachschauen sollten. Ihr Rundgang hatte nichts ergeben. Sie hatten aufmerksam das Unterholz entlang der gesamten Grundstücksgrenze abgesucht. Da war zwar diese Leine, die an einen Baum gebunden war. Aber ganz in der Nähe hatten sie auch ein verrostetes Kinderfahrrad gefunden, und hier und da lagen ein paar Plastikverpackungen rum. Sogar in dieser Gegend war der Wald eine einzige Müllkippe.

»Sie sagen, der Mann hat hinter diesem Busch gestanden?«, fragte ein Polizist Arpad noch einmal, um zu zeigen, dass er die Situation ernst nahm.

»Ja.« Gewissenhaft kniete der Beamte nieder, um zum wiederholten Mal den Boden abzusuchen, aber die Erde war zu trocken für irgendwelche Spuren.

»Leider können wir nicht viel tun«, erklärte er Arpad. »Vielleicht war es ein Landstreicher oder ein Einbrecher, der die Gegend auskundschaften wollte. Falls es Sie beruhigt, ich glaube kaum, dass dieser Jemand bei Ihnen eindringen wollte: Diebe brechen nicht ausgerechnet dann in ein Haus ein, wenn alle gerade aufstehen. Sie machen sich lieber ans Werk, wenn die Bewohner ausgeflogen sind, oder nachts, wenn alle schlafen.«

»Wie beruhigend«, sagte Arpad.

»Haben Sie eine Alarmanlage?«, fragte der Polizist.

»Nein.«

»Sollten Sie aber. Heutzutage ist das keine große Investition mehr.«

»Werden Sie denn die Spurensicherung kommen lassen?«, hakte Arpad nach.

»Wozu? Wir haben ja keine Spuren gefunden.«

»Sind *die* denn nicht dazu da, die Spuren überhaupt zu finden? Und was ist mit dieser Hundeleine, die an einem Baum hing. Das ist doch immerhin seltsam, oder?«

»Ich werde die Einbruchsbrigade davon in Kenntnis setzen«, sagte der Beamte in gespielt besorgtem Ton und entfernte sich ein paar Schritte, um mit der Zentrale zu telefonieren. Er ließ sich mit dem diensthabenden Inspektor verbinden. Er konnte sich schon denken, dass der ihn auslachen würde, wollte sich aber nichts vorwerfen lassen: Man wusste ja nie, woran man bei diesen Typen aus den Nobelvierteln war, die hatten alle Beziehungen und zögerten nicht, sich an höchster Stelle zu beschweren, wenn sie das Gefühl hatten, nicht ernst genommen zu werden.

Rasch erläuterte er dem Inspektor am anderen Ende der Leitung den Sachverhalt.

»Also, fassen wir zusammen, was hast du in der Hand?«, fragte der.

»Im Grunde nichts weiter als eine Hundeleine, die jemand neben einem öffentlichen Weg an einen Baum geknotet hat.«

»Eine an einen Baum gebundene Leine, ist das dein Ernst? Wie sind sie denn ins Haus gekommen?«

»Es ist gar niemand ins Haus. Es hat kein Einbruch stattgefunden. Die Dame trank ihren Kaffee und hat dabei draußen in ihrem Garten jemanden gesehen, der sie zu beobachten schien.«

Der Inspektor lachte auf, womit der Fall und das Gespräch beendet waren: »Ihr seid vielleicht lustig, Jungs! Ich habe hier dreißig echte Einbrüche pro Tag. Die gute Frau hat einen Spaziergänger im Wald gesehen, was für ein Skandal!«

8:00 Uhr morgens. Die Polizei hatte die Rue des Pâquis im Zentrum von Genf abgesperrt. Schaulustige wurden weiträumig vom Einsatzort ferngehalten. Greg stieg mit vermummtem Gesicht aus dem Dienstwagen, in dem gerade die Einsatzbesprechung stattgefunden hatte. Auf dem Weg zu seinen Männern traf er Inspektorin Marion Brullier von der Kripo. Sie gehörte zu dem Polizistenteam, vor dem der Verrückte sich im Morgengrauen verschanzt hatte. Sie war Greg vorhin schon aufgefallen. Eine schöne junge Frau. Entwaffnendes Lächeln. Sehr anziehend.

»Behalt's für dich, aber wir werden gleich den Zugriff veranlassen«, verriet Greg ihr. »Dieses Theater hat jetzt lange genug gedauert.«

Er durfte diese Art von Information gar nicht weitergeben, auch einer Kollegin nicht, aber es war ihm nichts Besseres eingefallen, um ein Gespräch anzufangen.

»Das scheint mir eine gute Idee zu sein«, erwiderte die Inspektorin lächelnd. Sie sah nur seine Augen hinter der Sturmhaube hervorblitzen. Sein Blick war eindringlich. Der Typ gefiel ihr. »Wie heißt du?«, fragte sie.

»Liégean.«

»Ich meinte den Vornamen.«

»Greg.«

»Tag, Greg. Ich heiße Marion.«

»Ich würde mich ja ohne Sturmhaube vorstellen, wenn ich sie abziehen dürfte.«

»Kein Problem«, antwortete Marion, »ich hebe mir die Überraschung gern fürs nächste Mal auf.«

Die Inspektorin flirtete mit ihm! Mitten im Einsatz, so etwas hatte er noch nie erlebt. Es brachte ihn fast ein wenig aus der Fassung. Überhaupt war es lange her, dass eine Frau mit ihm geflirtet hatte. Er hatte vergessen, wie gut sich das anfühlte.

In der *Warze* machte sich eine gut gelaunte Karine auf den Weg zur Arbeit. Sophie würde sie gleich abholen. Mittwochs kümmerte Natalia sich um die Kinder, und sie war heute pünktlich gekommen. Alles lief bestens.

»Einen schönen Tag, Natalia«, sagte Karine, bereits an der Tür. »Und denk dran: um zehn Uhr haben die Jungs …«

»… Fußballtraining«, fiel Natalia ihr ins Wort. »Machen Sie sich keine Gedanken. Ich bin ja nicht zum ersten Mal hier.«

Karine ging aus dem Haus. Sie stellte sich vor die *Warze*, in der einen Hand die Tasche und in der anderen den Thermobecher, den sie Sophie überreichen wollte, nun wieder als Geschenk verpackt. Es vergingen einige Minuten. Keine Sophie in Sicht. Karine spielte mit dem Gedanken, sie anzurufen, aber sie wollte nicht aufdringlich wirken. Sophie war schließlich nicht ihre Chauffeurin, vielleicht hatten die Kinder sie aufgehalten. Sie setzte die Sonnenbrille auf, das fand sie schick. Und wartete weiter. Natalia, die sie durchs Küchenfenster dort stehen sah, rief ihr ein wenig allzu vertraulich zu: »Alles in Ordnung, Karine?«

»Ja klar, alles bestens«, antwortete Karine und scheuchte verärgert Natalia an ihre Aufgaben zurück.

»Coole Brille«, sagte Natalia und schloss das Fenster.

Karine nahm sie sofort wieder ab. Noch schien die Sonne gar nicht, sie wollte ja nicht hinterwäldlerisch wirken. Sie sah auf ihre Uhr. Dann beschloss sie, Sophie doch anzurufen.

»Hast du mich vergessen, *meine Schöne*?«, scherzte Karine mit unsicherer Stimme, als Sophie ranging.

»Ach Mist! Tut mir leid …«

Karine fiel in sich zusammen. Sophie hatte sie vergessen.

»Heute Morgen ist mir was ganz Komisches passiert«, erzählte Sophie. »Ich kann jetzt nicht darüber sprechen, aber ich erzähl's dir später.«

Ganz in ihrer Enttäuschung gefangen, hörte Karine schon nicht mehr zu. »Halb so wild, mach dir keinen Kopf«, sagte sie und legte traurig auf. Sie lief zur Bushaltestelle. Unterwegs kam sie an einem Mülleimer vorbei und warf vor lauter Enttäuschung den Thermobecher hinein.

Karine war nicht die Einzige, die auf Sophie gewartet hatte. An der Bushaltestelle gab es einen Tearoom. Auf dem Parkplatz daneben stand der graue Peugeot. Der Fahrer saß an einem Tisch auf der Terrasse und tat, als würde er Zeitung lesen. Er lauerte darauf, dass Sophie vorbeifuhr. Sie war heute Morgen spät dran. Allmählich kannte er ihre Gewohnheiten.

Es war schön, sie wiederzusehen.

Im Glashaus marschierte Sophie unruhig in der Küche hin und her.

»Das bringt doch nichts, dich hier im Kreis zu drehen.« Arpad fasste sie sanft bei den Schultern. »Warum gehst du nicht ins Büro? Das bringt dich auf andere Gedanken.«

»Es lässt mir einfach keine Ruhe. Zumal wir dieses Wochenende doch zu meinen Eltern fahren wollen.«

»Ich werde eine Alarmanlage installieren lassen«, versprach Arpad. »Ich rufe gleich eine Sicherheitsfirma an. Dann wird das noch vor unserer Abfahrt erledigt.«

»Wer war bloß dieser Kerl, der mich beobachtet hat?«

»Du hast ja gehört, was die Polizei gesagt hat«, versuchte Arpad sie zu beruhigen. »Wahrscheinlich ist es nichts.«

»Was soll das heißen, *wahrscheinlich ist es nichts*? Ein Typ spioniert uns aus, und du willst mir erzählen, das sei nichts!«

»Soph', glaub mir, wenn das wirklich ein Einbrecher war, der uns auskundschaften wollte, dann hast du ihm die Sache gründlich verdorben. Der kommt nicht wieder. Und außerdem werde ich mich heute nicht von hier wegbewegen, also mach dir keine Sorgen.«

Mittwochs arbeitete Arpad im Homeoffice. So konnte er ein bisschen Zeit mit den Kindern verbringen. Abgesehen von den kurzen Fahrten zu Léas und Isaaks Freizeitaktivitäten, wäre immer jemand im Haus.

Sophie gab nach und machte sich auf den Weg zur Arbeit, aber wohl war ihr nicht dabei.

Das Unbehagen ließ sie auf der ganzen Fahrt nicht los. Als sie vom Mont-Blanc-Parkhaus zu Fuß in ihr Büro ging, hatte sie das Gefühl, von jemandem verfolgt zu werden. Sie drehte sich mehrfach um und musterte die Passanten. Aber sie konnte nichts Verdächtiges entdecken. Sie war ein einziges Nervenbündel. Sie musste unbedingt mit einer Freundin reden, und da kam ihr als Erstes Karine in den Sinn.

Als Karine Sophie die Boutique betreten sah, spürte sie gleich, dass etwas nicht stimmte. »Was ist denn los, Sophie?«

Sophie musste sich zusammenreißen, um nicht aufzuschluchzen. »Können wir einen Kaffee trinken gehen?«

»Natürlich!« Der Laden hatte zwar eine Kaffeemaschine für Kunden, doch aufgrund der besonderen Umstände sagte Karine ihren Kolleginnen lieber, dass sie kurz Pause machte, und ging mit Sophie ins *Café des Aviateurs* auf der anderen Straßenseite.

»Entschuldige bitte, dass ich hier einfach so reinschneie … Deine Kolleginnen müssen gedacht haben, die hat sie nicht mehr alle.«

»Ach was!« Karine verging fast vor Ungeduld. Sophie hatte Kummer und war ausgerechnet zu ihr gekommen. Jetzt wollte sie unbedingt erfahren, was los war. Sie drängte sie: »Erzähl mir alles, *meine Schöne*.«

Seit Sophie sie am Vorabend *meine Schöne* genannt hatte, machte sie es ihr nach, und zwar bei jeder Gelegenheit, in der Hoffnung, selbst auch wieder so genannt zu werden.

»Wir hatten heute Morgen einen Eindringling im Haus«, erzählte Sophie.

»Was?«

»Na ja, nicht wirklich im Haus. Aber es fühlte sich ganz so an … Ich hab gerade meinen Kaffee getrunken, so gegen sechs Uhr morgens, als ich bemerkt habe, dass da ein Typ im Wald steht, der mich belauert.«

»Und was dann?«

»Dann habe ich überall Licht gemacht und geschrien. Arpad ist sofort gekommen. Aber der Kerl ist abgehauen.«

Karine legte ihre Hand auf die von Sophie. »Oh, das tut mir so leid«, sagte sie. »Das war bestimmt schrecklich für dich. Habt ihr die Polizei gerufen?«

»Natürlich. Die sind auch gekommen, haben im Wald nachgesehen, aber nichts gefunden.«

»Werden sie Ermittlungen aufnehmen?«

»Ach was! Sie haben gesagt, da könnten sie nicht viel tun: keine Spuren, kein Einbruch, nichts. Als wär es ihnen egal.«

»Warte mal«, empörte sich Karine, »das musst du unbedingt Greg erzählen.«

»Meinst du?«

»Natürlich, er kann bestimmt etwas machen«, sagte Karine, stolz darauf, wie wichtig sie plötzlich war. »Er spricht nie darüber, aber er ist ein hohes Tier.«

Mehr gab Karine nicht preis, denn sie durfte das Geheimnis um den Posten ihres Mannes nicht ausplaudern.

Die Brauns wussten, dass Greg Polizist war, aber wie die meisten seiner Bekannten (mit Ausnahme einer Handvoll enger Freunde) wussten sie nicht genau, in welcher Funktion. Die Mitglieder der Spezialeinheit durften aus Sicherheitsgründen nicht öffentlich bekannt werden. Wenn man Greg fragte, sagte er nur, er sei bei der Einsatzzentrale.

Karine, der es Spaß machte, Ermittlerin zu spielen, fragte Sophie: »Du hast von einem *Typen* gesprochen, hast du diesen Mann denn auch gesehen? Könntest du ihn beschreiben?«

»Nein, es war zu dunkel, um irgendetwas zu erkennen. Aber dass es ein Mann war, da bin ich mir sicher. Und zwar kein Spaziergänger oder irgendein Landstreicher, wie die Polizisten uns einreden wollten. Er hatte sich hinter einem Gestrüpp versteckt und mich beobachtet … Es war … egal, du wirst nur denken, ich sei verrückt geworden …«

»Nein, bestimmt nicht«, ermutigte Karine sie, »nun sag schon!«

»Es war, als hätte er auf mich gewartet.«

»Ach du meine Güte! Wie gruselig!«

»Ganz genau! Ich hab zum ersten Mal in meinen eigenen vier Wänden Angst.«

»Ich werde Greg bitten, heute Abend bei euch vorbeizukommen. Er kann dir bestimmt helfen, Licht in die Angelegenheit zu bringen.«

»Danke, *meine Schöne*«, sagte Sophie lächelnd.

Karines Miene hellte sich auf.

Mittags in der Boutique. Karine schlang in dem fensterlosen Raum, der als Lager diente, ein Sandwich herunter. Auf dem Handy las sie einen Online-Artikel über eine größere Polizei-Operation, die im Morgengrauen im Pâquis-Viertel stattgefunden hatte. Ein durchgeknallter Typ hatte vom Einsatzkommando aus seiner Wohnung geholt werden müssen.

Aus der Meldung erfuhr sie die Einzelheiten, doch das Wichtigste wusste sie ohnehin schon ein Weilchen. Greg hatte sie angerufen, wie er es nach solchen Einsätzen immer tat. Der Artikel war bebildert. Auf einem Foto erkannte sie ihn trotz Sturmhaube und Uniform, die für die Anonymität der einzelnen Teammitglieder sorgen sollten. Schon vor Jahren hatten sie ein geheimes Erkennungszeichen vereinbart. Auf einem der verschiedenen Abzeichen, die per Klettverschluss am Sturmanzug befestigt wurden, stand seine Blutgruppe, A+. Er klebte es immer falsch herum auf. Sie betrachtete das Foto genau, bewunderte ihren Mann, er sah beeindruckend aus in seiner Kampfmontur. Man sah, wie er einer Polizistin in Zivil, die man nur von hinten sehen konnte, Anweisungen gab.

In Wahrheit war auf diesem Schnappschuss zu sehen, wie Polizeiinspektorin Marion Brullier nach dem Einsatz auf Greg zugegangen war, um sich von ihm zu verabschieden.

»Danke«, hatte sie strahlend zu ihm gesagt.

»Das ist schließlich unser Job, Marion«, hatte Greg geantwortet. »Beim nächsten Mal weißt du gleich, wen du anrufst.«

Er hatte kurz gelächelt, was man wegen der Sturmhaube nicht sehen konnte, aber Marion hatte es an seinen Augen erkannt.

»Na klar«, hatte sie versichert. »Ich muss sowieso noch bei dir vorbeikommen, wegen des Einsatzberichtes. Und wir sollten uns überhaupt intensiver austauschen.«

Greg lächelte erneut. Er war sich nicht sicher, was Marion damit andeuten wollte.

Als Sophie am späten Nachmittag nach Hause kam, sah sie Arpad und Greg im Garten. Sie untersuchten das Gestrüpp an der Stelle, an der sie am gleichen Morgen die unheimliche Gestalt bemerkt hatte.

»O Greg, ich bin so froh, dich hier zu sehen!«

»Meine Kollegen scheinen ja keine besonders beruhigende Wirkung gehabt zu haben«, sagte Greg zerknirscht.

Sophie zuckte mit den Schultern. »Nach ihren Maßstäben ist es nicht der Rede wert.«

»Das heißt noch lange nichts«, erwiderte Greg. Er hielt eine der Plastiktüten in der Hand, in denen die Polizei ihre Beweisstücke verwahrte. Darin befand sich eine Hundeleine.

»Ist das die Leine, die an den Baum gebunden war?«, fragte Sophie.

Greg nickte. Bei seiner Ankunft hatte er sich in den Wald führen lassen und dabei so getan, als wäre er zum ersten Mal hier. Und als Arpad ihm die um den Stamm einer Eiche gewickelte Leine gezeigt hatte, hatte Greg sämtliche Register gezogen: Er hatte Latexhandschuhe angelegt und die Hundeleine gründlich untersucht. Kniend hatte er den Spurenanalyseexperten gemimt. Man konnte das Holster seiner Dienstwaffe unter seinem Hemd hervorlugen sehen. Es war filmreif. Als er endlich das Gefühl hatte, das Theater habe lang genug gedauert, nahm er die Leine und ließ sie vorsichtig in die Plastiktüte gleiten.

»Glaubst du, die Hundeleine hat was mit dem Kerl zu tun?«, fragte Sophie.

»Ehrlich gesagt hab ich da so meine Zweifel«, antwortete Greg. »Warum eine Hundeleine? Und warum sollte jemand ein solches Indiz hinterlassen? Aber ich gebe sie trotzdem mal zur Analyse. Kann nicht schaden. Wir dürfen keine Spur außer Acht lassen.«

»Danke«, sagte Sophie, der es guttat, endlich ernst genommen zu werden.

Dann hakte auch Arpad nach: »Was, meinst du, hatte dieser Typ hier verloren? Unser Haus ist das einzige weit und breit. Er war doch sicher aus einem bestimmten Grund hier, oder?«

»Ein Einbrecher«, schlug Greg vor.

»Der Polizist heute Morgen meinte, es sei unwahrscheinlich, dass ein Einbrecher sich ein Haus genau in dem Moment vorknöpft, in dem die Bewohner wach werden.«

»Nicht, wenn er sich nur umsehen wollte«, bemerkte Greg. »Er hat eure Gewohnheiten studiert.«

»Was sollen wir denn jetzt tun?«, fragte Arpad.

Greg genoss diesen kleinen Moment der Überlegenheit: Das Ehepaar Braun hing an seinen Lippen. »Gar nichts«, erklärte er. »Und jetzt bloß kein großes Kopfkino!«

»Du hast recht«, stimmte Arpad zu. »Kommt, lasst uns was trinken.«

Sie gingen alle drei zurück ins Haus. Sophie machte sich in der Küche zu schaffen. Sie füllte eine Schale mit Nüssen und öffnete eine Flasche Wein. Vom Tresen aus beobachtete Greg sie verstohlen. Er betrachtete ihre Hände beim Entkorken der Flasche, die leicht gerunzelte linke Braue, die ihre Konzentration verriet. Die Unterlippe, auf der sie immer wieder herumkaute. Als sie ein drittes Glas einschenken wollte, wehrte er ab. »Ich hab die ganze Woche Bereitschaftsdienst. Ich muss beim Wasser bleiben.«

»Kann ich dir irgendwas Aufregenderes als Wasser anbieten?«, fragte Sophie. »Einen Saft? Eine Cola?«

»Gern eine Cola.«

Mit geschickten Bewegungen warf Sophie Eiswürfel in ein Glas und schnitt eine Zitronenscheibe auf. Dann öffnete sie eine Colaflasche und stellte Greg alles mit einem Lächeln hin. Die Szene hätte eine Getränkewerbung sein können. Greg war überwältigt. Doch Arpad versaute den Augenblick, indem er in seinem Gesichtsfeld auftauchte, um seine Frau in den Nacken zu küssen, bevor er die Weingläser nahm und alle ins Wohnzimmer lockte.

Greg setzte sich aufs Sofa, genau dorthin, wo Sophie es sich gestern unter seinen Augen hatte besorgen lassen. Unauffällig streichelte er über den Stoff.

Sophie machte es sich ihm gegenüber in einem tiefen Sessel bequem. Sie zog die schwarzen Pumps aus und ließ sie auf dem Parkett liegen. Greg bewunderte ihre rot lackierten Zehennägel. Dann fragte er sie:

»Wo genau warst du heute Morgen, als du diesen Kerl im Gebüsch gesehen hast?«

»Ich stand da, am Küchenfenster«, antwortete sie und deutete auf die Panoramascheibe, von der aus sie ihn im Morgengrauen entdeckt hatte.

Greg erhob sich und stellte sich dort hin. So nahm er die Perspektive der Beute ein. Es war seltsam, die Szene mit umgekehrten Rollen noch einmal durchzuspielen. Vor allem wurde ihm klar, dass der Waldrand näher war, als er gedacht hatte. Wäre es etwas heller gewesen, hätte sie ihn problemlos erkennen können. Er sagte sich, dass er verrückt gewesen sein musste. Er durfte es nicht wieder tun.

Arpad erzählte, er habe ein Sicherheitsunternehmen kontaktiert, um eine Alarmanlage installieren zu lassen, jedoch erst für nächsten Montag einen Termin bekommen.

»Eine Alarmanlage, das ist sehr gut«, stimmte Greg ihm zu. »Aber wie ich dir schon gesagt habe, bezweifle ich, dass der Einbrecher so bald wiederkommt. Macht euch keine Gedanken, macht einfach weiter wie bisher.«

»Ich denke, ich werde mir eine Knarre besorgen«, gestand Arpad.

»Eine *Knarre*?« Greg war deutlich anzuhören, wie wenig ihm dieser Vorschlag gefiel.

»Hast du sie noch alle?«, regte Sophie sich auf. »Ich will in diesem Haus keine Waffe haben!«

»Da hat sie recht, das ist wirklich Quatsch«, stimmte Greg ihr zu. »Stell dir vor, die Kinder bekommen sie in die Finger, und es passiert was …« Er kehrte zum Sofa zurück, um seine Cola auszutrinken, dann ergriff er die Gelegenheit und gab Sophie seine Telefonnummer. »Wenn irgendetwas ist, ruf mich an«, schärfte er ihr ein. »Das kannst du bedenkenlos tun. Und falls ihr möchtet, kann ich so lange, bis eure Alarmanlage installiert ist, meine Runde mit dem Hund hier im Wald drehen.«

»Danke, Greg«, sagte Sophie, die diesen Vorschlag beruhigend fand. Als Greg das Glashaus verließ, gab Sophie ihm zum Abschied und zum Dank einen Kuss auf die Wange. Nicht aus Konvention, sondern als aufrichtige, spontane Geste. Für Greg war es ein Ritterschlag. Er überlegte, dass die Geschichte mit dem Landstreicher ihr Gutes hatte. Das alles würde ihm gestatten, ihr näherzukommen.

Auf dem Rückweg kam er an einer Mülltonne vorbei und warf die Hundeleine hinein. Er würde einfach behaupten, die Analysen hätten nichts ergeben.

An jenem Abend hütete sich Greg, als er mit Sandy rausging, sich dem Braunschen Haus auch nur zu nähern. Die Brauns bekamen trotzdem Besuch.

Im Schutz der Dunkelheit parkte der graue Peugeot auf einem Feldweg am Wald. Der Mann, der aus dem Auto stieg, kannte sich bestens aus. Er betrat den Wald und schlich zum Glashaus.

SAMSTAG, 2. JULI 2022

Der Tag des Raubüberfalls

9:34 Uhr

Der Geschäftsführer schloss den Haupttresor auf. Gleich danach fesselte der Einbrecher mit der Schirmmütze ihm die Hände mit einem Kabelbinder und forderte ihn auf, sich auf den Bauch zu legen. Dann öffnete er eine nach der anderen die Schubladen des Tresors, ohne den Inhalt anzurühren. Er suchte nach ganz bestimmten Edelsteinen, und über sein Gesicht huschte ein siegreiches Lächeln, als er sie fand. Es waren riesige rosa Diamanten. Er nahm ein kleines Samtbeutelchen und legte die Diamanten hinein. Sie waren mehrere Millionen wert. Er blickte nervös auf den Timer.

Sie hatten nur noch drei Minuten.

KAPITEL 5

16 Tage vor dem Raubüberfall

~~Sonntag, 12. Juni~~
~~Montag, 13. Juni~~
~~Dienstag, 14. Juni~~
~~Mittwoch, 15. Juni~~
→ **Donnerstag, 16. Juni 2022**
Freitag, 17. Juni
Samstag, 18. Juni (Wochenende in St. Tropez)
Sonntag, 19. Juni (Wochenende in St. Tropez)
Montag, 20. Juni (Sophies Geburtstag)

8:20 Uhr morgens. Am Fußgängerausgang des Mont-Blanc-Parkhauses kamen Sophie und Karine fröhlich schwatzend und lachend am oberen Ende der Rolltreppe an. Hier trennten sich eigentlich ihre Wege, doch Sophie schlug Karine vor, noch einen Kaffee trinken zu gehen.

»Jetzt?«, fragte Karine, als wäre sie erstaunt, dass jemand ihre Gesellschaft so sehr wertschätzen konnte.

»Natürlich nur, wenn du dich dadurch nicht verspätest«, setzte Sophie rücksichtsvoll hinzu.

»Mit dem größten Vergnügen«, sagte Karine, als sie sich wieder gefangen hatte. »Weißt du, ich bin in dem Laden so was wie die Chefin. Ich mach da, was ich will.«

Kaum hatte sie diese Lüge ausgesprochen, griff sie unauffällig nach ihrem Handy und schickte eine Nachricht an ihre Chefin.

Kinder krank. Komme etwas später.
Tut mir leid.

Die beiden Frauen setzten sich ins *Café des Aviateurs*. Karine wählte einen Tisch weiter hinten, um auf keinen Fall von einer Kollegin gesehen zu werden. Sie unterhielten sich noch eine Weile. So gut wie sie sich verstanden, hätte man sie für langjährige Freundinnen halten können. Dann verkündete Sophie energisch, jetzt sei es wirklich Zeit, sich zu trennen: »Ich muss los, *meine Schöne.*« (Triumphales Lächeln von Karine). »Auf mich wartet ein Haufen Arbeit.«

Als Sophie das Café verließ, sah Karine ihr hinterher. Sie betrachtete ihren Gang, ihre Figur, die perfekt gewellten Haare, die langen, dezent gebräunten Beine, die durch die hohen Absätze noch eleganter wirkten. Karine fragte sich, wie man jemanden aus den gleichen Gründen bewundern und verabscheuen konnte – besser ließ sich Eifersucht nicht definieren.

Karine folgte Sophie mit den Blicken, bis diese in dem schönen alten Haus verschwunden war, in dem sich ihre Anwaltskanzlei befand. In Karines Vorstellung saß Sophie dort in einem luxuriösen Zimmer, komplett holzvertäfelt und mit Ledersesseln bestückt. Wenn sie ankam, wurde sie unterwürfig von einer Armee von Mitarbeitern empfangen, alle wie aus dem Ei gepellt, marschierte an ihnen vorbei in dieses riesige Büro, dessen großes Fenster eine atemberaubende Aussicht auf den Genfer See bot.

Sophies Kanzlei schmückte sich zwar mit einer angesehenen Adresse, doch der Rest hatte nichts Grandioses an sich. Die Kanzlei befand sich im obersten Stockwerk des Gebäudes, und als Sophie die Eingangstür aufstieß, schlug diese mit einem Knall gegen eine Schranktür.

»Sorry«, rief Sophies Mitarbeiterin Véronique von ihrem Schreibtisch aus. »Ich hab schon wieder vergessen, den blöden Schrank zuzumachen!«

»Macht nichts«, erwiderte Sophie und warf das Hindernis zu.

Die Geste war ihr schon zur Gewohnheit geworden. Es war nicht Véroniques Schuld: das ganze Büro war unmöglich geschnitten. Mit dieser fabelhaften obersten Etage hatte man vor ein paar Jahren das Gebäude aufgestockt, und sie war mit dem übrigen Haus nicht zu vergleichen. Die Räume waren winzig, die Decke niedrig, und nur wenn man sich verrenkte, hatte man durch eines der wenigen schmalen Fenster eine atemberaubende Aussicht. Sophies Kanzlei bestand lediglich aus drei Zimmern, die von einem mit Linoleum ausgelegten Flur abgingen: Sofies Büro, dem Büro von Véronique sowie einem Besprechungsraum, der nur selten genutzt wurde und in dem sich aus Platzmangel die Akten stapelten. Es gab auch eine winzige Küche und eine Toilette. Vielleicht waren die Räumlichkeiten eng und schlecht geschnitten, dafür zahlte Sophie wenig Miete. Vor allem aber fand sie, dass dieses Büro perfekt zu ihr passte. Es war zentral gelegen, und sie hatte es geschmackvoll eingerichtet. Sie fühlte sich dort wohl, darauf kam es an. Mehr Platz brauchte sie jedenfalls nicht, schließlich waren sie nur zu zweit in der Kanzlei, sie und ihre Mitarbeiterin, Véronique, eine junge Anwältin, die aufgeweckt und fleißig war. Sophie mochte sie sehr, sie sah sich selbst in ihr, so wie sie in ihrer Anfangszeit gewesen war.

Sophie setzte sich an ihren Schreibtisch und schaltete den Computer ein. Der Bildschirm ging an, und sofort erschien eine Kalendermitteilung, die sie an ein Treffen am nächsten Morgen mit einem ihrer wichtigsten Mandanten erinnerte: Samuel Hennel.

Von ihrem Platz aus rief Véronique der Chefin ins andere Zimmer zu: »Alles klar für morgen?«

»Für mein Treffen mit Samuel Hennel?«, fragte Sophie.

»Nein, für dein Wochenende in Saint-Tropez!«

»Ich hab noch nicht gepackt. Das mache ich heute Abend. Ich komme morgen früh übrigens nicht mehr rein. Ich fahre direkt zu Hennel. Arpad und ich wollen gegen Mittag los, um mit den Kindern nicht zu spät anzukommen. Ich muss heute Abend also schon sämtliche Dokumente, die ich für Hennel brauche, mitnehmen.«

Véronique, die immer eine Länge Vorsprung hatte, erschien mit einem dicken Papierstapel im Türrahmen und legte ihn ihrer Chefin auf den Tisch. »An die Stellen, wo Monsieur Hennel seine Unterschrift hinsetzen muss, habe ich Pagemarker geklebt«, erklärte Véronique. »Außerdem habe ich dir eine genaue Übersichtsliste mit allen Dokumenten gemacht. Es sind die üblichen Bankformulare. Ich habe dir alles aufgeschrieben.«

Véronique war extrem effizient.

»Vielen Dank«, sagte Sophie dankbar.

———

Siebzehn Uhr in der *Warze*, Greg parkte vor der Tür. Er mochte ihr Häuschen sehr, anders als Karine, die sich immer nur beklagte. Er fühlte sich wohl hier in diesem kleinen Vorort. Der Ruhe, der Natur. Und dann ihr Garten, der zwar nicht sehr groß war, den er aber sorgfältig in Schuss hielt und in dem er sogar ein kleines Gemüsebeet hatte.

Bevor er ausstieg, kündigte er sich durch mehrmaliges kurzes Hupen an, das Signal für seine Kinder. Tatsächlich wurde die Haustür aufgerissen, und die beiden Jungs kamen angerannt, um ihren Vater zu umarmen, gefolgt von Hund Sandy und Agnès, Karines Mutter, die an den Donnerstagen nach der Schule auf die Kinder aufpasste.

Greg holte die schweren Einkaufstaschen aus dem Kofferraum, außerdem einen Blumenstrauß für seine Frau. Fröhlich kehrten alle ins Haus zurück.

»Heute Abend gibt's Kalbspiccata«, verkündete Greg, während er seine Einkäufe auf der Küchentheke ablud und die Blumen in eine Vase stellte. »Bleib doch zum Abendessen, Agnès.«

»Das ist lieb, Greg, aber ich habe heute meinen Lesekreis. Deshalb muss ich jetzt auch los.« Sie gab ihren Enkeln einen Kuss.

Greg brachte sie zur Tür. Im letzten Moment fiel ihm der Radiowecker auf der Kommode im Eingang wieder ein. »Das hätte ich fast vergessen«, sagte er und gab ihn seiner Schwiegermutter. »Er ist repariert. Er hatte einen Wackelkontakt, den habe ich gelötet. Jetzt dürfte er wieder funktionieren.«

Sie lächelte ihn an: »Danke, du bist ein Engel.«

»Du weißt schon, dass es inzwischen viel modernere Modelle gibt.«

»Den hier habe ich seit fünfzehn Jahren, und jetzt, wo du ihn repariert hast, funktioniert er bestimmt wieder bestens. Die Verkäufer wollen dir nur ihren Ramsch andrehen. Im Geschäft wollten sie mir ein *leistungsstärkeres Modell* aufschwatzen. Das ist doch bloß ein Radiowecker, wie kann der *leistungsstärker* sein? Kocht er dir einen Kaffee und putzt dir die Zähne, während du weiterschlummern kannst?«

Greg lachte. Im Hinausgehen lächelte Agnès ihrem Schwiegersohn zu. Sie betete ihn an und fand, dass ihre Tochter ihm das Leben grundlos schwer machte. Agnès war der Meinung, dass die Paare der neuen Generation sich nicht mehr genug Mühe gaben, miteinander auszukommen. Wenn man wollte, dass es funktionierte, musste jeder sein Teil dazu beitragen.

Greg setzte die Kinder mit ihren Heften an den Küchentisch. Während er ihre Hausaufgaben kontrollierte, begann er, die Piccata vorzubereiten. Er wendete die Fleischstücke in Mehl und ließ sie auf einem Teller ruhen, presste eine Zitrone aus, schnitt die Petersilie klein und tropfte die Kapern ab, damit alles vorbereitet war und er gleich nach Karines Rückkehr das Fleisch braten konnte. Er improvisierte eine Sahnesoße für die Tagliatelle. Im letzten Moment brachte er das Wasser zum Kochen. Er hatte frische Pasta gekauft, die brauchte nur zwei Minuten. Sobald die Hausaufgaben gemacht waren, schickte er die Jungs zum Duschen und nutzte die Gelegenheit, auch selbst schnell unter die Dusche zu springen.

Als Karine nach Hause kam, spielten die Kinder ruhig miteinander, und Greg hatte alles im Griff.

»In zwei Minuten können wir essen«, verkündete er, während er die Nudeln ins kochende Wasser warf.

Karine sah die Blumen auf dem Tisch. Sie lächelte. Greg schaltete den Timer seines Handys ein und stellte ein Nudelsieb in den Ausguss, um die Nudeln in 1'49, 1'48, 1'47 … ins Sieb zu gießen. Dann ließ er den Blick über seine Familie schweifen. Hätte Sophie ihn gestern früh im Gebüsch erkannt, er hätte das alles verlieren können: seine Frau, seine Kinder, seine Arbeit. Er hatte sich inzwischen das Schlimmste ausgemalt: seine Festnahme durch die Kollegen, anschließend Polizeigewahrsam und dann die Erniedrigung, in den Augen der Nachbarn, ja der ganzen Gemeinde, der *Perverse von Cologny* zu sein. Wie war er nur auf die Idee gekommen, eine Frau in ihrem Haus auszuspionieren? Er fragte sich, woher dieser Drang kam.

Es war ein friedlicher Abend in der *Warze*. Nachdem die Kinder im Bett waren, setzten Karine und Greg sich ins Wohnzimmer, um ihre Fernsehserie weiterzuschauen. Als Karine aufstand, weil sie sich einen Tee kochen wollte, bat Greg sie um eine Cola. Sie brachte ihm eine Flasche, die sie einfach nur so, ohne Glas, vor ihn auf den Couchtisch stellte. Er musste daran denken, wie Sophie ihm das Getränk zubereitet hatte, mit Eiswürfeln und einer Zitronenscheibe. Karine setzte sich wieder neben ihn. Er betrachtete die Füße seiner Frau. Sie waren nicht hässlich, aber auch nicht so sorgfältig manikürt wie die von Sophie.

»Warum benutzt du keinen Nagellack?«, fragte Greg plötzlich.

»Wenn ich mal Zeit habe, mach ich das«, antwortete Karine, den Blick starr auf den Bildschirm gerichtet.

An jenem Abend spielte Arpad, wie immer donnerstags, mit seinem langjährigen Freund Julien Martet im Tennisclub von Cologny Squash. Bei diesem wöchentlichen Treffen aßen sie hinterher gemeinsam im Clubrestaurant zu Abend und erzählten sich das Neueste aus ihrem Leben. Beim Essen kamen sie auf die Arbeit zu sprechen. Julien hatte bei einem Investmentfonds eine steile Karriere gemacht, für die Arpad ihn bewunderte.

»Wie läuft's denn so in der Bank?«, fragte Julien.

»Ganz gut. Aber so langsam denke ich darüber nach, etwas anderes zu machen.«

»Ich hoffe doch, du bleibst der Finanzwelt treu?«

»Selbstverständlich. Aber in der Bank langweile ich mich ein wenig. Ich will nicht mein Leben lang das Gleiche tun. Ich würde mich gern selbstständig machen.«

»Weißt du, ich habe in ein Immobilienprojekt in Costa Rica investiert«, vertraute Julien ihm daraufhin an. »Das könnte für dich persönlich interessant sein. Oder vielleicht auch für einige deiner Kunden.«

»Bestimmt«, sagte Arpad. »Kannst du mir Genaueres dazu sagen?«

»Komm doch am Wochenende mal vorbei, dann gebe ich dir alle Infos zu dem Thema.«

»Dieses Wochenende sind wir in Saint-Tropez, wir besuchen Sophies Eltern.«

»Dann rufe ich dich morgen an, wenn ich das Dossier vor der Nase habe.«

Arpad kam gegen zweiundzwanzig Uhr nach Hause. Sophie saß lesend im Wohnzimmer. Er schenkte zwei Gläser Wein ein, und sie unterhielten sich.

Aus dem nahen Wald wurden sie belauert. Der Mann mit dem grauen Peugeot war zurückgekehrt. Aus seinem Versteck im Dunkeln beobachtete er aufmerksam das Innere des Glaskubus.

Zur gleichen Zeit hatten Greg und Karine in der *Warze* die dritte Folge ihrer Serie zu Ende geschaut. Karine ging nach oben, um sich schlafen zu legen. Greg dagegen musste noch mit Sandy raus. Er lief ein paar Schritte durch die Dunkelheit. Dem Hund schien es zu gefallen, dass er keine Leine mehr hatte, er tollte herum und schnüffelte alles ab. Während Greg ihm dabei zusah, dachte er, dass er unbedingt gleich morgen eine identische Leine nachkaufen musste, ehe Karine Fragen stellte.

Am Ende der Straße schlug er plötzlich, obwohl er nur rausgegangen war, damit Sandy pinkeln konnte, den Weg Richtung Glashaus ein. Es war stärker als er. Doch nach dem, was sich am Tag zuvor zugetragen hatte, durfte er kein Risiko eingehen: Greg schickte Sophie eine Nachricht aufs Handy:

Ich dreh mit dem Hund eine Runde durch den Wald.

Schon bald war er am Waldrand. Geräuschlos schob er sich zwischen den Stämmen hindurch. Irgendwo hinter ihm schnüffelte Sandy den Boden ab, die Schnauze tief im Laub vergraben. Wie immer an diesem Ort spürte Greg, wie sich sein Jagdtrieb regte. Nun sah er das Haus zwischen den Büschen und Bäumen auftauchen. Doch zu seiner Enttäuschung waren überall die Jalousien heruntergelassen: Heute keine Vorstellung. Greg wollte schon umkehren, als er erstarrte. Hatte er dahinten einen Schatten wahrgenommen? Am Saum des Waldes hatte sich doch etwas bewegt! Plötzlich schlug sein Herz schneller.

Dreißig Meter von Greg entfernt hielt der Mann den Atem an. Er hatte sich hingekauert, um nicht gesehen zu werden, und bemühte sich, mit der Nacht zu verschmelzen, wurde jedoch das Gefühl nicht los, entdeckt worden zu sein.

Alle Sinne in Alarmbereitschaft, fragte Greg in die Dunkelheit hinein: »Ist da wer?«

Der Mann verharrte vollkommen reglos, in der Hoffnung, den Störenfried täuschen zu können.

Greg zückte eine Taschenlampe und begann das Unterholz mit dem kräftigen Lichtstrahl abzusuchen. »Wer ist da?«, rief er ein weiteres Mal.

Der Mann hatte keine Wahl. Er schnellte aus seinem Versteck hervor, brach mit lautem Knacken durch die Zweige des Gebüschs und rannte, so schnell er konnte, davon.

Greg spürte, wie ihm das Adrenalin in die Adern schoss. Jemand spionierte das Haus der Brauns aus! Seine Lampe streifte kurz eine Gestalt, die durch die Dunkelheit stürmte. »Halt!«, brüllte er. »Polizei! Stehen bleiben!«

Doch der Schatten lief weiter zwischen den Bäumen davon. Greg nahm die Verfolgung auf.

Jenseits des Waldes stellte der Mann fest, dass er seinen Verfolger abgehängt hatte. Er lief weiter über ein Feld zu einem selten benutzten Fahrweg. Hastig stieg er in den dort geparkten grauen Peugeot und verriegelte die Türen. Der Schlüssel steckte. Der Mann wusste, dass solche kleinen Vorsichtsmaßnahmen im Fall einer Verfolgung die Rettung sein konnten. Er fuhr schleunigst los, und das Auto verschwand in der Nacht. Er war gerade noch mal davongekommen. Als die ersten Einsatzfahrzeuge Cologny erreichten, hatte sich der graue Peugeot bereits im Genfer Umland in Luft aufgelöst.

Greg hatte die Zentrale alarmiert, und nun trafen Streifenwagen sowie eine Hundestaffel ein, in der Hoffnung, eine Spur zu finden. Außerdem hatte man zwei Bereitschaftsbeamte der Kripo geschickt. Greg hatte die Spur des Verdächtigen am Waldrand verloren. Die Jagd auf den Mann wurde eröffnet. Die Streifenwagen fuhren die Straßen und Wege in der Umgebung ab, leuchteten Hecken und Gebüsch mit Scheinwerfern aus. Im Waldesinnern ließen die Hundestaffelführer ihre Schäferhunde los. Einer der Hunde folgte einer Fährte bis zu einem Wirtschaftsweg und blieb dort abrupt stehen.

Der Hundeführer rief die Inspektoren und Greg und erklärte: »Ich deute die Reaktion meines Hundes so, dass die verdächtige Person hier in ein Auto gestiegen ist.«

Die Polizei weitete ihre Suche auf die benachbarten Dörfer aus. Aber wie sollten sie ein Auto finden, über das man rein gar nichts wusste? Es war wie die Suche nach der sprichwörtlichen Nadel im Heuhaufen. Nachts um halb eins wurde die Aktion ergebnislos abgebrochen.

Als Greg das Ehepaar Braun im Glashaus darüber informierte, dass seine Kollegen erfolglos geblieben waren, fühlte Sophie sich angesichts dieser ungreifbaren Bedrohung schrecklich allein. Gregs Anwesenheit beruhigte sie, und um ihn noch ein wenig länger im Haus zu halten, kochte sie Kaffee und stellte Kekse hin. Sandy, den man ins Haus gebracht hatte, damit er die Arbeit der Polizeihunde nicht störte, kam in die Küche und drückte seine feuchte Schnauze an Sophies Bein. Diese belohnte ihn mit zärtlichem Streicheln.

Mit ernster Miene kippte Arpad seinen Kaffee hinunter und fragte Greg: »Was geht da deiner Meinung nach vor sich?«

»Ich habe keine Ahnung. Ein Mann hat euer Haus bespitzelt. Wir müssen in Erfahrung bringen, warum.«

»Und wenn der Einbrecher von gestern zurückgekommen ist, um sein Werk zu vollenden?«, mutmaßte Sophie. »Wenn er gewartet hat, dass wir ins Bett gehen, um dann zur Tat zu schreiten?«

»Das glaube ich nicht«, sagte Greg.

»Warum nicht?«, wollte sie wissen.

Er konnte natürlich nicht offenbaren, warum er genau wusste, dass die beiden Zwischenfälle nichts miteinander zu tun hatten. Daher sagte er nur: »Ich hab das Gefühl, hier geht es um etwas anderes.«

Greg bereitete die Sache Kopfzerbrechen. Warum hatte dieser Mann versucht, die Brauns auszuspionieren? Handelte es sich dabei tatsächlich um einen Einbrecher, der seinen Bruch vorbereitete und es auf dieses frei stehende Haus abgesehen hatte? Oder steckte etwas anderes dahinter? Er sagte zu Arpad: »Entschuldige, aber ich muss dich etwas fragen …«

»Nur zu.«

»Gibt es jemanden, der dir schaden will? Hast du Ärger?«

»Nein«, antwortete Arpad mit wegwerfender Geste. »Ich habe weder Feinde noch ein Problem.«

Greg dachte eine Weile nach. Dann kam er zu dem Schluss, dass er nicht weiterkam. »Legt euch schlafen«, sagte er zu Sophie und Arpad, »versucht euch auszuruhen. Ihr könnt euch darauf verlassen, dass eure Jalousien einiges aushalten. Das Haus ist gut gesichert.«

Sophie begleitete Greg zur Tür. »Ich habe Angst«, sagte sie. »Was, wenn dieser Kerl heute Nacht zurückkommt?«

Greg gab sich zuversichtlich: »Er wird nicht wiederkommen. Falls irgendwas ist, du hast ja meine Nummer. Ruf mich an, wirklich, ich bin in nicht einmal zwei Minuten hier.«

»Danke.« Sie legte ihm eine Hand auf die Schulter.

Greg spürte Sophies Verzweiflung, und das gefiel ihm, denn sie kam ihm zugute. »Morgen früh, noch vor sechs, werde ich wieder eine Runde im Wald drehen, wenn ich mit Sandy rausgehe.«

»Ich bin dann schon wach. Komm auf einen Kaffee vorbei.«

Er zierte sich: »Ich will dich nicht stören.«

»Du störst mich nie.«

»Dann also bis morgen.« Nachdem sie die Tür hinter ihm geschlossen hatte und Greg wieder mit seinem Hund durch die Nacht lief, wurde das Lächeln, das er eben gerade noch hatte unterdrücken können, immer breiter. Jetzt hatte er seine Einladung.

Inzwischen stand in dem nahe gelegenen Örtchen Jussy der graue Peugeot vor dem alten Gemäuer eines Bauernhofs. Dort hatte der Mann sein Versteck, eine kleine Wohnung, die er zu diesem Zweck gemietet hatte. Hier war er in Sicherheit, hier würde ihn niemand suchen. In seinem Unterschlupf sah der Mann sich noch einmal die Fotos an, die er im Lauf der letzten Tage geschossen hatte. Das Glashaus aus verschiedenen Blickwinkeln sowie die Alltagsszenen, die er mit dem Teleobjektiv eingefangen hatte. Arpad in der Küche, Arpad mit den Kindern, Arpad am Telefon auf der Terrasse.

Der Mann zündete sich eine Zigarette an. Die Feuerzeugflamme erhellte sein Gesicht: Er sah gut aus. Um die fünfzig, durchdringender Blick, der ahnen ließ, dass er kein Durchschnittsmensch war, athletischer Körperbau. Er strahlte Kraft und Wagemut aus.

Rauchend, den Blick in die Ferne gerichtet, stand er am Fenster. Immer auf der Hut. Immer auf der Lauer. Das war der Grund, dass er in diesem Beruf so lange überlebt hatte. Nur, wie konnte er sich an diesem Abend so überrumpeln lassen? Das sah ihm gar nicht ähnlich. Und wer war dieser Kerl im Wald, der »Polizei!« geschrien hatte. War es wirklich ein Bulle? Wo kam der her? Er musste doppelt wachsam sein, dachte der Mann. Er durfte sich nicht von dem aufregenden Gefühl, in Genf zu sein, ablenken lassen. In vier Tagen würde er sich zu erkennen geben.

13 JAHRE ZUVOR

MAI 2009

Paris

Avenue Montaigne, im achten Arrondissement von Paris.

Sophie, eine blutjunge Anwältin, war seit einem Jahr in der Kanzlei *Thémard, Tournay & Associés* angestellt und machte dort ihre ersten beruflichen Erfahrungen.

Sie war in Saint-Tropez aufgewachsen, hatte an der Universität von Aix-en-Provence Jura studiert, und dieses neue Leben fern ihrer Heimat war für sie eine wichtige Etappe. In der Hauptstadt gefiel es ihr, und sie mochte ihren Beruf. *Thémard, Tournay & Associés* war eine sehr renommierte Kanzlei. Sophie gehörte zum Team von Rechtsanwalt Thémard, einem der fünf Partner. Thémard war ein arroganter Kerl, der sich allen überlegen fühlte. Sie musste ihn konsequent mit *Maître* anreden, während er es sich herausnahm, seine männlichen Mitarbeiter beim Vornamen zu nennen und die Frauen schlicht *Kleines*. Er war sparsam im Umgang mit Geld, aber sehr freigebig, wenn es darum ging, Gemeinheiten auszuteilen. Doch Sophie hatte beschlossen, sich damit zu arrangieren, es war allgemein bekannt, dass die Silberrücken in den großen Kanzleien die Untergebenen gern ihre Macht spüren ließen. Dafür war die Arbeit spannend, sie mochte den Umgang mit den Mandanten, und ihre Kollegen waren nett. Vor allem wusste sie genau, dass dies ihr Weg in Richtung Selbstständigkeit war. Ihr großer Traum war es, eines Tages eine eigene Kanzlei zu eröffnen.

Sophie wohnte in einer Wohnung im vierten Arrondissement, klein, aber gemütlich. Sie lag in der Rue Saint-Paul, gleich am Ufer der Seine, und ihre Freundinnen kamen regelmäßig zu Besuch. In jenem Frühling besuchte eine Freundin sie, die sie lange nicht gesehen hatte: Céline war für die letzten beiden Studienjahre nach Montréal gegangen und kehrte jetzt nach Frankreich zurück. Sie und Céline waren zusammen in Saint-Tropez aufgewachsen. In den Sommerferien hatten sie in den Restaurants von Sophies Vater gejobbt. Céline hatte im *Béatrice* am Empfang gesessen, Sophie hatte ihren Job übernommen, als die Freundin nach Quebec ging.

Als Céline abends in Paris ankam, zogen sie *nur auf ein Glas* los und kamen erst gegen vier Uhr morgens nach Hause. Sie ließen sich aufs Sofa fallen, quatschten noch ein bisschen, dann ging Sophie ins Bett, und ihre Freundin legte sich auf dem Sofa schlafen. Morgens um sieben öffnete Céline zögerlich ein Auge. Sie war fix und fertig. Sophie kam hingegen frisch und erholt in ein Badetuch gehüllt aus der Dusche.

»Ich frag mich, wie du das anstellst«, sagte Céline. »Ich bin am Ende, und du gehst munter zur Arbeit.«

Über Sophies Gesicht huschte ein amüsiertes Lächeln. »Leg dich in mein Bett«, schlug sie vor. »Da hast du's gemütlicher.«

Céline ließ sich nicht lange bitten und kroch ins Bett ihrer Freundin. Sophie brachte ihr einen Kaffee, dann suchte sie sich aus dem Kleiderschrank etwas zum Anziehen aus. Als sie das Badehandtuch abnahm und nackt vor ihr stand, sah Céline den eindrucksvollen Panther auf ihrem Oberschenkel. »Du hast ein Tattoo?«

»Wie du siehst«, antwortete Sophie ausweichend.

»Seit wann?«

»Seit zwei Jahren.«

Celine bewunderte die Ausführung. »Warum ein Panther?«, fragte sie.

»Ehrlich gesagt, war das ein ganz spontaner Einfall.«

»Wirst du's nicht bereuen?«

»Vielleicht. Keine Ahnung. Ich hoffe nicht. Ich halte nicht viel von Reue, das ist Verrat an einem selbst.«

»Gut pariert, Frau Anwältin«, grinste Céline.

Sophie schlüpfte in einen Rock. Der Panther verschwand unter dem Stoff. Céline staunte über die Verwandlungen ihrer Freundin. Wenige Stunden zuvor in enger Lederhose in einem Pariser Club, dann dieses überraschende Tattoo und jetzt die Anwältin wie aus dem Bilderbuch: ein Chamäleon, dessen Metamorphosen Céline allesamt bewunderte.

»Ich muss los«, sagte Sophie. »Schlaf noch ein bisschen, damit du heute Abend fit bist.«

»Heute Abend gibt's ein Süppchen, und um acht Uhr geht's ab in die Heia«, sagte Celine apodiktisch.

An jenem Tag stürmte Rechtsanwalt Thémard morgens in Sofies Büro.

»Kleines«, sagte er zu ihr, »heute kommt Samuel Hennel. »Ihre Kollegin Jessica ist angeblich krank, aber dieser ganze Papierkram muss *prestissimo* für mich ausgefüllt werden.«

Samuel Hennel war ein steinreicher Kunsthändler, der sich jüngst aus steuerrechtlichen Gründen in Genf niedergelassen hatte. Sophie kannte ihn nicht und hatte noch nie mit seinen Angelegenheiten zu tun gehabt, aber sie wusste, dass Thémard sich oft über ihn beklagte. Er warf ihm vor, dass er ständig anrief, ihn nötigte, nach Genf zu reisen, das Büro bei jedem seiner Besuche in Paris belagerte.

Sophie schätzte mit einem Blick den Stapel ein, den Thémard ihr hingelegt hatte. »Wird gemacht«, sagte sie, ohne mit der Wimper zu zucken.

Thémard musterte sie: Ihre Selbstsicherheit gefiel ihm.

Sophie überflog die obersten Dokumente und stellte fest, dass es sich um behördliche Formulare handelte, die man nach einem Todesfall ausfüllen musste. »Ist bei Monsieur Hennel jemand gestorben?«

»Seine Frau«, antwortete Thémard. »Vor drei Monaten.«

»Der Arme«, erwiderte Sophie teilnahmsvoll.

»Zunächst einmal ist er alles andere als arm«, schimpfte Thémard, »außerdem ist sie schon vor drei Monaten in den Himmel entschwebt. Irgendwann muss man auch einen Schlussstrich ziehen können. Kurz und gut, kann ich auf Sie zählen, Kleines?«

»Vollkommen«, sagte Sophie. »Ich kümmere mich um alles.«

Sophie würde es in diesem Beruf offenbar weit bringen. Thémard beschloss, sie herauszufordern: »Tun Sie mir noch einen kleinen Gefallen, ja?«

»Selbstverständlich.«

»Empfangen Sie ihn, Sie allein. Sein Kommen war nicht geplant, und ich habe eine andere Verabredung. Er wird um elf Uhr da sein.«

»Das ist in einer Stunde«, bemerkte Sophie.

»Ist das ein Problem für Sie?«

»Keineswegs«, versicherte Sophie vollkommen ruhig.

»*Magnifico*!«, sagte Thémard begeistert, bevor er auf den Hacken kehrtmachte und mit einem *Grazie Mille* verschwand.

Eine Stunde später begrüßte Sophie Samuel Hennel in einem der Empfangsräume der Kanzlei. Der Mann war Mitte siebzig, eine elegante Erscheinung, das üppige Haar silbergrau.

»Wo ist Thémard?«, erkundigte er sich ohne Umschweife, als er sah, dass in dem Raum nur eine junge Anwältin saß, die er nicht kannte.

»Ein Notfall«, erklärte Sophie. »Er hat mich gebeten, ihn zu vertreten.«

Der Besucher wirkte verärgert. »Ich muss ihn unbedingt sehen. Ich fahre heute Abend nach Genf zurück, es gibt da einen Haufen Papierkram, der erledigt werden muss, und …«

»Ihre Papiere habe ich hier, Monsieur Hennel«, beruhigte Sophie ihn schnell. »Keine Sorge, es ist alles vorbereitet. Mein Beileid wegen Ihrer Frau.«

Hennel setzte sich an den großen Tisch, und Sophie präsentierte ihm eins nach dem anderen die bereits ausgefüllten Formulare, die er nur noch unterzeichnen musste. Er wirkte traurig. Erloschen. Er unterschrieb schweigend, man hörte nur den Füller übers Papier gleiten. Das Schreiben riss eine kleine Wunde wieder auf, die er sich am Zeigefinger zugezogen hatte. Ein Blutstropfen befleckte das Dokument. Er holte ein Taschentuch heraus, drückte es kurz und fest auf seinen Finger, dann unterschrieb er weiter.

Sophie unterbrach ihn: »Warten Sie, ich hole Verbandszeug.«

Samuel Hennel lehnte ihr Angebot ab. »Das ist nichts. Ich habe mich gestern geschnitten.«

»Das ist doch nicht nichts«, erwidert Sophie, »Sie bluten.«

Ohne seine Antwort abzuwarten, ging sie kurz aus dem Zimmer und kehrte dann mit der Erste-Hilfe-Tasche der Kanzlei zurück. Sie desinfizierte den Schnitt und klebte ein Pflaster darauf. Er ließ es geschehen. Dann sagte Sophie mit gespielter Strenge: »Sie müssen besser auf sich aufpassen, Monsieur Hennel.«

»Wozu? Ludmilla hat immer auf mich aufgepasst.«

Da Sophie die Nachlassformulare ausgefüllt hatte, wusste sie, dass Ludmilla seine verstorbene Frau war.

»Na ja«, sagte sie, »Ludmilla wäre es gar nicht recht, dass Sie wegen eines dummen Schnitts Ihr Blut vergießen.«

Samuel Hennel lächelte. Sophie griff nach einem weiteren kleinen Stapel Formulare.

»Wo kommen die her?«, fragte Hennel misstrauisch. »Ich kann mich nicht erinnern, Ihnen diese Dokumente geschickt zu haben.«

Die Atmosphäre, die sich kurz entspannt hatte, schien wieder geladen. Sophie befürchtete kurz, Samuel Hennel könnte sich bei Thémard beschweren, und der würde es dann an ihr auslassen. »Die habe ich hinzugefügt«, gestand sie.

»Ich dachte mir schon, dass sie keinesfalls von Maître Thémard stammen können.«

Sophie rechtfertigte sich: »Das sind Papiere, die Ihre Frau betreffen, früher oder später hätten die Behörden die sowieso von Ihnen verlangt. Ich habe sie also nur vorbereitet, um Ihnen das Leben etwas zu erleichtern. Tut mir leid.«

Bei diesen Worten änderte sich Hennels Gesichtsausdruck. »Warum sollte Ihnen das leidtun?«, fragte er und musterte sie neugierig. »Ganz im Gegenteil, ich bin Ihnen überaus dankbar für Ihre Initiative, Maître. Wenn er Geld von mir will, steht dieser Schlaumeier Thémard immer gleich auf der Matte. Aber wenn es darum geht, mir ein wenig unter die Arme zu greifen, ist er in der Regel nicht zu erreichen!«

Einer plötzlichen Eingebung folgend, parodierte Sophie Thémard mit einem seiner ewigen italienischen Lieblingssprüche: *Hai voluto la bicicletta, adesso pedala!*

Samuel Hennel lachte laut auf und strahlte übers ganze Gesicht. »So hat mich schon lange niemand mehr zum Lachen gebracht. Haben Sie heute Mittag Zeit, mit mir essen zu gehen?«

Etwa ein Jahr später, im Sommer 2010, unterstellten die französischen Behörden Samuel Hennel Steuerflucht in die Schweiz und beschlossen, ihn gründlich zu überprüfen. Hennel war gezwungen, sich damit von Genf aus auseinanderzusetzen, da er nach einer Hüftoperation noch nicht wieder reisen konnte. Er rief mehrmals die Woche bei Maître Thémard an, doch dieser reichte ihn in der Regel an Sophie weiter, die ihn zu beruhigen versuchte. Als ihm die Telefonate mit Sophie nicht mehr genügten, bestand Samuel Hennel, der sich in Genf wie ein Löwe im Käfig fühlte, darauf, dass Thémard ihn in der Schweiz besuchte. Sophie übermittelte sein Anliegen ihrem Chef.

»Nicht nur, dass er mir persönlich ständig damit auf die Nerven geht, dass ich nach Genf kommen soll, jetzt schickt er deshalb auch noch Sie vor?«, regte Thémard sich auf.

»Er sitzt zu Hause fest«, verteidigte ihn Sophie.

»Was macht das denn für einen Unterschied, ob er nun zu Hause festsitzt oder nicht? Ich habe ihm bereits zehnmal am Telefon erklärt, dass wir längst alle nötigen Informationen ans Finanzamt weitergeleitet haben.«

»Die Situation macht ihm Angst. Ich glaube, es täte ihm gut, Sie zu sehen.«

Thémard blickte Sophie scheel an. »Sind Sie jetzt sein Sprachrohr?«

»Es lässt sich nicht immer alles per Telefon regeln. Manchmal muss man sich persönlich um seine Mandanten kümmern.«

Sophie hatte recht, und Thémard wusste das. Er kapitulierte: »Gut, ich fahre hin. Organisieren Sie das für mich, ja? Und da Ihnen die Sache so wichtig ist, begleiten Sie mich.«

Die Reise in die Schweiz fand in der darauffolgenden Woche statt. Sophie und Thémard fuhren am selben Tag hin und wieder zurück. Sie waren früh von der Gare de Lyon aufgebrochen und kamen am späten Vormittag in Genf an. Dort sprangen sie in ein Taxi und ließen sich direkt zu Samuel Hennel bringen, der sie zum Mittagessen erwartete. Er lebte in Collonge-Bellerive in einem stattlichen Herrenhaus mit Park direkt am Seeufer.

Thémard hetzte durch die Mahlzeit, besprach in Windeseile die verschiedenen Punkte, die seinem Mandanten Sorge bereiteten. Hennel hatte groß auffahren lassen, aber Thémard war viel zu schlechter Laune, um diese Bemühungen zu würdigen. Er verweigerte den Nachtisch, nahm widerstrebend einen Kaffee an, dann drängte er zum Aufbruch. Als sie mit dem Taxi wieder ins Stadtzentrum fuhren, sagte er zu Sophie: »Wie Sie sehen, war es völlig überflüssig, herzukommen. Nichts als Blabla.«

Sie hatten das Mittagessen so schnell hinter sich gebracht, dass Thémard und Sophie bis zur Abfahrt des Zuges noch drei Stunden Zeit hatten. Das Wetter war wunderschön, und Sophie fand, sie könnten sich doch ein wenig die Stadt anschauen. Aber Thémard wollte sie noch etwas triezen und sagte beim Aussteigen aus dem Taxi: »Wenn Sie wirklich meinen, man müsste sich um seine Klienten auch persönlich kümmern, dann gehen Sie doch Pralinen für Hennel kaufen und bringen Sie ihm die dann persönlich vorbei. Er ist ganz verrückt nach Kirschwasser-Pralinen, Sie wissen schon, diese kleinen, mit Likör gefüllten Dinger.«

Sophie ließ sich das nicht zweimal sagen. Sie ging in zwei Chocolaterien, doch was man ihr dort anbot, überzeugte sie nicht. Sie wollte etwas Symbolischeres. Eine Pflanze vielleicht? Bei einem Floristen fand sie einen schönen Bonsai. Samuel Hennel hatte ihr einmal gestanden, seine Frau habe diese japanischen Bäumchen mit großer Hingabe gehegt und gepflegt.

Sophie kaufte den Bonsai, sprang in ein Taxi und fuhr wieder nach Collonge-Bellerive. Vor dem Anwesen angekommen, ließ sie den Taxifahrer warten, bis sie das Geschenk abgegeben hatte. Sie vertraute das Bäumchen der Hausangestellten an und stieg wieder ein. Doch als der Wagen die Kiesallee zurückfuhr, rannte ihnen die Angestellte hinterher.

»Warten Sie!«, rief sie Sophie außer Atem durch das heruntergelassene Fenster zu. »Monsieur Hennel möchte Sie sprechen.«

Das Taxi machte kehrt, und wenige Augenblicke später saß Sophie dem Hausherrn gegenüber, der sie inquisitorisch musterte. »Hat Maître Thémard Sie darum gebeten, das für mich zu kaufen?«, fragte er.

»Ja, er dachte, eine kleine Aufmerksamkeit würde Ihnen Freude machen.«

»Glatt gelogen.« Hennel sah sie fest an. »Ich glaube Ihnen kein Wort.«

»Wie bitte?«, entgegnete Sophie entrüstet.

»Seit Jahren schenkt Thémard mir diese schrecklichen gefüllten Pralinés. Und ich habe ihm nie etwas von den Bonsais erzählt.«

Als Sophie nichts erwiderte, fuhr er fort: »Haben Sie ein wenig Zeit?«

»Nicht viel. Mein Zug geht um siebzehn U…«

»Sie haben Zeit«, schnitt Hennel ihr das Wort ab. Dann drehte er sich zu seiner Hausangestellten um. »Bezahlen Sie den Taxifahrer und schicken Sie ihn weg, bitte, wir werden Mademoiselle zum Bahnhof bringen lassen.« Er wandte sich wieder an Sophie: »Darf ich Ihnen noch einen Kaffee anbieten?«

»Sehr gern.«

Nach dem Sommer führte Samuel Hennels Ärger mit dem französischen Finanzamt zu Problemen mit der Genfer Bank, bei der er sein Geld angelegt hatte. Das ließ sich nur direkt klären. Thémard ließ Sophie in sein Büro kommen. »Fahren Sie nach Genf, und regeln Sie die Sache«, befahl er überaus verstimmt.

»Allein?«, fragte Sophie erstaunt.

»Denken Sie nur, Hennel hat darauf bestanden, dass Sie kommen. Und zwar ohne mich. Ich gestehe, das passt mir ganz gut, ich kann meine Zeit nicht mit Reisen in die Schweiz verplempern. Ich weiß zwar nicht, wie Sie das angestellt haben, aber er schwört auf Sie.«

»Ich habe nur meine Arbeit getan«, erwiderte Sophie. »Das hat ihn wohl überzeugt.«

Thémard warf ihr einen müden Blick zu: »Wissen Sie, Kleines, Sie müssen nicht immer das letzte Wort haben.«

»Und Sie müssen nicht immer fiese Bemerkungen machen.«

Thémard war empfindlich getroffen. »Ich verbitte mir diesen Ton, Kleines … Vergessen Sie nicht, dass ich Ihr Vorgesetzter bin.«

»Ganz recht, Sie sollten ein Vorbild sein.«

Thémard schob sich die Hornbrille mit ausgestrecktem Finger zurück auf die Nase; das tat er immer, wenn er sich ärgerte. »Das reicht! Beißen Sie nicht in die Hand, die Sie füttert! Das ist ganz schlechter Stil, Sophie! Und sehen Sie zu, dass Sie diese Geschichte mit der Schweizer Bank umgehend geregelt bekommen. Ihr Posten steht auf dem Spiel!«

Am übernächsten Tag reiste Sophie nach Genf. Ein Chauffeur erwartete sie am Bahnsteig und brachte sie zu einer schwarzen Limousine mit Samuel Hennel auf dem Rücksitz. Sie fuhren direkt zur Bank. Während der Fahrt rekapitulierte Samuel noch einmal die Situation, obwohl Sophie jedes Detail bestens kannte: »Das ist schon ein starkes Stück«, sagte er. »Die Franzosen wollen mein Geld einfrieren, und die Schweizer Bank ist bereit, mit ihnen zu kooperieren.«

»Das wird sich alles regeln lassen«, versicherte Sophie.

»Ich zweifle keine Sekunde an Ihren Fähigkeiten«, schmeichelte Hennel ihr.

In der Bank angekommen, wurden Sophie und Samuel in einen Empfangsraum gebracht. Verblüfft starrte Sophie den Angestellten an, der sie dort erwartete, und der machte ein ebenso ungläubiges Gesicht wie sie.

»Sophie?«, fragte er.

»Arpad!«, rief sie.

Dann herrschte Schweigen.

»Sie kennen sich?«, fragte Samuel schließlich amüsiert.

»Aus Saint-Tropez«, bestätigte Sophie.

Als Sophie an jenem Tag die Bank verließ, drehte sie sich unwillkürlich noch einmal um und sah nach oben. Im dritten Stock stand Arpad am Fenster. Ihre Blicke kreuzten sich. Sie lächelten einander zu.

»Das ist ja wie im Film«, sagte Samuel Hennel, dem offenbar gar nichts entging, augenzwinkernd.

»Es ist einfach nett, sich wiederzutreffen«, spielte Sophie die Sache herunter. »Wir haben einander Jahre nicht gesehen.«

»War es etwas Ernstes zwischen Ihnen?«

»Wir waren eine Weile zusammen. Er hat damals für meinen Vater gearbeitet.«

»Ihr Vater besitzt eine Bank?«

»Restaurants.«

»Wie beruhigend zu wissen, dass mein Bankberater in einem Restaurant ausgebildet wurde«, scherzte Samuel.

»Nachdem er in London sein Diplom gemacht hatte, lebte er eine Weile in Saint-Tropez. Um sich das leisten zu können, hat er in einem der Restaurants meines Vaters gearbeitet. Genau wie ich parallel zu meinem Jurastudium.«

»Sie haben mir meine Frage noch nicht beantwortet: War es etwas Ernstes zwischen Ihnen?«

»Wir hatten uns ziemlich gern.«

»Warum ging es dann zu Ende?«

»Mein Gott, Sie sind ja wirklich neugieriger als jede Klatschbase!« Er lachte auf.

Sophie fuhr fort: »Stellen Sie sich vor, dieser Blödmann war von einem Tag auf den andern spurlos verschwunden.«

»Jedenfalls ist *dieser Blödmann* Ihnen nicht gleichgültig …«

Ehe Sophie den Zug zurück nach Paris nehmen musste, lud Samuel Hennel sie noch ins italienische Restaurant des *Hôtel de Bergues* zum Mittagessen ein.

»Ich muss mich bei Ihnen entschuldigen«, sagte er. »Ich wusste genau, wie ärgerlich Thémard reagieren würde, als ich darauf bestand, dass nur Sie mich zum heutigen Termin begleiten. Aber ich tat es aus gutem Grund. Ich wollte Sie alleine in Aktion sehen. Ich wollte wissen, ob meine Entscheidung richtig war.«

Sophie sah ihn erstaunt an. »Welche Entscheidung?«, fragte sie.

Samuel Hennel antwortete prompt: »Ich wollte Ihnen vorschlagen, für mich zu arbeiten, auf eigene Rechnung.« Gespannt wartete er auf ihre Reaktion.

»Als Ihre anwaltliche Vertretung?«, brachte Sophie vollkommen überrumpelt hervor. »Thémard wird toben.«

Samuel lächelte. »Heißt das, Sie sind einverstanden?«

»Ich weiß nicht, das wäre ein großer Schritt.«

»Ich denke, Sie sollten Ihr Schicksal selbst in die Hand nehmen. In Genf haben Sie die Chance dazu.«

»Ich soll herziehen?«

Er nickte. »Die allerwichtigste Regel für eine Selbstständigkeit ist, dass Sie mehrere Mandanten, sprich mehrere Einnahmequellen, haben müssen. Ich bin alt, Sie brauchen also außer mir noch weitere Klienten, damit Sie, wenn ich einmal nicht mehr bin, nicht ohne Einkommen dastehen. Und dabei kann ich Ihnen helfen.«

»Wie das?«

»Es gibt in Genf ganze Heerscharen wohlhabender Franzosen, die begeistert auf die Dienste einer Anwältin Ihres Kalibers zurückgreifen würden.«

»Ich bin sicher, die haben längst jemand anderen.«

»Da haben Sie recht. Doch das liegt nur daran, dass sie Ihnen noch nicht begegnet sind.«

Nach einer Woche Bedenkzeit nahm Sophie Samuel Hennels Vorschlag an und kündigte bei der Kanzlei Thémard, Tournay & Associés.

Für sie war Genf der Beginn eines neuen Lebens. Samuel Hennel stellte sie seinen Freunden und seinem Netzwerk vor. Die meisten waren, wie er selbst, wohlhabende Franzosen, die wegen des beschaulichen Lebens und des angenehmen Steuerklimas in die Schweiz gekommen waren. Obwohl es ihre Anwaltskanzlei offiziell noch gar nicht gab, hatte sie bereits mehrere Mandanten. Sie beantragte die Zulassung bei der Kammer und fand dank Samuel Hennel günstige Büroräume an einer guten Adresse: in der Rue du Rhône. Und so ließ sie sich in der obersten Etage dieses schönen Hauses nieder. Doch von den beruflichen Aussichten einmal abgesehen, war Sophie vor allem wegen Arpad nach Genf gezogen. Endlich hatte sie ihn wiedergefunden. Drei Jahre zuvor hatte er sich in Luft aufgelöst. Es hatte ihr das Herz gebrochen.

Er war der Mann ihres Lebens. Das war so eindeutig, dass sie noch nicht einmal vorgab, sich eine eigene Wohnung zu suchen: Sie zog gleich bei ihm ein, im Quartier de Florissant.

Wenn man sie zusammen sah, fragte man sich, wie sie sich drei Jahre lang hatten aus den Augen verlieren können. Sie verstanden es selbst nicht so recht.

»Wie du dir denken kannst, habe ich sehr wohl versucht, dich zu kontaktieren, nachdem ich Saint-Tropez verlassen hatte«, versicherte ihr Arpad. »Aber die Anrufe gingen nicht durch. Ich rief im *Béatrice* an, hinterließ dort sogar Nachrichten für dich. Irgendwann erklärte man mir, du seist nach Italien in den Urlaub gefahren. Ich dachte damals, dass dir nichts mehr an mir liegt.«

»*Dass mir nichts mehr an dir liegt?* Aber ich war verrückt nach dir! Übers Handy warst du auch unerreichbar. Es war, als gäbe es deine Nummer gar nicht mehr.«

»Man hatte es mir gestohlen«, log Arpad.

»Und was Italien angeht«, hatte Sophie erklärt, »ich war ziemlich geknickt, nachdem du einfach so verschwunden warst, daher fuhr ich mit einer Freundin in die Toskana, um auf andere Gedanken zu kommen. Bei meiner Rückkehr ins *Béatrice* hat mir niemand irgendwelche Nachrichten von dir ausgerichtet.«

Damals hatte Sophie sich schuldig gefühlt. Wäre sie in Saint-Tropez geblieben, hätte sie ihn nicht verloren.

»Warst du so traurig, dass du dir diesen Panther auf den Oberschenkel hast tätowieren lassen?«, hatte Arpad scherzhaft gefragt. Sie hatte lächelnd geantwortet: »Das Tattoo war ein spontaner Einfall. Gefällt es dir nicht?«

»Im Gegenteil!«

Sie waren so glücklich, einander wiedergefunden zu haben, dass sie beide eine unglückselige Verkettung widriger Umstände für diese dreijährige Trennung verantwortlich machten.

Doch widrige Umstände verbergen sich hinter schönem Schein.

Und dem ist nicht zu trauen.

KAPITEL 6

15 Tage vor dem Raubüberfall

~~Sonntag, 12. Juni~~
~~Montag, 13. Juni~~
~~Dienstag, 14. Juni~~
~~Mittwoch, 15. Juni~~
~~Donnerstag, 16. Juni~~
→ Freitag, 17. Juni 2022
Samstag, 18. Juni (Wochenende in St. Tropez)
Sonntag, 19. Juni (Wochenende in St. Tropez)
Montag, 20. Juni (Sophies Geburtstag)

5:00 Uhr morgens, im Glashaus. Sophie schlug die Augen auf. Die Nacht war kurz gewesen. Sie musste wieder an den gestrigen Tag und diesen Eindringling denken, den Greg verscheucht hatte. Neben ihr lag Arpad und schlief wie immer tief und fest. Sie ging hinunter in die Küche, wagte jedoch nicht, die Jalousien hochzufahren. Zum ersten Mal hatte sie in ihren eigenen vier Wänden Angst. Plötzlich gab das Handy einen Ton von sich. Eine Nachricht von Greg:

> *Ich drehe gerade eine Runde durch den Wald.*
> *Ist es immer noch okay, wenn ich auf einen Kaffee vorbeikomme?*

Als Arpad um sechs Uhr hinunterkam, saßen Greg und Sophie in der Küche und unterhielten sich. Die Brauns wollten ja eigentlich übers Wochenende nach Saint-Tropez, doch Sophie war nicht wohl bei dem Gedanken, das Haus zwei Tage allein zu lassen.

»Ich glaube nicht, dass wir fahren können«, sagte Sophie, als sie Arpad sah.

»Aber Soph', wir wollen doch deinen Geburtstag feiern! Die ganze Familie wird da sein.«

»Mein Geburtstag ist erst am Montag. Wir könnten das Wochenende drauf hinfahren.«

»Deine Schwester kommt extra angereist, und dein Vater hat offenbar ein riesiges Programm vorbereitet.«

»Und wenn dieser Kerl am Wochenende zurückkommt?«

»Falls sich jemand hier bedienen will, ist es mir ehrlich gesagt lieber, er tut es, während wir nicht hier sind.«

Sophie wusste, dass Arpad da recht hatte. Außerdem war es übertrieben, das Wochenende in Saint-Tropez abzusagen. Alle freuten sich darauf, und sie selbst am meisten.

»Mir ist einfach nicht wohl dabei, das Haus unbeaufsichtigt zu lassen«, sagte sie. »Hätten wir die Alarmanlage schon, wäre es etwas anderes.«

»Montag ist es so weit«, versicherte Arpad. »Die Alarmanlage wird dann direkt mit einer Notrufzentrale verbunden, und im Garten gibt es Kameras. Wir können sogar alles aus der Ferne über unsere Handys steuern. Das wird so uneinnehmbar wie Fort Knox hier. Und weißt du was? Ich werde die Sicherheitsfirma beauftragen, bis dahin in unserer Abwesenheit ein paar Runden zu drehen.«

Greg schaltete sich ein: »Spar dir das Geld, ich habe eine bessere Idee. Ich komme selbst vorbei und sehe nach eurem Haus.«

»Ist das nicht ganz schön mühsam für dich?«, fragte Arpad.

»Ich wohne doch gleich ums Eck, also ist es wirklich kein Ding. Ihr lasst die Jalousien runter und fahrt in Ruhe weg. Ich passe auf.«

Um sieben Uhr wurden Léa und Isaak wach. Von den nächtlichen Ereignissen hatten sie nicht das Geringste mitbekommen. Bestens gelaunt frühstückten die beiden – sie freuten sich sehr auf das Wochenende in Saint-Tropez.

»Wann fahren wir los?«, wollte Isaak wissen. »Darf ich in der Schule fehlen?«

»Wir fahren erst am Mittag«, antwortete Arpad. »Wir holen euch ab, und dann geht's gleich weiter.«

»Und was essen wir dann?«, fragte Léa besorgt.

»Picknick im Auto!«, verkündete Arpad.

Die Kinder waren ganz aus dem Häuschen.

»Also muss ich am Nachmittag nicht zur Schule?«, fragte Isaak.

»Nein, musst du nicht. Deine Lehrerin weiß schon Bescheid.«

Die Kinder stießen Jubelgeschrei aus, aber Léa bemerkte, dass ihre Mutter gar nicht glücklich aussah.

»Mama, bist du traurig?«

Sophie zwang sich zu einem Lächeln. »Nein, mein Schatz. Ich bin nur ein bisschen müde.«

Arpad wechselte das Thema: »Meine Süßen, wenn ihr aufgegessen habt, macht euch schnell fertig.«

Die Kinder stapften fröhlich die Treppe hoch, um sich anzuziehen.

»Alles in Ordnung?«, fragte Arpad Sophie.

»Ja, mach dir keine Sorgen.«

»Ich weiß, dir ist nicht wohl bei dem Gedanken, wegzufahren, aber Saint-Tropez wird uns allen guttun.«

Sie nickte: »Wer hätte gedacht, dass du eines Tages darauf bestehen würdest, übers Wochenende zu meinen Eltern zu fahren.«

»Gelobt seien die, die dich erschaffen haben.«

Sie lächelte, und er küsste sie. »Schatz, ich muss los, ich habe gleich einen Termin in der Bank.«

»Kein Problem, das hast du mir ja gestern schon gesagt.«

»Aber ich lasse dich gar nicht gern allein.«

»Mach dir keinen Kopf, zisch ab!«

»Bist du sicher?«

»Na klar doch. Los, sonst kommst du noch zu spät.«

Sie gaben sich noch einen Kuss. Im schicken Anzug und mit Krawatte verließ Arpad das Haus, stieg in seinen Porsche und fuhr Richtung Stadtzentrum. Der graue, am Ende des Privatweges hinter Gebüsch verborgene Peugeot fiel ihm nicht auf.

Der Fahrer des Peugeot sah Arpad vorbeikommen. Doch für ihn interessierte er sich nicht. Er wartete auf Sophie. Die tauchte eine halbe Stunde später am Steuer ihres Wagens auf. Der Peugeot folgte ihr unauffällig. Sie setzte die Kinder vor dem Schulzentrum ab und machte am Tearoom von Cologny einen Zwischenstopp, um auf der Terrasse einen Kaffee zu trinken. Er beobachtete sie vom Parkplatz aus. Um neun Uhr fünfzehn fuhr sie dann in die Nachbargemeinde Collonge-Bellerive, wo sie hinter dem Einfahrtstor eines imposanten Anwesens am Seeufer verschwand.

Der Peugeot hielt vor dem Tor, und der Fahrer stieg aus, um den Namen auf der Klingel zu lesen. Im Internet fand er heraus, dass der Hausherr ein betagter, in der Schweiz ansässiger, reicher Franzose war, einer von Sophies Mandanten, sagte er sich. Nichts wirklich Interessantes. Er fuhr wieder davon.

Als der graue Peugeot davonfuhr, parkte Sophie ihren Wagen gerade vor dem Herrenhaus, dem Zentrum der riesigen Parkanlage.

Eine Hausangestellte empfing sie ehrerbietig und geleitete sie bis auf die Terrasse, wo Samuel Hennel sie erwartete.

»Sophie«, rief er beim Anblick seiner Anwältin, »dieser Morgen war schon schön. Aber durch Sie wird er noch schöner!« Er erhob sich geschwind und gab ihr einen eleganten Handkuss.

Sie machte sich lustig über sein Gewese. »Sie müssen aber auch immer übertreiben, Samuel. Wie geht es Ihnen?«

»Gut. Glaube ich. Darf ich Ihnen etwas zu trinken anbieten?«

»Einen Kaffee, gern.«

Samuel gab der Hausangestellten, die sich im Hintergrund gehalten hatte, ein Zeichen. Sophie setzte sich an den Tisch und bewunderte das Panorama. Wie schön es hier war!

Samuel nahm ihr gegenüber Platz und fragte ohne Umschweife: »Haben Sie die Post vom Finanzamt gesehen? Muss ich mir Sorgen machen?«

»Sie sind viel in Frankreich«, bemerkte Sophie. »Dadurch liefern Sie dem Amt allen Grund, Ihnen auf den Zahn zu fühlen.«

»Aber Sie bringen mir das wieder in Ordnung, oder?«

»Selbstverständlich.«

Samuel legte Sophie einen minutiösen Bericht über seine Reisen nach Frankreich in den letzten zwei Jahren und vier Monaten ab.

»Glauben Sie, ich sollte besser auf mein Chalet in Megève verzichten? Stattdessen lieber etwas in der Schweiz kaufen?«

»Das wäre allerdings besser«, stimmte Sophie zu.

Als sie die von Véronique vorbereiteten Dokumente aus ihrer Ledermappe zog, tat er entsetzt.

»Was soll denn dieser ganze Papierkram?«, fragte er.

»Das sind nur ein paar Dokumente. Ich bin noch einmal alles durchgegangen, Sie müssen sie bloß an den Stellen mit den Pagemarkern unterzeichnen.«

Er seufzte theatralisch. Er hatte sonst nicht viel Zerstreuung, und die Besuche seiner Anwältin heiterten ihn auf. »Gnade, Sophie! Gönnen Sie mir noch einen Augenblick und lassen Sie uns ein wenig plaudern. Machen Sie mir die Freude. Danach erledigen wir das alles.«

Sophie brach in ihr sonniges Lachen aus, das ihm so gefiel. Sie sah ein Zigarettenetui auf dem Tisch liegen. »Dürfte ich mir eine nehmen?«, fragte sie.

»Aber selbstverständlich!« Samuel klappte das Etui auf und präsentierte ihr die ordentlich aufgereihten Zigaretten.

Sophie nahm sich eine, und schon im nächsten Moment gab Samuel ihr Feuer.

»Danke.« Sie blies eine weiße Rauchwolke aus.

»Man sieht Sie selten rauchen, Sophie. Bedrückt Sie etwas?«

Sophie stellte fest, dass ihr Mandant sie recht gut kannte. Sie war kurz versucht, ihm von der nächtlichen Störung zu erzählen, verwarf den Gedanken jedoch wieder. Sie zog es vor, auf ein unverfängliches Thema auszuweichen.

11:30 Uhr im Glashaus. Gleich sollte es losgehen, nach Saint-Tropez. Arpad lud gerade das Gepäck ins Auto, als sein Freund und Squashpartner Julien Martet ihn anrief.

»Das Projekt in Costa Rica nimmt schneller Gestalt an, als ich gedacht hätte«, erklärte Julien, gab ihm eine kurze Zusammenfassung und nannte ein paar Zahlen.

»Ich hätte vielleicht ein paar interessierte Kunden«, sagte Arpad. »Aber ich bin heute nicht im Büro. Kann ich dich Montag zurückrufen?«

»Kein Problem. Die Unterlagen hab ich hier. Ich kann sie dir per Mail schicken, wenn du möchtest.«

»Gern. Aber an meine Privatadresse. Das wäre besser.«

Die beiden Männer legten auf, und wenige Augenblicke später bekam Arpad von Julien eine offizielle Broschüre geschickt, in der das Projekt detailliert erläutert wurde. Ein computergeneriertes Bild zeigte die geplanten Gebäude an der Uferpromenade, daneben stand ein Text, der sich an ausländische Investoren richtete und die Vorzüge und den Zauber Costa Ricas pries. Arpad konnte sich ein Leben dort sofort vorstellen: Sonne das ganze Jahr über, die Nachmittage mit den Kindern am Strand. Er hatte schon seit Längerem Lust auf einen Tapetenwechsel. Er musste sich neu erfinden. Er könnte sein eigenes Geld in dieses Immobilienprojekt stecken. Diese Investition würde es ihm vielleicht gestatten, sein Leben zu ändern. Er und seine Familie in einem Haus am Strand von Costa Rica … Er begann zu träumen: Was würde Sophie dazu sagen? Aber da kam Sophie nach Hause und riss ihn aus seinen Gedanken. »Was ist los?«, fragte sie belustigt, als sie aus dem Auto stieg. »Du sahst so aus, als würdest du wer weiß welche Gedanken wälzen …«

Er küsste sie und drückte sie an sich. »Ich hab nur ein bisschen geträumt«, sagte er.

»Wovon denn?«

»Von unseren nächsten Ferien.«

»Oh, wo soll es denn hingehen?«

»Ich hatte an Costa Rica gedacht.«

»*La pura vida*. Gar keine schlechte Idee.«

Er beschloss, nichts weiter zu sagen. Warum sollte er Sophie mit seinen Gedanken an einen Neuanfang verunsichern?

»Der Kofferraum ist gepackt«, sagte er. »Wir können los.« Sie stiegen in Arpads Auto. Sobald sie die Kinder von der Schule abgeholt hätten, ginge es los Richtung Südfrankreich. Sophie ergriff die Hand ihres Mannes. Bei ihm fühlte sie sich in Sicherheit. Das Wochenende würde ihnen guttun.

17:00 Uhr. Familie Braun fuhr mit dem Auto durch die Provence. Noch gut eine Stunde Fahrt, dann würden sie in Saint-Tropez ankommen.

In Genf legten Greg und sein Team in den Räumen des Einsatzkommandos gerade die schwere Ausrüstung wieder ab. Sie hatten den ganzen Tag lang den Besuch eines Staatschefs gesichert, der zu einer internationalen Konferenz gekommen war. Sein Tross wurde ab dem Ausstieg am Flughafen von Genf geschützt und anschließend zu den Vereinten Nationen und weiter ins InterContinental Hotel eskortiert, das man zu diesem Anlass weiträumig abgesperrt hatte. Greg hatte die gesamte Operation koordiniert und dabei wieder einmal seine Führungsqualitäten bewiesen. Er war sogar als Nachfolger für seinen Chef im Gespräch, der nächstes Jahr pensioniert werden sollte.

Greg wollte gerade gehen, als ihm Besuch angekündigt wurde. Eine Inspektorin der Kripo benötige noch die Unterschrift unter einen Einsatzbericht. Es war Marion Brullier. Greg lief ein Stück mit ihr durch die große Eingangshalle des Polizeipräsidiums.

»Also, was ist jetzt mit diesem Bericht?«, fragte Greg.

»Das hängt ganz von dir ab«, antwortete Marion.

Sie sah ihm dabei so fest in die Augen, dass Greg beinahe weiche Knie bekam. Jetzt, da sie ihre Polizistinnenrolle abgelegt hatte, kam sie ihm sehr jung vor. Und das missfiel ihm keineswegs. Wie alt mochte sie sein? Bestimmt noch keine dreißig. Alles an ihr war begehrenswert: ihr straffer Körper, ihre erfrischende Art – und sie war frei. Er zog sie mit Blicken aus, und alles, was er dabei sah, hatte Karine in seinen Augen längst verloren.

»Wollen wir was trinken gehen?«, schlug Marion vor. Greg sah auf die Uhr.

»Eigentlich gern, aber ich muss los.«

»Aufgeschoben ist nicht aufgehoben«, kommentierte Marion. »Gib mir doch deine Telefonnummer. Nur für den Fall der Fälle …«

»Für welchen Fall der Fälle?«, fragte Greg.

»Für den Fall, dass wir uns noch mal zu dem Bericht austauschen wollen.«

Er diktierte ihr seine Nummer. Dann sagte Marion noch zu ihm, bevor sie ging: »Übrigens: Ohne Sturmhaube siehst du viel besser aus!«

Greg war vollkommen klar, dass er sich gerade auf die schiefe Bahn begab, und zwar nicht nur mit Marion. Auf dem Weg nach Hause fuhr er beim Glashaus vorbei, zu dem Arpad ihm einen Schlüssel gegeben hatte. Die Brauns waren weg, er hatte freie Bahn. Er wusste ganz genau, was er übers Wochenende hier tun würde.

SAMSTAG, 2. JULI 2022

Der Tag des Raubüberfalls

9:36 Uhr

Sobald sie den Tresor um die Diamanten erleichtert hatte, stürzte die Schirmmütze ins Hinterzimmer des Ladens, wo die drei Geiseln festgehalten wurden.

»Wir können los«, sagte sie ganz ruhig zu ihrem Komplizen. »Ich schaue nach, ob der Weg frei ist.«

Die Sturmhaube nickte. Die Schirmmütze warf unauffällig einen Blick durchs Schaufenster auf die Straße.

Die Spannung war auf dem Höhepunkt. Das Verlassen des Juweliergeschäfts und die Flucht waren die gefährlichsten Momente.

ZEHN JAHRE ZUVOR

JUNI 2012

Genf

6:30 Uhr morgens. Arpad und Sophie kamen gerade von ihrer täglichen Joggingrunde durch den Parc Bertrand im Champel-Viertel zurück. In ihrer Wohnung in der Avenue Eugène-Pittard machten sie sich für die Arbeit zurecht. Es schien ein Tag wie jeder andere zu sein. Und doch … Zum ersten Mal seit fünf Jahren, seit Arpad damals aus Saint-Tropez geflohen war, sollte seine Vergangenheit ihn wieder einholen.

An jenem Morgen frühstückten sie in einem Bistro an der Place du Bour-de-Four und sprachen über den Sommerurlaub. Es war Juni, und sie hatten noch nichts geplant. Die Hotels würden bald ausgebucht sein, sie mussten sich beeilen.

»Wo würdest du denn am liebsten hin?«, fragte Sophie.

»An einen Strand«, antwortete Arpad, »ans Mittelmeer.«

»Aber wo genau? Sardinien? Spanien?«

»Ganz ehrlich, keine Ahnung.«

»Na dann, Monsieur Braun, haben Sie noch einen Tag Bedenkzeit. Heute Abend treffen wir eine Entscheidung.«

Sie erhoben sich, beide mussten los zur Arbeit. Arpad fiel auf, wie das Personal und die anderen Gäste sie beobachteten. Er und Sophie zogen die Blicke auf sich, als hätten sie etwas Unwiderstehliches.

Arpad blickte Sophie hinterher, die die Rue de la Fontaine in Richtung Rue du Rhône hinunterging. Als er sah, wie die Passanten sich unwillkürlich nach ihr umdrehten, begriff er, dass nicht sie als Paar so viel Aufmerksamkeit erregten: Diese galt nur ihr allein. Sie war es, die auffiel, die man bewunderte.

Sie hatte eine Aura, einen Magnetismus, ein Strahlen, das ihm fehlte. In seinen vorherigen Beziehungen hatte immer er selbst im Zentrum des Interesses gestanden. Sie dagegen überstrahlte ihn. Und zwar so sehr, dass er es manchmal nur schwer aushielt. Ein kleiner Trost – und auf diesen Gedanken war er nicht gerade stolz – war, dass er deutlich mehr verdiente als sie. Sie war mit ihrer Kanzlei noch in den Anfängen, während er bei seinem Job in der Bank – Lohn, Prämien und Erfolgsbonus zusammengerechnet – ein üppiges Jahresgehalt bekam. Doch jedes Mal, wenn er seine Kreditkarte zückte, um sie einzuladen, wusste er nicht recht, ob er damit ihr eine Freude machen oder vielmehr sich seiner selbst vergewissern wollte.

Er ging zu Fuß zu der Privatbank in der Rue de la Corraterie, bei der er angestellt war. Er liebte dieses alte geschichtsträchtige Gebäude und seine luxuriöse Innenausstattung. In der dritten Etage angekommen, in der sich die Kundenabteilung für Frankreich, Belgien und Luxemburg befand, grüßte er seinen Vorgesetzten Patrick Müller und ging dann in sein Büro.

Als er fünf Jahre zuvor, im September 2007, in die Schweiz gekommen war, hatte Arpad einen Strich unter zwei große Lebensabschnitte gezogen. Der erste hatte London zum Schauplatz, dort war er geboren und aufgewachsen. Sein englischer Vater war Pilot bei der British Airways und seine Schweizer Mutter Angestellte in einem großen pharmazeutischen Unternehmen. Beide Eltern waren mittlerweile im Ruhestand und verbrachten einen Großteil des Jahres auf Reisen.

Der zweite, kürzere Abschnitt spielte in Saint-Tropez.

Zwei gerahmte Fotos in Arpads Büro erinnerten an diese Vergangenheit. Das erste war zwanzig Jahre alt, es war im Flughafen von Heathrow aufgenommen worden. Darauf sah man Arpad als Kind und seinen Vater in der Uniform eines Flugkapitäns, wie sie vor einer Boeing 747 posierten. Das andere Foto, das Sophie ausgegraben hatte, war sechs Jahre alt. Darauf sah man ihn mit seinen damaligen Kollegen vor dem *Béatrice* in Saint-Tropez.

Arpad dachte an seine glückliche Kindheit in einem hübschen Vorort von London zurück. An die abendlichen Ausflüge, die er als

Jugendlicher ins Stadtzentrum unternommen hatte. An sein Finanzwirtschafts-Studium an der berühmten *London School of Economics*. Den ultraexklusiven Privatkclub, in dem er sich nebenbei etwas als Barmann verdient hatte. Im Sommer 2006 hatte er gleich nach seinem Abschluss sogar bei einer renommierten Bank in der City anfangen sollen. Dann hatte er diesen Unfall gebaut, der alles über den Haufen warf. Und er beschloss, einen Schlussstrich unter London zu ziehen.

Als Arpad seinen Eltern damals verkündete, er werde nach Saint-Tropez ziehen und im *Béatrice* arbeiten, reagierte seine Mutter entsetzt: »Du hast das Diplom einer der besten Universitäten in der Tasche und willst dich in einem Provinznest in einer Disco begraben lassen?«

»Das ist ein Restaurant, Mama. Im Übrigen ein recht schickes. Oder sagen wir ein hippes. Und außerdem würde ich Saint-Tropez nicht unbedingt als Provinznest bezeichnen. Ich verstehe gar nicht, warum du dich so aufregst.« Arpad wollte sich die Sache damit nur schönreden. Seine Mutter hatte den Finger genau in die Wunde gelegt.

»Du weißt sehr wohl, worauf ich hinauswill«, ließ sie nicht locker. »Was mich beunruhigt, ist der Grund für deine Entscheidung.«

»Der Grund? Braucht es einen Grund, um ans Mittelmeer zu ziehen, an einen der schönsten Orte der Côte d'Azur?«

»Du brauchst uns nichts vorzumachen. Du schämst dich für das, was du getan hast. Du schämst dich und wagst nicht, wiederzukommen. Es ist Zeit, die Sache hinter dir zu lassen, Arpad.«

»So einfach ist das nicht«, hatte Arpad erwidert. »Glaubst du etwa, nach dem, was geschehen ist, kann ich in irgendeiner Bank noch Arbeit finden? Wohin ich auch gehe, Mister Stankowitz wird mir das Leben schwer machen.«

»Wir haben ihn doch entschädigt«, hatte seine Mutter ihm in Erinnerung gerufen.

»Das weiß ich, und dafür schäme ich mich tatsächlich.«

»Das brauchst du nicht. Jeder begeht wenigstens einmal im Leben eine Dummheit. Nimm dein Leben in die Hand, verzeih dir deine Fehler und sieh nach vorn.«

»Genau das tue ich ja.«

»Nein, nach Saint-Tropez zu ziehen und in einem Restaurant zu arbeiten, heißt nur, dass du dich versteckst.«

Seine Mutter hatte recht. Und genau wie aus London war er auch aus Saint-Tropez geflohen. Im September 2007. Arpad hatte instinktiv den Weg nach Genf eingeschlagen.

Fünf Jahre zuvor
September 2007

Eines Dienstagmorgens wurde Patrick Müller, als er in die Bank kam, von einer unbekannten Nummer auf dem Handy angerufen.

»Guten Tag, Monsieur Müller«, wurde er begrüßt. »Hier ist Arpad Braun vom Restaurant *Béatrice* in Saint-Tropez. Ich weiß nicht, ob Sie sich an mich erinnern.«

Natürlich erinnerte Patrick Müller sich. Er hatte wie jedes Jahr den Juli teilweise in Saint-Tropez verbracht. Er war Stammgast im *Béatrice*, und der neue Angestellte hinter der Bar war ihm sofort aufgefallen. Arpads Art und wie er mit den Gästen umging, verrieten Patrick Müller gleich, dass er dort nichts verloren hatte. Die beiden Männer waren sich auf Anhieb sympathisch gewesen, und eines Abends hatte Patrick Müller ihn gefragt: »Was tun Sie hier eigentlich?«

»Ich arbeite«, hatte Arpad, der die Frage nicht recht verstand, geantwortet.

»So einen Barmann wie Sie habe ich noch nie erlebt. Sie sind anders. Sie haben so ein gewisses Etwas, eine Aura. Sie sind Schauspieler, nicht wahr? Und Sie arbeiten hier, während Sie auf die Rolle Ihres Lebens warten?«

Arpad hatte gelächelt. »Ich habe *Finance* studiert. Mein Traum ist es, Banker zu werden. Und ich warte hier auf den Job meines Lebens.«

Patrick Müller hatte eine Visitenkarte auf den Tresen gelegt. »Sollten Sie mal nach Genf kommen, rufen Sie mich an. In meinem Team kann ich Leute wie Sie gut gebrauchen.«

Das war zwei Monate her, und jetzt rief Arpad an. Er war in Genf und suchte Arbeit. Patrick Müller traf sich noch am selben Nachmittag mit ihm. Arpad hatte zwar keinerlei Erfahrung, aber er hatte Charisma, und genau so jemanden brauchte Patrick Müller in seinem Verkaufsteam – jemanden, der schwierige Kunden um den Finger wickeln konnte. Da er Arpad im *Béatrice* bei der Arbeit erlebt hatte, war er überzeugt, dass der nahezu Wunder wirken könnte. Zwei Wochen später begann Arpad sein neues Leben bei der Bank.

Als Arpad damals überstürzt nach Genf zog, machten seine Eltern sich wieder Sorgen, auch wenn die Verbindung zur Schweiz nahelag: Ein Teil der Familie seiner Mutter lebte in Lausanne. Als Kind war Arpad regelmäßig in den Ferien zu seiner Großmutter oder seinem Onkel gefahren. Doch Arpads Eltern hatten das Gefühl, dass etwas nicht stimmte. Noch lange nachdem er in der Bank angefangen hatte, bohrte seine Mutter weiter nach: »Arpad, was ist in Saint-Tropez geschehen?«

»Nichts, warum?«

»Ich habe das Gefühl, dass du geflohen bist.« Sie gab sich Mühe, nicht »wieder« zu sagen.

»Nichts ist geschehen, Mama. Ich bekam die Chance, bei einer Bank zu arbeiten, und habe sie ergriffen.« Die Wahrheit konnte er ihr nicht sagen. Weder ihr noch Sophie.

Fünf Jahre später glaubte Arpad, der das bequeme Bankiersleben genoss, er hätte Saint-Tropez für immer hinter sich gelassen. Doch an jenem Abend brachte Sophie nach der Arbeit bei einem Glas Rosé erneut das Thema Ferien zur Sprache.

Arpad machte alle möglichen Vorschläge: »Wir könnten nach Griechenland fahren, eine Inselhopping-Rundreise auf die Kykladen machen.«

»Zu überlaufen.«

»Dann vielleicht Sizilien? Eine Rundreise zu den Liparischen Inseln und anschließend nach Taormina.«

»Zu viele Schiffsfahrten«, sagte Sophie, gar nicht überzeugt.

»Und wenn wir mit dem Auto die Amalfiküste runtergondeln? Bis nach Capri?«

»Zu viel Autofahrerei.«

Arpad glaubte kaum, dass Sophie ohne klare Vorstellung im Kopf das Thema Urlaub aufgebracht hätte. »Soph', raus mit der Sprache – ich bin mir sicher, du hast schon einen genauen Plan für die Ferien im Sinn. Warum spuckst du's nicht einfach aus?«

Und dann rückte sie damit raus: »Ich möchte, dass wir nach Saint-Tropez fahren. Ich möchte dich meinen Eltern vorstellen.«

»Saint-Tropez?«, fragte Arpad mit erstickter Stimme.

Er wurde ganz blass, was Sophie nicht entging. »Entsetzt die Vorstellung, meine Eltern zu treffen, dich so sehr?«

Er rang um Fassung: »Ganz im Gegenteil, ich würde mich freuen, sie kennenzulernen«, versicherte er, aber Sophie ließ sich nicht täuschen:

»Hör auf, mich anzuschwindeln! Ich sehe doch, dass dir nicht wohl dabei ist. Was hast du für ein Problem mit Saint-Tropez?«

Arpad begriff, dass er sich schnell eine plausible Geschichte einfallen lassen und damit das Thema begraben musste. »Ich fürchte, dein Vater trägt es mir nach, dass ich das Restaurant damals so ganz ohne Vorwarnung verlassen habe«, sagte er dann.

Sophie kaufte ihm diese Lüge ab. »Du nimmst dich viel zu wichtig, mein Schatz«, erwiderte sie. »Mein Vater erinnert sich überhaupt nicht an dich.«

»Woher weißt du das?«

»Ich habe mit ihm darüber gesprochen. Du warst nicht lange genug dort, und als du gegangen bist, hat er es gar nicht gemerkt. Tut mir leid, dich enttäuschen zu müssen. Außerdem, weißt du, die Manager der verschiedenen Restaurants sind solche Wechsel gewohnt, die haben einen ganzen Pool von Bewerbern, über den sie sich auch untereinander austauschen. Dass im Restaurantbetrieb Angestellte die Schürze an den Nagel hängen, ist ziemlich alltäglich.«

In jener Nacht fand Arpad nur schwer in den Schlaf. Sie wollte nach Saint-Tropez. Er konnte sie nicht daran hindern. Da würde ihn die Vergangenheit einholen.

Ende Juli fuhren sie dann nach Saint-Tropez. Sie verbrachten eine Woche bei Sophies Eltern, Jacqueline und Bernard, die in einem umwerfenden Haus mit Blick aufs Meer hoch oben in einem Pinienwald wohnten.

Für Sophie war es ein herrlicher Urlaub. Ihre Eltern waren Arpads Charme sofort erlegen, sie hörten gar nicht mehr auf, von ihm zu schwärmen.

Für Arpad war das Wiedersehen mit Saint-Tropez zunächst gleichbedeutend mit Angst. Er befürchtete, man würde ihn erkennen. Doch schließlich wurde ihm klar, dass die Zeit ihr Werk getan hatte.

Die Jahre sollten vergehen. Sie sollten noch weitere Reisen nach Saint-Tropez unternehmen. Arpads Wachsamkeit sollte nachlassen. Sein bequemes Leben in Genf sollte ihn sorglos werden lassen …

All seine Aufmerksamkeit galt nun Sophie. Ihrer Beziehung, ihrer geplanten Hochzeit. Aber auch und vor allem seinem Bedürfnis, neben ihr, die so viel Licht einfing, zu glänzen.

Denn Sophie blühte mit der Zeit immer noch mehr auf. Doch je heller sie strahlte, desto mehr stellte sie Arpad in den Schatten. Er wollte auch bewundert werden. Zum Glück ließ ihm seine Arbeit als Banker ein wenig die Oberhand. Er war befördert worden: Mittlerweile war er der rechte Arm von Patrick Müller. Er verdiente weiterhin viel mehr als Sophie, und das war ihm wichtig. Er war sogar der Meinung, es sei entscheidend für das Überleben ihrer Beziehung. Da sie ihn in jeder anderen Hinsicht überflügelte, würde es mit ihnen nur gut gehen, solange er ihr finanziell überlegen war.

Doch Bernard, Sophies Vater, sollte alles verderben.

KAPITEL 7

14 Tage vor dem Raubüberfall

~~Sonntag, 12. Juni~~
~~Montag, 13. Juni~~
~~Dienstag, 14. Juni~~
~~Mittwoch, 15. Juni~~
~~Donnerstag, 16. Juni~~
~~Freitag, 17. Juni~~
→ **Samstag, 18. Juni 2022 (Wochenende in St. Tropez)**
Sonntag, 19. Juni (Wochenende in St. Tropez)
Montag, 20. Juni (Sophies Geburtstag)

Über Saint-Tropez dämmerte der Morgen.

Arpad beendete seine Joggingrunde in den Calanques, zwischen Felsen und Meer. Er war gut fünfzehn Kilometer durch diese zauberhafte Landschaft gelaufen. Jetzt war es Zeit, in die Realität zurückzukehren, zu seiner Schwiegerfamilie.

Als das Haus von Sophies Eltern in Sicht kam, legte er die letzten hundert Meter gehend zurück, um wieder zu Atem zu kommen.

Die Villa ragte über dem Mittelmeer auf. Das Setting war idyllisch, doch das Haus war im protzigen Geschmack der Achtzigerjahre entstanden. Es war der ganze Stolz von Bernard, Sophies Vater. Ob man es hören wollte oder nicht, er erzählte jedem, dass er es *gebaut* habe, als hätte er es eigenhändig errichtet. Wie oft hatte Arpad auf Bernards Terrasse in der Falle gesessen und sich die immer gleichen Geschichten anhören müssen: »So einen Blick findet man in ganz Saint-Trop' kein zweites Mal. Als ich das Haus gebaut habe, machte man noch, was man wollte. Man scherte sich einen Dreck um irgendwelche Genehmigungen und all diesen lächerlichen Papierkram!« Während er so sprach, versperrte Bernard mit seinem bulligen Körper die Zugangstür zur Terrasse seinem Gesprächspartner den Rückzug.

Sophie musste eingreifen, um Arpad zu erlösen. Sie kam hinaus und wies ihren Vater zurecht: »Papa, jetzt sag bloß nicht, dass du Arpad schon wieder mit diesen Hausbaugeschichten in den Ohren liegst!«

Der stolze Bernard wurde urplötzlich wieder zum kleinen Jungen, den man mit dem Finger im Marmeladenglas erwischt hatte. Dieser imposante, hartgesottene Mann, dem man den Nachtclubbesitzer anhörte, der gerne Befehle erteilte, andere beherrschte und Besitz anhäufte – sein Mantra lautete: »Wer zahlt, bestimmt« –, wurde vor seiner Tochter ganz klein.

So sehr, dass Arpad sich bemüßigt sah, seinem Schwiegervater zu Hilfe zu eilen: »Ich mag diese Geschichten«, versicherte er seiner Frau.

Weil er das Spiel der Schwiegerfamilie so einmalig beherrschte, bedeutete Sophie ihrem Mann mit einem verschworenen Blick, dass sie sich dafür schon bald erkenntlich zeigen würde.

Bernard dagegen dröhnte wieder los: »Na, siehst du, es gefällt ihm!«

Arpad trat ins Haus. Alles war still. Alle schliefen noch, auch Sophie. Offensichtlich kam sie hier zur Ruhe. Ein Glück. Doch der Frieden war nur von kurzer Dauer: Er hatte gerade einen Kaffee gekocht, als seine Schwiegermutter Jacqueline in der Küche auftauchte, ganz aufgekratzt bei der Aussicht, bald die ganze Familie um sich versammelt zu sehen. Sophies Schwester Alice und ihr Mann Mark sollten am späten Vormittag ankommen.

»Nanu, Arpad, schon auf?«, fragte Jacqueline, die gern das Offensichtliche fragte.

»Ja«, bestätigte Arpad – was sollte er sonst auch erwidern.

»Was für ein herrliches Wetter!«, redete sie weiter.

»Wir haben großes Glück«, bemühte sich Arpad, auch etwas zu der Unterhaltung beizutragen. Jacqueline setzte zu einem Monolog an. Darin war sie unschlagbar. Einzig ihr Mann konnte sie zum Schweigen bringen. Wenn es ihm reichte, sagte er, »du kaust uns ein Ohr ab, meine Jaja« zu ihr, und dann verstummte sie.

Nun kam Bernard ebenfalls in die Küche und riss das Gespräch an sich: »Sag mal, Arpad, diese Geschichte von dem Kerl, der bei euch rumspioniert hat. Gestern vor den Kindern wollte ich nicht davon anfangen …«

»Daran hast du gutgetan«, fiel Arpad ihm ins Wort, in der Hoffnung, das Thema sei damit vom Tisch.

Doch Bernard bohrte weiter: »Ich dachte, in der Schweiz hätte man ein ruhiges Leben.«

»Hat man ja auch.«

»So ruhig dann offenbar doch nicht.«

»Da muss ich dir recht geben.«

Bernard hatte gern das letzte Wort, und Arpad ließ es ihm bereitwillig. Doch diesmal wollte Bernard offenbar nicht recht bekommen. »Es ist schön, dass du mir recht gibst, Arpad, aber ich gestehe, dass mich das nicht beruhigt. Ich mache mir Sorgen um meine Tochter und meine Enkelkinder. Und um dich natürlich auch. Diese Geschichte will mir nicht aus dem Kopf.«

»Wie ich dir schon gesagt habe, sieht es eher so aus, als habe sich jemand in Vorbereitung eines Einbruchs ein wenig umschauen wollen. Und meiner Meinung nach wird der Kerl nicht wiederkommen, nachdem er inzwischen zweimal fast erwischt worden wäre.«

»Es gibt Einbrecher, die einen, während man zu Hause ist, überfallen und einen fesseln und knebeln«, konterte Bernard.

»Die Polizei hat diese Hypothese ausgeschlossen. Offenbar hält sich die Sorte Verbrecher nicht damit auf, die Häuser erst auszuspionieren. Mach dir bitte keine Gedanken, ich nehme das nicht auf die leichte Schulter. Ich habe einen unserer Nachbarn gebeten, ein paar Runden zu drehen und ein Auge darauf zu haben. Er ist Polizist. Da, schau, er hat mir gerade geschrieben.«

Arpad hatte Greg kurz zuvor eine SMS geschickt, um sich nach Neuigkeiten zu erkundigen. Und Greg hatte ihm soeben geantwortet:

Alles in Ordnung. Drehe gerade eine Runde.

Sechshundert Kilometer von Saint-Tropez entfernt schob Greg sein Handy zurück in die Tasche. Er stand vor dem Glashaus. Das Auto hatte er im Hof geparkt. Hund Sandy, der Vorwand, unter dem er losgezogen war, befand sich im Kofferraum und sollte dort noch eine Weile bleiben. Greg steckte den Schlüssel ins Schloss. Wie lange hatte er auf diesen Augenblick gewartet! Er betrat das Haus, als wäre es ein Tempel. Er trug einen Koffer aus Polycarbonat und eine Werkzeugkiste in der Hand.

Sämtliche Jalousien im Haus waren heruntergelassen worden, er konnte sich völlig unbeobachtet durch die Festung bewegen. Er schlenderte durchs Erdgeschoss, sah sich erst die Küche an, dann das Wohnzimmer. Er wollte vor allem wissen, ob es Zimmer zu entdecken gab, die er noch nicht kannte. Er sah sich lange in dem Raum um, der Arpad als Büro diente, durchsuchte neugierig die Schubladen. Fand nichts Interessantes. Ging in den ersten Stock hinauf. Er warf nur einen schnellen Blick in die Kinderzimmer, dann kam er ins Elternschlafzimmer. Als er dort eintrat, regte sich etwas in ihm. Das Zimmer sah ganz anders aus, als er sich das von seinem Beobachtungsposten unten im Gebüsch aus so vorgestellt hatte. Es war geräumiger, besser eingerichtet. Er betrachtete neidvoll das große Bett, dessen Pfosten aus geschnitztem Holz gearbeitet waren. Dann wagte er sich ins Ankleidezimmer vor, wo er Sophies Kleider genau inspizierte. Er zog beliebige Stücke heraus, streichelte sie, roch daran. Dann waren die Schuhe an der Reihe. Er fand die Pumps, die sie auf Arpads Geburtstagsfest getragen hatte, und betrachtete sie voller Bewunderung. Im Badezimmer sah er sich genau die Kosmetikprodukte an. Er fand ein Fläschchen mit ihrem Parfum und wagte es, ein bisschen Duft zu versprühen: Nun roch es nach ihr. Zurück im Schlafzimmer knöpfte er sich schließlich den Nachttisch vor. Er erriet problemlos den von Sophie, riss die Schubladen auf. Erst ergötzte er sich an dem Anblick, dann griff er mit beiden Händen hinein, auf der Suche nach geheimen Schätzen. Er fand ein Gleitmittel, einen Vibrator und ein paar Handschellen. Er war erstaunt und enttäuscht, dass dieses Zubehör nicht noch durch eine Klatsche oder eine Reitgerte komplettiert wurde. Aber jetzt wollte er wissen, wer von beiden, Arpad oder Sophie, bei ihren Liebesspielen an den Bettpfosten gekettet wurde.

Denn er war nicht zum Vergnügen hier – es gab einen konkreten Grund für diese Schlafzimmerinspektion. Greg hatte seinen Werkzeugkasten und den Koffer in den ersten Stock mitgenommen. Nachdem er sich das Zimmer genau angesehen hatte, wählte er für sein Vorhaben einen der Schränke aus. Um hinaufzugelangen, ging er ins Zimmer eines der Kinder, holte sich einen Stuhl und stellte ihn vor den Schrank.

Jetzt konnte es losgehen.

Gleichzeitig trank der Mann mit dem grauen Peugeot auf der Terrasse eines Cafés ein Mineralwasser. Unter all den Gästen fiel er nicht weiter auf. Er beobachtete seine Umgebung aufmerksam. Er musste sie in- und auswendig kennen. Samstags gab es einen ununterbrochenen Passantenstrom. Das würde ihm einen Vorteil verschaffen. Wenige Schritte weiter befand sich das Juweliergeschäft.

Der Mann konnte sich bereits ganz genau vorstellen, was hier in exakt zwei Wochen geschehen würde.

Sein Plan erschien ihm perfekt.

In Saint-Tropez brach der Abend an.

In einem Restaurant am Strand von Pampelonne thronte Bernard im Kreis seiner Familie und winkte dem Kellner, er möge noch mehr Champagner und Kaviar bringen. Er nötigte alle, weiter zu prassen, gleichzeitig warnte er sie: »Lasst noch Platz fürs Abendessen, das ist ja erst der Aperitif!« Seit Wochen wartete er auf diesen Augenblick: die Feier zu Sophies vierzigstem Geburtstag. Sein Familienclan hatte sich zu dieser Gelegenheit vollzählig versammelt. Alice, Sophies Schwester und ihr Mann Mark waren aus Cannes angereist. Dieser Abend war seiner Tochter Sophie gewidmet, aber vor allem war er sein Werk. Er hatte alles minutiös geplant.

Mark, ein Amerikaner aus New York, Schönheitschirurg in einer Privatklinik in Cannes und als Schwiegersohn ein Streber, hatte sich wie immer neben Bernard gesetzt, um sich Liebkind zu machen. Er sagte, es wäre ihm eine Freude, ihm Enkel zu schenken (er sagte tatsächlich nicht *Vater werden*, sondern *Enkel schenken*, als täte er das alles nur für Bernard). Alice ließ sich derweil ausführlich über ihre In-vitro-Fertilisationen aus, die nicht funktioniert hatten, versicherte jedoch, beim nächsten Mal werde es klappen. Sie spüre das. Dann erklärte Alice oberschlau, sie werde mit *den Kindern* Französisch sprechen und Mark ausschließlich Englisch, »auf diese Weise werden sie automatisch zweisprachig erzogen«.

Arpad, der einen Moment am Strand entlangspaziert war, blieb ein wenig abseits stehen und beobachtete die Tischgesellschaft. Plötzlich spürte er, wie sich jemand an ihn schmiegte. Es war Sophie. Sie sah glücklich aus, das war das Wichtigste. Er beugte sich vor und flüsterte ihr in Alice' Tonfall ins Ohr: »Wenn wir Kinder haben, wird Mark Englisch mit ihnen sprechen und ich Französisch, so werden sie automatisch zu Idioten erzogen.« Sophie lachte schallend. Nie war sie so schön, wie wenn sie lachte.

In Genf aßen Greg, Karine und die Kinder mit Karines Eltern im Malagnou-Viertel zu Abend. An dem runden Esszimmertisch ging das Gespräch um Bücher, Gemeindepolitik und um brennend aktuelle Themen.

Die Hammelkeule wurde gerade angeschnitten, als Greg spürte, wie sein Handy in der Tasche vibrierte. Er warf einen diskreten Blick aufs Display: Es war eine Nachricht von Marion Brullier:

Bist du allein?

Nein, antwortete Greg. Er hatte die vier Buchstaben mit dem Daumen geschrieben und das Telefon dabei unter den Tisch gehalten, weniger aus Diskretion, als um nicht unhöflich zu sein. Daran hatte er gutgetan! Denn die folgende Nachricht war ein Foto von Marions nackten Brüsten.

Greg lief ein Panikschauer über den Rücken. Bei der Vorstellung, damit ertappt zu werden, steckte er das Telefon sofort zurück in die Tasche.

Karine fiel seine Hektik auf: »Ist alles in Ordnung?«

»Die Arbeit«, stammelte er.

»Aber du hast doch gar keinen Bereitschaftsdienst«, bemerkte sie.

»Das ist für die Kollegen, es betrifft mich nicht. Wir haben eine Nachrichtengruppe, zusammen mit anderen Polizisten.«

Gregs Handy vibrierte in seiner Tasche. Wieder und wieder. Marion ließ nicht locker. Es war das erste Mal, dass jemand ihm solche Bilder schickte.

In Saint-Tropez wurde weiter Geburtstag gefeiert. Das eigentliche Abendessen sollte beginnen. Bernard hatte das Menü nicht schon im Voraus festlegen wollen. Jeder sollte selbst aussuchen können, aber nun traf er doch für jeden Einzelnen die Wahl. Während der Kellner die Bestellung aufnahm, unterbrach er seine Gäste: »Mark, Mark, du wirst doch wohl eine so schöne Languste nicht ausschlagen wollen?

Und du, Arpad, du musst ein Entrecôte mit Trüffel nehmen! Es ist eigentlich für zwei Personen, aber die Portion ist nicht so groß.«

In Genf, bei Karines Eltern, war man mit dem Essen fertig. Die Kinder sahen sich im Wohnzimmer einen Film an, während die Erwachsenen am Tisch sitzen geblieben waren und Tee tranken. Greg hatte nur einen Gedanken im Kopf: sich Marions Nachrichten anzuschauen. Als er es nicht länger aushielt, erhob er sich unter dem Vorwand, kurz nach den Kindern schauen zu wollen, ging ins Badezimmer und schloss sich dort ein. Der Bildschirm trumpfte mit ganzen sieben Nachrichten von Marion auf.

Nachricht 1: *Gefällt dir das?*
Nachricht 2: *Warum antwortest du nicht?*
Nachricht 3: *Ich will dich*
Nachricht 4: *Schmollst du?*
Nachricht 5: Ein Foto der splitternackten Marion
Nachricht 6: noch ein Foto der splitternackten Marion in lasziver Pose.
Nachricht 7: *Gute Nacht, Süßer, ich hoffe du tust dir was Gutes*

Die Fotos waren hochauflösend. Greg sah sie sich alle gründlich an. Dann fing er an, eine Antwort zu tippen:

Entschuldige, ich war …

Er hielt inne. *Ich war was?*, dachte er. *Bei meiner Frau? Bei meinen Schwiegereltern?* Alle Antworten kamen ihm gleich idiotisch vor. Letztlich wusste er nicht, wie er reagieren sollte. Er hatte so etwas noch nie gemacht. Er hatte *was* noch nie gemacht? Anzügliche Nachrichten ausgetauscht oder Karine betrogen? Beides. Nach langem Nachdenken und Zögern beschloss er, auf das Bild mit einem Bild zu reagieren und Marion ein Foto von sich zu schicken. Er hatte sich gerade ausgezogen, als er bemerkte, dass er beobachtet wurde. Sechs Augenpaare waren auf ihn gerichtet. Da, genau über dem Waschbecken, auf einer kleinen Glasablage, neben einer Tube mit Handcreme und einem Stapel Stoffhandtüchern, stand ein gerahmtes Foto. Greg war das Foto noch nie aufgefallen, es stammte aus den letzten Skiferien. Man sah darauf seine Schwiegereltern, Karine, die Kinder und ihn, alle fröhlich lächelnd.

Es hatte eine durchschlagende Wirkung. Greg zog sich wieder an, löschte Marions Nachrichten und kehrte zu seiner Familie zurück.

Mitternacht in Saint-Tropez. Am Strand von Pamplonne ging das Abendessen mit einer riesigen Torte zu Ende, auf der unzählige Kerzen und Wunderkerzen brannten. Sophie blies sie aus, die Kinder halfen ihr dabei. Dann übergaben Bernard und Jacqueline Sophie ein Geschenk in einem kleinen Samtetui: ein Paar Diamantohrringe. Sophie und Arpad äußerten beide ihre Bewunderung, hatten dabei aber sehr unterschiedliche Gefühle.

Arpad sah seiner Frau zu, wie sie sich die Diamanten an die Ohren steckte. Der Schmuck stand ihr ausgezeichnet. Bernard hatte doch Geschmack. Vielleicht machte Sophie aber auch aus allem ein kleines Wunder. Was Arpad jedoch in dem Moment vor allem beschäftigte, war das Gefühl, dass er gegen Bernards Geschenk nicht ankäme. Sophies eigentlicher Geburtstag war erst Montag, also in zwei Tagen. Er würde gleich morgens noch einmal zu Cartier gehen und diesen Pantherring kaufen. Egal zu welchem Preis.

In den Restaurantlautsprechern brach das schreckliche Geburtstagslied ab, das den Kuchen begleitet hatte, nun erklang *Only You* von den Platters. Sophie fasste Arpad um die Taille. Sie machten ein paar zaghafte Tanzschritte. Sie küsste ihn und drückte ihn so fest an sich, wie sie nur konnte. Sie liebte ihn so sehr!

Doch ihr verliebter Tanz wurde von Bernard unterbrochen, der lauthals eine große Überraschung angekündigte. Er bat die Gäste zum Strand. Die Nacht war tintenschwarz, das Meer verschmolz mit dem Himmel. Plötzlich wurde einige Dutzend Meter vom Ufer entfernt von einem Boot aus ein Feuerwerk gezündet, das die Dunkelheit erhellte.

Die Kinder schrien begeistert. Ein Großteil der Gäste im Restaurant war vom Tisch aufgestanden, um die Funken sprühenden Böller zu bewundern. Selbst die Kellner hielten in ihrer Arbeit inne, um diesen Moment zu genießen. Während alle Blicke aufs Meer gerichtet waren, stand Bernard mit dem Rücken zum Feuerwerk, um die kleine dort versammelte Menge zu betrachten, die er gerade so beeindruckt hatte. Für ihn waren die anderen das Schauspiel.

Es war spät in der Nacht, als das Grüppchen nach Hause zurückkehrte. Alle wollten sich schlafen legen, nur Bernard nicht. Er nötigte seine Schwiegersöhne, ihm Gesellschaft zu leisten. Sie setzten sich zu dritt auf die Terrasse, Bernard holte die harten Getränke und die Zigarren heraus. Mark beeilte sich, den Grappa und die Cohiba anzunehmen, die sein Schwiegervater ihm reichte. Arpad dagegen wollte sich nicht unbedingt zum Rauchen verleiten lassen, aber Bernard steckte ihm eine fette Zigarre in den Mund und wies ihn zurecht: »Mein lieber Arpad, zu diesem Wunderwerk darfst du nicht Nein sagen!«

Dann herrschte für einen Moment willkommenes, friedliches Schweigen. Die Nacht war erfüllt vom Zirpen der Grillen. Die Zigarren leuchteten rot auf, aus den Mündern quoll dichter Rauch, die Gläser leerten sich und wurden von Bernard gleich wieder gefüllt. Er betrachtete seine Schwiegersöhne wohlwollend und sagte: »Mit dem Feuerwerk habt ihr nicht gerechnet, was?«

Arpad antwortete, was er hören wollte: »Nicht im Geringsten.«

»Das hat mich eine Stange Geld gekostet«, sagte Bernard. »Aber es war jeden Centime wert. Habt ihr gesehen, wie die Leute geschaut haben, als es losging?«

Das Gespräch drehte sich allmählich immer mehr ums Geld. Für Amerikaner war das Thema nicht peinlich, also steuerte Mark bereitwillig und ohne Hemmungen einiges dazu bei. Wahrscheinlich mit vom Alkohol gelockerter Zunge enthüllte er dabei seine mehr oder minder redliche Zahlungspraxis: Er gewährte seinen Patienten einen Preisnachlass, wenn sie *cash* bezahlten. Sei es nun für Brustimplantate oder einfach nur für Botox-Injektionen, es gab immer Patienten, die für einen kleinen Rabatt gerne bereit waren, in bar zu zahlen. Diese Einnahmen gab Mark natürlich nicht bei der Steuer an.

Arpad war völlig von den Socken. »Du hinterziehst Steuern?«, fragte er ungläubig. »Du, Mark, der über alle Zweifel erhabene Chirurg?«

Bernard hingegen war entzückt. »Bravo, mein Junge!«, rief er bewundernd.

Mark lächelte triumphierend.

»Es ist wichtig, ein bisschen Geld beiseitezulegen«, erklärte Bernard.

»Beiseitelegen heißt, nicht beim Finanzamt angeben?«, fragte Arpad.

»Das heißt, nicht geschröpft werden«, präzisierte Bernard. »Es ist eine gute Sache, sein Geld mit dem Staat zu teilen, aber man sollte es damit auch nicht übertreiben.«

»Also, Schwarzgeld ist doch so was von gestern«, sagte Arpad.

»Jetzt tu nicht so scheinheilig«, wies Bernard ihn zurecht. »Ihr Schweizer Bankiers wart die Meister im Geldverstecken, bis ihr vor den Scheißamis die Hosen runterlassen musstet. *No offense*, Mark.«

»*No worries*«, versicherte ihm Mark.

»Was ich sagen wollte«, fuhr Arpad fort, »es ist sehr kompliziert, wenn nicht gar unmöglich geworden, heute noch Schwarzgeld zu besitzen.«

Bernard zuckte mit den Schultern, um anzudeuten, dass er das anders sah. »Lauter Idioten, all die Dummköpfe, die sich erwischen lassen! Da geben sie Nullkommanichts bei der Steuer an, kutschieren dann aber im Ferrari herum. Mit meinen Restaurants habe ich die meiste Zeit meines Lebens Geld an der Steuer vorbei eingesackt, und ich habe mich nie erwischen lassen. Die Sache ist nicht kompliziert, man muss nur gut organisiert sein, ein bisschen was von Buchhaltung verstehen und vor allem von Diskretion.«

Bernard, der noch nie mit seinen Schwiegersöhnen über das Thema gesprochen hatte, glaubte, ihnen ein Geheimnis zu verraten. Doch Arpad war längst über seine Praktiken im Bilde. Sophie hatte ihm alles erzählt.

Als Arpad zu Sophie kam, schlief sie bereits. Sie wurde wach, als sie spürte, wie ihr Mann neben ihr ins Bett schlüpfte.

»Was habt ihr denn so lange gemacht?«, fragte sie.

»Dein Vater hat uns einen Vortrag in Sachen Schwarzgeld gehalten«, antwortete Arpad.

»Gnade, nur das nicht!«, seufzte Sophie.

»O doch!«

Sie fragte besorgt: »Du hast meinem Vater doch nicht etwa verraten, dass ich dir alles erzählt habe …«

»Natürlich nicht!«

Sie schmiegte sich an ihn.

»Soph'«, sagte er, »ich habe selbstverständlich auch ein Geschenk für dich, aber du bekommst es erst am Montag, an deinem Geburtstag. Ich wollte es dir nicht vor allen anderen überreichen.«

Sie sah ihm tief in die Augen, und er nahm ihr Gesicht in beide Hände.

»Mein Liebster, selbst wenn du mir eine Kette aus Nudeln schenken würdest, es würde mich glücklich machen.«

Er lächelte sie an, und sie küsste seinen Hals. Sie hatte Lust auf ihn, aber Arpad war nicht bei der Sache. Sophie ließ von ihm ab und streichelte ihm übers Haar, bis er einschlummerte. Sie meinte, eine Unruhe auf seinem Gesicht zu lesen, die nachließ, als der Schlaf ihn übermannte.

In seinem Versteck in Jussy schlief der Mann aus dem grauen Peugeot nicht. Er betrachtete Fotos der Familie Braun. Das Klingeln seines Handys zerriss die Stille. Um diese Uhrzeit konnte der Anrufer nur der Mann aus Estland sein.

»Der Kunde wird ungeduldig«, sagte der Este.

»Ich bin hier«, antwortete der Mann.

»In Genf?«

»Ja. In genau zwei Wochen wird es stattfinden.«

Normalerweise gab der Mann keinerlei Details preis, schon gar nicht am Telefon. Aber das hier war ein Sonderfall: Er war mit dem zu erfüllenden Auftrag im Verzug und musste den Esten beruhigen. Als im Milieu hoch respektierter Profi wollte er seinem Ruf auch gerecht werden.

»Du hast dir noch nie so lange Zeit gelassen wie für diesen Coup«, bemerkte der Este.

»Diesmal ist es anders«, erklärte der Mann.

Der Este fand diese Antwort amüsant und sagte: »Im Grunde bist du ganz schön sentimental.« Er legte auf. Ihm genügte es zu wissen, dass der Auftrag bald ausgeführt würde.

Der Mann in seinem Versteck nahm ein Foto von Sophie in die Hand und küsste es.

SAMSTAG, 2. JULI 2022

Der Tag des Raubüberfalls

9:36 Uhr

In der Rue du Rhône wirkte alles ruhig. Dabei war die Cartier-Boutique von der Polizei umstellt. Versteckt in ihren Fahrzeugen, warteten die Mitglieder des Einsatzkommandos auf das Zeichen für den Zugriff, um die Einbrecher in flagranti zu schnappen.

Aus einem Audi Kombi an der Ecke Quai Général-Guisan und Place du Lac beobachteten Greg und ein Kollege auf ihren nach hinten gekippten Sitzen das Schaufenster des Juweliers. Greg versuchte mithilfe seines Feldstechers ins Ladeninnere zu sehen. Er entdeckte Arpad, wie er mit der Schirmmütze auf dem Kopf seitlich an der Auslage vorbei auf die Straße spähte.

Es war jetzt sechs Tage her, dass Greg alles entdeckt hatte.

Seit sechs Tagen wartete er auf diesen Moment.

Arpad drankriegen.

Endlich!

KAPITEL 8

13 Tage vor dem Raubüberfall

~~Sonntag, 12. Juni~~
~~Montag, 13. Juni~~
~~Dienstag, 14. Juni~~
~~Mittwoch, 15. Juni~~
~~Donnerstag, 16. Juni~~
~~Freitag, 17. Juni~~
~~Samstag, 18. Juni (Wochenende in St. Tropez)~~
→ Sonntag, 19. Juni 2022 (Wochenende in St. Tropez)
Montag, 20. Juni (Sophies Geburtstag)

Sonntagmorgen in der *Warze*. Karine erwachte allmählich aus dem Schlaf. Durch die Jalousien drang das erste Tageslicht herein. Alles war ruhig. Sie tastete mit der Hand nach Gregs Seite, in der Erwartung, sie leer vorzufinden. Doch zu ihrer großen Überraschung lag er noch neben ihr und schlief. Erfreut rollte sie sich langsam auf die Seite, um sich an ihn zu schmiegen. Seit Wochen schon – die Wochenenden eingeschlossen –, war beim Aufwachen seine Seite des Bettes leer gewesen. Seit Wochen schon brach er im Morgengrauen zum Lauftraining auf – seiner neuen Marotte.

An den muskulösen Rücken ihres Mannes gekuschelt, fühlte Karine sich wohl. Die Kinder waren schon auf: Sie hörte aus dem Wohnzimmer das Lachen ihrer Jungs und die quäkenden Stimmen der Zeichentrickfiguren aus dem Fernseher.

Greg schlug ein Auge auf. Er spürte, dass seine Frau ihn umarmte. Es war angenehm. Er drehte sich zu ihr um, lächelte sie an, küsste sie. Er hatte Lust auf sie. Er gab sich zärtlich und forsch zugleich, doch sie wehrte seine Avancen ab.

»Warte«, murmelte sie, »die Kinder sind schon wach …«

Einen kurzen Augenblick war es still. Greg hörte nun ebenfalls den Fernseher im Erdgeschoss.

»Sie sind doch im Wohnzimmer«, sagte er, bevor er seinen Kopf zwischen den Brüsten seiner Frau vergrub.

Sie schob ihn sanft von sich. »Man kann alles hören. Ich fühl mich nicht wohl dabei.«

Einen peinlichen Moment lang wussten beide nicht, was tun. Schließlich brach Karine den Bann: »Bleib liegen, ich mach uns Kaffee.«

Sie schlüpfte in ihren Morgenmantel, ging hinunter ins Erdgeschoss und gab den Kindern, die mit ihrem Schokomüsli vor dem Fernseher saßen, einen Kuss. Jetzt bereute sie es, Greg zurückgewiesen zu haben. Wild entschlossen, mit ihm zu schlafen, kam sie mit den beiden Kaffees in der Hand ins Schlafzimmer zurück. Aber sein Bett war leer. Greg stand unter der Dusche. Sie überlegte kurz, ob sie ihm dort nicht Gesellschaft leisten sollte, ging dann aber doch wieder in die Küche und machte Frühstück.

»Wir müssen uns endlich mal ein bisschen Zeit füreinander nehmen«, sagte Karine an jenem Morgen zu Greg.

»Das stimmt«, erwiderte Greg.

Da von ihm nichts weiter kam, sagte sie: »Die Browns sind übers Wochenende in Saint-Tropez. Wir sollten so was auch hin und wieder mal machen.«

»Sie sind zu Sophies Eltern gefahren«, präzisierte Greg.

»Mag sein, aber sie kommen so immerhin nach Saint-Tropez, während wir zu Hause hocken.«

»Wenn deine Eltern in Saint-Tropez leben würden, wären wir auch öfter dort.«

Karine ärgerte sich über Gregs mangelnde Begeisterung. Er war ganz bestimmt noch ein bisschen sauer wegen ihrer Abfuhr. »Ich rede nicht von meinen Eltern, Greg. Ich rede davon, die Kinder mal hierzulassen und einfach wegzufahren, nur du und ich. Sich ein nettes kleines Hotel zu suchen und ein paar Tage dem Alltagstrott zu entfliehen. Ich würde so gern …«

Karine hielt inne, sie zögerte, den Satz zu Ende zu bringen. Greg ermunterte sie: »Du würdest gerne was?«

Ach, scheiß drauf, dachte Karine. *Warum soll ich ihm nicht sagen, was mir auf der Seele liegt?*

»Ich fände es schön, wenn wir mehr so wären wie die Browns«, entfuhr es ihr.

»Nichts lieber als das«, versicherte ihr Greg.

Die Antwort ihres Mannes überraschte Karine. Es folgte eine verlegene Stille. Dann sagte sie: »Die Brauns kommen übrigens heute zurück. Wir könnten ihnen doch vorschlagen, abends zusammen in die Pizzeria zu gehen.«

Greg gefiel die Idee. Karine griff zum Handy und schickte Sophie eine Nachricht.

Einige Hundert Kilometer entfernt fuhr ein Porsche mit Genfer Kennzeichen auf der Autobahn Richtung Lyon. Arpad saß am Steuer, die Augen auf den Asphalt gerichtet, aber in Gedanken ganz woanders. Es war still im Auto. Der Blick aus dem Fenster hatte die Kinder schließlich in den Schlaf gewiegt, und Sophie döste auf dem Beifahrersitz. Ein kurzes Ruckeln des Autos weckte sie auf. Sie ergriff die Hand ihres Mannes.

»Danke«, sagte sie.

»Danke wofür?«, fragte Arpad erstaunt.

»Dass du schon wieder deine Zeit für eines der vielen Wochenenden bei meinen Eltern geopfert hast.«

»Mit dem Feuerwerk und den Diamanten hat es sich doch eigentlich gelohnt. Es hätte schlimmer kommen können.«

Sie lachte. Aber sie wusste, dass Arpad sich nur hinter seinem Humor versteckte. Sie ahnte, dass seine nächtliche Lustlosigkeit mit irgendetwas, das an diesem Wochenende passiert war, zusammenhing. Sie beschloss, das Problem offen anzugehen. »Was war gestern Abend mit dir los?«

Arpad wich ihr aus. »Nichts. Ich war müde.«

»Von Müdigkeit lässt du dich für gewöhnlich nicht abhalten.«

Er freute sich über das Kompliment.

Sie blieb beharrlich: »Was beschäftigt dich, mein Schatz? Und sag jetzt nicht *nichts*.«

Nach kurzem Zögern erwiderte Arpad: »Das Geschäftsergebnis der ersten Jahreshälfte ist absolut miserabel.«

»Wie in allen Banken«, bemerkte Sophie. »Die Finanzmärkte schreiben seit Januar rote Zahlen.«

»Genau. Aber die großen Bosse haben der ganzen Abteilung klargemacht, dass die Bonuszahlungen, die wir zum Jahresende erwarten, unter den Tisch fallen könnten.«

Sophie drückte Arpads Hand. »Das ist es, was dich beunruhigt?«

»Mich beschäftigt, dass ich bei unseren hohen Ausgaben kaum etwas auf die hohe Kante legen kann. Wir brauchen diese Bonuszahlung. Gestern Abend haben sich dein Vater und Mark mit ihren verdeckten Einnahmen gebrüstet. Dabei ist mir bewusst geworden, dass ich selbst keine kleine Geheimkasse habe. Ich glaube, ich habe mich ein bisschen … unterlegen gefühlt.«

»Arpad, Liebster, versprich mir, dir nie über Geld Gedanken zu machen, und keine Sorge, meine Kanzlei läuft gut, außerdem …«

Sie unterbrach sich. Arpad wusste, dass sie auf das Geld ihres Vaters hatte anspielen wollen.

Sophie besann sich: »Schau mal, wir sind zusammen, das ist doch das Allerwichtigste. Notfalls würde ich auch in einem Wohnwagen mit dir leben.«

Über Arpads Gesicht huschte ein Lächeln.

»Findest du den Wohnwagen so lustig?«, fragte sie.

»Julien hat mich Freitag angerufen.«

»Julien Martet?«

»Ja. Er wollte mit mir über ein Investment in Costa Rica reden. Als ich die Broschüre sah, bekam ich große Lust …«

»Zu investieren?«

»Dort zu leben.«

Sie konnte ihr Erstaunen kaum verhehlen. Damit hatte sie nicht gerechnet. »Du kannst dir ein Leben in Costa Rica vorstellen?«, fragte sie.

»Ganz ehrlich? Ich glaube schon«, gestand er. »Ich würde gern ein einfacheres Leben führen, ganz ohne Zwänge, ohne Kunden, die mich nerven, ohne die Abhängigkeit von Marktschwankungen. Ein Leben, in dem wir nicht den Blicken anderer ausgesetzt sind, frei von Erwartungen und Verpflichtungen, einfach nur wir vier.«

»Ist das dein Ernst?«, fragte Sophie, sichtlich aus dem Konzept gebracht. »Du wärst bereit, alles hinzuwerfen? Alles aufzugeben, was wir hier haben?«

»Warum denn nicht? Mir gefällt unser Leben hier, nicht dass du mich da missverstehst. Aber was zwingt uns, im Büro eingesperrt darauf zu warten, dass wir ab und zu mal ein bisschen Urlaub bekommen, und um jede Gehaltserhöhung betteln zu müssen, während wir täglich in der Sonne sitzen und die Nachmittage am Strand verbringen könnten? Ich denke, ich würde eigentlich lieber weniger verdienen, mich mit weniger begnügen, dafür aber freier sein.«

Sophie wusste nicht recht, was sie antworten sollte. Natürlich schien das Leben angenehmer in einem Land, in dem es das ganze Jahr über schön warm war. Aber was sie sich in Genf aufgebaut hatten, das war ja nicht nichts. Sie meinte damit gar nicht ihr Haus oder ihren Lebensstil, sondern sie beide. Ihrer Meinung nach hatten sie ein harmonisches Gleichgewicht gefunden – warum sollten sie plötzlich alles über den Haufen werfen?

Arpad merkte, dass seine Idee, nach Costa Rica zu ziehen, Sophie ein wenig verunsichert hatte. »Ich liebe dich«, sagte er. »Ich bin glücklich mit dir, das ist alles, was zählt.«

Sophie lächelte ihn an und drückte ihm fest die Hand. »Ich auch … Und weil du dich nicht auf deinen Lorbeeren ausruhst, liebe ich dich umso mehr.«

Sophies Handy kündigte mit einem Signalton an, dass sie eine Nachricht erhalten hatte. »Es ist Karine Liégean«, sagte sie. »Sie fragt, ob wir heute Abend alle zusammen in eine Pizzeria gehen wollen.«

19:00 Uhr im Glashaus. Statt ins Restaurant zu gehen, hatte Sophie die Liégeans eingeladen, bei ihnen Pizza zu essen und den Pool zu genießen. Trotz der späten Stunde herrschte noch drückende Hitze, und vor dem Abendessen waren alle schwimmen gegangen. Greg hatte voller Stolz seine wohldefinierten Muskeln zur Schau gestellt. Sophie war beeindruckt gewesen. *Du bist ja super in Form!*, hatte sie gesagt. Er hatte sich bescheiden gegeben. Er konnte kaum den Blick von ihr wenden, sie war so vollkommen in ihrem Bikini. Und dieser Panther auf dem Oberschenkel …

Nachdem die Kinder ihre Pizza verschlungen hatten, spielten sie im Garten, während die Erwachsenen am Tisch saßen und sich unterhielten. Arpad öffnete eine zweite Flasche Wein.

»Bevor ich es vergesse«, sagte Greg und legte den Zweitschlüssel, den sie ihm anvertraut hatten, auf den Tisch.

»Danke«, sagte Sophie zu ihm. »Deinetwegen konnten wir ganz beruhigt wegfahren.«

»Ich musste wirklich nicht viel tun. Ein paar Runden beim Gassigehen mit dem Hund. Wisst ihr, ich glaube, das war einfach nur ein sehr tölpelhafter Einbrecher, der sich umschauen wollte und der so schnell nicht wiederkommen wird.«

Greg war letztlich selbst zur Überzeugung gekommen, dass der abendliche Herumtreiber vom Donnerstag sich nur zufällig dort aufgehalten hatte.

»Und die Leine?«, fragte Arpad. »Hast du etwas Neues in Erfahrung gebracht?«

»Ich habe Freitag den Laborbericht bekommen«, log Greg. »Sie haben nichts herausgefunden. Wie ich mir schon gedacht hatte, dürfte sie schon eine ganze Weile dort gelegen haben. Kinder wahrscheinlich.«

Greg fiel auf, wie aufmerksam Sophie ihm zuhörte, wenn er in seiner Eigenschaft als Polizist sprach. Er kam sich wichtig vor. Plötzlich hätte er am liebsten erzählt, dass er nicht nur ein einfacher Bulle war, sondern einer Eliteeinheit angehörte, dass er einer dieser schwer bewaffneten Typen mit Sturmhaube war, die einschreiten, wenn die Sache aus dem Ruder läuft. Dass man ihn bald zum Chef der Einheit ernennen würde. Er war kurz davor, ihnen das alles anzuvertrauen, als Arpad sagte: »Zum Glück wird morgen die Alarmanlage installiert. Dann werden wir endlich Ruhe haben.«

Unvermittelt wechselte Karine das Thema: »Was habt ihr für Urlaubspläne?«, wollte sie wissen.

»Wir gehen nach Saint-Tropez, wie jedes Jahr«, antwortete Sophie. »Wir hatten auch überlegt, eine Woche nach Griechenland zu fahren, haben aber noch nichts gebucht. Und ihr?«

»Wir mieten ein Haus in der Provence, zusammen mit meinen Eltern. Aber Greg und ich möchten uns auch ein romantisches Wochenende gönnen. Die Kinder bei meinen Eltern lassen, irgendwohin fahren, nur wir beide.«

»Ein romantisches Wochenende, was für eine schöne Idee!«, sagte Sophie. »So was haben Arpad und ich schon seit Ewigkeiten nicht mehr gemacht. Wo fahrt ihr denn hin?«

Stolz, dass Sophie ihre Idee gelobt hatte, antwortete Karine: »Das wissen wir noch nicht. Könnt ihr uns was empfehlen?«

»Madrid ist eine tolle Stadt. Und ansonsten, Mailand vielleicht? Da könntet ihr mit dem Auto hinfahren, das ist praktisch.«

Später dachte Karine beim Abschminken im Badezimmer noch einmal über Sophies Vorschlag nach: »Mailand ist gar keine so schlechte Idee«, sagte sie zu Greg, der nebenan im Schlafzimmer war. »Wir könnten die Kinder mit meinen Eltern in die Provence fahren lassen und selbst nach Italien reisen. Anschließend stoßen wir dann wieder zu ihnen.«

Greg hörte ihr zerstreut zu. Er sah genau, welche Wirkung Sophie auf seine Frau hatte. Karine war immer ganz aufgekratzt, wenn sie von ihr sprach. Das konnte er ihr schlecht vorwerfen, auf ihn hatte Sophie schließlich die gleiche Wirkung. Da er nichts antwortete, steckte Karine den Kopf durch die Tür und wunderte sich, dass er immer noch angezogen war.

»Gehst du nicht ins Bett?«

»Ich komme später. Ich muss noch kurz mit Sandy raus.«

Im Glashaus war Sophie gerade ins Ehebett geschlüpft, in dem Arpad bereits lag und las. Sie nahm ihm das Buch aus der Hand und begann ihn zu küssen. Sie spürte sein Zögern, aber damit hatte sie gerechnet: Er war wegen letzter Nacht verunsichert. Um ein Problem zu beheben, muss man erst einmal seine Ursache verstehen, und das war ihr gelungen. Auf der Rückfahrt von Saint-Tropez hatte er davon gesprochen, dass sein Bonus bei der Bank flöten gehen würde. In diesem Jahr würde er also weniger verdienen als sie, und sein männlicher Stolz hatte einen Kratzer abbekommen. Er musste sich überlegen fühlen können. Sie auf die eine oder andere Art dominieren.

Entsprechend zog Sophie die Handschellen aus der Schublade ihres Nachttischs und kettete sich damit an den Bettpfosten. Sie flüsterte ihm zu: »Na los, mein Schatz.«

Mit einer animalischen Geste riss er ihr Negligé hoch und drang in sie ein. Sie lächelte: Das Problem war behoben.

Aber die Browns waren nicht allein. Wenige Hundert Meter vor dem Glashaus stand ein Auto auf einem Feldweg. Im Kofferraum fügte Sandy sich geduldig in sein Schicksal. Greg saß auf dem Fahrersitz und starrte auf einen Bildschirm, der mit einem Empfänger verbunden war.

Der dazugehörige Sender befand sich im Schlafzimmer der Brauns. Er steckte in einer winzigen Kamera, die Greg am Vorabend in den Spiegelrahmen eingelassen hatte. Dieses Hightechgerät gehörte zum Inventar des Einsatzkommandos, man brauchte es für sensible Observationen. Die Brigade besaß etwa zwanzig Stück davon. Niemandem, so glaubte er, würde es auffallen, wenn eines fehlte.

Greg empfing damit Bild und Ton aus dem braunschen Schlafzimmer. Er sah die an den Bettpfosten gekettete Sophie und war gleichermaßen starr vor Staunen und entzückt von diesem Anblick.

SIEBEN JAHRE ZUVOR

APRIL 2015

Genf

Es war ein warmer Frühlingsnachmittag. Im Parc Bertrand wimmelte es von Spaziergängern, Joggern, Flaneuren, Kinder tobten herum, und auf dem Rasen lagen Liebespärchen.

In einer Kastanienallee saß ein Paar auf einer Bank gegenüber dem großen Sandkasten. Sie war schwanger und blätterte in einer Zeitung die Immobilienanzeigen durch. Er lag lang auf der Bank ausgestreckt, den Kopf auf dem linken Oberschenkel seiner Frau, und las *Der Meister und Margarita*. Es waren Sophie und Arpad.

Sophie würde bald ihren dreiunddreißigsten Geburtstag feiern. Im September erwartete sie ihr erstes Kind. Der letzte Ultraschall hatte ihnen das Geschlecht des Babys verraten: Es war ein Junge. Sie hatten bereits einen Vornamen für ihn ausgesucht, Isaak, doch aus Aberglauben würden sie ihn bis zur Geburt für sich behalten. Arpad und Sophie hatten ein Jahr zuvor geheiratet. Sie hatten sich im Rathaus von Genf standesamtlich trauen lassen, doch das eigentliche Fest hatte in Saint-Tropez stattgefunden. Ein Zugeständnis von Arpad an Bernard, denn sein Schwiegervater hätte es nicht verwunden, die Hochzeit seiner geliebten Tochter nicht in seinem Hoheitsbereich auszurichten.

Die nächste Etappe war der Umzug: Zu dritt würde es in ihrem Apartment in der Avenue Eugène-Pittard zu eng werden. Sophie wollte als Schwangere umziehen und nicht mit einem Säugling, also suchte sie aktiv nach einem neuen Nest. Die bisherigen Wohnungsbesichtigungen hatten sie nicht sehr überzeugt, aber inzwischen wusste sie, was sie wollte. Weil sie das Champel-Viertel mit seinem Park so mochten, hatte Sophie vorrangig in dieser Gegend gesucht.

Nun hatte sie dort ihren Traum gefunden, es aber noch nicht gewagt, Arpad davon zu erzählen. Die Wohnung entsprach in jeder Hinsicht dem, was sie sich ersehnt hatten. Das wusste sie genau, denn sie hatte sie sich bereits angeschaut, aber noch nichts davon erzählt. Eine Altbauwohnung direkt am Park, in der Avenue Bertrand, geräumig, hohe Decken, ein wenig im haussmannschen Stil. Alles war perfekt, bis auf den Preis. Sie hatte deshalb auf die richtige Gelegenheit gewartet, Arpad davon zu erzählen, und hatte das Gefühl, diese sei nun gekommen.

Auch wenn sie eigentlich beide lasen – Sophie blätterte eher in den Annoncen, die sie inzwischen fast auswendig kannte –, unterbrach sie Arpad immer wieder bei seiner Lektüre und kommentierte die Anzeigen, als hätte sie sie gerade erst entdeckt.

»Da ist eine Wohnung dabei, die sieht zauberhaft aus, aber sie ist in einem ganz anderen Viertel.«

»Ich ziehe das Champel-Viertel vor«, erwiderte Arpad, ohne den Blick von seinem Buch zu heben.

»Außerdem gibt es keinen Aufzug. Kommt für uns nicht infrage.«

»Kommt nicht infrage«, wiederholte Arpad mechanisch.

Sophie blätterte weiter und schien plötzlich eine Entdeckung zu machen. »Ich glaube, ich habe etwas gefunden!«, rief sie und klang dabei so überzeugt und entschlossen, dass Arpad sich aufsetzte, um sich die Anzeige anzusehen. Sophie zeigte mit dem Finger auf einen umrahmten Text, über dem das Logo einer sehr bekannten Luxusimmobilienagentur prangte. Sie las vor:

»*Apartment in der Avenue Bertrand, mit Blick auf den Park … Vier Zimmer, moderne Küche, Esszimmer mit angrenzendem Wohnzimmer:* Das sieht unglaublich gut aus!«

Unter der Beschreibung stand der Verkaufspreis.

»Schatz, das ist keine Mietwohnung«, sagte Arpad etwas oberlehrerhaft.

Bisher war nie die Rede davon gewesen, dass sie Eigentümer werden wollten. Doch nun sagte Sophie: »Sollten wir nicht besser kaufen? Dann hätten wir wirklich ein eigenes Zuhause.«

Arpad schien sie überhaupt nicht ernst zu nehmen, also setzte sie hinzu: »Statt Miete zu zahlen, warum nicht lieber investieren?«

»Schatz, ich verdiene ganz gut, habe aber nicht genug auf dem Konto, dass wir uns eine Wohnung in dieser Preisklasse leisten könnten. Hast du gesehen, was sie kostet?«

»Ich habe ein bisschen was zur Seite gelegt«, sagte Sophie.

Zunächst hielt Arpad sie für naiv: Er wusste, wie groß ihr Vermögen war, nämlich eher bescheiden. Zumindest dachte er das. Denn Sophie beschloss, ihm endlich eines ihrer Geheimnisse anzuvertrauen.

Am Tag nach diesem Gespräch verabredete Sophie sich mittags mit Arpad an der Place Bel-Air. Da der Treffpunkt auf halbem Weg zwischen Sophies Kanzlei und seiner Bank lag, nahm Arpad an, sie würden gemeinsam zu Mittag essen. Oder sich Babymöbel anschauen, wie die Woche davor. Doch stattdessen nahm Sophie ihn in das an diesem Platz gelegene Gebäude der Crédit Suisse mit.

»Was wollen wir hier?«, fragte Arpad verdutzt.

»Ich muss dir was erzählen.« Sophie ging zu einem Schalter, und der Angestellte dahinter nickte ihr zu, als wisse er Bescheid. Dann durchquerten sie die Halle bis zum Aufzug. Sie schien sich bestens auszukennen. Sie fuhren ins Untergeschoss zum Tresorraum. Dort wurden sie von einem weiteren Angestellten empfangen, der Sophie zu kennen schien. Sie wies sich ihm gegenüber aus, wie es Vorschrift war, dann sperrte er eine gepanzerte Tür auf und führte sie in einen großen Raum, in dessen Wände Schließfächer unterschiedlicher Größe eingebaut waren.

Arpad folgte seiner Frau mit wachsender Verblüffung. Der Angestellte blieb vor einem Schließfach stehen und steckte einen Schlüssel in eines der beiden Schlüssellöcher, dann entfernte er sich diskret. Sophie holte einen Schlüssel aus ihrer Tasche und drehte diesen im zweiten Schlüsselloch. Dann öffnete sie die Tresortür und trat zur Seite, damit Arpad sehen konnte, was sich darin befand.

Er fiel aus allen Wolken.

»Das musst du mir erklären«, sagte Arpad und ließ sich auf einen Stuhl fallen.

Sie befanden sich in Sophies Büro. Da sie nun allein und vor neugierigen Ohren geschützt waren, konnten sie endlich sprechen. Seit sie die Bank verlassen hatten, war zwischen ihnen kein Wort gefallen. Es war, als hätten sie auf den paar Hundert Metern, die den Crédit Suisse von Sophies Kanzlei trennten, die Luft angehalten, ein beredtes Schweigen, das verriet, wie schockiert Arpad war und wie ungeheuerlich Sophies Geheimnis.

Sie stellte Sushi-Boxen auf den Tisch, als sei nichts gewesen, doch Arpad stand nicht der Sinn nach Essen. Er konnte nur daran denken, was er im Tresor gesehen hatte: Bündelweise Geldscheine. Hunderttausende von Euros, vielleicht eine Million, wenn nicht mehr.

Sophie setzte sich neben Arpad, ergriff seine Hand und sagte: »Mein Vater hat viel Schwarzgeld angehäuft. Von seinen Restaurants und seinen Immobiliengeschäften. Ich habe schon länger etwas geahnt, denn er hat immer alles in bar bezahlt. Hast du ihn etwa schon mal mit einer Kreditkarte gesehen?«

»Nein«, gestand Arpad, dem sofort Bilder von Bernard in den Kopf kamen, wie er Geldscheine aus schier unerschöpflichen Taschen zog.

Sophie fuhr fort: »Ich habe es geahnt, es aber immer wieder verdrängt. Bis zu unserer Hochzeit. Am Tag nach der Feier gab es dieses Gespräch unter vier Augen mit meinem Vater.«

»Ich weiß noch«, sagte Arpad, »ihr seid zusammen Abendessen gegangen.«

Sophie nickte: »Er erklärte mir, er würde uns gern ein schönes Geschenk machen, ein bisschen Starthilfe für dich und mich, aber dass er gar nicht viel Geld auf dem Konto hätte. Dagegen hätte er jede Menge Bargeld beiseitegeschafft. Er bat mich, mir nach meiner Rückkehr nach Genf in einer Bank ein Schließfach zu mieten. Das tat ich dann auch. Und wenige Wochen später kamen meine Mutter und er uns besuchen.«

»Wir haben den Tag in Gruyère verbracht«, erinnerte sich Arpad.

»Dieser Besuch war nur ein Vorwand«, sagte Sophie, »er nutzte ihn, um mir das Geld zu geben. Mein Vater wollte es selbst in die Schweiz bringen, damit ich nicht mit einer derartigen Summe die Grenze überqueren müsste.«

»Und daraus folgt?«, fragte Arpad.

»Daraus folgt, dass dieses Geld seit über einem Jahr in diesem Tresor ruht und ich nicht weiß, was ich damit anstellen soll.«

»Warum hast du mir nicht gleich davon erzählt?«, fragte Arpad. Es verletzte ihn, dass sie ihn nicht eingeweiht hatte.

»Keine Ahnung. Ich hatte Angst vor deiner Reaktion. Ich wollte nicht, dass du meinen Vater verurteilst. Außerdem hatte ich deinetwegen Angst. Wegen deines Berufs. Das ist Schwarzgeld, ich wollte nicht, dass du da in etwas hineingezogen wirst, was deiner Karriere bei der Bank schaden könnte.«

Arpad war erschüttert. Allerdings wusste er nicht, ob es das Geheimnis an sich war, was ihn so schockierte, oder die Erkenntnis, dass seine Frau ihn finanziell übertrumpfte. Sophie dagegen hatte ihr Geständnis zwar erleichtert, doch die Reaktion ihres Mannes bestürzte sie.

»Wir geben ihm das Geld besser zurück«, sagte sie mit Tränen in den Augen. »Ich möchte nicht, dass dieser riesige Batzen irgendetwas zwischen uns kaputtmacht. Davon ganz abgesehen, schließlich bin ich Anwältin. Ich könnte aus der Anwaltskammer ausgeschlossen werden.«

Arpad, der nun den Beschützer spielen konnte, bekam wieder Oberwasser. »Es wäre idiotisch, es zurückzugeben. Das würde deinen Vater kränken, und es stellt sich ja auch die Frage, was er damit anfangen soll. Während wir es doch wirklich ganz gut gebrauchen könnten …«

»Das sehe ich genauso«, antwortete Sophie, »deshalb kam ich auch auf die Idee mit der Wohnung.«

Arpad lehnte diesen Vorschlag kategorisch ab: »Wir müssen es unauffällig anstellen und dieses Geld für laufende Ausgaben verwenden. Im Supermarkt, im Restaurant. Bei alltäglichen Einkäufen. Wenn wir eine Wohnung kaufen, könnte das Verdacht erregen.«

»Aber die in der Avenue Bertrand ist genial!«, sagte Sophie verzweifelt, denn sie wollte sich dieses Juwel nicht entgehen lassen. »Ich kann mir uns so gut darin vorstellen! ... Sie ist wie für uns gemacht! Wenn du sie siehst, wirst du auf der Stelle überzeugt sein!«

»Kennst du sie denn schon?«, fragte Arpad.

Sie sah ihn schuldbewusst an. »Ich wollte mir sicher sein, bevor ich mit alledem zu dir komme. Ich schaue mir doch schon seit einiger Zeit Wohnungen an. Und die hier ist die richtige, ich verspreche es dir. Vertrau mir. Wir werden uns darin so wohlfühlen!«

Sophie hatte ein gutes Gespür für die richtige Gelegenheit. Sie hatte sich das mit der Wohnung und dem Geld ihres Vaters offenbar schon lange genau überlegt, bevor sie es ihm sagte. Arpad wollte eine Lösung finden. Nicht weil er sich auf den guten Instinkt seiner Frau verlassen, sondern vor allem, weil er in ihren Augen glänzen wollte. Bei der Gelegenheit könnte er ihr beweisen, wozu er fähig war. Sie verblüffen.

Eine Woche später, als Sophie von der Arbeit kam, wartete Arpad im Wohnzimmer auf sie. Es war noch relativ früh, und sie war erstaunt, dass er schon zu Hause war.

»Ist alles in Ordnung?«, fragte sie.

Arpad antwortete nicht, schien jedoch bester Laune zu sein. Er hatte eine Flasche Orangensaft in einen Sektkühler mit Eiswürfeln gestellt und schenkte ihr daraus in eine Sektflöte ein, als handelte es sich um einen Champagner.

»Schwangerschaft verpflichtet«, sagte Arpad, »wir werden das mit Orangensaft feiern.«

Sie sah ihn erstaunt an: »Was denn?«

»Ich glaube, ich hab's«, erklärte er.

Sie verstand nicht gleich, worauf er hinauswollte. »Was hast du?«, fragte sie.

»Eine Lösung, wie wir die Wohnung kaufen können.«

Arpad begann, es ihr zu erläutern. Er wirkte sehr aufgekratzt, und Sophie sah ihn gern so.

»Um den Kauf einer solchen Wohnung zu rechtfertigen, müssen wir unsere Einkünfte erhöhen. Wir werden also deine Anwaltstätigkeit dazu nutzen, das Geld deines Vaters in den offiziellen Kreislauf einzuspeisen.«

»Wie sollte das gehen?«, fragte Sophie.

»Dank eines herrlichen Zahlungsmittels, das es in der Schweiz gibt: Einzahlungsscheine!«

Da Sophie nicht überzeugt wirkte, rief Arpad ihr in Erinnerung, wie diese Einzahlungsscheine funktionierten, die zu Beginn des 20. Jahrhunderts von der mächtigen Schweizer Postbank erfunden worden waren. Ein Einzahlungsschein war damals ein Vordruck, mit dem man Geld auf das Konto einer Privatperson oder eines Schweizer Unternehmens einzahlen konnte. Daraus war nur die Identität des Empfängers zu ersehen, die des Einzahlers war für die Abwicklung nicht notwendig. Man musste nur mit dem Formular und der entsprechenden Summe Bargeld zum Bankschalter kommen, und schon wurde die Transaktion ausgeführt, ohne dass Fragen gestellt wurden. Entsprechend konnte man die Herkunft des Geldes nicht zurückverfolgen, nur den Empfänger.

»Du wirst gefälschte Rechnungen ausstellen«, fuhr Arpad fort, »unter dem Namen real existierender Mandanten. Rechnungen, die du aber in Wahrheit selbst in bar bezahlen wirst, in einem Postamt, mit Einzahlungsschein. Du wirst diese Rechnungen in deine Buchhaltung aufnehmen, sie werden in deinen Umsatz einfließen. Niemand wird nachprüfen, ob diese Rechnungen tatsächlich an besagte Mandanten geschickt wurden. Setze keine zu großen Summen ein, bleibe bei den üblichen Beträgen. Nach und nach stellst du dann immer mehr Rechnungen. Wir müssen uns allmählich steigern.«

»Aber ich stelle doch meine Rechnungen in Schweizer Franken aus«, rief Sophie ihm in Erinnerung, »du weißt doch, das Geld meines Vaters sind Euro.«

»Um Euro durch Schweizer Franken zu ersetzen, werden wir regelmäßig bei verschiedenen Wechselstuben tauschen. Niemand wird sich wundern, dass wir so oft erscheinen: Es gibt jede Menge Pendler, die in Frankreich arbeiten und in der Schweiz leben und jeden Monat ihr gesamtes Einkommen tauschen müssen.«

Arpad war sich seiner Sache so sicher. Er hatte fast etwas von einem Bad Boy, und das gefiel Sophie schrecklich gut. Trotzdem machte sie ihn auf etwas aufmerksam:

»Eins haut noch nicht hin bei deiner Strategie. Wenn wir unauffällig bleiben wollen, müssen wir das Schwarzgeld langsam in den offiziellen Kreislauf einfließen lassen. Dann dauert es aber, bis wir die Wohnung in der Avenue Bertrand kaufen können. Bis dahin ist sie längst weg!«

»Es sei denn, wir bezahlen für die Wohnung sehr viel weniger Geld als in der Anzeige«, erwiderte Arpad. »Und dieser Preis muss sich im Rahmen unserer aktuellen Möglichkeiten bewegen. So wird niemand Verdacht schöpfen.«

»Aber warum sollten wir die Wohnung wesentlich billiger bekommen?«, erwiderte Sophie.

»Weil wir ein unverschämtes Glück haben!«, rief Arpad aus. »Stell dir vor, ich habe mit dem Makler gesprochen, der mit dem Verkauf betraut ist! Ich kann nämlich auch meine kleinen Nachforschungen anstellen. Ich habe etwas über den Besitzer der Wohnung herausgefunden.«

»Was denn?«

»Du wirst schon sehen. Um achtzehn Uhr sind wir mit ihm verabredet.«

»Wir treffen uns mit ihm?«, wiederholte Sophie. Sie konnte es kaum fassen: Ihr Traum von der Wohnung sollte in Erfüllung gehen.

Zwei Stunden später gingen Arpad und Sophie Hand in Hand durch den Parc Bertrand und bogen in die gleichnamige Avenue ein, die eigentlich nur eine zauberhafte und ruhige kleine Einbahnstraße war, breit genug für ein Auto. Auf der einen Seite lag der Park mit seinen hundertjährigen Bäumen, und auf der anderen ein altes Sandsteinhaus, das sie nun betraten.

Die Wohnung befand sich im fünften Stock. Es wohnte noch der etwa fünfzig Jahre alte Besitzer darin, Edward Wallon. Er empfing seine Besucher herzlich und führte sie erst einmal durch die Wohnung. Arpad teilte sofort Sophies Begeisterung: Die Wohnung war geräumig, gut geschnitten und bestach durch einen gelungenen Epochenmix: Holzparkett, Stuck an den Decken, aber Küche und Badezimmer waren ultramodern. Nach der Besichtigung nahmen sie im Wohnzimmer Platz, um alles zu besprechen. Als Sophie den Sofabezug bewunderte, sagte Wallon scherzhaft: »Die Möbel sind nicht im Preis inbegriffen, aber da können wir verhandeln.«

Arpad nutzte die Gelegenheit, um den Grund ihres Besuches anzusprechen.

»Genau, Monsieur Wallon. Wir sind nicht nur zur Besichtigung gekommen.«

»Ja, ich weiß. Der Makler hat mir gesagt, dass Sie mir ein direktes Angebot machen wollten. Ich höre.«

»Monsieur Wallon, ich hoffe, Sie nehmen mir das, was ich jetzt sagen werde, nicht übel.«

»Nur zu.«

»Ich gehe davon aus, dass Sie die Wohnung verkaufen wollen, weil Sie sich gerade mitten in der Scheidung befinden.«

Edward Wallons Miene verdüsterte sich. »Das stimmt. Inwiefern hat das etwas mit unserem Geschäft zu tun?«

Arpad fuhr unbeirrt fort: »Ich weiß auch, dass diese Wohnung Ihnen allein gehört.«

»Sind Sie von der Polizei, Monsieur Braun?«

»Ich habe nur im Grundbuch nachgeschaut, Monsieur Wallon, das ist alles öffentlich.«

Die Stimmung, die vor wenigen Augenblicken noch so locker gewesen war, sank auf den Nullpunkt. Sophie verstand nicht, was vor sich ging.

Wallon konnte seinen Ärger kaum verhehlen: »Wenn Sie bitte zum Punkt kommen würden, Monsieur Braun, statt um den heißen Brei herumzureden!«

»Monsieur Wallon, ich weiß, dass Ihre Scheidung sich schwierig gestaltet und dass Ihre zukünftige Ex-Frau voraussichtlich einen großen Teil der Summe aus dem Verkauf dieser Wohnung für sich beanspruchen wird.«

Wallon kochte innerlich und verfluchte im Stillen diesen geschwätzigen Makler, der offenbar vor jedem Dahergelaufenen sein Privatleben ausgebreitet hatte. Trotzdem ließ er Arpad ausreden, und dieser machte ihm folgenden Vorschlag:

»Was hielten Sie davon, den offiziellen Verkaufspreis zu senken? Die Differenz würden wir Ihnen in bar geben.«

Es folgte eine Stille, die Wallon schließlich mit den Worten brach: »Von welchem Betrag reden wir?«

Arpad verbiss sich ein Lächeln. »Von einem Drittel des Kaufpreises«, schlug er vor. »Sie verkaufen uns diese Wohnung um ein Drittel billiger. Sie werden selbstredend den Gesamtbetrag erhalten, den Sie uns heute nennen, doch das wird niemand erfahren. Und sollte Ihre Ex-Frau Geld aus dem Verkauf einklagen wollen, wird sie nur Anspruch auf einen Anteil der offiziellen Summe haben.«

Wallon wirkte nicht sehr überzeugt. »Sie wird auf die Differenz zwischen dem Angebotspreis und dem tatsächlichen Verkaufspreis hinweisen und mir Betrug unterstellen.«

»Sie haben das Recht, die Wohnung zu jedem Preis zu verkaufen, der Ihnen beliebt. Das nennt man in der Schweiz Wirtschaftsfreiheit. Kein Gesetz hindert Sie daran, etwas billig zu verhökern, um Ihre zukünftige Ex-Frau zu ärgern. Außerdem wird der Makler bereitwillig bezeugen, dass diese Wohnung einige Mängel hat. Es stehen jede Menge Renovierungsarbeiten an, die Rohrleitungen, die Elektrizität und so weiter. Was die Maklerprovision angeht, so werde ich sie natürlich in Gänze übernehmen.«

Wallon begriff, dass der Makler eingeweiht war. Er musterte Arpad eine ganze Weile, dann rief er plötzlich: »Abgemacht!«

Die beiden Männer besiegelten den Deal mit einem kräftigen Handschlag. »Champagner!«, bestimmte Wallon und erhob sich. Als er aus dem Zimmer ging, drehte Arpad sich mit einem breiten Lächeln zu Sophie um. Er war sicher, dass sie stolz auf ihn wäre. Doch sie warf ihm nur einen finsteren Blick zu. »Wie konntest du das nur tun?«, fragte sie empört.

Arpad war verblüfft. »Wir haben die Wohnung!«, erwiderte er. »Was ist das Problem?«

»Wir hauen gerade seine Frau übers Ohr. Das ist das Problem. Unseretwegen wird sie leer ausgehen.«

»Was heißt denn leer ausgehen? Vielleicht hat sie sich ja aus dem Staub gemacht. Vielleicht hat sie den armen Edward für einen anderen Typen sitzen lassen und schämt sich nicht, ihren zukünftigen Ex-Mann jetzt auch noch zu schröpfen.«

»Ach hör doch auf, dieses Machogequatsche passt nicht zu dir.«

»Also Sophie, du hast doch gesagt, wir dürfen uns diese Gelegenheit nicht entgehen lassen. Aber wenn dich das so stört, dann kaufen wir die Wohnung eben nicht. Und da du offenbar so hehre Prinzipien hast, geben wir das Geld deinem Vater zurück!«

Zwei Monate später, Anfang Juli, zogen Sophie und Arpad in ihre neue Wohnung in der Avenue Bertrand. Sophie, deren Bauch sich schon beträchtlich rundete, dirigierte die Möbelpacker. Arpad schleppte Kartons. Es war der Beginn eines neuen Lebens.

KAPITEL 9

12 Tage vor dem Raubüberfall

~~Sonntag, 12. Juni~~
~~Montag, 13. Juni~~
~~Dienstag, 14. Juni~~
~~Mittwoch, 15. Juni~~
~~Donnerstag, 16. Juni~~
~~Freitag, 17. Juni~~
~~Samstag, 18. Juni (Wochenende in St. Tropez)~~
~~Sonntag, 19. Juni (Wochenende in St. Tropez)~~
→ **Montag, 20. Juni 2022 (Sophies Geburtstag)**

Sophie schlug ein Auge auf. Tageslicht fiel durch die Ritzen der Schlafzimmerjalousie. Sie drehte sich zum Nachttisch, auf dem der Wecker anzeigte, dass es bereits halb sieben war. Sie hatte länger geschlafen als sonst, schlief wieder besser.

Plötzlich strich Arpads Finger über ihren Nacken und den nackten Rücken. »Alles Gute zum Geburtstag!«, flüsterte er.

Lächelnd drehte sie sich zu ihm um.

6:50 Uhr.

Greg schaltete den Bildschirm aus und legte ihn auf den Beifahrersitz, dann fuhr er los. Er war zu spät dran, seine Frau würde ihm eine Standpauke halten, und Sandy hatte nicht pinkeln können – Pech für den Hund. Er brauchte ein Alibi: Er machte einen schnellen Umweg über die Bäckerei, um Croissants zu kaufen. Wunderbarer Einfall. Als er wieder an der *Warze* war, hatte Karine ziemlich schlechte Laune. Die Kinder tobten herum und wollten sich nicht an den Frühstückstisch setzen.

»Wo warst du?«, blaffte sie ihn an. »Hast du etwa das Auto genommen?«

»Croissants!« Greg hielt eine Tüte mit Backwaren hoch. Die Kinder jubelten. Sofort entspannte sich die Lage. Greg nutzte die Gelegenheit, den Ärger seiner Frau zu besänftigen.

»Ich übernehme heute Morgen die Kinder. Ich bring sie zur Schule … Du kannst ruhig los zur Arbeit.«

Karine freute sich darüber. Sie wollte Sophie an ihrem Geburtstag nicht verpassen.

7:45 Uhr. Im Glashaus saß Sophie mit ihren Kindern am Frühstückstisch und blies eine Kerze aus. Dabei wurden sie von den Technikern des Sicherheitsunternehmens unterbrochen, die wie vereinbart vorbeikamen, um im Haus die Alarmanlage zu installieren.

»Ich kümmere mich um die Herrschaften«, bot Arpad an, »kannst du die Kinder zur Schule bringen?«

»Selbstverständlich. Aber macht es dir wirklich nichts aus, zu Hause zu bleiben? Sonst kann ich es schon einrichten.«

»Gar kein Problem. Ich hatte in der Bank ohnehin Bescheid gegeben, dass ich erst am frühen Nachmittag reinkommen würde.«

8:10 Uhr. Karine stand ungeduldig an der Bushaltestelle. Keine Sophie in Sicht. Dann kam ein Bus, und die enttäuschte Karine beschloss, diesmal einzusteigen. Sie konnte nicht länger warten, sonst würde sie zu spät zur Arbeit kommen. Doch als sie gerade einsteigen wollte, hupte jemand. Es war Sophie. Karine näherte sich dem heruntergelassenen Seitenfenster.

»Haben Sie ein Taxi bestellt?«, fragte Sophie sie lächelnd.

Karine lächelte zurück: »Herzlichen Glückwunsch zum Geburtstag!«

»Danke. Steig ein!«

Sie ließ sich nicht lange bitten und setzte sich auf den Beifahrersitz. »Das trifft sich bestens«, sagte sie, »ich habe nämlich ein kleines Geschenk für dich.«

»Ein Geschenk? Das war doch nicht nötig.«

»Es ist nur eine kleine Aufmerksamkeit«, spielte Karine ihre Gabe herunter, während sie aus ihrer Handtasche ein kleines Seidentäschchen zog, das Sophie an der roten Ampel öffnete. Es war ein Armband, gefertigt aus einem blauen Band und geschmückt mit einem kleinen nachtblauen Stein.

»Das ist ein Glücksbringer«, erklärte Karine.

»Wie hübsch«, sagte Sophie begeistert und band es sich gleich ums Handgelenk.

»Macht ihr heute Abend was?«, fragte Karine.

»Arpad führt mich zum Abendessen ins japanische Restaurant im *Hôtel des Bergues* aus.«

»Topadresse«, pflichtete Karine bei, die sich als Kennerin ausgeben wollte, dabei hatte sie nie auch nur einen Fuß hineingesetzt.

»Ich bin noch nie dort gewesen«, gab Sophie zu, »ehrlich gesagt, mir wäre ein Teller Spaghetti bei einem kleinen Italiener lieber gewesen. Aber du kennst ja Arpad, er dreht gern ein großes Rad.«

»Immerhin wirst du vierzig«, verteidigte ihn Karine, »das muss man doch feiern. Wirst du eine Party geben?«

»Ich weiß nicht recht. Ich bin mir nicht sicher, ob ich Lust dazu habe. Am liebsten bin ich in aller Ruhe mit meinen Kindern und meinem Mann zusammen.«

Karine beneidete sie mehr für diesen einzigen Satz als für ihr Haus, ihr Auto oder ihren Lebensstil. Dabei liebte sie ihre Kinder und Greg, aber ein gemeinsam verbrachter Abend war derzeit oft gleichbedeutend mit Langeweile. Sie hätte sich ihr gern anvertraut. Sie hätte gern zu ihr gesagt: »Wenn ich mit Greg nicht über die Kinder rede, reden wir gar nicht miteinander.« Sie wagte es nicht. Was nun aus ihrem Mund kam, spiegelte ihre Bewunderung für die Browns: »Was ist euer Geheimnis?«, fragte sie.

»Unser Geheimnis?«

»Euer gemeinsames Geheimnis, deines und Arpads, ihr macht einen so glücklichen Eindruck.«

Ihr Geheimnis? Ihr wahres Geheimnis befand sich im Erdgeschoss des Crédit Suisse, Place Bel-Air. Wenige Schritte von der Privatbank entfernt, in der Arpad arbeitete. Gut versteckt in einem anonymen Schließfach unter hundert anderen, dessen PIN-Code nur Sophie und Arpad kannten. Schließfach Nummer 521.

Und dorthin ging Arpad an jenem Tag, sobald die Alarmanlage zu Hause installiert war. Als Sophie ihm vor sieben Jahren von der Existenz des Geldes erzählt hatte, hatte sie ihn bei der Bank registrieren lassen und ihm verraten, wo sie den Schlüssel aufbewahrte. Arpad sollte Zugang haben, für den Fall, dass ihr etwas passierte. Er hatte ihr geschworen, dass er auf keinen Fall jemals an dieses Geld gehen würde, ohne es ihr vorher zu sagen. Das hatte er sich selbst auch geschworen. Er hätte sein Versprechen so gern gehalten.

Arpad betrachtete die Geldbündel. Im Laufe der Jahre hatte der

Tresor sich beträchtlich geleert. Und auf mysteriöse Weise wieder gefüllt. Damals, als er von Sophie eingeweiht worden war, hatte Arpad nachgezählt. Es waren mehrere Millionen Euro gewesen, und er hatte begriffen, dass Bernard nicht nur viel reicher war, als er gedacht hatte, sondern dass er sich vor allem ernste Sorgen gemacht haben musste, sonst hätte er sich nicht um einen solchen Batzen Geld erleichtert. Vielleicht hatte er das Gefühl, das französische Finanzamt hätte ihn im Visier. Ein Großteil des Geldes war für die Wohnung im Champel-Viertel draufgegangen. Arpad hatte Sophie eingeschärft, ihrem Vater nicht zu verraten, dass sie diesen Kauf mit seinem Geld getätigt hatten, denn er fürchtete, Bernard könnte ihn bitten, noch mehr Schwarzgeld für ihn zu waschen.

»Sag deinem Vater bitte nicht einmal, dass ich Bescheid weiß«, hatte Arpad ihr geraten. »Ich will mich aus der ganzen Geschichte raushalten. Und wenn er dich darauf anspricht, sag ihm, dass du dieses Geld einfach so für Reisen und Restaurants ausgibst.«

Sophie hatte verstanden, wie ernst es ihm damit war. »Mach dir keine Gedanken, er wird es nicht erfahren.«

»Und nimm bitte kein Geld mehr von ihm an, ich möchte nicht länger Komplize seiner Machenschaften sein.«

»Versprochen.«

Aber Sophie hatte nicht Wort gehalten. Sie hatte wieder Geld von ihrem Vater angenommen. Er hatte sie in flagranti dabei erwischt.

Drei Jahre zuvor
Februar 2019

In dem schönen Appartement in der Avenue Bertrand, in dem die Familie Braun ihr Leben genoss, herrschte ziemliches Chaos: Isaak, drei Jahre, und Léa, ein Jahr, brüllten im Wohnzimmer.

Sophie und Arpad standen im Mantel auf der Türschwelle, und man konnte ihnen ansehen, wie nervös sie waren. Mitten in dem Durcheinander und der greifbaren Spannung saßen zwei Menschen, die vollkommene Ruhe ausstrahlten: Bernard und Jacqueline, Sophies Eltern.

»Na los, verschwindet«, sagte Bernard, »es wird schon schiefgehen.«

»Auf, meine Lieben«, fiel auch Jacqueline ein. »Wär doch idiotisch, wenn ihr euren Flug verpasst.«

Arpad und Sophie nahmen ihre Koffer und verließen die Wohnung. Auf der Straße erwartete sie ein Taxi. Sie fuhren gemeinsam zum Flughafen, nahmen aber nicht das gleiche Flugzeug. Arpad flog nach Montréal, um ein paar Tage in der Quebequer Filiale der Bank zu sein. Sophie dagegen flog mit Samuel Hennel nach London. Ihr Mandant hatte gerade Anteile an seiner Kunstgalerie verkauft, nachdem er einen britischen Interessenten gefunden hatte, und es gab noch ein paar Details zu regeln. Da die Kinder ja schlecht allein bleiben konnten, waren Bernard und Jacqueline angereist, um in der Wohnung im Champel-Viertel auf sie aufzupassen.

Zwei oder drei Wochen später ging Arpad ans Schließfach bei der Crédit Suisse, um mit dem Geld die Miete für ihr Chalet in Verbier zu bezahlen. Durch das Wunder des Schwarzgelds konnten sie sich jeden Winter ein luxuriöses Haus mieten, in dem sie es sich an den Wochenenden und in den Ferien gemütlich machten. Als Arpad den Tresor aufschloss, wollte er das Geld zählen, nur um besser einschätzen zu können, wie viel noch übrig war. Bei dieser Kontrolle wurde ihm klar, dass der Tresor mit mehreren Hunderttausend zusätzlichen Euros bestückt worden war. Ihm wurde heiß und kalt: Sophie hatte wieder Geld von ihrem Vater angenommen. Arpad konfrontierte sie noch am gleichen Abend damit, dass sie nicht Wort gehalten hatte. Es kam zum Streit.

»Dein Vater hat seinen Besuch in der Schweiz dazu genutzt, dir wieder Geld zuzustecken!«, ereiferte sich Arpad.

Sie spielte zunächst die Naive: »Aber nein, das stimmt doch gar nicht!«

»Hör auf, mich für dumm zu verkaufen! Es sind etliche Hunderttausend Euro im Tresor dazugekommen.«

Sie konnte es nicht länger abstreiten. »Ich konnte ja nicht ahnen, dass du nachzählst«, erwiderte sie.

»Nur um sicherzugehen, dass du es nicht einfach so aus dem Fenster wirfst!«

Diesen sinnlosen Vorwurf bedauerte er sofort. Sophie warf ihm tödliche Blicke zu: »Diese jämmerliche Bemerkung hättest du dir wirklich sparen können, Arpad.«

»Es tut mir leid, das ist mir so herausgerutscht. Aber versprich mir, dass damit Schluss ist, Sophie. Kein Geld mehr von Bernard. Am Ende werden wir noch erwischt.«

Drei Jahre später stand er vor dem Tresor, aus dem er sich gerade bedienen wollte, um Sophies Geburtstagsgeschenk zu kaufen, und dachte, dass es bei den wenigen großen Auseinandersetzungen in ihrer Beziehung immer um Geld gegangen war.

Sophie war Arpads Bitte gefolgt. Nach 2019 war kein weiteres Geld hinzugekommen. Und Stück für Stück hatte ihr aufwendiger und unersättlicher Lebensstil ihren Schatz beinahe aufgezehrt.

Arpad schnappte sich ein Bündel und entnahm die Summe, die er für den Kauf des Rings bei Cartier benötigte. In den letzten Monaten hatte er sich regelmäßig an dem Geld bedient. Allmählich bekam er Angst, Sophie könnte auffallen, dass er ihre Ressourcen anzapfte. Er musste schleunigst Geld in das Schließfach zurücklegen.

17:30 Uhr im Hauptquartier der Genfer Polizei. Gregs Arbeitstag ging gerade zu Ende. In der Umkleide des Einsatzkommandos hatte er die Uniform gegen seine eigene Kleidung getauscht, als ihm Besuch angekündigt wurde. »Eine Inspektorin der Kripo will dich wegen einer Akte sprechen.« Er wusste sofort, wer es war.

Er fand Marion Brullier vor den Büros der Eliteeinheit. Sie hatte sich herausgeputzt. Lederminirock und High Heels. In diesem Aufzug war sie bestimmt nicht arbeiten gegangen. Sie schlug vor: »Hast du Lust, was trinken zu gehen?«

Natürlich hatte er Lust. Es gab mehrere Bars in der unmittelbaren Umgebung des Polizeireviers, aber er führte sie in ein etwas weiter entfernt gelegenes Lokal aus, wo er nicht Gefahr lief, Kollegen über den Weg zu laufen, die Karine möglicherweise kannten.

»Du hast mir nicht auf meine Nachrichten geantwortet«, sagte Marion vorwurfsvoll, als sie an einem Tisch Platz genommen hatten.

»Tut mir leid …«

»Mir tut es leid. Mir ist klar geworden, dass du nicht interessiert bist … Ich hatte … Ich hatte da was falsch verstanden. Mit diesen dämlichen Fotos habe ich mich lächerlich gemacht. Ich werde dir keine mehr schicken.«

Er ergriff ihre Hand. »Ich fand deine Fotos wunderbar. Du gefällst mir ungemein. Kann ich ganz ehrlich zu dir sein?«

»Selbstverständlich.«

Er wollte gerade schon dazu ansetzen, von seiner Frau und seinen Kindern zu erzählen, doch etwas hielt ihn zurück. Er sagte nur: »Ich kann einen Mann auf eine Entfernung von dreihundert Metern niederschießen, aber wenn es um Fotos von mir selbst geht, bin ich blutiger Laie.«

Sie lächelte verschmitzt. »Ich kann es dir ja beibringen.«

Er ging auf ihr Spiel ein. »Ach ja?«

»Ich bin nicht nur gut darin, Kriminelle zur Strecke zu bringen, weißt du, ich hab noch ganz andere Sachen drauf.«

»Was denn so für Sachen?«, erwiderte Greg, der plötzlich das Bild von Sophie im Kopf hatte, wie sie sich Arpad in Handschellen hingab.

»Oh, das macht dich also an, du kleiner Schlingel.«

Greg war plötzlich total scharf. Er stellte sich vor, sie wäre seine Gefangene, sie wäre Sophie. In seinem Kopf ging alles wild durcheinander, und das ließ ihn gefährlich sorglos werden.

Aber der eigentliche Ärger begann gerade erst, und zwar nur ein paar Hundert Meter entfernt: In den Räumen des Einsatzkommandos zählte der Ausrüstungsbeauftragte zum wiederholten Mal die Observationskameras durch. Eine fehlte.

Zur selben Zeit lief der Mann aus dem grauen Peugeot auf der Rue du Rhône vor dem Gebäude von Sofies Kanzlei auf und ab. Mitten am Tag. Er war jetzt seit einer Woche in Genf. Eine Woche lang hatte er auf diesen Augenblick gewartet.

Sophie stand in der Eingangshalle des Gebäudes. Sie telefonierte mit Arpad.

»Wann kommst du nach Hause?«, fragte er sie. »Ich bin hier, habe einen Champagner kalt gestellt, die Kinder werden von der Babysitterin bespaßt. Nur du fehlst.«

Sie log: »Ich stecke noch eine Weile im Büro fest. Ich muss unbedingt die Rechnung für einen Mandanten fertig machen. Ich beeile mich.«

»Du verpasst noch deine eigene Feier!«, warf Arpad ihr scherzhaft vor.

»Aber nein, versprochen!«

»Sonst trinke ich den Champagner mit der Babysitterin und brenne mit ihr durch.«

»Wart auf mich, du Idiot!«

Sie lachten beide, dann beendete sie das Gespräch, drückte die schwere Eingangstür auf und erschien auf der von Sonnenlicht überfluteten Straße.

Als der Mann sie entdeckte, eilte er auf sie zu.

»Alles Gute zum Geburtstag, Sophie!«

Sophie drehte sich um. Strahlend warf sie sich in seine Arme.

»Fauve!«, rief sie. »Fauve!«

Sie drückten sich lange.

Er war glücklich, sie wiederzusehen. Sie hatten sich jetzt drei Jahre lang nicht getroffen. Sie hatte sich kein bisschen verändert. Wenn überhaupt, war sie in dieser Zeit noch schöner geworden – falls das überhaupt möglich war.

Auch er sah glänzend aus. Sophie hatte ganz vergessen, was für ein attraktiver Mann er war. Die Jahre schienen ihm nichts anhaben zu können. Sein Gesicht war gebräunt, und sein T-Shirt ließ ahnen, dass er immer noch genauso athletisch war wie früher.

»Komm«, sagte sie. »Ich habe uns einen Tisch in einem supernetten Lokal am Ufer reserviert. Richtig gute Cocktails, richtig gute Musik.«

Bis dorthin waren es nur wenige Schritte. Es war ein ziemlich angesagter Ort, und Fauve fühlte sich zunächst von der Kundschaft ein wenig eingeschüchtert: Er fand sich nicht schick genug. Er hätte sich ein Hemd kaufen sollen, um mithalten zu können. Aber wie immer gelang es Sophie, dass er sich gleich wieder entspannte.

»Wo kommst du her?«, fragte sie. »Was führt dich in diese Stadt? Wie lange bleibst du?«

»Eins nach dem anderen«, sagte Fauve lächelnd. »Ich bin gerade in Genf angekommen. Davor war ich in Frankreich, aber das weißt du ja, falls du meine letzten Briefe bekommen hast.«

»Ich habe all deine Briefe aufbewahrt. Sorgfältig.«

»Wie geht es Arpad?«, fragte Fauve.

»Es geht ihm gut. Alles läuft bestens bei uns.«

»Den Eindruck habe ich auch. Du siehst wunderbar aus, du bist schöner denn je.«

Sie war Komplimente gewohnt, aber jetzt wäre sie beinahe rot geworden. »Danke«, murmelte sie.

»Und die Kinder?«

»Werden viel zu schnell groß. Schau …«

Sie holte ihr Handy heraus, um ihm Familienfotos zu zeigen.

Aber Fauve sah mehr sie an als das Display.

»Du hast mir noch nicht gesagt, was dich nach Genf führt«, fragte Sophie erneut.

Er lächelte breit und antwortete, als wäre das offensichtlich: »Du. Einzig und allein du. Ich musste dich wiedersehen. San Remo kann nicht unser letztes Mal gewesen sein.«

Drei Jahre zuvor
Februar 2019
San Remo

Nachdem sie drei Tage miteinander verbracht hatten, mussten sie jetzt in einer Stunde auseinandergehen. Die Trennung war immer ein schwieriger Augenblick für Fauve. Aber diesmal war es besonders hart: Sophie hatte ihm zu verstehen gegeben, dass es vorbei war. Dass sie so nicht weitermachen konnte. Sie konnte das ihrem Mann und ihren Kindern nicht länger antun. Und Fauve wusste, dass er diesen Kampf nicht gewinnen konnte.

Auf Fauves Bitte gingen sie noch ein wenig am Strand spazieren. Obwohl er nicht so wirkte, war er ein schüchterner Mensch. Schließlich wagte er es, ihre Hand zu ergreifen, und sie ließ es geschehen. Sie schwiegen. Als der Augenblick der Trennung kam, weinte sie. Er war glücklich über ihre Tränen. Sie bewiesen, dass er ihr etwas bedeutet hatte.

Mit ihrem Leihauto fuhr Sophie zurück nach Nizza, von wo aus sie nach Genf fliegen würde. Vor der Ankunft am Flughafen rief sie Arpad an.

»Wie lief es in London?«, fragte er.

»Alles bestens, ich glaube, Samuel war zufrieden. Ich bin fix und fertig, ich möchte so schnell wie möglich nach Hause.«

Auf der Terrasse sagte Fauve noch einmal zu Sophie: »San Remo kann nicht unser letztes Mal gewesen sein!«

Sie erwiderte nichts. Da gab er ihr eine kleine Karte. Eine dieser Glückwunschkarten, wie man sie in Kaufhäusern bekommt. Er bedauerte, den dazu passenden Umschlag nicht verwendet zu haben, das wäre schicker gewesen. Ihr war es vollkommen egal. Sie öffnete die Karte, und als sie die Worte las, die er ihr geschrieben hatte, spürte sie, wie ihr Herz einen Sprung machte.

Meine Pantherin,
Du bist für dieses Leben im Käfig nicht gemacht. Du hast dich daran gewöhnt, wie ein Tier im Zoo. Aber deine Routine und dein Alltag sind Gitterstäbe. Dein Glück ist eine Illusion. Denk an Viscontini. Komm mit mir, ich will dich die Freiheit wieder spüren lassen.
Ich liebe dich
Dein Fauve

»Alles Gute zum Geburtstag!«, sagte Fauve. »Ich bin nach Genf gekommen, um dich wiederzusehen, und ich habe ein Geschenk für dich.«

Eine warme Nacht hatte sich auf Genf herabgesenkt. Auf der Terrasse des japanischen Restaurants des *Hôtel des Bergues* mit dem grandiosen Blick über die Stadt und den Genfer See blies Sophie eine Kerze aus, die in einem Schokoladen-Soufflé steckte.

»Alles Gute zum Geburtstag, meine Liebste«, murmelte Arpad.

Sie griff über den Tisch nach seiner Hand. »Danke. Danke für alles.«

»Bedanke dich lieber nicht«, sagte Arpad. »Noch hast du dein Geschenk nicht gesehen. Vielleicht findest du es schrecklich.«

Sie lächelte: »Du bist mein Geschenk, du Dummkopf.«

Er zog ein kleines Etui aus der Innentasche seiner Weste. Sie öffnete es und fand darin eine Nudelhalskette, die er für sie gebastelt hatte. Eine Anspielung auf ihr Gespräch in Saint-Tropez. Er hatte verschieden große Muscheln, die er zuvor rosa und blau angemalt hatte, auf ein elastisches Band gefädelt.

Sie legte sich die Kette um den Hals. Eine Diamant-Kaskade wäre nicht schöner gewesen.

Dann überreichte ihr Arpad ein zweites Etui. Sophie öffnete es und entdeckte darin den mit funkelnden Edelsteinen besetzten Pantherkopf. Sie war sprachlos. Sie steckte ihn sich an den Finger und stand vom Tisch auf, um ihren Mann zu küssen.

»Du bist meine Pantherin«, sagte Arpad zu ihr.

»Für immer«, versprach Sophie.

Sie küsste Arpad noch einmal. Dann betrachtete sie den Ring an ihrem Finger lange und mit gespielter Bewunderung. Sie war vollkommen durcheinander. Das war gewiss das prächtigste Geschenk, das sie je erhalten hatte. Aber es war nichts im Vergleich zu dem, was Fauve ihr wenige Stunden zuvor geschenkt hatte.

EIN JAHR ZUVOR

JUNI 2021

Genf

Im Büro des Notars setzten Sophie und Arpad jeweils ihre Unterschrift unter den Kaufvertrag. Der Notar verkündete mit beflissenem Lächeln: »Madame und Monsieur Braun, von nun an sind Sie die Besitzer dieses Hauses.«

Von Freude überwältigt, fielen Sophie und Arpad sich in die Arme. Das Glashaus gehörte jetzt ihnen! Es folgte der obligatorische Handschlag mit dem Verkäufer, einem bekannten Architekten aus der Gegend. Er hatte dieses moderne Haus ganz aus Glas mitten im Wald vor wenigen Jahren entworfen und gebaut. Nur kurz hatte er mit seiner Familie darin gewohnt, denn seine bereits erwachsenen Kinder waren flügge geworden, und ihm und seiner Frau schien das Haus nun viel zu groß geworden zu sein.

Arpads und Sophies Immobilienabenteuer hatte etwa ein Jahr zuvor begonnen. Sophie hatte sich überlegt, dass sie ihr Appartement in der Avenue Bertrand gerne gegen ein Haus mit Garten tauschen wollte. Sie mochte das Leben in der Stadt und ihr Champel-Viertel, aber Genf bot nun mal den Luxus, nur fünfzehn Autominuten vom Stadtzentrum entfernt auf dem Land zu leben, und sie fand es schade, dass sie das nicht ausnutzten. Zumal der Immobilienmarkt sämtliche Rekorde schlug: Ihre Wohnung war gewaltig im Wert gestiegen. Sophie war der Ansicht, dass sie davon profitieren sollten. Arpad war einverstanden, doch seine Gründe waren praktischer Natur: Durch den Verkauf der Wohnung könnten sie Bernards Schatz komplett weißwaschen. Danach würden sie über das Geld verfügen, als hätten sie es ehrlich verdient.

Die Wohnung fand schnell einen Abnehmer. Innerhalb weniger Wochen war sie verkauft, und für die Zwischenzeit, bis sie ein Haus gefunden hätten, mussten Sophie und Arpad sich im Viertel schnell eine Mietwohnung suchen und provisorisch dort einziehen. Das Hauskaufprojekt stand unter den besten Vorzeichen: Mit der mittlerweile offiziell ihnen gehörenden großen Geldsumme und bei den historisch niedrigen Darlehenszinsen konnten sie nach den Sternen greifen. Als er und Sophie bei ihren Besichtigungen zum Verkauf stehender Villen auf das Glashaus in Cologny stießen, war es Liebe auf den ersten Blick.

Arpad hatte das Gefühl, dass für ihn ein neues Leben begann.

ZWEITER TEIL

Die Tage vor Gregs Entdeckung

KAPITEL 10

11 Tage vor dem Raubüberfall

~~Montag, 20. Juni (Sophies Geburtstag)~~
→ **Dienstag, 21. Juni 2022**
Mittwoch, 22. Juni
Donnerstag, 23. Juni
Freitag, 24. Juni
Samstag, 25. Juni
Sonntag, 26. Juni (Gregs Entdeckung)

19:00 Uhr, Cologny. Karine drückte, erschöpft von ihrem Tag in der Boutique, die Tür der *Warze* auf. Wie erwartet, zankten sich die Jungs im Wohnzimmer, und das Kindermädchen lag entspannt auf dem Sofa.

Karine holte das Abendessen aus dem Tiefkühlfach und schaltete den Ofen an. Sie deckte für drei Personen den Tisch.

»Kommt Papa nicht nach Hause?«, fragte der Große, als er bemerkte, dass ein Gedeck fehlte.

»Er arbeitet heute länger«, erklärte Karine.

Greg stand vor Marions Wohnungstür und las noch einmal die Nachricht, die er Karine geschickt hatte.

Ein Einsatz in letzter Minute. Tut mir leid.
Komme spät heim.

Die Nachricht war genauso wischiwaschi wie seine Gedanken. Sinnbild seiner Bedenken. Ihm fiel auf, dass er *tut mir leid* geschrieben hatte, obwohl er sich sonst nie für einen Einsatz oder einen arbeitsbedingten Notfall entschuldigte. Es tat ihm nicht leid, spät nach Hause zu kommen, ihm tat leid, was er jetzt tun würde.

Marion wohnte in Carouge. Im neunten Stock eines Hochhauses. Greg klingelte an der Tür. Marion machte ihm auf: breites Lächeln, knappes Outfit. Das Licht war gedämpft, sie hatte die Jalousien heruntergelassen und Kerzen angezündet. Greg fragte sich, wann Karine ihn wohl das letzte Mal so empfangen hatte.

»Nett hast du's hier«, sagte er und setzte sich aufs Sofa.

Sie lächelte über diese alberne Bemerkung, die die Nervosität ihres

Besuchers verriet. Entschlossen, die Dinge in die Hand zu nehmen, setzte sie sich auf ihn und küsste ihn.

»Ich will dich sofort«, murmelte Greg.

Sie stand auf, um ihn ins Schlafzimmer zu ziehen. Sie hätte zwar nicht gedacht, dass es so schnell gehen würde, aber warum nicht? Greg hielt sie zurück. Er hatte bemerkt, dass der Fuß des Wohnzimmerschranks bestens geeignet war.

»Ich will es hier machen«, sagte er und holte ein paar Handschellen aus der Gesäßtasche seiner Hose.

Es war neunzehn Uhr dreißig, als Arpad im Glashaus ankam. Er kam sonst nie so spät nach Hause. Im Hof stand ein grauer Peugeot mit französischem Kennzeichen. Wer konnte das sein? Erschöpft ging er hinein. Sophie, die ihn hatte kommen sehen, erwartete ihn mit einem Glas Wein.

»Tut mir leid«, sagte er und stellte seinen Aktenkoffer auf den Boden, »das war vielleicht ein Scheißtag! Die Märkte sind total eingebrochen, es gab eine zweistündige Krisensitzung. Ich muss morgen vier Personen in meinem Team verkünden, dass sie gefeuert sind.«

»Autsch«, erwiderte Sophie verständnisvoll und streckte ihm das Glas Bordeaux hin.

»Danke. Wem gehört denn der Wagen da draußen?«

»Wir haben einen Überraschungsgast. Das dürfte deine Laune wieder heben.«

Arpads verdrossene Miene hellte sich auf, seine Neugier war geweckt. »Wer ist es denn?«, fragte er.

»Rate mal.«

»Gib mir einen Tipp«, ging Arpad auf ihr Spiel ein.

»Saint-Tropez«, antwortete Sophie.

»Falls es dein Vater ist, dann ist das nicht gerade eine freudige Überraschung«, flüsterte Arpad, der offenbar seinen Humor wiedergefunden hatte.

Sophie lachte: »Ich rede vom Saint Trop' unserer guten alten Zeit.«

»Hat es etwas mit dem *Béatrice* zu tun?«, fragte Arpad.

»Genau!«

Arpad dachte kurz nach. Zu lange für Sophie, die ihn an der Hand ins Wohnzimmer zog. Die Überraschung war gelungen.

Das Gespenst war zurückgekehrt.

SAMSTAG, 2. JULI 2022

Der Tag des Raubüberfalls

---

2 Stunden 45 Minuten vor Beginn des Überfalls

6:45 Uhr im Hauptquartier der Polizei. Vor einem Einsatz war Greg immer nervös. Er hielt es für überlebenswichtig, falls etwas schiefging. Doch diesmal war es anders, auch wenn er es sich nicht eingestehen wollte – er war ungewöhnlich aufgeregt. Und hatte schlecht geschlafen.

Er war als Erster da gewesen. Allein in der Umkleide des Einsatzkommandos hatte er auf geradezu rituelle Art seine schwarze Uniform angelegt. Seine Kampfkleidung. Kugelsichere Weste, Sturmhaube und Einsatzhelm würde er erst nach dem Briefing anziehen.

Er betrachtete sich lange im Spiegel. Bis die ersten Kollegen hereinplatzten. Während sich die anderen umzogen und kampfbereit machten, ging er in den Briefingraum.

Der Tag der Konfrontation war gekommen.

KAPITEL 11

10 Tage vor dem Raubüberfall

~~Montag, 20. Juni (Sophies Geburtstag)~~
~~Dienstag, 21. Juni~~
→ **Mittwoch, 22. Juni 2022**
Donnerstag, 23. Juni
Freitag, 24. Juni
Samstag, 25. Juni
Sonntag, 26. Juni (Gregs Entdeckung)

6:30 Uhr, im Glashaus. »Fauve wiederzusehen war nett, nicht wahr?«

Sophies Fragen blieben unbeantwortet. Sie umschwirrte Arpad, der in ihrer Küche stumm seinen Kaffee trank.

Zum ersten Mal seit Langem war er vor allen anderen aufgewacht. Sophie hatte ein Auge geöffnet, als er das Schlafzimmer verließ, und war ebenfalls aufgestanden. Sie spürte, dass etwas nicht in Ordnung war. Es war wegen Fauve. Sie wusste, dieses Abendessen war keine gute Idee gewesen, aber Fauve schien es so viel zu bedeuten. Er wollte ihr Familienleben kennenlernen, wollte wissen, wie sie wohnten, wollte Arpad wiedersehen. Sie hatte es ihm nicht abschlagen können. Sie hatte ihm noch nie etwas abschlagen können.

Arpad hatte nicht die geringste Lust, darüber zu reden. Er gab sich trotzdem einen Ruck und sagte ohne große Überzeugung:

»Ja, sehr nett, Fauve wiederzusehen. Hast du ihn zufällig getroffen?«

»Ja, wir sind uns über den Weg gelaufen, als ich gerade aus dem Büro kam. Er hat sich gleich nach dir erkundigt. Er wollte dich unbedingt wiedersehen.«

Arpad bezweifelte, dass Fauve zufällig nach Genf gekommen war. Er hatte eine sehr böse Vorahnung.

»Gestern Abend beim Essen hat man dir angemerkt, dass etwas nicht stimmt«, sagte Sophie besorgt.

Wie sehr sie dieses dumme Abendessen bereute! Jetzt würde Arpad sicher etwas ahnen. Alles hätte so einfach sein können, aber nun musste sie irgendwie mit dieser Komplikation umgehen und sich doppelt anstrengen, damit ihr Mann sich wieder entspannte und nicht mehr so misstrauisch war.

»Die Mitarbeiter, die ich heute feuern muss«, log Arpad. »Das liegt mir sehr auf der Seele.«

Die Kündigungen! Die hatte sie völlig vergessen. Natürlich, das war der Grund, dass ihr Mann so schlecht drauf war, und nicht Fauves Besuch. Sie brauchte sich keine Sorgen zu machen. Außerdem war das Abendessen sehr nett gewesen.

Es war Mittwoch, die Kinder mussten nicht zur Schule. Eigentlich hatte Arpad an dem Tag Homeoffice und sollte Isaak zu seinem Fußballtraining und Léa zu ihrem Tennisunterricht fahren.

»Würde es dir was ausmachen, heute Vormittag die Kinder zu übernehmen?«, fragte Arpad. »Ich wäre gerne vor den Leuten, denen ich kündigen muss, in der Bank, damit ich nicht in die Verlegenheit komme, im Aufzug übers Wetter zu reden und ihnen dann zu sagen: ›Kommen Sie doch bitte gleich bei mir vorbei, ich habe schlechte Nachrichten für Sie.‹«

»Fahr schon«, antwortete Sophie, »ich kümmere mich um die Kinder. Ich habe heute keinen wichtigen Termin. Was kann ich tun, um dich etwas aufzumuntern? Sollen wir heute Abend essen gehen? Ich könnte Julien und Rebecca vorschlagen, sich uns anzuschließen.«

»Warum nicht einfach nur du und ich? Eine Pasta und einen guten Wein beim Italiener.«

»Das scheint mir ein perfekter Plan zu sein«, erwiderte Sophie lächelnd.

Er küsste sie und ging.

Arpad fuhr mit seinem Auto durchs Tor des Glashauses und nahm dann den kleinen Weg zur Route de la Capite. Er bog ab, ohne dass ihm der graue Peugeot auffiel, der an der Abzweigung stand. Hinterm Steuer saß Fauve, sah ihn vorbeifahren und drehte hastig den Zündschlüssel. Er war überrascht, dass er jetzt schon kam, das entsprach nicht seinen Gewohnheiten. Egal, er hatte gut daran getan, so früh hier zu warten. Er nahm die Verfolgung auf. Es ging Richtung Genfer Stadtzentrum.

An jenem Morgen in der *Warze*. Als sie herunterkam, stellte Karine überrascht fest, dass Greg schon in der Küche stand und Frühstück machte. Er empfing sie mit einem Cappuccino.

»Warst du nicht laufen?«, fragte sie erstaunt.

»Ich wollte mich lieber meiner Familie widmen«, erwiderte Greg.

Nach seinem Abend mit Marion war er ganz euphorisch aufgewacht. Er hatte nicht einmal das Bedürfnis verspürt, nachzuschauen, was bei den Brauns vor sich ging. Als Karine nun vor ihm stand, fühlte er sich fast schon schuldig, sich nicht schuldig zu fühlen. Es war ein seltsames Gefühl – für untreue Familienväter hatte er immer nur Verachtung übriggehabt, und jetzt, da er selbst diesen Schritt getan hatte, kam es ihm gar nicht so vor, als würde er Karine betrügen. Er hatte sich nur etwas geholt, was sie ihm nicht geben konnte.

Greg wusste ganz genau, wie Karine reagieren würde, wenn er ein paar Handschellen zücken würde, um sie damit zu fesseln. Sie würde angewidert schauen und sagen: »Was soll das denn werden?« In der Vergangenheit hatte er öfters versucht, ihrem Liebesspiel ein bisschen Pepp zu verleihen, aber sie hatte ihn immer abblitzen lassen und ihn gefragt, ob sie nicht *normal* miteinander schlafen könnten. Am Ende landeten sie unweigerlich bei der alten Stellung, er auf ihr drauf. Es langweilte ihn. Im Grunde verlangte er nicht viel, nur dass man ihm ein wenig Gehör schenkte.

»Wann bist du denn gestern Abend nach Hause gekommen?«, fragte Karine. »Ich hab es gar nicht mitbekommen.«

»Spät«, antwortete Greg. »Der Einsatz wollte einfach kein Ende nehmen.«

»Was war denn los?«

»Wir sollten eine Gruppe gewaltbereiter Diebe festnehmen, deren Versteck wir aufgespürt hatten. Wir mussten abwarten, bis alle da waren, das hat ewig gedauert.«

Greg stand das Bild von Marion vor Augen, wie sie sich ihm hingab. Angekettet. Verletzlich. Er musste an etwas anderes denken. Karine machte ihm die Sache leicht:

»Meinst du, du könntest nach der Arbeit ein paar Einkäufe erledigen? Ich hab dir eine Liste gemacht.«

»Kein Problem, ich habe heute frei.«

Das hatte sie vergessen, dabei hatte er es in den Familienkalender eingetragen. Er musste mit Sandy zum Tierarzt.

»Ich geb dir Bescheid, falls mir noch etwas einfällt«, sagte Karine.

Greg begriff, dass seine Frau den freien Tag vergessen hatte und sich jetzt überlegte, was für Aufgaben sie ihm noch aufbrummen könnte. Er kam ihr zuvor: »Ich werde die Gelegenheit nutzen, um ins Brico Loisirs von La Praille zu fahren und dort ein paar Bretter zu kaufen, mit denen ich das Dach der Gartenhütte reparieren kann. Ich setz dich vor der Boutique ab, wenn du magst.«

Karine wäre lieber mit Sophie gefahren, aber wenn Greg es ihr schon mal von sich aus anbot, musste sie es auch annehmen. Sie schrieb Sophie eine SMS, in der sie ihr vorschlug, sich im *Café des Aviateurs* zu treffen.

Nachdem Greg Karine ins Stadtzentrum gebracht hatte, fuhr er in Begleitung des treuen Sandy weiter Richtung Carouge. Der Termin beim Tierarzt war erst um zehn Uhr dreißig, es blieb ihm also Zeit genug, vorher zum Baumarkt zu fahren. Der Hund konnte im Kofferraum warten.

Im Laden schlenderte Greg ein bisschen umher. Als er an den Ketten und Kabelbindern vorbeikam, dachte er an Marion. Er beschloss, ihr eine Nachricht zu schicken.

Würd dich gern sehen. Hab ein kleines Geschenk für dich.

Er wurde kühn.

Als Karine sich mit Sophie im *Café des Aviateus* traf, fiel ihr sofort der diamantene Panther auf, den diese am Finger trug: »Ist das dein Geburtstagsgeschenk?«, fragte sie.

»Ja«, antwortete Sophie lächelnd.

Sie zog das Schmuckstück vom Ringfinger und reichte es Karine, die es mit Expertenblick begutachtete.

»Die Details sind unglaublich«, sagte sie. »Diese Augen … alles so perfekt …«

»Da wurde ich schon sehr verwöhnt«, gab Sophie zu.

Karine musste an ihren eigenen Geburtstag denken, Greg hatte ihr ein Buch geschenkt. Sie gab Sophie den Ring zurück und fragte: »Samstagnachmittag haben die Jungs ihr Fußballspiel. Wirst du auch dabei sein?«

»Das kann ich mir doch nicht entgehen lassen! Isaak redet seit zwei Wochen von nichts anderem.«

Es war eine entscheidende Begegnung: Der letzte Spieltag für die Liga würde den Tabellensieg bestimmen. Das Spiel fand in Cologny statt. Außerdem sollten Arpad und Greg sich gemeinsam um den Getränkeausschank kümmern.

»Ich hab mir gedacht«, fuhr Karine fast schüchtern fort, »wir könnten uns doch vielleicht nach dem Spiel zu einem Grillabend bei uns treffen.«

Sie hatte schon mit Ablehnung gerechnet, doch Sophie schien sofort begeistert: »Aber gern! Übrigens soll das Wetter herrlich werden!«

Karine war auf der Stelle ebenso aufgekratzt wie nervös. Sie würden sich der Brauns würdig erweisen müssen. Draußen den Tisch decken, mit Kerzen und einem sehr guten Wein. Ein kleines Vorspeisenbüfett zu Beginn. Und statt der üblichen Salate, die in der Sonne immer labbrig werden, könnte sie vielleicht eine Meeresfrüchteplatte kaufen? Sie würde bei der Brasserie Lipp Austern, große Krabben und Taschenkrebse bestellen, dafür waren sie bekannt. Mit einem schönen kühlen Sekt, am besten einem Blanc de Blancs. Karine ahnte schon, dass dieser Grillabend sie im Laufe der nächsten Tage etwas stressen würde, aber das war es wert. Und wenn der Abend gut lief, würde sie den Brauns vorschlagen, im Oktober gemeinsam in Urlaub zu fahren.

Arpad hatte sich auf der Caféterrasse im Parc des Bastions niedergelassen. Seit mehr als einer Stunde und zwei Espressi saß er dort und dachte nach. Er zahlte und wollte gerade gehen, als Fauve, der ihn die ganze Zeit beobachtet hatte, beschloss, zu handeln. Wie aus dem Nichts tauchte er auf und setzte sich zu ihm an den Tisch.

»Fauve?«, brachte Arpad, der seine Überraschung und sein Unbehagen kaum verhehlen konnte, mühevoll heraus. »Was führt dich denn hierher?«

»Ich wollte dich sprechen.«

Arpads Unbehagen wuchs. Er beschloss, die Karten auf den Tisch zu legen: »Hör zu, ich weiß nicht, was du in Genf machst, ich weiß nicht, was du von mir willst. Aber ich habe nichts gesagt. Niemandem. Ich bin von einem Tag auf den andern aus Saint-Tropez verschwunden, ich habe mich hier niedergelassen, niemand hat jemals Fragen gestellt. Ich will einfach nur, dass du mich in Ruhe lässt, mich und meine Familie.«

»Immer mit der Ruhe, mein Freund. Das ist fünfzehn Jahre her.«

Arpad wollte nur weg. »Tut mir leid«, sagte er und erhob sich, »aber ich muss jetzt unbedingt los zur Bank.«

Fauve drohte ihm mit dem Zeigefinger. »Setz dich, Arpad. Und gib mir einen Kaffee aus, mein Freund. Du hast alle Zeit der Welt. Ich weiß, dass du keine Arbeit hast. Du bist vor fast sechs Monaten bei der Bank gefeuert worden.«

11:00 Uhr an jenem Mittwochmorgen. Als Greg aus der Tierarztpraxis kam, vibrierte sein Telefon in der Tasche. Er hatte eine neue Nachricht erhalten. Zunächst dachte er, es sei eine Antwort von Marion, aber es war nur Karine.

Bist du noch bei Brico Loisirs?
Nein.

Nach dieser Antwort erhielt Greg prompt einen Anruf seiner Frau. Er wusste schon beim Rangehen, dass sie ihn darum bitten würde, noch einmal hinzufahren. Und er irrte nicht.

»Samstagabend grillen wir mit den Brauns«, verkündete Karine. »Kauf eine Gasflasche und alles, was es fürs Grillen braucht. Und schau mal, ob du eine Lichterkette findest.«

»Eine Lichterkette?«

»Um den Garten hübsch zu beleuchten.«

»Wir haben doch Licht auf der Terrasse«, bemerkte Greg.

»Das ist kein Licht, das ist ein Gefängnisscheinwerfer«, entrüstete sich Karine. »Wir brauchen etwas Gemütlicheres.«

»In Ordnung, ich schaue mal, was ich finden kann«, versprach Greg.

Dann kam Karine auf das Fleisch zu sprechen. Normalerweise kauften sie ihr Fleisch im Supermarkt, aber diesmal würden sie zum Metzger gehen. Während sie sprach, empfing Greg eine Nachricht von Marion, die er sofort las, wofür er das Handy vom Ohr nehmen musste.

Marion: *Apéro bei mir?*
Greg: *O. k. Um wie viel Uhr?*
Marion: *17:00 Uhr?*

»Der Metzger scheint mir eine sehr gute Idee zu sein«, sagte er dann zu seiner Frau. »Ich fahre gegen siebzehn Uhr wegen dem Gas und den Lichterketten noch einmal zu Brico Loisirs. Gib mir Bescheid, wenn dir noch etwas einfällt.«

17:00 Uhr in Marions Wohnung. Alles war bereit für Gregs Empfang. Auf einem Schieferbrett hatte sie Bündnerfleisch und mehrere Käsesorten drapiert. Eine Magnumflasche Rosé wartete im Kühlschrank. Sie würden auf dem Balkon sitzen. Ihr Hochhaus war zwar hässlich, aber von hier hatte man einen wunderbaren, unverstellten Blick aufs Juragebirge am Horizont. Sie würden es sich gut gehen lassen. Nach dem Apéro könnten sie hierbleiben oder irgendwo was essen gehen. Sie freute sich, ihn wiederzusehen. Der gestrige Abend war schön gewesen. Nur der Anfang nicht: Die Sache mit den Handschellen hatte ihr gar nicht gefallen. Sie war wirklich nicht prüde, aber das war nicht ihr Ding. Sobald dieser seltsame Augenblick vorüber war, hatte sich gezeigt, wie gut sie sich verstanden: Sie hatten Nudeln gekocht und Rotwein getrunken, ziemlich viel gelacht. Und lang geredet. Vor allem sie selbst. Sie hatte ihm ihr Herz ausgeschüttet, er hatte ihr zugehört. Es war angenehm, mit einem Mann zusammen zu sein, der ihr zuhörte, das war etwas anderes als diese Typen, die nur von sich selbst redeten. Sie wollte unbedingt mehr über ihn erfahren. Als Elitepolizist eilte ihm sein Ruf voraus, aber sie wollte herausfinden, was für eine Art Mann unter der Kampfmontur steckte. Wer war Greg Liégean wirklich? Er trug keinen Ehering, hatte niemals Frau oder Kinder erwähnt, woraus sie geschlossen hatte, dass er ledig war. Sie träumte von einer ernsthaften Beziehung und spürte, dass er anders war als die Kerle, die sie über die Dating-Apps kennenlernte. Der einzige Nachteil war sein Alter: Er war bestimmt zwölf oder fünfzehn Jahre älter als sie. Aber letztlich war er körperlich weit besser in Form als die meisten Männer, denen sie in letzter Zeit begegnet war. Und er war noch jung genug, um mit ihm Kinder zu haben.

Es klingelte an der Tür. Das war er.

Greg stand vor der Tür und konnte es kaum erwarten, Marion wiederzusehen. In ihrer Nachricht hatte sie von einem Apéro gesprochen. Er hatte dieses Wort vor allem als eine Zeitansage verstanden. Wahrscheinlich würde sie ihm ein Glas anbieten. Er würde aus Höflichkeit annehmen. Aber er konnte nicht zu viel Zeit vergeuden, er hatte nur eine Stunde. Um achtzehn Uhr musste er das Kindermädchen ablösen.

Marion öffnete die Tür, fiel Greg um den Hals, küsste ihn gierig. Dieser hatte seinen engen Zeitplan vor Augen und zückte sofort die Brico-Loisirs-Tasche.

»Ich habe uns Spielzeug mitgebracht!« Triumphierend zeigte er ihr die Ketten, die er gerade gekauft hatte.

Marion wurde blass und rief: »O nein, nicht schon wieder dieser Horror!«

»Aber ich dachte, dass du …«, stammelte Greg sofort ganz kleinlaut.

»Du dachtest *was*? Ich habe dir vorgeschlagen, auf einen Apéro vorbeizukommen. Von so was da war keine Rede. Ich fand das ätzend! Ät-zend!«

Greg sah Marion verächtlich an. Ihre Reaktion hatte gerade alles Feuer in ihm abgetötet. Er fühlte sich trotzdem bemüßigt, sich zu rechtfertigen: »Ich dachte, mit Apéro hättest du das gemeint.«

Sie brüllte los: »Ein Apéro ist ein Apéro. Wenn man zu einem Apéro eingeladen ist, dann bringt man eine Flasche Wein mit, keine Ketten, um Leute zu fesseln.«

Je mehr sie brüllte, desto kälter wurde Greg. Er schielte auf die Uhr. Wie konnte er sich jetzt aus der Affäre ziehen?

19:30 Uhr auf der Terrasse eines charmanten kleinen italienischen Restaurants im Zentrum von Cologny. Das Wetter war mild. Es lag eine gewisse Leichtigkeit in der Luft. An diesen Tagen der Sommersonnenwende schien es einfach nicht dunkel werden zu wollen. Sophie saß am Tisch und erzählte für zwei. Sie wirkte heiter und aufgeräumt. Als könnte ihr nichts etwas anhaben. Sie war ganz besonders schön, dabei hatte sie sich gar nicht groß zurechtgemacht: Sie strahlte. Vor ihr saß Arpad, stumm. Abwesend. Er wirkte niedergeschlagen. Sophie wusste, dass er einen schlimmen Tag in der Bank gehabt hatte und dass sie sich eigentlich aufmerksam zeigen müsste. Aber sie war viel zu aufgekratzt, es hatte sie zu sehr aufgewühlt, dass Fauve wieder in ihr geregeltes Leben geplatzt war. Sie bemühte sich trotzdem, sich für ihren Mann und seine Bürosorgen zu interessieren:

»Mein Armer, du siehst wirklich geschafft aus«, sagte sie.

»Ich hab schon bessere Tage gesehen«, gab Arpad zu.

»Wie ist es in der Bank gelaufen?«

»Genauso schrecklich, wie ich befürchtet hatte. Einer von ihnen, der sonst eigentlich hart im Nehmen ist, hat angefangen zu weinen wie ein Kind. Die Situation ist in allen Banken schlecht, sie werden große Schwierigkeiten haben, eine gleichwertige Anstellung zu finden. Und selbst wenn, können sie ihre Boni und die Alterszulage vergessen. Sie werden niemals wieder den Lebensstil der fetten Jahre erreichen. Und trotzdem werden sie es nicht wagen, darauf zu verzichten. Sie müssen auch weiter die Raten für ihre schöne Villa bezahlen, die Privatschulen der Kinder, die Geschenke für Madame, die sich mit einem einfacheren Leben nicht zufriedengeben wird. Sie sind dazu verdammt, wandelnde Ponzi-Systeme zu werden.«

»Du übertreibst«, beschwichtigte Sophie, damit er weiterredete.

Doch Arpad übertrieb überhaupt nicht. Er wusste genau, wovon er sprach. Er erzählte Sophie gerade ihr eigenes Leben. Anfang Januar war es geschehen. Am Tag nach ihrer Rückkehr aus dem Weihnachtsurlaub, den sie in einem Luxushotel auf der Insel Mauritius verbracht hatten, war er zur Direktion bestellt worden. Er war mit einem lässigen Schulterrollen in den Besprechungsraum gekommen, hatte im tiefsten Genfer Winter sein Strahlen und seine unverschämte Bräune zur Schau getragen. Er war so geblendet von sich selbst gewesen, dass er geglaubt hatte, man werde ihm eine Beförderung anbieten: Dem Chef der globalen Vermögensabteilung der Bank hatte man wenige Wochen zuvor gekündigt, und Arpad war der Meinung, er selbst sei der richtige Kandidat für den Posten.

Doch die Unterredung war kurz ausgefallen: Es wurde ihm erklärt, man schätze ihn sehr, aber die Zeiten seien nun mal schwierig. Die Bank müsse »abspecken«. Die Leistungen von Arpad und seinem Team brachten nicht mehr genug ein, man müsse »Anpassungen« vornehmen. Der Manager einer deutschen Bank stand schon in den Startlöchern, um bei ihnen aufzuräumen. Was Arpad anging, so war sein Computerzugang entsprechend der Sicherheitsvorschriften gesperrt worden (was vor allem die Methode der Bank war, dass niemand sich mitsamt seinen Kunden aus dem Staub machte), sein elektronischer Firmenausweis war deaktiviert und man hatte ihn mit sofortiger Wirkung freigestellt.

Im Schockzustand hatte er die Bank verlassen. Er hatte es Sophie gleich sagen wollen, doch dann entschieden, erst einmal abzuwarten, bis er die Neuigkeit verdaut hätte. Als es Abend wurde, hatte er sich neben ihr schlafen gelegt und immer noch nichts gesagt. Am nächsten Morgen dann hatte er so getan, als würde er arbeiten gehen, und so eine Komödie in Gang gesetzt, die über Monate so weitergehen sollte. Er hatte sich natürlich schleunigst bei anderen Banken beworben, aber es war weit und breit nichts in Aussicht. Alle entließen ihr Personal, niemand stellte irgendwen ein. Und je länger er es aufschob, Sophie alles zu gestehen, desto schwerer wurde es, endlich die Wahrheit zu sagen. Er hatte sich in der Lüge fest eingerichtet.

An ihrem Tisch im italienischen Restaurant sah Arpad Sophie dabei zu, wie sie sorglos ihre Nudeln aß und mit ihm plauderte. Ein glückliches Paar. Verliebt. Ein perfektes Paar. Dem Anschein nach.

Arpad dachte wieder an das, was Fauve ihm am Morgen im Café des Parc des Bastions gesagt hatte: »Wie ich dahinterkam, dass man dir gekündigt hatte? Ich wollte dich bei der Bank besuchen. Da gab man mir zu verstehen, dass du schon seit Januar nicht mehr dort arbeitest. Und weil ich in den vergangenen Tagen Gelegenheit hatte, dir ein wenig beim ziellosen Herumstreunen zu folgen, begriff ich schnell, was los war.«

Arpad war sauer geworden. »Du bist mir gefolgt?«

Fauve hatte sofort zum Gegenschlag ausgeholt: »Ich nehme an, Sophie ist nicht im Bilde …«

Arpad hatte ihn wütend angestarrt, und Fauve hatte weitergebohrt: »Sophie weiß nichts, stimmt's?«

»Nein, sie weiß nichts«, hatte Arpad zugegeben.

Jetzt hatte Fauve ihn in der Hand. Was würde er von ihm fordern, im Tausch gegen sein Schweigen?

»Keine Sorge«, hatte Fauve ihm im Tonfall eines falschen Freundes versichert, »dein Geheimnis ist bei mir gut aufgehoben. Und mit Geheimnissen kennen wir uns ja aus, nicht wahr?«

Arpad hörte eine Drohung aus Fauves Worten heraus und packte ihn am Kragen seines T-Shirts. »Schluss jetzt mit dem Schwachsinn! Warum bist du in Genf?«

Fauve hatte ein breites Lächeln aufgesetzt. »Ich mag es, wenn du dich aufregst. Da finde ich den Arpad von früher wieder. Unter diesem Bankiersanzug steckt ja ein ganz harter Bursche. Du willst wissen, was mich nach Genf führt? Es gibt einen Raubüberfall zu erledigen, und ich brauche Hilfe …«

SAMSTAG, 2. JULI 2022

Der Tag des Raubüberfalls

---

2 Stunden 15 Minuten vor Beginn des Raubüberfalls

7:15 Uhr. In der Küche des Glashauses trank Arpad einen letzten Kaffee. Er stand am Fenster und sah hinaus, wie Sophie es so oft tat.

Er hatte sich vor diesem Tag gefürchtet, und jetzt, da er gekommen war, fühlt er sich fast erleichtert. Fauve hatte versprochen, er werde gleich am nächsten Tag verschwinden. Ein letzter Raubüberfall. Ein letzter gemeinsamer Coup. Danach wäre es vorbei. Arpad fragte sich, ob Fauve Wort halten würde.

Er las noch einmal die Anweisungen, die er auf einen Zettel notiert hatte, dann verbrannte er ihn im Waschbecken, damit es keine Spuren gab.

16 JAHRE ZUVOR

JULI 2006

Draguignan, Frankreich

Draguignan, fünfzig Kilometer von Saint-Tropez entfernt.

Der Gefangenentransporter hielt im Innenhof des Gefängnisses. Eine Gruppe neuer Häftlinge war gekommen. Die Männer befolgten die Anweisungen der Wärter, stiegen aus dem Wagen und gingen im Gänsemarsch zum Zentralgebäude. Arpad bildete das Schlusslicht. Er sah sich um, suchte nach Orientierung. Die Sonne blendete ihn. Er hörte nur Lärm und Gebrüll. Er war völlig verstört.

Arpad, vierundzwanzig Jahre, trug einen eleganten Anzug, hatte aber nichts Heldenhaftes mehr. Im Gefängnis folgte die Registrierung. Er bekam eine Häftlingsnummer, und seine persönlichen Gegenstände wurden in eine Liste eingetragen. Bei seiner Verhaftung hatte er eine nicht unerhebliche Summe Bargeld bei sich gehabt. Diese wurde ihm auf sein Kantinenkonto gutgeschrieben. Damit könnte er sich den Alltag ein wenig versüßen. Und Freundschaften pflegen. Er musste sich umziehen, dann erhielt er seine »Grundausstattung«, die aus Bettwäsche, einer Decke, Waschzeug und Geschirr bestand.

Ein Wächter brachte ihn zu seinem Flügel. Sie betraten den Zellentrakt. Der Lärm der sich schließenden Gittertüren. Die Schreie der Häftlinge. Die Gerüche. Die Blicke. Die Angst schlug ihm auf den Magen. Sie erreichten die Zelle. Der Wächter drehte den Schlüssel im Schloss und öffnete die schwere Tür. Arpad ging hinein. Es gab zwei Betten. Das eine war von einem breitschultrigen Kerl mit wenig einladender Miene besetzt. Arpad fragte sich, ob es besser war, zu grüßen oder den Mund zu halten. Doch der Mann empfing ihn beinahe freundlich: »Hallo, mach es dir bequem.«

Arpad legte sein Päckchen auf die nackte Matratze und griff nach der Bettwäsche. Da sagte der Mann, ohne den Fernseher aus den Augen zu lassen: »Du kannst den Tisch oder eines der Regale benutzen. Ich hab mich ein bisschen ausgebreitet. Ich mach dir noch Platz.«

Arpad legte hier und da ein paar Sachen ab, ohne selbst zu wissen, ob er sein Terrain abstecken oder einfach nur diesem Mann gehorchen wollte, der ihn beeindruckte.

Arpads Zellengenosse hieß Philippe, aber jeder hier nannte ihn *Fauve,* Raubkatze. Er war fünfunddreißig Jahre alt, kahl rasiert, hatte eine beeindruckende Statur und einen eisernen Willen. Es ging eine heitere Kraft von ihm aus. Das Gefängnis war sein Königreich: Hier wurde er von allen respektiert. Die anderen Insassen hörten auf ihn, er besaß das Vertrauen der Wächter. Bei Streitigkeiten vermittelte er oft. Er allein sorgte dafür, dass innerhalb der Anstalt eine Art Frieden herrschte.

Eine der Gefängnisregeln lautete, nicht über seine Haftgründe zu sprechen. Doch im Allgemeinen ging den Gefangenen ein gewisser Ruf voraus. Fauve war ein erfahrener Einbrecher. Er saß sein letztes Jahr ab und war wegen guter Führung nach Draguignan verlegt worden, wo weniger strenge Haftbedingungen herrschten.

Vom ersten Tag an nahm er Arpad unter seine Fittiche. »Bleib immer in meiner Nähe, dann bekommst du keinen Ärger«, hatte er zu ihm gesagt. Und da Arpad ihm so sympathisch war, hatte Fauve schnell Freundschaft mit dem jungen Mann geschlossen, der zehn Jahre jünger war als er, aus guter Familie, und Fauve wunderte sich, was Arpad hier verloren hatte. Schließlich fragte er ihn direkt: »Der Wärter sagt, du bist in Untersuchungshaft. Was hast du denn angestellt?«

»Eine Dummheit.«

Die Antwort amüsierte Fauve. »Wie alle.«

»Ich wollte eine Frau beeindrucken«, erklärte Arpad.

»Wie alle.«

Arpad lächelte. Dann erzählte er, was eine Woche zuvor geschehen war.

Eine Woche zuvor
Saint-Tropez

An Bord eines Aston Martin mit britischem Kennzeichen fuhr Arpad die Mittelmeerküste entlang. Als es Abend wurde, breitete sich vor seinen Augen der prächtige Golf von Saint-Tropez aus. Am Steuer des Cabriolets genoss er die angenehme Wärme und den berauschenden Piniënduft. Er war um vier Uhr morgens in London losgefahren. Endlich erreichte er sein Ziel.

Als Saint-Tropez näher kam, fuhr er weiter in Richtung Zentrum. Er sollte sich eigentlich direkt bei der angegebenen Adresse melden, aber er wollte den Wagen unbedingt noch ein bisschen auskosten. Ihm blieb etwas Zeit, so früh hätte er gar nicht hier sein müssen. Er war schnell gefahren und hatte fast keine Pausen gemacht.

Das Auto rollte durch Saint-Tropez. Es war Sommersaison. Überall Touristen. Die Caféterrassen waren überfüllt, sämtliche Restaurants ausgebucht. Arpad ließ den Motor aufheulen, einfach nur, um die Blicke der Passanten auf sich zu ziehen. Er kam jetzt schon den vierten Sommer hierher. Im Laufe seiner Aufenthalte hatte er dank seines Charmes und Witzes in den Szeneclubs Bekanntschaften geschlossen.

Er kam beim *Béatrice* an, blieb vor dem Lokal stehen und überließ den Aston Martin den bewährten Händen eines Parkservice-Mitarbeiters. Auf dem Gehsteig standen sich Gäste vor der Absperrkordel die Beine in den Bauch und warteten, dass ein Muskelprotz von Securitymann ihnen erlaubte, vorzutreten. Manche hatten eine Reservierung. Die anderen würden wahrscheinlich nicht reingelassen werden. Arpad ging direkt auf Céline zu, die Empfangsdame, die ihn mit freudiger Umarmung begrüßte.

»Arpad!«, rief sie aus. »Du bist wieder da?«

»Nur für zwei Tage.«

»Das ist aber kurz«, sagte Céline bedauernd.

»Ich muss wieder nach London zurück. Mich erwartet dort eine Anstellung in der Bank. Jetzt beginnt der Ernst des Lebens.«

»Ah, Herr Bankier!«, sagte Céline begeistert. »Muss ich Sie jetzt *my lord* nennen?«

»Demnächst«, erwiderte Arpad lächelnd. »Hast du für mich einen Platz an der Bar?«

»Aber für Sie doch immer, *my lord.*«

Sie führte ihn ins Lokal und ließ ihn an der Bar Platz nehmen, wo er Trüffelpasta zu Abend aß. Als das Restaurant sich in der zweiten Abendhälfte in einen Club verwandelte, zog eine Gruppe um die Dreißigjähriger seine Aufmerksamkeit auf sich. Sie waren elegant, überaus fröhlich und gaben mit vollen Händen ihr Geld aus. Es regnete Champagner. Arpad kam mit einem von ihnen ins Gespräch und wurde eingeladen, sich auf ein Glas zu ihnen zu setzen. In diesem Augenblick bemerkte er eine entzückende Brünette, die ihn geradezu mit den Augen verschlang.

Arpad ließ seine neu gefundenen Freunde kurzerhand stehen, um mit ihr zu flirten. Sie amüsierten sich eine ganze Weile auf der Tanzfläche. Knutschten. Dann sagte sie kategorisch, sie müsse jetzt heim.

»Soll ich dich nach Hause bringen?«, schlug Arpad vor.

»Willst du denn deine Kumpels alleine lassen?« Sie dachte, er gehöre zu der Truppe dazu.

»Um die brauchst du dir keine Gedanken zu machen«, sagte er. »Die werden mich schon wiederfinden.«

Er bekam den Aston Martin vors Restaurant gefahren und ließ sie einsteigen.

»Hübsche Karre«, sagte die junge Frau.

»Ich kann mich nicht beklagen«, erwiderte Arpad, der ihr natürlich nicht verriet, dass ihm das Auto gar nicht gehörte. »Möchtest du morgen mit mir zu Mittag essen? Ich kenne ein abgefahrenes Restaurant auf den Hügeln von Saint-Trop'.«

Sie antwortete erst, als er sie vor ihrer Haustür absetzte: »Hol mich morgen gegen Mittag hier ab.«

Arpad verließ sie mit einem Lächeln auf den Lippen. Er schickte Mister Stankowitz, dem Besitzer des Aston Martin, eine Nachricht, dass er jetzt endlich in Saint-Tropez angekommen sei. Die Fahrt habe länger gedauert als gedacht. Dann fuhr er an den Ort, der ihm in den nächsten achtundvierzig Stunden als Unterkunft dienen würde: eine Villa direkt am Meer, die ebenfalls Mister Stankowitz gehörte.

Mister Stankowitz hingegen befand sich vierzehnhundert Kilometer entfernt in London. Er arbeitete in der City als Bankier und wollte ab dem Wochenende seinen Sommer in Saint-Tropez verbringen. Stankowitz, sechzig Jahre alt, zweifach geschieden, war ein jovialer Herr, der so wie die allermeisten Arpad ins Herz geschlossen hatte. Die beiden waren sich in London im Knightbridge-Club begegnet, wo Arpad während seines Studiums als Barmann gearbeitet hatte. In diesem privaten Club verkehrte die Crème de la Crème der Bankiers, Anwälte und Geschäftsleute der Hauptstadt. Arpad war dort ganz in seinem Element. Er sah sich eines Tages selbst auf der anderen Seite des Tresens sitzen. Unterdessen gab er sich alle Mühe, um bei den Mitgliedern Eindruck zu machen. Im Nu war er ihr Maskottchen. Arpad war beliebt, und man suchte seine Gesellschaft. Er goss den Herren Scotch-Raritäten ein, hielt die Gespräche am Laufen und ließ sie ihr Herz ausschütten. Stankowitz schätzte diesen stets hilfsbereiten und ehrgeizigen jungen Mann ganz besonders, und er hatte ihm sogar einen Posten bei seiner Bank versprochen, sobald Arpad sein Diplom in der Tasche hätte.

Seit zwei Jahren vertraute Stankowitz ihm einstweilen die Aufgabe an, den Aston Martin für den Sommerurlaub von London nach Saint-Tropez zu überführen. Für Arpad sprang dabei ein dicker Umschlag mit Bargeld heraus sowie zwei Nächte in der Villa des Bankiers. Anschließend würde er nach London zurückfliegen.

Als Arpad an jenem Juliabend das Auto in der Garage von Stankowitz' Anwesen parkte, ahnte er noch nicht, dass er zum letzten Mal hier wäre. Er wurde wie immer von Mathilde empfangen, der Hausangestellten, die dort wohnte.

»Tut mir leid, dass es so spät geworden ist«, sagte Arpad, »es war eine lange Fahrt.«

»Mach dir keine Gedanken«, beruhigte ihn Mathilde. »Hast du schon etwas gegessen? Ich habe dir ein bisschen Braten aufgehoben.«

»Danke, das passt schon«, lehnte Arpad das Angebot ab. »Ich habe unterwegs ein bisschen was gegessen. Vor allem bin ich hundemüde und würde mich gerne gleich schlafen legen.«

Mathilde mochte diesen freundlichen und arbeitsamen jungen Mann, der ihr stets bereitwillig unter die Arme griff. Morgens machte er selbst sein Bett und spülte immer sein Geschirr ab. Ein respektvoller junger Mann, keiner von denen, die sich nur bedienen ließen. Auch Stankowitz schätzte ihn, und der hatte eine gute Menschenkenntnis.

Am nächsten Morgen genoss Arpad, nachdem er früh aufgewacht war, den Aufenthalt im Haus. Er benutzte den Fitnessraum, dann frühstückte er am Pool. Gegen Mittag sollte er diese hübsche Brünette, die er am Vorabend im *Béatrice* kennengelernt hatte, abholen und zum Mittagessen ausführen. Eine Kleinigkeit beschäftigte ihn noch: Gestern Abend hatte er die junge Frau mit dem Aston Martin abgesetzt, da konnte er sie heute schlecht im Taxi herumkutschieren. Doch das Glück war offenbar auf seiner Seite, denn am Morgen kam Mathilde zu ihm an den Pool und informierte ihn, sie sei jetzt für ein paar Stunden weg, um ihre Schwester in Cannes zu besuchen. Solange Mathilde fort war, hatte er freie Hand. Also holte er den Aston Martin aus der Garage und fuhr zu seinem Rendezvous. Er würde gleich nach dem Mittagessen zurückkommen, bevor Mathilde wieder da wäre. Keiner würde etwas merken. Zur Sicherheit nahm er sich fest vor, gegen vierzehn Uhr wieder zurück zu sein.

15:00 Uhr. Auf der Terrasse des Restaurants saßen Arpad und sein Flirt immer noch beim Mittagessen. Sie genoss die Aussicht auf den Golf und schwärmte von dem Essen, das sie gerade verspeist hatten. Er schielte immer wieder auf die Uhr und konnte seine Nervosität kaum verhehlen. Die Mahlzeit hatte sich in die Länge gezogen. Daran war sie schuld, denn sie hatte erst ein paar Gläser Champagner trinken wollen, bevor sie zu Tisch gingen. Er hatte nur so getan, als würde er trinken. Das Risiko, danach alkoholisiert Auto zu fahren, konnte er nicht eingehen. Als sie endlich am Tisch saßen, suchte sie sich zielsicher die teuersten Gerichte aus: eine Burrata an Kaviar, gefolgt von Langusten-Nudeln. Und um das Ganze zu begießen? »Einen guten Champagner«, hatte sie verlangt. »Das Leben ist zu kurz, um billigen Fusel zu trinken.« Der Sommelier hatte ihm eine fünfhundert Euro teure Flasche vorgeschlagen. Beim Namen des Cru brach die junge Frau in helle Begeisterung aus. Arpad blieb kurz die Luft weg, doch dann überschlug er im Kopf die Rechnung: Seine

Kreditkarte dürfte den Schock aushalten. Zum Glück trug er außerdem noch das Geld bei sich, das Stankowitz ihm gegeben hatte.

In der Gefängniszelle brach Fauve, der an Arpads Lippen hing, in Gelächter aus. »Diese Geschichte ist absolut genial«, sagte er zu ihm.

»Das Beste kommt erst noch!«, warnte Arpad ihn vor.

»Weiter!«, forderte Fauve, »erzähl weiter!«

»Es dauert ewig, bis endlich unsere Gerichte kommen. Sie isst ihre dämlichen Langusten-Spaghetti. Dann fragt der Kellner, ob wir ein Dessert wünschen. Ich lehne natürlich ab und habe nur eins im Kopf: Ich muss vor Mathilde, der Hausangestellten, wieder in der Villa sein. Doch die Lady sagt, warum denn nicht, starrt auf die Speisekarte, zögert, und am Ende entscheidet sie sich für ein Soufflé au chocolat. Der Kellner sagt: ›Das Soufflé – eine exzellente Wahl. Aber ich muss Sie vorwarnen, die Zubereitung braucht etwa zwanzig Minuten.‹«

»Jetzt erzähl mir bloß nicht, ihr habt das Soufflé genommen!«, platzte Fauve heraus.

»Natürlich haben wir das!«

Fauve lachte, dass die Wände wackelten. »Was bist du nur für ein Idiot! Was bist du für ein Idiot! Und das alles bloß, um ein Mädchen zu vernaschen, das der Zufall dir über den Weg geweht hat …«

Arpad freute sich, dass seine Schilderung so gut ankam, und erwiderte theatralisch: »Vernaschen? Wenn ich sie wenigstens vernascht hätte! Während wir auf ihr dämliches Soufflé warten, leeren wir die Flasche Champagner, das heißt, sie tut es, denn ich trinke so gut wie nichts. Ich begreife, dass sie total blau ist, und die Sonne, die uns die ganze Zeit auf die Birne knallt, macht es auch nicht besser. Plötzlich faselt sie etwas von einem Freund. Sie gesteht mir, dass sie seit drei Jahren mit einem Typen zusammen ist, der in Berlin lebt, den sie nicht betrügen will, und dann fängt sie auch noch zu jammern und zu greinen an: ›Das kann ich Erik nicht antun!‹«

»Das kann ich Erik nicht antun!«, wiederholte die junge Frau ein ums andere Mal unter Tränen. Ihre Schluchzer zogen die Blicke der übrigen Gäste auf sich. Arpad, dem das alles hochnotpeinlich war, wollte hier nur noch verschwinden.

»Du bist zu nichts verpflichtet«, versicherte er ihr und hielt ihr ein Taschentuch hin. »Wir sollten vielleicht besser gehen …«

»Nein«, erwiderte sie und tupfte sich die Augen trocken. »Ich möchte noch das Soufflé probieren.«

Arpad, der nicht fassen konnte, wie sehr dieses Date aus dem Ruder lief, spürte nicht, dass sein Handy in der Tasche vergeblich vibrierte.

Am anderen Ende war Mathilde. Sie legte auf und drehte sich zu den Gendarmen um, die die leere Garage von Stankowitz' Villa inspizierten.

»Er geht immer noch nicht ran, aber ich sage Ihnen, er hat das Auto bestimmt nicht genommen, das ist überhaupt nicht seine Art.«

Nachdem sie das Soufflé gegessen hatten und die Rechnung bezahlt war, packte Arpad die junge Frau in den Aston Martin und fuhr so schnell er konnte Richtung Saint-Tropez. In dem Auto herrschte Totenstille. Arpad hatte gesehen, dass Mathilde versucht hatte, ihn anzurufen. Er würde sie später zurückrufen. Worauf es jetzt vor allem ankam, war, das Auto zurückzubringen, doch schon steckten sie im Stau. Arpad, der keine Sekunde zu verlieren hatte, beschloss, an der Autoreihe vorbeizufahren. Es war riskant, aber mit einer ordentlichen Beschleunigung würden wenige Sekunden genügen, um die nächste Kreuzung zu erreichen.

Der Aston Martin fuhr auf die andere Straßenseite, Arpad drückte aufs Gas, das Mädchen stieß einen Schrei aus. Das Auto ging ab wie ein Pfeil. Sie hatten wahrscheinlich hundertzwanzig Stundenkilometer drauf, als das Vorderrad in ein Schlagloch krachte. Arpad verlor die Kontrolle über den Wagen, er kam von der Straße ab, und ihre Fahrt endete an einem Felsen, wenige Meter von der Terrasse eines Restaurants entfernt.

Arpad und seine Begleiterin konnten sich allein aus dem Auto befreien. Sie waren benommen, aber unverletzt. Der Aston Martin hingegen war nur noch ein Haufen Schrott. Zeugen der Szene kamen herbeigelaufen. Wenige Minuten später tauchten die Einsatzfahrzeuge der Polizei auf. Aber damit sollten für Arpad die Scherereien erst richtig losgehen.

Nachdem die Gendarmen den Unfall protokolliert hatten, nahmen sie Arpad mit. Er dachte, es handle sich um eine reine Formalität und in einer Stunde wäre er wieder draußen. Er würde natürlich Mister Stankowitz alles erklären müssen, aber davor wollte er sich auch gar nicht drücken. Ansonsten war es ja nur ein Unfall. Niemand war zu Schaden gekommen. Er hatte nicht getrunken, Drogen waren auch nicht im Spiel, doch in der Gendarmerie wurde die Sache allmählich ernst. Unter anderem weil Mister Stankowitz aus London angekündigt hatte, er werde Anzeige erstatten. Arpad kam in Polizeigewahrsam. Er rief einen Anwalt aus Saint-Tropez zu Hilfe, den er kannte. Der versicherte Arpad, man werde ihn gleich wieder freilassen. Doch der Gewahrsam zog sich in die Länge, bis er einem Untersuchungsrichter vorgeführt wurde.

»Fluchtgefahr«, behauptete dieser. »Der Beschuldigte wohnt in London, er hat alle Gründe, nicht wieder hierher zurückzukommen. Ich beantrage hiermit seine Inhaftierung bis zum Prozess.«

»Das ist unsinnig«, protestierte der Anwalt. »Man nimmt niemanden in Untersuchungshaft, weil er einen banalen Autounfall verursacht hat!«

»Er hat ein Auto gestohlen!«, korrigierte ihn der Richter, »und er hätte um ein Haar Menschen umgebracht. Wenige Meter von der Aufprallstelle entfernt liegt eine proppenvolle Caféterrasse. Ihr Mandant hätte ein Blutbad anrichten können!«

»Mein Mandant hat sich den Wagen geliehen!«

»Der Besitzer des Wagens sieht das anders. Ihre Geschichte überzeugt niemanden, außer Sie selbst.«

»Monsieur Braun hat gerade an der Universität sein Diplom gemacht«, plädierte der Anwalt. »In London wartet eine Anstellung auf ihn. Seine Inhaftierung wird das alles zunichtemachen.«

»Daran hätte man denken sollen, bevor man solchen Unsinn anstellt!«

Arpad meldete sich ebenfalls zu Wort: »Herr Richter, Sie wollen mich doch wohl nicht ins Gefängnis stecken?«, sagte er flehend.

Doch vergeblich. Es folgte das Klicken der Handschellen. Die Zelle im Justizpalast. Der Häftlingstransporter. Die Ankunft in der Haftanstalt von Draguignan.

———

»Und all das für einen Champagner für fünfhundert Euro und ein Schokoladen-Soufflé«, lautete Fauves Resümee.

»All das, weil ich Geld liebe, aber keines habe.«

»Noch hast du keins, Junge«, korrigierte ihn Fauve.

Nach sechswöchiger U-Haft wurde Arpad auf freien Fuß gesetzt. Seine Eltern hatten Stankowitz als Entschädigung für das Auto eine hohe Summe überwiesen, woraufhin dieser bereit gewesen war, die Anzeige zurückzuziehen. Die Anklage wegen Diebstahls wurde fallen gelassen. In einem vereinfachten Verfahren wurde Arpad zu einer Bewährungsstrafe verurteilt.

Als er Fauve und ihre Zelle verließ, spürte Arpad, dass zwischen ihnen eine echte Freundschaft entstanden war. »Unsere Wohngemeinschaft wird mir fast fehlen«, sagte er und umarmte ihn ein letztes Mal.

»Red nicht so einen Quatsch, Junge, du wirst sehen, da draußen geht es einem viel besser. Bis bald.«

———

Sieben Monate später. Arpad war ganz nach Saint-Tropez gezogen. Nach seiner Entlassung aus dem Gefängnis hatte er weder den Mut gehabt noch Lust verspürt, gleich nach London zurückzukehren. Das ruhige Saint-Tropez war ihm wie eine gute Dekompressionskammer erschienen. Aber was nur ein vorübergehender Aufenthalt sein sollte – er hatte vorgehabt, nach einiger Zeit nach England zurückzukehren –, nahm eine ganz andere Wendung, als der Geschäftsführer des *Béatrice* ihm vorschlug, probeweise in der Restaurantbar anzufangen. Dank seiner Erfahrungen aus dem Knightsbridge-Club konnte Arpad Eindruck machen. Er wurde sofort eingestellt und dann zum Verantwortlichen für die Bar und die Reservierungen befördert.

In Saint-Tropez blühte Arpad wieder auf. Er liebte diese Arbeit, denn da konnte er beweisen, dass er etwas konnte. Und dann gab es da noch diese junge Frau, die im Januar im *Béatrice* aufgetaucht war, um Céline, die ihr Studium in Montréal fortsetzen wollte, am Empfang zu ersetzen. Sie hieß Sophie und war Jurastudentin in Aix-en-Provence. Sie war schön wie der Morgen. Zwischen ihr und Arpad hatte es sofort gefunkt, seither gingen sie regelmäßig miteinander ins Bett.

Die schlaue, witzige Sophie hatte nur einen Fehler: Sie war die Lieblingstochter von Bernard, dem Big Boss des *Béatrice* und mehrerer anderer Lokale in der Gegend. Der Manager des *Béatrice* hatte Arpad gewarnt: »Lass bloß die Finger von der Tochter vom Chef, klar?«

»Natürlich, ich bin doch nicht verrückt«, hatte Arpad gelogen. Denn er scherte sich nicht weiter um Bernard, dem er im Übrigen erst ein oder zwei Mal flüchtig begegnet war. Trotzdem blieben sie lieber diskret, und er und Sophie beschlossen, ihre Beziehung nicht an die große Glocke zu hängen. Das Versteckspiel hatte etwas Aufregendes, das ihrer Liaison besonderen Reiz verlieh. Sie fanden Gefallen daran, den Kollegen im *Béatrice* etwas vorzumachen, um dann, sobald sie vor fremden Blicken geschützt waren, übereinander herzufallen. Und nichts machte Sophie mehr Spaß, als sich von einem Kunden vor Arpads Augen anmachen zu lassen, bis dieser den Eindringling vom Rausschmeißer unter irgendeinem Vorwand an die Luft setzen ließ.

Zu Beginn des Frühjahrs 2007 wurde Fauve aus dem Gefängnis entlassen. Er schlüpfte provisorisch bei Arpad unter, mit dem er in Kontakt geblieben war. Arpad setzte sich für ihn ein – er bot ihm ein Dach überm Kopf und besorgte ihm eine Anstellung als Tellerwäscher im *Béatrice*. Doch Arpad merkte schnell, dass Fauve in Freiheit viel weniger in seinem Element war als im Gefängnis und alle Mühe hatte, sich einzufügen. Fauve war ein charmanter Kerl, ein treuer

Freund, aber er schaffte es nicht, sich auch nur der allergeringsten Disziplin zu unterwerfen. Das Abenteuer als Tellerwäscher währte nur kurz.

»Du bist ein Bruder«, sagte er zu Arpad an dem Tag, an dem er die Wohnung verließ, nachdem er seine wenigen Habseligkeiten in eine Tasche gepackt hatte. »Danke für alles, was du für mich getan hast, es ist mir lieber, ich gehe jetzt, bevor du wegen mir Schwierigkeiten bekommst. Ich bin für dieses Leben nicht gemacht.«

»Für welches Leben?«

»Dieses Sklavenleben. In dem man für die anderen schuftet, den Herrn und Damen die dreckigen Teller wäscht, das Ganze für einen hundsmiserablen Lohn, von dem man sich nicht einmal ein Dach überm Kopf leisten kann. Das Leben ist kurz, und einen großen Teil hab ich schon im Gefängnis verbracht.«

»Wo willst du hin?«, fragte Arpad.

»Nach Fréjus. Ein Kumpel kann mir dort Arbeit im Hafen besorgen.«

Das war eine Lüge. In Wahrheit bereitete er einen Raubüberfall vor. Doch damals wusste Arpad noch nichts davon. Ahnungslos traf er Fauve regelmäßig in Fréjus, auf den abgefahrensten Partys der Subkultur. Er nahm Sophie mit. Bald waren sie ein unzertrennliches Trio.

Mehrere Monate verstrichen. Der Sommer ging vorüber. Anfang September 2007 trafen Fauve und Arpad sich zu zweit, und Fauve vertraute Arpad an, dass er einen großen Coup plane.

»Einen großen Coup?«, fragte Arpad beunruhigt.

»Einen Raubüberfall. Die Postbank von Menton. Da kann man richtig abkassieren. Genug, um sehr lange zu verschwinden.«

Arpad war sprachlos. »Warum erzählst du mir das?«, fragte er schließlich.

»Ich suche einen Partner, einen, der Auto fahren kann, falls du verstehst, was ich meine.«

Arpad, der zunächst nicht wusste, was er antworten sollte, hielt es für notwendig, klarzustellen: »Ich ... ich habe so etwas noch nie gemacht.«

Fauve lächelte ihm beruhigend zu. »Bei einem Raubüberfall zählt

Vertrauen mehr als Erfahrung. Ich brauche jemanden, dem ich vertrauen kann, jemanden wie dich. Wir ziehen das Ding durch, dann verschwinden wir nach Italien. Ich hab ein bombensicheres Versteck, eine Schäferei in der Toskana, wo wir eine Weile unsere Ruhe haben werden.«

Arpad sah Fauve lange an. Er fragte sich, was dieser wohl unter einer »Menge Geld« verstand.

KAPITEL 12

9 Tage vor dem Raubüberfall

~~Montag, 20. Juni (Sophies Geburtstag)~~
~~Dienstag, 21. Juni~~
~~Mittwoch, 22. Juni~~
→ **Donnerstag, 23. Juni 2022**
Freitag, 24. Juni
Samstag, 25. Juni
Sonntag, 26. Juni (Gregs Entdeckung)

5:45 Uhr, in der Nähe des Glashauses. Greg saß im Wagen, den er am Rand des Wäldchens versteckt hatte. Die Augen starr auf den Bildschirm gerichtet, sah er Sophie und Arpad beim Schlafen zu. Sie hatte sich zwischen zwei Kopfkissen gekuschelt. Er lag einfach auf dem Rücken.

Sophie bewegte sich. Er dachte schon, sie würde aufwachen, aber das war falscher Alarm. Die Kamera konnte nicht heranzoomen, was er bedauerte. Er hätte in diesem Augenblick so gern eine Nahaufnahme von ihrem Gesicht gehabt. Ihm wurde bewusst, wie einzigartig Sophie war. Von Marion war er dagegen sehr enttäuscht. Zum Glück war er sie am Abend zuvor ganz dezent wieder losgeworden. Er hatte ihr versprochen, die Sache mit den Handschellen hätte sich erledigt, und das nächste Mal würden sie in ein Restaurant gehen. Als er ihre Wohnung verließ, hatte er ihre Telefonnummer blockiert, damit sie ihn nicht mehr anfunken konnte.

Was Greg bei der Dunkelheit im Zimmer nicht sehen konnte: Arpad lag mit weit aufgerissenen Augen im Bett. Er schlief schon lange nicht mehr. Er dachte über Fauve nach. Warum schneite er nach fünfzehn Jahren hier herein und versuchte ihn wieder zu einem Raubüberfall zu überreden? Fauve hatte ihm versichert, dass er Sophie nichts von seiner Entlassung erzählt hatte. Das musste stimmen – Arpad kannte seine Frau nur zu gut und wusste, dass sie ihm niemals die ganze Zeit etwas hätte vorspielen können. Er hingegen belog Sophie seit Monaten. Seine Abfindung hatte im Wesentlichen dazu gedient, die Kreditkarte wieder aufzufüllen und rückwirkend ihre Traumferien auf der Insel Mauritius zu bezahlen. Ansonsten war er für den Lebensstil seiner Familie aufgekommen, indem er sich an Bernards Geld bedient hatte. Fauve kannte zwar keine Details, dürfte aber ahnen, dass Arpad arg in Bedrängnis war. Fauves Strategie war schlau. Mit dem Vorschlag, sich an dem Raubüberfall zu beteiligen, bot er Arpad eine Gelegenheit, sich aus seiner misslichen Lage zu befreien.

Irgendwann stand Arpad auf. Er schlich sich ins Ankleidezimmer, um sich etwas zum Anziehen zu holen. Einen Augenblick lang stand er nackt vor den Anzügen: Einst hatten sie einen Banker mit vielversprechender Karriere gekleidet. Jetzt waren sie nur noch die Kluft eines Versagers, der seine Familie belog. Er wählte einen sehr leichten, cremefarbenen Maßanzug. Die Komödie würde weitergehen. Plötzlich spürte er Sophie, die sich an ihn schmiegte und zärtlich von hinten die Arme um ihn legte. Doch er entwand sich.

Sie wurde sauer: »Ich weiß ja nicht, was du im Moment hast, aber du bist echt beschissen drauf.«

»Entschuldige, aber ich muss heute Leute entlassen, und das ist wirklich kein Spaß!«

»Ich dachte, du hättest deine Mitarbeiter gestern entlassen.«

Arpad passte seine Lüge schnell an: »Das ist ein längerer Prozess. Die Mitteilung ist die erste Etappe. Jetzt kommt der Papierkram, die Abstimmung mit der Personalabteilung. Also die Umsetzung der Kündigung.«

Er musste aufhören, Lügenmärchen über seine Arbeit zu erzählen. Jedes Mal, wenn er das Wort *Bank* aussprach, hatte Fauve ihn noch ein Stück mehr in der Hand. Arpad zog sich hastig Hemd und Hose an und ging mit dem Jackett unterm Arm und den Schuhen in der Hand aus dem Schlafzimmer.

»Ich mach dir einen Kaffee«, sagte er, als würde das die Situation wieder in Ordnung bringen. Er ließ Sophie nackt im Ankleidezimmer stehen.

Normalerweise wäre sie Arpad gefolgt, um die Spannung zu entschärfen. Doch jetzt musste sie selbst Spannung abbauen. Wegen Fauve. Sie sollte ihn wiedersehen, heute Morgen, genau hier. Im Haus. Er hatte gemeint, das wäre unauffälliger. Sie musste das Spiel mitspielen, musste zur Arbeit gehen wie jeden Tag. Keinen Verdacht erregen. Sie war schrecklich nervös und musste ein bisschen Druck ablassen. Sie legte sich aufs Bett und ließ die Finger zwischen ihre Beine gleiten.

Greg sah entzückt dabei zu. Der Anblick berauschte ihn, er griff nach seinem Handy und nahm die Szene auf Video auf, um sie sich wieder und wieder vorspielen zu können.

10:00 Uhr morgens, im Polizeipräsidium. Die Einheit trainierte gerade am Schießstand, als Greg ins Büro seines Chefs gerufen wurde. Es war ungewöhnlich, ein Training zu unterbrechen – die Unterredung musste einen wichtigen Grund haben. Als er durch die Flure zum Chef ging, fragte er sich, ob es etwas mit dessen Nachfolge und seiner eigenen potenziellen Nominierung zum neuen Chef zu tun haben könnte. Die Enttäuschung folgte umgehend.

»Greg«, sagte sein Vorgesetzter unumwunden, »wir haben ein fettes Problem.«

Im Büro saß schon Fred, der Waffenmeister, der für die Ausrüstung der Mannschaft verantwortlich war. Von den Sturmgewehren bis hin zu den kugelsicheren Helmen, alles ging durch seine Hände.

»Was ist los?«, fragte Greg.

»Aus unseren Lagerräumen ist etwas gestohlen worden.«

Greg dachte sofort an die Kamera. »Gestohlen?«, fragte er und sah erst seinen Chef und dann Fred an. In der Mannschaft wurde Fred immer *der dicke Fred* genannt, obwohl er eher schmächtig war.

Greg versuchte, die Situation schnell zu analysieren: War es eine echte Frage, deren Antwort sie nicht kannten, oder pokerten sie? Hatte der dicke Fred die Wahrheit herausgefunden? Er bemühte sich, sich seine Nervosität nicht anmerken zu lassen, und fragte besorgt: »Was ist denn gestohlen worden?«

»Eine Observationskamera«, antwortete der dicke Fred.

»So eine, wie wir sie vor ein paar Wochen benutzt haben, um diese Einbrecherbande zu observieren?«, fragte Greg.

»Genau.«

»Haben wir sie vielleicht vor Ort vergessen?«, überlegte Greg.

»Nein, ich habe nach dem Einsatz Inventur gemacht. Die Kameras waren vollzählig.«

»Aber wie kann das sein«, sagte Greg, der sich auf seine Rolle in der Komödie einließ. »Wer hätte denn bei uns eine Kamera stehlen können.«

»Genau das wüsste ich auch gern«, antwortete der Chef.

Greg fühlte sich unwohl: Seine Gesprächspartner sagten wenig. Waren sie im Bilde? Er gab den eifrigen Polizisten. »Wer hatte denn Zugang zu dem Material?«

»Nur die Mitglieder der Einheit«, antwortete der dicke Fred, »nur wir haben Zugang zu den Lagerräumen.«

»Wo wir gerade dabei sind, Greg«, sagte sein Chef, »anscheinend hast du in den letzten zehn Tagen zweimal Besuch bekommen.«

»Eine Inspektorin von der Kripo, die bei dem Einsatz im Pâquis-Viertel dabei war. Sie hatte noch Fragen zum Bericht. Aber sie ist nicht hier reingekommen – ich bin rausgegangen, und wir haben in der Eingangshalle miteinander gesprochen. Wie lange liegt der Diebstahl denn zurück?«

»Schwer zu sagen«, antwortete Fred. »Ich habe am Montag Inventur gemacht, und da ist es mir aufgefallen.«

»Das ist wirklich sehr seltsam«, sagte Greg. »Ich kann mir nicht vorstellen, dass einer unserer Leute einen solchen Diebstahl begehen würde. Habt ihr euch schon die Aufnahmen der Überwachungskameras angesehen?«

»Ja«, bestätigte sein Chef. »Fred hat Stunden damit zugebracht, vergeblich.«

Natürlich, denn Greg war vorsichtig gewesen. Er wusste, dass es Kameras gab, und hatte die Sachen diskret in seine übliche Sporttasche gesteckt.

Dann sagte der Chef: »Ich hab dich hergebeten, Greg, weil ich möchte, dass du in diesem Diebstahl unauffällig ermittelst. Wir müssen herausfinden, wer aus unserer Einheit sich die Hände schmutzig gemacht hat.«

Greg nickte und setzte eine bierernste Miene auf. »Ihr könnt auf mich zählen«, versicherte er.

Noch während er aus dem Chefbüro kam, fragte Greg sich, was er tun sollte. Das Beste wäre, die Kamera bei den Brauns irgendwie wieder abzumontieren und das ganze Zeug im See zu versenken, wo niemand es je finden würde. Aber vorher wollte er sich noch ein letztes Wochenende mit dem Intimleben der Brauns beschäftigen. Und dann damit aufhören, bevor die Sache noch ein böses Ende nahm.

Als hätte er nicht schon genug Ärger, stattete Marion ihm einen Überraschungsbesuch ab.

»Du musst aufhören, hier ständig aufzukreuzen«, fuhr Greg sie an. »Mein Chef hat schon eine Bemerkung gemacht. Es fällt auf.«

»Tut mir leid, dass ich zu solchen Mitteln greifen muss, aber ich kann dich nicht erreichen, und meine Nachrichten gehen nicht durch. Hast du mich blockiert?«

»Hör zu, Marion, was ich gemacht habe, war wirklich schuftig. Ich bin verheiratet … ich habe Kinder … Ich habe echt Mist gebaut …«

Marion war fassungslos. »Du bist verheiratet? Du wolltest also einfach nur ein bisschen Spaß haben? Für was hältst du mich eigentlich?«

Greg hatte keinerlei Absicht, sich auf lange und breite Erklärungen einzulassen. »Dieses Missverständnis tut mir wirklich leid. Und jetzt komm bitte nicht mehr her, und lass mich in Ruhe. Ich hoffe, ich habe mich klar ausgedrückt.«

Arpad lief ziellos durch die Stadt, als er eine Mitteilung auf sein Handy bekam: Die Alarmanlage im Haus war deaktiviert worden. Sophie war wieder zu Hause. Er wusste, dass es Sophie war, denn die Putzfrau (zumal sie donnerstags gar nicht kam) hatte einen anderen Code als sie. Zunächst dachte er, seine Frau habe im Haus eine Akte vergessen, doch sein Bauchgefühl drängte ihn, sie anzurufen.

»Hallo, Schatz«, sagte Sophie. »Wie läuft's bei dir?«

»Geht so, und bei dir?«

»Nichts Besonderes. Ich bin im Büro.«

Sie log. Wieder spürte Arpad, wie sein Magen sich zusammenkrampfte. Er brachte nur mühsam hervor: »Dann gutes Arbeiten, bis heute Abend.«

»Bis heute Abend, mein Schatz.«

Er legte auf. Wie konnte sie ihn derart anlügen und dabei auch noch *mein Schatz* zu ihm sagen? Er beschloss zum Glashaus zu fahren, um nachzuschauen, was dort vor sich ging.

Im Glashaus stand Sophie und dachte nach. Arpad war in den letzten Tagen recht angespannt gewesen. Und es hatte nichts mit der Bank zu tun, wie er behauptete. Er war angespannt, seit Fauve zurück war. Fauves Rückkehr brachte sie völlig durcheinander, und Arpad spürte das.

Da klingelte es am Tor. Sie stürzte los, um aufzumachen. Der graue Peugeot fuhr in den Hof. Fauve stieg aus dem Auto und lächelte Sophie zu, die an die Haustür gekommen war, um ihn zu empfangen. »Guten Tag, meine Pantherin«, sagte er.

Arpad ließ sein Auto in der Route de la Capite am Straßenrand stehen. Er ging zu Fuß weiter, das war unauffälliger. Er folgte der Sackgasse, die zum Haus führte. Dann tippte er den Türcode ein und entdeckte im Hof Sophies Wagen und Fauves grauen Peugeot.

Er beschloss, nicht direkt ins Haus zu gehen, sondern erst in den Wald, und von dort aus zu schauen, was sich im Glaskubus abspielte. Er lief die Grundstücksgrenze entlang und schlug sich ins Unterholz. Er kam sich wie ein Eindringling vor, auf seinem eigenen Grund und Boden – die Gedanken in seinem Kopf überschlugen sich. Dann hatte er den perfekten Beobachtungsposten gefunden: Ein Strauch würde ihm ermöglichen, alles zu sehen, ohne selbst gesehen zu werden. Er schlich geduckt vorwärts und kauerte sich hinter dem Vorhang aus Blättern nieder.

Und so überraschte Arpad, der durch die Panoramafenster ins Innere seines eigenen Hauses spähte, Sophie und Fauve im Schlafzimmer. Sie standen einander gegenüber und waren in ein Gespräch vertieft. Dann öffnete Fauve die Schublade von Sophies Nachttisch und zog die Handschellen heraus. Er tauschte noch ein paar Worte mit Sophie, lachte auf. Und dann ließ Sophie die Jalousien herunter, wohl um sie vor fremden Blicken zu schützen.

Arpad war am Boden zerstört. Sophie betrog ihn. Er floh durch den Wald.

15 JAHRE ZUVOR

17. SEPTEMBER 2007

Menton, Frankreich

Gegen sechs Uhr morgens ging der Direktor der Postbank von Menton wie jeden Tag aus dem Haus, um seinen kleinen Hund Gassi zu führen.

Die Bankräuber, die ihn an der Straßenecke erwarteten, verfügten über zwei entscheidende Informationen: die erste war, dass der Direktor alleine lebte. Es würde sich also niemand fragen, warum er von seinem Spaziergang nicht zurückkam. Die zweite war, dass die Tresore der Bank voll waren, und zwar so voll, dass man für genau diesen Tag einen Geldtransporter zur Abholung bestellt hatte.

Der Direktor ging seinen üblichen Weg, ohne in der Dunkelheit das Auto zu bemerken, das mit laufendem Motor dastand. Plötzlich packte ihn eine Hand, und er spürte, dass man ihm den Lauf eines Revolvers an die Schläfe hielt.

»Kein Wort, Bruno«, sagte der Bankräuber. »Du hältst die Schnauze, und mach alles genau so, wie wir sagen.«

Bruno. Sie kannten seinen Vornamen. Der Postbankdirektor erstarrte vor Schreck und ließ sich zum Auto führen. Eine zweite Gestalt, die aus dem Schatten getreten war, schnappte sich den Hund und steckte ihn in den Kofferraum. Alles ging blitzschnell.

Der Bankräuber mit der Pistole nahm mit dem Direktor auf dem Rücksitz Platz und hielt ihn in Schach. Der andere setzte sich ans Steuer. Es wurde kein Wort gewechselt. Die beiden trugen jeder eine Sturmhaube und darüber eine Schirmmütze, um nicht aufzufallen. Aus demselben Grund fuhr das Auto mit regulärer Geschwindigkeit und eingeschalteten Scheinwerfern. Der Direktor konnte nur konstatieren, dass er es mit Profis zu tun hatte.

Das Auto parkte auf einem Parkplatz vor der Bank, aber so, dass es jederzeit schnell wegfahren konnte. Der Bankräuber vom Rücksitz ergriff wieder das Wort: »Und jetzt, Bruno, tust du, was man dir sagt, dann wird alles gut gehen. Du wirst uns in die Bank einlassen und uns dann den Tresor aufsperren, in dem sich das Bargeld befindet. Wenn du uns gehorchst, ist in sieben Minuten alles vorbei.« Mit diesen Worten holte er einen Sporttimer aus der Tasche, schaltete ihn an und wiederholte: »In sieben Minuten!«

Alles lief wie nach einer perfekten Choreografie. Sie verließen geräuschlos das Auto. Einer der Bankräuber drückte dem Direktor weiter seine Waffe in den Rücken, der andere trug die leeren Taschen. Sie verschmolzen mit der Dunkelheit. Das Einzige, was sie verraten könnte: der laufende Motor des abfahrbereiten Wagens. Sie gingen zur Hintertür. Offensichtlich kannten sie sich gut aus.

Der Bankdirektor tat anstandslos, was von ihm verlangt wurde. So lauteten im Übrigen auch die Sicherheitsvorschriften: bei einem Banküberfall: gehorchen. Keine riskanten Manöver veranstalten. Aber egal ob auf Anweisung oder nicht, er wollte nicht sein Leben aufs Spiel setzen, um Geld zu beschützen, das ihm gar nicht gehörte. Er tippte den Code in das Tastenfeld an der Tür ein, und sie öffnete sich. Es gab eine Sicherheitsschleuse. Die zweite Tür war durch ein doppeltes Öffnungssystem geschützt, bestehend aus Schlüssel und Fingerscan. Der Direktor legte seinen Daumen auf den Scanner, und die Tür entriegelte sich. Jetzt mussten sie nur noch den Alarm ausschalten. Der Direktor trat an das Gehäuse.

Der Bankräuber hielt ihm wieder die Pistole an die Schläfe und sagte. »Komm nicht auf die dumme Idee, den falschen Code einzugeben.«

Der Direktor wusste genau, was der Mann damit sagen wollte. Es gab einen Sicherheitscode für diese Art von Situation, mit dem zwar der Alarm ausgeschaltet, aber gleichzeitig die Polizei informiert wurde. An jenem Tag beschloss er, keinerlei Risiko einzugehen. Er würde zulassen, dass die Bankräuber so viel mitnehmen konnten, wie sie wollten, und selbst am Leben bleiben.

Der Alarm wurde ausgeschaltet.

Fünf Minuten!, rief der Mann mit dem Timer. Sie eilten zum Tresorraum. Der Direktor verschaffte ihnen Zugang zu den Bergen von Bargeld, die dort lagen. Der Bankräuber mit der Pistole fesselte den Direktor mit Kabelbindern, dann füllten die beiden Einbrecher sechs Sporttaschen mit Geldscheinen. Sie stopften sie einfach hinein, im Wesentlichen bereits im Umlauf befindliche Banknoten, die weder erfasst noch aus einer Serie waren. Dieses Geld würde man unmöglich nachverfolgen können. Ein Glücksfall. Wie oft hatte der Direktor der Filiale nicht im Mutterhaus darum gebeten, regelmäßiger einen Geldtransporter zur Abholung zu schicken. Man hatte nicht auf ihn gehört.

Als der Timer sieben Minuten anzeigte, rief der Bankräuber seinem Komplizen auf Englisch zu: *Time!* Daraufhin flohen sie sofort mit ihrer Beute, jeder trug eine Tasche auf dem Rücken und eine in jeder Hand. Den gefesselten Direktor ließen sie zurück.

Erst zwei Stunden später wurde er von dem ersten Angestellten, der zur Arbeit kam, gefunden. Den kleinen Hund dagegen hatten die Bankräuber freigelassen – er wartete brav auf dem Gehsteig am Parkplatz. Als die Polizei eintraf, hatte das Auto der Bankräuber schon längst die Grenze zu Italien überquert.

KAPITEL 13

8 Tage vor dem Raubüberfall

~~Montag, 20. Juni (Sophies Geburtstag)~~
~~Dienstag, 21. Juni~~
~~Mittwoch, 22. Juni~~
~~Donnerstag, 23. Juni~~
→ **Freitag, 24. Juni 2022**
Samstag, 25. Juni
Sonntag, 26. Juni (Gregs Entdeckung)

6:15 Uhr früh, in der Nähe des Glashauses. Von seinem Wagen aus tauchte Greg in Arpads und Sophies Schlafzimmer ein. Mit einer gewissen Genugtuung stellte er fest, dass es bei den Brauns gar nicht gut lief.

»Willst du mir nicht endlich sagen, was los ist?«, versuchte Sophie gereizt, ihren Mann aus dem Schweigen herauszulocken, hinter dem er sich verschanzt hatte.

Arpad hatte noch immer nicht den Mut gefunden, Sophie zur Rede zu stellen. Am Vortag war er direkt zu seinem wöchentlichen Squash-Training mit Julien gegangen. Er fühlte sich außerstande, den Kindern zu Hause etwas vorzumachen. Nach dem Abendessen war er allein im Tennisclub geblieben und erst gegen Mitternacht heimgekommen. Seine Frau hatte bereits geschlafen.

Sophie wiederholte ihre Frage: »Arpad, sag mir endlich, was los ist und warum du seit zwei Tagen so komisch drauf bist?«

»Was will Fauve von dir?«

»Fauve? Nichts, gar nichts. Wieso fragst du mich das?«

Sie spielte ihre Rolle so perfekt, wirkte derart aufrichtig, dass er beinahe das Gefühl hatte, verrückt zu sein und diese ganze Geschichte selbst von A bis Z erfunden zu haben. Er wusste überhaupt nicht mehr, was er glauben sollte. Bestimmt hätte sie, wenn er ihr enthüllt hätte, was er gesehen hatte, glatt das Gegenteil behauptet und ihn davon überzeugt, dass er sich da etwas zusammenfantasierte. Oder ihn auf der Stelle verlassen. Das war einem seiner Freunde passiert. Der hatte von der Affäre seiner Frau erfahren und sie damit konfrontiert. Sie hatte weder geleugnet noch versucht, sich zu rechtfertigen, sondern einfach nur erwidert, dass es jetzt, da er alles wisse, sinnlos sei, weiter Theater zu spielen, und war mit dem anderen auf und davon. Arpad wollte Sophie auf keinen Fall verlieren. Aber er hatte gute Lust, die Granate zu zünden, die Fauve vernichten würde, Sophie zu enthüllen, dass er hinter seiner verführerischen Fassade eines Draufgängers und Freigeistes in Wahrheit nichts weiter als ein Verbrecher war.

»Weißt du, warum ich Saint-Tropez vor fünfzehn Jahren so überstürzt verlassen habe?«

»Weil man dir eine Stelle bei der Bank angeboten hatte.« In Sophies Stimme schwang eine Spur Unsicherheit mit.

»Das war eine Lüge«, gestand Arpad. »Ich habe dich all die Jahre angelogen … Ich habe Saint-Tropez verlassen, weil ich abtauchen musste.«

»Abtauchen?«, wiederholte Sophie mit bestürzter Miene. »Arpad, was redest du da?«

»Vor fünfzehn Jahren ist etwas passiert, und es wird Zeit, dass du davon erfährst.«

»In Saint-Tropez?«

»In Menton.«

»Menton?«

Arpad verstummte plötzlich. Wenn er sich Sophie anvertraute, würde sie bestimmt Fauve davon erzählen. Und Fauve hatte ihn immer davor gewarnt, was passieren würde, wenn er ihr Geheimnis ausplauderte. Sollte er herausfinden, dass Arpad ihn verraten hatte, wäre er am Ende noch imstande, seine gesamte Familie umzubringen, damit niemand mehr reden konnte.

»Vergiss es«, sagte Arpad daher und wollte an Sophie vorbeigehen, die vor ihm stand.

Sie hielt ihn am Arm zurück. »Du kannst nicht immer nur davonlaufen, Arpad!«

Er machte sich los, schnappte sich rasch ein paar Kleidungsstücke und stürzte hinaus.

Von seinem Wagen aus hatte Greg der ganzen Szene beigewohnt. Kein Detail war ihm entgangen. Was meinte Arpad, als er sagte, er habe abtauchen müssen? Wer war Fauve? Und was war vor fünfzehn Jahren in Menton geschehen? Er war fest entschlossen, es herauszufinden.

In der Polizeidienststelle startete er eine Internetrecherche. Er begann mit diesem »Fauve«, doch die Suche nach dem Namen ergab nichts. Der angespannte Wortwechsel zwischen Arpad und Sophie ließ Greg vermuten, dass es sich um einen Mann handelte. War er derjenige, den Greg dabei überrascht hatte, wie er das Haus der Brauns ausspionierte? Wurde Arpad gerade von seiner Vergangenheit eingeholt?

Arpad hatte gesagt, er habe wegen eines Zwischenfalls in Menton vor fünfzehn Jahren aus Saint-Tropez verschwinden müssen. Also 2007. Im amtlichen Personenregister des Kantons Genf fand Greg die Bestätigung: Arpad war seit Oktober 2007 als wohnhaft in der Schweiz gemeldet.

Als er sämtliche Vorkommnisse des Jahres 2007 in Menton durchging, stieß Greg auf den Überfall auf eine Postbankfiliale am 17. September. Der Direktor war von zwei vermummten Gestalten als Geisel genommen und gezwungen worden, ihnen die Bank und den Tresor zu öffnen. Die Täter waren mit mehreren Millionen Euro abgehauen und niemals gefasst worden. Hatte Arpad etwas damit zu tun? War es wirklich nur Zufall, dass er kurz nach diesem Raub in der Schweiz aufgetaucht war?

Um Punkt zwölf Uhr mittags verließ Sophie an diesem Tag ihre Kanzlei. Zu Fuß ging sie die Rue du Rhône bis zur Rue Pierre-Fatio hinunter, ohne zu bemerken, dass ihr jemand folgte. Diesmal war es ihr Mann, der ihr hinterherspionierte. Sie betrat das Restaurant *Roberto*. Diskret näherte Arpad sich der Fensterfront und sah, wie seine Frau sich zu einem eleganten alten Herrn setzte, der sie bereits erwartete: Samuel Hennel.

Arpad dachte, dass sie nicht gelogen hatte. Diesmal zumindest. Die Verabredung zum Mittagessen stand so in ihrem elektronischen Kalender, auf den auch er Zugriff hatte. Allerdings hatte er weniger ihre Angaben überprüfen wollen, als sich vergewissern, dass er in den nächsten beiden Stunden ungestört wäre.

Er ging zu Sophies Kanzlei, zu der er einen Schlüssel hatte. Zwar wusste er nun, dass seine Frau Geheimnisse vor ihm hatte, aber er brauchte noch einen handfesten Beweis, denn ihre Gelassenheit und ihre Art, mit ihm zu sprechen, als wäre er das Problem, verunsicherten ihn zutiefst. *Was ist los? Hör auf, ständig davonzulaufen! Rede mit mir!* Im Haus hatte er nichts gefunden, aber wahrscheinlich würde er im Büro irgendwelche konkreten Hinweise auf Sophies und Fauves Verhältnis entdecken. Was würde er dann tun, um seine Beziehung zu retten? Wie sollte er Fauve loswerden? Er hatte nicht den leisesten Schimmer.

Als Arpad die Tür zur Kanzlei öffnete, hörte er Véronique fragen: »Sophie, bist du's?«

Er fluchte innerlich. Er hatte nicht daran gedacht, dass die Mitarbeiterin seiner Frau da sein könnte. »Ich bin's, Arpad«, verkündete er betont ungezwungen. »Ich will nur ein paar Unterlagen holen.«

Véronique erschien mit ihrer Umhängetasche über der Schulter, offensichtlich auf dem Sprung. »Ach, hallo, Arpad! Sophie ist nicht hier …«

»Ich weiß, ich habe mit ihr gesprochen«, log er dreist.

»Kann ich dir irgendwie helfen?«, fragte Véronique freundlich. »Ich bin zum Mittagessen verabredet, aber wenn du noch irgendwas brauchst …«

»Nein, alles in Ordnung. Es dauert nur zwei Minuten.«

»Dann gehe ich jetzt …«

Gerade als die junge Frau zur Tür hinauswollte, hielt Arpad sie zurück: »Wenn ich etwas ausdrucken muss, kann ich dann Sophies Rechner benutzen?«

»Natürlich. Das ist ganz einfach, es ist alles übers WLAN verbunden.«

»Gibt es ein Passwort für den Computer?«

»Ja. *Pantherin.* Mit großem P.«

Arpad war verblüfft über die Wahl dieses Passworts. Er hatte gedacht, die Pantherin, das wäre etwas zwischen Sophie und ihm.

Sobald Véronique gegangen war, setzte Arpad sich in Sophies Büro vor den Bildschirm und gab das Passwort ein. Jetzt hatte er Zugang zu sämtlichen Dokumenten und E-Mails.

Die Durchsicht des Postfachs ergab nichts. Es enthielt ausschließlich berufliche Korrespondenz. Ebenso wenig hatten die verschlungenen Pfade des Computers zu bieten. Abgesehen von einem Ordner mit Familienfotos befand sich nichts Persönliches auf der Festplatte.

Arpad begann daher, in den Schubladen und Regalen nach einem zweiten Telefon oder Laptop zu suchen, die Sophies Geheimnisse enthalten könnten. Doch er fand nichts. Plötzlich fiel sein Blick auf eine Reihe Bücher. Mitten zwischen den Gesetzestexten und Vertragshandbüchern stand ein Kunstband, den er immer gesehen, aber nicht weiter beachtet hatte. Ein Werk über jene post-impressionistische Bewegung, deren Galionsfigur Matisse gewesen war: die »Fauves«.

Als Arpad das Buch zur Hand nahm, um darin zu blättern, fielen Briefe heraus, die Sophie darin versteckt hatte. Auf dem Fußboden sitzend, las er sie einen nach dem anderen. Sie begannen alle mit *Meine Pantherin* und waren unterschrieben mit *Dein Fauve*. Diesen genau datierten Briefen zufolge, hatten Sophie und Fauve seit fünfzehn Jahren ein Verhältnis. Sophie führte ein Doppelleben und hatte ihn die ganze Zeit belogen.

Der erste Brief war vom Dezember 2007, also kurz nach Arpads Flucht aus Saint-Tropez. Fauve schrieb an Sophie: *Ich bedaure, dass unsere Wege sich getrennt haben ... Du fehlst mir ... Ich vermisse Deinen Körper ... Wir hätten zusammen glücklich sein können.*

Doch ihre Wege blieben offenbar nicht allzu lange getrennt. Sie hatten sich wiedergesehen, und zwar in Paris, dann in Spanien, 2016. In einem nach ihrem Treffen verfassten Brief erwähnte Fauve *die Freude, mit Dir in Saragossa zu sein (...) diese intensiven gemeinsamen Momente (...) die Tage, die viel zu schnell vergingen.*

Im Laufe der Jahre teilte Fauve Sophie immer wieder seine Adressen mit – meist waren es Postfächer –, damit sie ihm weiter schreiben konnte.

Der vorletzte Brief stammte aus dem Jahr 2019. Fauve spielte darin auf eine Reise nach San Remo an. *Ich träume davon, Dich dort noch einmal wiederzusehen. Ich möchte wieder mit Dir am Strand spazieren gehen und in diesem charmanten Restaurant einkehren, wo wir so gelacht haben.* Er schloss diese Erinnerungen mit: *San Remo kann nicht unser letztes Mal gewesen sein.*

Der letzte Brief war nur wenige Tage alt und bestand aus einer äußerst kitschigen Geburtstagskarte.

Meine Pantherin,
Du bist für dieses Leben im Käfig nicht gemacht. Du hast Dich daran gewöhnt, wie ein Tier im Zoo. Aber Deine Routine und Dein Alltag sind Gitterstäbe. Dein Glück ist eine Illusion. Denk an Viscontini. Komm mit mir, ich will Dich die Freiheit wieder spüren lassen.
Ich liebe Dich
Dein Fauve

Arpad legte die Karte beiseite. Er war am Boden zerstört. Wie hatte er das nicht merken können? Wie hatte er so naiv sein können? Sophie musste wegen der Arbeit regelmäßig nach Paris. Sie hatte Fauve zuerst dort wiedergesehen und diese Geschäftsreisen dann vermutlich als Vorwand für ihre Treffen in Saragossa und San Remo genutzt. Wenn sie nach Paris fuhr, war Arpad nie auf die Idee gekommen, dass sie in Wahrheit woanders sein könnte. Er vertraute ihr so bedingungslos, dass er nie daran gedacht hatte, es nachzuprüfen oder einfach in ihrem Hotel anzurufen.

Er wollte in ihrem gemeinsamen digitalen Kalender nachsehen, aber das Jahr 2016 war nicht mehr gespeichert. 2019 dagegen war noch verfügbar. Im Februar jenes Jahres hatten sie zur gleichen Zeit verreisen müssen: er nach Montreal, sie nach London. Arpad erinnerte sich, dass sie angeblich Samuel Hennel begleiten sollte. Was, wenn diese Reise nach London niemals stattgefunden hatte? Bestimmt hatte Sophie Arpads Abwesenheit ausgenutzt, um Fauve in Italien zu treffen. Sie hatte damals ihre Eltern gebeten, nach Genf zu kommen, um auf die Kinder aufzupassen. Was für ein perfider Plan.

Um sich Klarheit zu verschaffen, setzte Arpad sich noch einmal an Sophies Computer. Bei seiner Suche auf der Festplatte hatte er den Buchhaltungsordner bemerkt. Er fand das Jahr 2019 und überflog die Reisekosten. Keine Spur eines Aufenthalts in London. Dafür gab es genau für die Zeit des vorgeblichen London-Aufenthalts ein Hin- und Rückflugticket nach Nizza. Von dort brauchte man mit dem Auto nur eine Stunde nach San Remo.

Drei Jahre zuvor
Februar 2019

Den Fotoapparat über der Schulter, schlenderte Sophie gerade im Urlaubsmodus durch eine Fußgängerzone von San Remo, als Arpad anrief. In Montreal war es noch früh am Tag.

»Gud'n Morgän«, sagte Arpad mit Quebecer Akzent.

Sophie lachte. »Wie geht's dir, mein Liebster?«

»Bestens, abgesehen von diesem grässlichen Jetlag. Und dir? Was hat London zu bieten?«

»Nichts Besonderes«, log Sophie. »Meetings in Büros, die alle gleich aussehen, und schlechten Kaffee. Du fehlst mir, Schatz.«

Sie sah Fauve an, der neben ihr ging, und zwinkerte ihm zu.

SAMSTAG, 2. JULI 2022

Der Tag des Raubüberfalls

---

2 Stunden vor Beginn des Überfalls

7:30 Uhr morgens. Auf der Polizeiwache, im Briefingraum der Einsatztruppe, gab Greg seinen Männern Anweisungen. Es konnte jeden Moment losgehen.

»Unsere Zielperson heißt Arpad Braun«, rief Greg ihnen in Erinnerung, während auf dem Bildschirm hinter ihm ein Foto von Arpad erschien. »Er war Vermögensverwalter bei einer Privatbank. Vor einigen Monaten wurde ihm gekündigt. In Frankreich hat er wegen einer Autodiebstahlsgeschichte kurz im Gefängnis gesessen. Er hat einen Komplizen, einen gewissen Philippe Carral. Sie stehen im Verdacht, vor fünfzehn Jahren in Frankreich schon einmal zusammen eine Bank ausgeraubt zu haben. Uns ist bekannt, dass sie es heute auf ein Juweliergeschäft abgesehen haben, nur welches, wissen wir nicht. Philippe Carrals Spur haben wir verloren, aber an Arpad Braun sind wir dran. Er wird beschattet, wir bekommen Bescheid, sobald er aus dem Haus geht, und werden auf dem Laufenden gehalten.«

KAPITEL 14

7 Tage vor dem Raubüberfall

~~Montag, 20. Juni (Sophies Geburtstag)~~
~~Dienstag, 21. Juni~~
~~Mittwoch, 22. Juni~~
~~Donnerstag, 23. Juni~~
~~Freitag, 24. Juni~~
→ Samstag, 25. Juni 2022
Sonntag, 26. Juni (Gregs Entdeckung)

10:00 Uhr vormittags in der *Warze*. Die Vorbereitungen für das Grillen am Abend waren in vollem Gange. Bester Laune vollendete Karine gerade ihr Tiramisu, während Greg draußen die Lichterketten aufhängte. Die Jungs verbrachten den Vormittag bei ihren Großeltern, im Haus war es wunderbar ruhig.

Karine kam heraus, um die Terrasse zu begutachten. »Die sind doch schön, diese Lichterketten, oder?«, fragte sie ihren Mann, der oben auf der Leiter stand.

Greg nickte nur. Er wirkte nicht überzeugt.

»Du findest sie spießig, stimmt's?« Karine klang besorgt.

»Schon das Wort Lichterkette ist spießig«, erwiderte Greg scherzhaft.

»Du bist blöd!«, sagte Karine, die sich immer leicht verunsichern ließ, beleidigt.

»Sie sind völlig in Ordnung«, beruhigte Greg sie.

»Ich will nur nicht, dass die Brauns uns spießig finden …«

»Wenn sie uns spießig finden, sind sie selber spießig.«

Karine lächelte ihrem Mann zu. Dann ging sie zurück in die Küche, um Sophie anzurufen.

Hinter dem Glashaus spielten die Kinder im Pool. Arpad saß allein auf dem Terrassensofa und sah ihnen zu. Sophie hatte sich in die Küche zurückgezogen. Ihr war klar, dass ihr Mann begriffen hatte. Zumindest teilweise. Er war am Vortag in ihrem Büro und an ihrem Computer gewesen, hatte Schubladen und Regale durchsucht. Der Kunstband über die Fauvisten war verstellt worden, die Briefe gelesen.

Ihr Telefon klingelte. Es war Karine. Sophie hätte das Grillen am liebsten abgesagt. Ihr fehlte die Kraft, um die perfekte Familie zu spielen. Aber Karine war schon ganz aufgeregt.

»Ich freue mich so auf euch heute Abend! Das Fußballspiel beginnt um sechzehn Uhr. Mit Halbzeit und Verlängerung geht es bis sechs. Anschließend gibt es noch die übliche kleine Zeremonie zum Saisonende. Und danach kommt ihr direkt zu uns, wenn euch das recht ist.«

Sophie brachte es nicht übers Herz, ihr abzusagen. »Wir freuen uns auch«, sagte sie. »Bis später.«

Nachdem sie aufgelegt hatte, zögerte Sophie in der Küche noch einen Moment. Sie hatte sich einen Plan zurechtgelegt, um die Situation zu entschärfen, ehe ihr Mann durchdrehte. Es war höchste Zeit, ihn in die Tat umzusetzen.

Sie ging mit zwei Tassen Kaffee auf die Terrasse und setzte sich zu ihm aufs Sofa. In einer spontanen zärtlichen Geste legte sie ihren Kopf an seine Schulter – von außen betrachtet, sah alles wunderbar aus: die Kinder, die pitschnass auf dem Rasen tobten, die Eltern Seite an Seite –, dann zerlegte sie als gute Anwältin sämtliche Beweisstücke, noch ehe er sie dem Gericht auch nur präsentieren konnte.

»Ich weiß, dass du in meinem Büro warst«, sagte sie sanft. »Ich nehme an, du hast die Briefe gelesen. Vielleicht hätte ich es dir damals erzählen sollen … und dann auch wieder nicht … Vor fünfzehn Jahren, nachdem du aus Saint-Tropez weggegangen warst, hatte ich eine kurze Affäre mit Fauve. Du warst spurlos verschwunden, ich habe dich überall gesucht. Verzweifelt. Ich habe Fauve kontaktiert. Er war dein Freund, ich dachte, er wüsste, wo ich dich finden kann. Eins führte zum anderen, und wir hatten ein Verhältnis. Es ging nicht besonders lang, ich war eigentlich gar nicht an ihm interessiert.«

Nach kurzem Schweigen fragte Arpad: »Wenn es nur ein Strohfeuer war, wie du behauptest, warum dann die ganzen Briefe?«

»Nachdem ich die Sache beendet hatte, sagte Fauve mir, er würde wegziehen. Einige Wochen später erhielt ich seinen ersten Brief, den er ans *Béatrice* adressiert hatte. Er schrieb mir, wie traurig er über unsere Trennung sei. Ich gestehe, dass mich das berührt hat … Ich habe ihm geantwortet, und etwas später schrieb er mir wieder. Da ich inzwischen nach Paris gezogen war, ließ mein Vater mir die Post nachsenden. So begann unser Briefwechsel. Wir schrieben uns regelmäßig. Aus seinen Zeilen sprach deutlich, dass er unsere Trennung nicht überwunden hatte, doch ich habe ihm nie falsche Hoffnungen gemacht. Ich erzählte ihm in meinen Briefen übrigens vor allem von unserer Familie. Ich habe ihm sogar ein Foto von uns vieren geschickt. Glaub mir, da gab es nichts misszuverstehen. Hätte ich dir sagen müssen, dass Fauve und ich uns all die Jahre geschrieben haben? Vielleicht. Vor allem, wenn du dir jetzt wer weiß was ausmalst.«

»Warum hast du diese Briefe aufgehoben, wo sie dir doch nichts bedeuteten?«

»Du kennst doch meine Marotte, meine ganze Post aufzuheben. Ich habe Fauves Briefe genauso aufgehoben wie alle möglichen anderen Briefe und Postkarten, die ich im Lauf der Zeit bekommen habe. Auch von dir. Es sind Erinnerungen an verschiedene Abschnitte meines Lebens.«

»Wenn diese Briefe so harmlos waren, warum hast du sie dann in einem Buch in deinem Büro versteckt?«

»Bei unseren diversen Umzügen innerhalb von Genf habe ich die ganze Korrespondenz zuerst in eine Hutschachtel gepackt, aber irgendwann fand ich den staubigen Karton albern. Also habe ich alles zwischen die Seiten dieses Kunstbandes geschoben. Es war ein vorläufiger Aufbewahrungsort, kein Versteck. Und schließlich ist das Buch in meiner Kanzlei gelandet. Du hast doch bestimmt zusammen mit Fauves Briefen auch die anderen gefunden.«

»Die anderen was?«

»Die anderen Briefe, die ich darin aufbewahre. Wie gesagt: Geburtstagsgrüße, Postkarten, die romantischen Zettelchen, die du mir manchmal an die Windschutzscheibe steckst, wenn du vor mir zur Arbeit fährst.«

Er konnte sich nicht mehr erinnern. Er hatte nicht darauf geachtet. Fauves Briefe hatten ihn dermaßen aufgewühlt, dass er nichts anderes wahrgenommen hatte.

Sophie kannte ihren Mann gut genug, um zu spüren, dass er kurz davor war, ihre Erklärungen zu schlucken. Sie hatte noch nicht gewonnen, aber es war ihr immerhin gelungen, Zweifel zu säen.

Verwirrt bemühte Arpad sich, Ordnung in das Puzzle zu bringen. Ohne Umschweife fragte er:

»Und eure kleinen Ausflüge?«

»Welche Ausflüge?«

»Saragossa … San Remo …«

Ihre Überraschung wirkte täuschend echt. »Wovon redest du?«, fragte sie.

»Von deinen Reisen mit Fauve nach Saragossa und San Remo.«

Sie lachte amüsiert. »Ich war nie in Saragossa oder San Remo oder was weiß ich wo mit Fauve. Und übrigens auch mit sonst niemandem.«

Arpad wurde laut: »Hör auf, mich für dumm zu verkaufen, Sophie! Ich habe einen Brief von Fauve gelesen, in dem er von eurem Wiedersehen 2016 in Saragossa schwärmt, und einen anderen, wo es um San Remo 2019 geht, und er schreibt: *San Remo kann nicht unser letztes Mal gewesen sein.*«

Sie blieb standhaft: »Ich war nie mit Fauve in Saragossa! Was San Remo betrifft, das war vor fünfzehn Jahren, eben zu der Zeit, als du plötzlich von der Bildfläche verschwunden warst. Fauve wollte mich dort unbedingt zum Essen ausführen. Von Saint-Tropez ist es ja nicht weit. Wir fuhren am selben Tag hin und zurück. Ich habe mich im Übrigen gefragt, warum ich mir das eigentlich antue. Direkt danach habe ich dann auch Schluss gemacht.«

»Ich rede nicht von vor fünfzehn Jahren, ich rede von 2019!«

»Moment mal, Liebling«, erwiderte sie sehr ruhig und einfühlsam, »ich glaube, es gibt da ein riesiges Missverständnis. San Remo, das war vor fünfzehn Jahren, wie gesagt. Und in Saragossa ist Fauve, wenn ich mich recht erinnere, im Laufe seiner Irrfahrten tatsächlich irgendwann mal gelandet, aber ich weiß nicht, wie du darauf kommst, dass *ich* mit ihm dort gewesen sein könnte. Das müssen wir unbedingt klären.«

Sie ging kurz ins Haus und kam mit einem großen Umschlag wieder heraus, der Fauves Briefe enthielt.

»Bevor ich sie wegschmeiße – was ich schon längst hätte tun sollen –, wollte ich dir beweisen, dass darin wirklich nichts steht, worüber man sich Sorgen machen muss. Abgesehen vielleicht von Fauves Wunschträumen. Aber lassen wir sie ihm. Also, zeig mir doch bitte mal diese Briefe über die angeblichen Reisen nach Saragossa und San Remo.«

Arpad überflog rasch die Briefe und fand, was er suchte. Saragossa 2016. Laut las er die entscheidenden Passagen vor:

»*Ich wäre gern mit dir in Saragossa (...) Die Freude dieses Wiedersehens würde mich an unsere Zeit damals erinnern ... die gemeinsamen Tage, die viel zu schnell vergingen (...).*«

Er unterbrach sich. Verwirrt. Jetzt, da er die Worte wieder las, bekamen sie einen anderen Sinn.

»*Ich wäre gern mit dir* heißt ja gerade, dass ich nicht bei ihm war«, bemerkte Sophie. »Liebster, du bist so süß, wenn du dich in etwas hineinsteigerst!«

Arpad zögerte. Hatte er am Vortag zu schnell gelesen und das Geschriebene falsch interpretiert? Er nahm den Brief von 2019 zur Hand, der die Reise nach San Remo erwähnte, und las laut vor:

»*Ich träume davon, Dich dort noch einmal wiederzusehen. Ich möchte wieder mit Dir am Strand spazieren gehen und in diesem charmanten Restaurant einkehren, wo wir so gelacht haben. San Remo kann nicht unser letztes Mal gewesen sein.*«

»San Remo war vor fünfzehn Jahren«, wiederholte Sophie. »Wie oft soll ich dir das noch sagen? Fauve käut immer wieder die Vergangenheit durch. Wir haben tatsächlich in einem bezaubernden Restaurant in der Nähe des Hafens gegessen, aber ich habe daran eine schreckliche Erinnerung, anders als er, offensichtlich. Wenn er schreibt *Ich träume davon, Dich dort noch einmal wiederzusehen* oder dass er das, was wir erlebt haben, wieder erleben möchte, dann sehnt er sich nach etwas, das er verloren hat.«

Sophie war sehr überzeugend. Doch Arpad hatte sein letztes Wort noch nicht gesprochen.

»Das ist seltsam, denn im Februar 2019, also zu der Zeit, aus der dieser Brief stammt, solltest du nach London fliegen. Ich habe aber die Buchhaltung deiner Kanzlei durchgesehen, und für das Datum deiner angeblichen Londonreise habe ich nur ein Ticket nach Nizza gefunden, von wo aus man mit dem Auto keine Stunde nach San Remo braucht. Ein merkwürdiger Zufall, oder?«

Sophie hatte mit dieser Frage gerechnet. Am Tag zuvor hatte Arpad vergessen, den Ordner auf ihrem Computer zu schließen. Sie tat dennoch überrascht. »Das kommt mir seltsam vor«, sagte sie. »Zumal ich mich sehr gut an die Reise mit Samuel Hennel nach London erinnere. Lass uns diese Sache gleich aufklären.«

Sie holte ihren Laptop und verband sich vor den Augen ihres Mannes mit dem Kanzleiserver. Sie klickte erst auf den Ordner *Buchhaltung,* dann auf das entsprechende Jahr und scrollte über die darin gespeicherten Dokumente, bis sie auf ein Flugticket stieß. Es war tatsächlich ein Ticket von Genf nach Nizza und zurück.

»Siehst du«, sagte Arpad. »Das ist ein Flug nach Nizza. Kannst du mir das erklären?«

Sophie zeigte mit dem Finger auf den Namen des Passagiers: Véronique Julienne. »Véronique ist nach Nizza geflogen. Nicht ich. Und jetzt, wo ich das Ticket sehe, fällt mir wieder ein, dass ich zu der Zeit diesen Klienten hatte, Perez, der von Genf nach Monaco umzog. Erinnerst du dich an ihn?«

Arpad wusste nicht, was er antworten sollte. Er hatte wohl nur das Datum und den Zielort gelesen, nicht aber den Namen des Passagiers. Sophie fuhr fort mit ihrem eigenen Kreuzverhör:

»Ich frage mich allerdings, wo das Ticket nach London steckt, wenn es nicht hier im Ordner ist. Da gibt es offenbar einen Fehler in meiner Ablage. Das kann ich ja gar nicht leiden …«

Ihre Finger flogen über die Tastatur, klickten aufs Mousepad, und der Ordner *Reisen* öffnete sich. Im Unterordner zum entsprechenden Jahr waren Ausgaben für ihre Dienstreisen, vor allem nach Paris, gespeichert. Sie öffnete ein Dokument aus der Liste.

»Da ist es!«, rief sie zufrieden.

Auf dem Bildschirm erschien ein elektronisches Flugticket auf den Namen Sophie Braun. Von Genf nach London Heathrow und zurück, an den entsprechenden Tagen im Februar 2019.

»Siehst du«, sagte sie. »Ich war zu der Zeit in London.«

»Welches Hotel?«, wollte Arpad wissen.

Sie runzelte die Stirn, antwortete aber, ohne zu zögern: »Das *Regent's.* Davon habe ich keine Rechnung, weil Samuel Hennel es bezahlt hat. Wir hatten jeder unser eigenes Zimmer, falls du dich das fragst. Du kannst ihn übrigens anrufen, wenn du willst. Es war eine wichtige Reise und das einzige Mal, dass ich ihn nach London begleitet habe, er erinnert sich also bestimmt daran. Du müsstest seine Handynummer noch haben, auch wenn er nicht mehr Kunde bei deiner Bank ist. Es ist immer noch die alte.«

Sie sah ihrem Mann in die Augen, ohne mit der Wimper zu zucken. Ihre Überzeugungskampagne zeigte Wirkung. Es war ihr gelungen, jede einzelne seiner Gewissheiten ins Wanken zu bringen.

Arpad stieß einen langen, erleichterten Seufzer aus. »Ich habe mich da wirklich in etwas reingesteigert«, gab er zu.

Sie schlang die Arme um ihn. »Ach, Liebster … Wie konntest du nur auf so eine Idee kommen? Ich gehöre dir«, log sie. »Dir allein.«

Als Samuel Hennel am späten Vormittag einen ruhigen Moment auf seiner Terrasse genoss, klingelte sein Telefon. Zögernd betrachtete er den Namen auf dem Display, dann beschloss er, den Anruf anzunehmen. Ihr zuliebe.

»Hallo?«

»Monsieur Hennel, hier ist Arpad Braun.«

»Arpad! Wie schön, von Ihnen zu hören! Wie geht es Ihnen?«

»Gut, danke«, antwortete Arpad, der sich im ehelichen Schlafzimmer eingeschlossen hatte, um diesen Anruf zu tätigen. Es folgte ein peinliches Schweigen. Arpad wusste nicht, wie er das Thema ansprechen sollte.

Schließlich fragte Samuel: »Welch guter Wind führt Sie zu mir? Lassen Sie mich raten: Sie möchten mich unbedingt wieder als Kunden für Ihre Bank gewinnen?«

Beide lachten gezwungen.

»Verzeihen Sie die Störung, Monsieur Hennel. Ich rufe an, um Ihnen eine seltsame Frage zu stellen. Es wird Ihnen idiotisch vorkommen, aber es geht um Ihre Reise mit Sophie nach London.«

»Ich höre.«

»Sie erinnern sich also an diese Reise?«

»Selbstverständlich, ich habe damals Anteile an meiner Galerie verkauft.«

»Sophie hatte mir von dem Hotel vorgeschwärmt, in dem Sie gewohnt haben, aber der Name ist mir entfallen. Nun möchte ich sie mit einer romantischen Reise zu zweit nach London überraschen und würde gern in diesem Hotel ein Zimmer für uns buchen …«

»Es war das *Regent's*«, antwortete Hennel wie aus der Pistole geschossen. »Ein wunderbares Hotel in bester Lage mit ausgezeichnetem Service. Wenn Sie dort hingehen, lassen Sie es mich wissen, damit ich Sie empfehlen kann. Ich kenne den Direktor gut.«

»Das *Regent's*«, wiederholte Arpad. »Danke, Monsieur Hennel. Das ist sehr freundlich von Ihnen. Ich will Sie nicht länger stören. Haben Sie noch einen schönen Tag.«

»Sie auch, Arpad. Bis bald.«

Mit einem unguten Gefühl legte Samuel Hennel auf. Ihr zuliebe hatte er gelogen.

Tags zuvor,
am frühen Abend

Als Sophie unangekündigt bei Samuel Hennel hereinschneite, dachte dieser zunächst, sie hätte vielleicht beim Mittagessen vergessen, ihn noch irgendetwas unterschreiben zu lassen. Doch als er ihr Gesicht sah, begriff er, dass etwas nicht stimmte.

»Ich weiß nicht mehr weiter, Samuel«, gestand sie ihm ohne Umschweife.

Es tat ihm leid, dass sie Kummer hatte, und zugleich war er gerührt, dass sie sich ihm anvertraute. »Was gibt es? Sie können mir alles sagen, ich bin für Sie da.«

»Ich bin im Begriff, meine Familie zu zerstören …«

Ihm schwante sofort, dass es um einen anderen Mann ging. »Ein Liebhaber?«, fragte er.

»Ein ehemaliger Liebhaber, der vor ein paar Tagen wiederaufgetaucht ist.«

Samuel Hennel war peinlich berührt. Warum kam Sophie damit ausgerechnet zu ihm? »Wollen Sie Arpad verlassen?«

»Nein, nein! Ich liebe ihn. Ich liebe ihn über alles. Aber was ich mit diesem anderen Mann erlebe, ist einzigartig. Er ist wie … wie eine Droge. Ich komme nicht dagegen an.«

»Weiß Arpad Bescheid?«

»Er ahnt etwas. Ich will ihn nicht verlieren … Aber ich kann mich nicht für einen von beiden entscheiden. Ich kann nicht … Ich brauche sie beide! Arpad ist mein Leben. Aber der andere ist wie ein Leben im Leben.«

Samuel begriff immer weniger, warum Sophie ihm all das erzählte. Sie schien gar keinen Rat zu suchen, sondern genau zu wissen, was sie wollte. »Ich wüsste nicht so recht, wie ich Ihnen helfen kann, Sophie«, sagte er.

»Betrachten Sie mich als Freundin, Samuel?«

»Gewiss.«

»Dann sitzt hier vor Ihnen nicht Ihre Anwältin, sondern Ihre Freundin. Und als solche werde ich Sie um einen riesigen Gefallen bitten. Einen Gefallen, wie ihn mir nur ein echter Freund erweisen kann. Arpad wird Sie möglicherweise kontaktieren. Er wird eine Reise nach London erwähnen, die wir beide, Sie und ich, vor drei Jahren unternommen haben.«

»Aber wir sind nie zusammen in London gewesen«, wandte Samuel ein.

»Ganz genau. Trotzdem müssen Sie ihm sagen, dass es so war. Dass wir gemeinsam in London waren, um den Käufer Ihrer Galerieanteile zu treffen.«

Im Glashaus hatte Arpad sein Gespräch mit Samuel Hennel gerade beendet und ließ sich aufs Bett fallen. Er hatte sich im Schlafzimmer vor indiskreten Ohren sicher geglaubt, doch Sophie hatte auf der anderen Seite der Tür alles belauscht. Ein Lächeln huschte über ihr Gesicht. Ihr Plan war aufgegangen. Leise schlich sie zurück ins Erdgeschoss. Sie war erleichtert. Als Véronique ihr am Vortag von Arpads Besuch erzählt und sie die Spuren seiner Suche in ihrem Büro entdeckt hatte, war sie panisch geworden. In aller Eile hatte sie ein plausibles Szenario gebastelt.

Die Flugtickets waren kein Problem gewesen. Sie hatte online Tickets gebucht. Einen Flug nach Nizza für Véronique, einen nach London für sich selbst. Dann hatte sie mit einem einfachen PDF-Editor die Daten geändert und das Dokument anschließend im Ordner gespeichert wie ein richtiges Flugticket. Es war eine plumpe Fälschung, die kein erfahrenes Auge getäuscht hätte, beim raschen Hinsehen aber nicht leicht zu erkennen war.

Außerdem musste sie Hilfe von außen in Anspruch nehmen. Zuerst Samuels. Sie hatte keine andere Wahl, als ihn da mit hineinzuziehen.

Dann Fauves, den sie überredet hatte, einen neuen Saragossa-Brief zu schreiben. Sie hatte sich umgehend mit ihm getroffen, um ihm den Text zu diktieren. »Arpad hat deine Briefe gefunden, die in meinem Büro versteckt waren«, hatte sie ihm erklärt. »Ich kann behaupten, dass es sich um eine alte Affäre zwischen uns handelt. Ihm Saragossa zu erklären, wird allerdings schwierig. Es sei denn, er denkt, er hätte sich verlesen.«

»Glaubst du, das schluckt er?«

»Er wird niemals auf die Idee kommen, dass der Brief neu geschrieben und ausgetauscht wurde.«

»Du machst dir seinetwegen viel zu viele Gedanken!«, hatte Fauve sich aufgeregt.

Es war das erste Mal in all den Jahren, dass sie Fauve eifersüchtig erlebte.

»Ich habe nicht die geringste Lust, seine Treue auf die Probe zu stellen …«, hatte sie nur erwidert.

Fauve hatte schließlich getan, was sie verlangte, und diesen Brief hatte sie Arpad am Morgen zu lesen gegeben. Ihr Mann war darauf hereingefallen. Zumindest glaubte sie das.

Denn nachdem Arpad mit Samuel Hennel gesprochen hatte, starrte er auf sein Handydisplay. Er las noch einmal den Saragossa-Brief, das Original, das er tags zuvor abfotografiert hatte. Den Brief, in dem Fauve ihr schrieb, wie schön es gewesen war, als sie sich in Spanien wiedergesehen hatten. Er hatte auch das Flugticket von Genf nach Nizza abfotografiert – auf Sophies Namen, und nicht auf Véroniques, wie seine Frau ihm gerade hatte weismachen wollen. Im Februar 2019 war Sophie sehr wohl mit Fauve in San Remo gewesen.

Nicht genug, dass sie ihn anlog, sie hielt ihn auch noch für einen Trottel. Doch wozu die ganze Trickserei?

Er ließ sich aufs Bett fallen, erschöpft von seinen schlaflosen Nächten. Er hätte zu gern die Augen ein wenig geschlossen, doch sobald er es tat, sah er immer wieder dasselbe Bild vor sich: Sophie, wie sie mit Fauve in ihrem Schlafzimmer stand und die Jalousien herunterließ.

Arpad hatte sein letztes Wort noch nicht gesprochen. Er war fest entschlossen, dieses Verwirrspiel weiterzuspielen, das zwischen ihm und Sophie im Gange war.

Zum ersten Mal traten sie als Gegner auf.

Am Mittag desselben Tages. Greg war mit dem Fleisch und der Meeresfrüchteplatte auf dem Weg zurück nach Cologny, als Karine anrief.

»Bring noch Eiswürfel und gesalzene Butter mit, bitte!«

»Jawohl, Frau Perfektionistin.«

Sie lachte, denn diese kleine Stichelei war wohlverdient. »Danke, dass du das alles für mich tust«, sagte sie zärtlich. »Ich weiß, dass ich nervig bin mit meinen Lichterketten und Meeresfrüchten ... Ich will nur ... Ich will nur, dass es ein schöner Abend wird.«

»Es wird ein schöner Abend werden. Du gibst dir solche Mühe, das ist bewundernswert. Wir sehen uns zu Hause.«

Greg hielt beim Manor-Supermarkt von Vésenaz, wo er eine Ewigkeit brauchte, um die gesalzene Butter zu finden. Dann schnappte er sich einen Beutel mit Eiswürfeln und einen mit gestoßenem Eis und wollte gerade zur Kasse gehen, als plötzlich Marion vor ihm stand. Sofort witterte er Ärger. »Was machst du hier?«

»Ich wollte mit dir reden. Und da ich annehme, dass es daheim mit deiner Frau und den Gören nicht so gut passt, muss ich eben sehen, wo ich bleibe.«

»Bist du mir etwa gefolgt?«

»Sagen wir, ich habe gewartet, bis ich an der Reihe bin. Erst kam der Metzger, dann die Meeresfrüchte, jetzt bin ich dran.«

Sie bespitzelte ihn seit dem Vorabend. Als er das Polizeirevier verlassen hatte, war sie ihm zur *Warze* gefolgt, um zu sehen, wo er wohnte. In aller Frühe war sie wiedergekommen und hatte sich vor dem Haus auf die Lauer gelegt. Sie wollte wissen, wie er lebte.

»Lass mich gefälligst in Ruhe«, sagte Greg.

Marion inspizierte den Einkaufswagen. »Feierst du heute Abend eine Party bei dir zu Hause?«, fragte sie.

»Das geht dich nichts an!«, schnauzte Greg sie an. Er verlor langsam die Geduld. »Was zur Hölle willst du von mir?«

»Ich möchte eine zweite Chance. Du kannst mich nicht einfach so abservieren.«

»Es liegt nicht an dir, Marion, sondern an mir«, sagte Greg, wieder um einen freundlicheren Ton bemüht. »Das habe ich dir doch schon erklärt … Ich hätte nicht … ich habe mich mies verhalten. Es tut mir leid. Entschuldige bitte.«

Marion ließ nicht locker: »Das kannst du mir nicht antun!«

Sie war laut geworden. Viel zu laut. Die anderen Kunden drehten sich nach ihnen um. Greg wurde immer nervöser. Er wohnte ja in der Nähe und fürchtete, irgendein Nachbar oder Bekannter könnte diesen Beziehungskrach mit einer Frau, die gar nicht seine war, mitbekommen. Ihm blieb nur die harte Tour. Er zog Marion in einen etwas leereren Gang. Dann packte er ihr Handgelenk und verdrehte es. Sie wand sich und unterdrückte einen Schrei.

»Du verschwindest jetzt aus meinem Leben!«, zischte Greg. »Ich will dich nicht mehr sehen und nie wieder etwas von dir hören!«

Er ließ sie los und entfernte sich schnell mit seinem Einkaufswagen. Marion blieb zusammengekrümmt stehen. Ihr Handgelenk schmerzte. Sie begann zu weinen.

16:00 Uhr im Fontenette-Sportpark von Cologny. Das Fußballspiel hatte gerade begonnen. Karine und Sophie saßen nebeneinander auf der Zuschauertribüne, um die Jungs anzufeuern. Arpad und Greg konnten das Match nur von ihrem Getränkestand aus verfolgen.

Keiner der vier konzentrierte sich wirklich auf das Spiel. Jeder war in Gedanken mit einem wichtigeren Thema beschäftigt.

Karine dachte an ihr Abendessen. Sie bereute es, die gesalzene Butter in den Kühlschrank getan zu haben. Sie hätte sie draußen in der Küche lassen sollen, damit sie etwas weicher wurde und sich besser auf den Toasts verstreichen ließ, die sie zu den Meeresfrüchten reichen wollte.

Greg dachte an Marion. Er schämte sich für seine Grobheit. Die Szene im Supermarkt verfolgte ihn. Er erkannte sich selbst nicht wieder. Aber Marion hatte ihn zur Weißglut getrieben. Diese Nervensäge war ein Albtraum.

Arpad dachte an Sophie. Jedes Mal, wenn er zur Tribüne hinübersah, war sie über ihr Handy gebeugt. Wem schrieb sie?

Sophie dachte an die Geschichte vom Mann und seinem Panther, die Fauve ihr einmal zu lesen gegeben hatte. Luchino Alani di Madura in seinem Palast in der Toskana, zu Beginn des zwanzigsten Jahrhunderts. Diese Erzählung hatte sie zu ihrem Tattoo inspiriert. Fauve hatte immer recht gehabt. All das war stärker als sie. All das war im Begriff, ihr über den Kopf zu wachsen.

Nach dem Spiel (die Mannschaft ihrer Kinder hatte gewonnen) trafen sich alle wie vorgesehen in der *Warze* zum Barbecue. Der Abend war gelungen, die Meeresfrüchte ein voller Erfolg, und Greg lief an seinem Grill zu Hochform auf. Nach dem Essen spielten die Kinder Verstecken im Garten, während sich die Erwachsenen am Tisch angeregt unterhielten. Je öfter sich die Rosé-Gläser leerten, um gleich wieder gefüllt zu werden, desto lauter erscholl ihr Lachen. Es war eine dieser perfekten Sommernächte: Die Luft war mild, die Dunkelheit brach spät herein. Alle schienen sich zu amüsieren. Doch dieser Eindruck trog.

Greg beobachtete Arpad unablässig, als könnte er so das Geheimnis dieses Mannes ergründen. Wer war er in Wirklichkeit? Was verbarg sich hinter dieser Fassade des perfekten Ehemannes und vorbildlichen Vaters? Ein Bankräuber, der all die Jahre unerkannt in der Schweiz gelebt hatte?

Auch Sophie war mit ihren Gedanken ganz woanders. Ihr Geist irrte zwischen Arpad und Fauve hin und her.

Arpad schließlich bemühte sich, Haltung zu wahren. Er hatte den Abend mit seiner Gute-Laune-Maske begonnen. Eine Weile war es ihm gelungen, dieser Mann zu sein, den alle Welt mochte: umgänglich, heiter, stets ein Kompliment auf den Lippen. Doch je länger er Sophie gegenübersaß, desto mehr gärte es in ihm. Er wünschte, der ganze Tisch wüsste, dass sie ihn anlog. Dass sie ein Doppelleben führte. Er wollte schreien: »Diese Frau ist nicht die, die ihr zu kennen glaubt.« Er war so verletzt. Und so verliebt. Diese beiden Gefühle passten einfach nicht zusammen. Um sich zu beherrschen und das Feuer zu löschen, das ihn innerlich verzehrte, trank er. Doch der Alkohol fachte es nur weiter an.

Als Karine aufstand, um den Nachtisch zu holen, sah Arpad darin eine Chance, sich einen Moment zurückzuziehen und abzuregen. »Warte, ich helf dir«, sagte er und sprang von seinem Stuhl auf.

»Keiner rührt sich vom Fleck!«, bestimmte Karine.

Arpad folgte ihr dennoch in die Küche.

Sie holte die Nachtischschälchen aus dem Kühlschrank und stellte sie auf den Tisch, damit Arpad sie rausbrachte. Aber der starrte nur stumpf vor sich hin.

»Alles in Ordnung, Arpad?«, fragte sie. »Du wirkst irgendwie bedrückt.«

Arpad verzog krampfhaft das Gesicht. »Sophie betrügt mich.«

Karine traute ihren Ohren nicht. »Was?«

»Sophie betrügt mich«, wiederholte Arpad. »Sie hat was mit einem anderen.«

Um dreiundzwanzig Uhr verließen die Brauns die *Warze*. Sie waren mit dem Auto vom Fußballplatz gekommen. Greg legte Arpad nahe, Sophie fahren zu lassen, doch der wollte davon nichts wissen.

»Geht's noch?«, entrüstete er sich. »So viel hab ich gar nicht getrunken, und wir wohnen doch buchstäblich um die Ecke. Dafür wirst du mich ja wohl nicht einbuchten, was, Kumpel?«

Arpad lachte als Einziger, während er sich ans Steuer setzte. Sophie, die diesen peinlichen Moment so schnell wie möglich hinter sich bringen wollte, schob die Kinder auf die Rückbank und stieg vorne ein. Sie fuhren los.

»Du hättest dich ein bisschen zusammenreißen können«, warf sie ihrem Mann vor. »Du bist sternhagelvoll und benimmst dich ziemlich daneben.«

»Willst *du* mir etwa vorschreiben, was ich zu tun und zu lassen habe?«, erwiderte Arpad.

Sophie beschloss, ihn nicht noch mehr zu reizen. Schon gar nicht vor den Kindern.

Arpad bog auf die Route de la Capite ein. Noch dreihundert Meter, und sie wären an der Sackgasse, die zum Glashaus führte. Als Arpad an einer Kreuzung mit Stoppschild hielt, fuhr ein Wagen neben sie und blieb hupend stehen. Es war der graue Peugeot.

Fauve ließ das Fenster herunter, lächelte Arpad an und grüßte die ganze Familie: »Guten Abend allerseits! Und, wie war das Barbecue mit den Nachbarn? Nett?«

Dann zeigte er Arpad den Mittelfinger und raste mit Vollgas davon. Stinksauer nahm der die Verfolgung auf.

»Arpad, was machst du da?«, schrie Sophie.

»Dem werd' ich's zeigen, deinem Lover.«

»Jetzt hör doch mal auf damit! Du spinnst ja!«

Die Kinder begannen auf der Rückbank zu kreischen. Doch Arpad, taub gegenüber dem Flehen seiner Familie, gab erst recht Gas. Schon hatte er den Peugeot eingeholt und drängte ihn von der Fahrbahn. Kaum standen die beiden Autos, sprang Arpad aus seinem heraus, riss die Tür des Peugeot auf und zerrte Fauve auf die Straße. Er packte ihn am Kragen und holte zu einem ungeschickten Schlag aus, der Fauve gerade mal streifte.

Fauve machte ein belustigtes Gesicht. »So wird das nichts«, sagte er seelenruhig.

Sophie, die im Auto bei den Kindern geblieben war, flehte ihren Mann an, zurückzukommen. Doch Arpad war wie von Sinnen.

»Du lässt mich in Frieden, verstanden?«, schrie er Fauve an. »Du nimmst jetzt deine Scheißkarre und verziehst dich weit, weit weg von hier.«

Da raunte Fauve Arpad völlig gelassen zu: »Natürlich verziehe ich mich. Bald. Aber zuerst kommt der Raubüberfall ... Danach wirst du nichts mehr von mir hören, das verspreche ich dir ... Bis zum nächsten!«

Arpad hatte nur noch einen einzigen Gedanken. Sich Fauve vom Hals schaffen, ein für alle Mal. Er musste sterben. Arpad verpasste ihm eine Reihe wütender Fausthiebe, die ihn diesmal zu Boden gehen ließen.

Mit blutender Lippe hob Fauve den Kopf und sagte: »Sophie gehört mir.«

Da stürzte sich Arpad auf ihn und traktierte ihn mit Fußtritten. Brüllend vor Rage, zielte er erst auf den Körper, dann aufs Gesicht. Fauve ließ es geschehen und stieß nur kleine Schreie aus, die wie irres Lachen klangen. Im Auto hatte Sophie entsetzt die panisch weinenden Kinder an sich gezogen.

In den Villen zu beiden Seiten der Straße gingen die Lichter an. Sophie, die nicht wusste, was sie mit den Kindern tun sollte, sperrte sie schließlich im Auto ein und stürzte zu ihrem Mann. Mit aller Kraft stieß sie ihn von Fauve weg. Arpad blieb abseits stehen, während Sophie sich besorgt neben Fauve kniete. Sie hatte sich für eine Seite entschieden.

Das Gesicht blutüberströmt, schmiegte Fauve sich an sie. Dann, ohne dass sie es sehen konnte, warf er Arpad ein triumphierendes Lächeln zu.

»Sag mal, hast du Sophie das mit der Bank schon erzählt?«

Arpad erstarrte. Mit verständnislosem Blick drehte Sophie sich zu ihm um.

»Ups!«, machte Fauve. »Ich hoffe, das war jetzt kein Fettnäpfchen. Weißt du noch gar nichts davon, Sophie? Arpad wurde bei der Bank gefeuert.«

Sophie erhob sich und starrte ihren Mann an, als wäre er ein Fremder. »Stimmt das, Arpad?«

Fauve lachte sich ins Fäustchen. Er war noch nicht fertig. »Seit ungefähr sechs Monaten tut Arpad jeden Morgen so, als würde er zur Arbeit gehen, dabei treibt er sich nur den lieben langen Tag auf der Straße, in Parks und Cafés herum.«

Sophie war wie vom Donner gerührt. »Sag mir, dass das nicht wahr ist, Arpad!«, rief sie mit Tränen in den Augen.

Arpad spürte, wie sich seine Kehle zuschnürte. »Es tut mir leid … Soph' … Es tut mir wirklich leid …«

Sirenen gellten durch die Nacht, und bald zerriss Blaulicht die Dunkelheit. Von dem Geschrei alarmierte Nachbarn hatten die Polizei gerufen. Zwei Streifenwagen kamen angerast.

Vor den Augen seiner Frau und seiner Kinder bekam Arpad Handschellen angelegt und wurde auf den Rücksitz eines Polizeiwagens verfrachtet.

SAMSTAG, 2. JULI 2022

Der Tag des Raubüberfalls

Beginn des Überfalls

9:29 Uhr. Arpad steuerte auf das Cartier-Geschäft zu. Ein als städtischer Angestellter verkleideter Polizist informierte seine Kollegen über Funk:

»Er geht bei Cartier rein! Er geht bei Cartier rein!«

Greg, der sich ganz in der Nähe bereithielt, fuhr mit dem Auto vorbei. Er kam gerade noch rechtzeitig, um zu sehen, wie Arpad durch die Tür des Juwelierladens trat. Damit verschwand er aus dem Blickfeld der Polizisten. Aus Sicherheitsgründen füllten Auslagen fast die gesamte Fensterfront des Geschäfts, und durch die wenigen Lücken war aus der Entfernung nichts zu erkennen.

Greg stellte seine Leute rund um das Gebäude auf, um sämtliche Zugänge zu überwachen. Per Funk gab er durch: »Keiner rührt sich, bevor sie zuschlagen. Wir müssen sie auf frischer Tat erwischen!«

Einige scheinbar endlose Minuten vergingen. In seinem Wagen verborgen, spähte Greg zum Juweliergeschäft. Von außen wirkte alles friedlich. Doch es war unmöglich, irgendetwas zu erkennen.

»Jemand muss da mal einen Blick reinwerfen«, verlangte Greg über Funk.

»Ich übernehme das!«, meldete sich sofort eine junge Frau aus der Observationseinheit.

Eine Gestalt, die einen leeren Kinderwagen vor sich herschob, näherte sich mit schnellen Schritten dem Juwelier.

»Ich kann nichts sehen«, ließ sie wissen.

»Was soll das heißen, *du kannst nichts sehen*? Wo ist Arpad?«

»Im Laden ist niemand zu sehen.«

»Wie steht's auf der Rückseite?«, fragte Greg.

»Alles ruhig«, antwortete einer seiner Kollegen.

Das gefiel Greg nicht. Völlige Ruhe war für gewöhnlich ein schlechtes Zeichen. Er beschloss, einen Kundschafter loszuschicken.

»Jemand aus der Einsatztruppe muss reingehen«, befahl Greg.

Sofort schlenderte ein Beamter der Elitetruppe in Zivil zum Eingang, um sich als Kunde auszugeben. Doch die Tür ließ sich nicht öffnen.

»Es ist abgeschlossen«, gab der Polizist durch. »Da drin ist niemand …«

Greg verstand sofort: Wenn die Türe verriegelt und im Geschäft niemand zu sehen war, dann wurden alle Angestellten in irgendeinem Hinterzimmer festgehalten. Das war der Auf-frischer-Tat-Moment, auf den sie gewartet hatten.

Greg zögerte noch einen Augenblick. Er wollte nicht, dass der Überfall in eine Geiselnahme ausartete. Doch genauso wenig wollte er eine Schießerei auf offener Straße riskieren, wenn sie die Einbrecher bei der Flucht stellten.

»Wir stürmen«, entschied er. »Alles hört auf mein Kommando.«

KAPITEL 15

6 Tage vor dem Raubüberfall

~~Montag, 20. Juni (Sophies Geburtstag)~~
~~Dienstag, 21. Juni~~
~~Mittwoch, 22. Juni~~
~~Donnerstag, 23. Juni~~
~~Freitag, 24. Juni~~
~~Samstag, 25. Juni~~
→ **Sonntag, 26. Juni 2022 (Gregs Entdeckung)**

9:00 Uhr früh in der *Warze.*

Karine lief unruhig in der Küche hin und her.

»Was geschieht jetzt mit Arpad?«, fragte sie ihren Mann.

»Keine Ahnung … Ich werd gleich mal bei den Kollegen anrufen, um mehr zu erfahren. Was war denn nur mit ihm los, dass er so ausgerastet ist?«

Am Abend zuvor hatte Sophie schluchzend bei Karine angerufen und etwas von einer Prügelei mit einem Autofahrer auf der Route de la Capite gesagt. Die Polizei sei da. Greg war sofort zu Hilfe geeilt. Er sah, wie man Arpad gerade abtransportierte, eine vollkommen aufgelöste Sophie und die beiden vor Schreck gelähmten Braun-Kinder. Den Beamten zufolge hatte ein Autofahrer Arpad den Mittelfinger gezeigt, was in ein Straßenrennen mit anschließender Prügelei ausgeartet war. Genauer gesagt, hatte Arpad den anderen Fahrer verprügelt. Der war übel zugerichtet, lehnte ärztliche Hilfe jedoch ab. Da er weder Alkohol im Blut hatte noch Anzeige erstatten wollte, hatte man ihn ziehen lassen. Arpad hingegen, dessen Alkoholtest doppelt so viel Promille wie erlaubt ergeben hatte, war in einem Streifenwagen in die Ausnüchterungszelle gebracht worden. Sophie war Greg in die Arme gesunken. Dabei hatte sie zu sich selbst etwas gesagt, das Greg jedoch gehört hatte: »Es ist alles meine Schuld.«

Arpads Ausraster war für Greg ein völliges Rätsel geblieben, bis Karine ihm am Morgen Folgendes eröffnet hatte: »Arpad hat mir gestern anvertraut, dass Sophie einen Liebhaber hat …«

»Was? Wann hat er dir das gesagt?«

»Gestern Abend, als er mir in der Küche geholfen hat.«

»Und das erzählst du mir erst jetzt?«

»Bei all der Aufregung danach hatte ich es ganz vergessen.«

Greg überlegte. Er konnte sich nur schwer vorstellen, dass Arpad, selbst wenn er sehr betrunken war, einen Fremden zusammenschlug, noch dazu wegen so einer Lappalie. Wer also war dieser andere Fahrer? Arpad kannte ihn mit Sicherheit und musste einen guten Grund gehabt haben, auf ihn loszugehen. War er Sophies Liebhaber? Die Beamten hatten die Personalien des Mannes nicht aufgenommen. Was für Amateure! Aber Greg war so geistesgegenwärtig gewesen, sich das Kennzeichen des grauen Peugeot zu notieren, den er fuhr.

Dank moderner Technologie hatten die Polizisten mittlerweile von ihrem Handy aus Zugang zu diversen inländischen Datenbanken, aber noch nicht zu jenen der europäischen Länder. Er würde morgen vom Revier aus eine Recherche starten. Im Moment beschäftigte ihn vor allem Arpad.

Greg kontaktierte die Verkehrspolizei, um sich nach ihm zu erkundigen.

»Arpad Braun?«, antwortete ihm ein Beamter am Telefon. »Den haben wir vor einer halben Stunde auf freien Fuß gesetzt.«

»Was wirft man ihm vor?«

»Nur einen Verstoß gegen die Straßenverkehrsordnung wegen Alkohols am Steuer. Was den Rest angeht, da hat der andere Fahrer keine Anzeige erstattet.«

Nachdem er diese Informationen eingeholt hatte, verließ Greg die *Warze* in Richtung Glashaus. Kaum war er am Ende der Straße verschwunden, öffnete sich die Tür eines Wagens, der unauffällig in der Nähe geparkt hatte. Die Fahrerin, die nun freie Bahn hatte, stieg aus. Es war Marion. Einen an *Madame Liégean* adressierten Umschlag in der Hand, trabte sie zur *Warze*, schob das Kuvert durch den Briefschlitz und verschwand wieder.

Greg saß im Wohnzimmer der Brauns.

»Ohne Zucker, stimmt's?«, fragte Sophie, während sie eine Tasse Espresso auf den Couchtisch stellte.

»Ja, genau, danke«, erwiderte Greg.

Sie begann seine Vorlieben zu kennen.

»Wie gesagt, ich habe vorhin mit dem zuständigen Staatsanwalt gesprochen«, nahm er den Faden wieder auf. »Ich habe ihn gebeten, Arpad umgehend freizulassen, und er hat eingewilligt. Er müsste jeden Moment nach Hause kommen.«

»Danke, dass du das getan hast …«

»Das ist doch selbstverständlich, dafür hat man schließlich Freunde«, erwiderte Greg gönnerhaft. »Ich will nicht indiskret sein, aber darf ich dich fragen, was gestern Abend los war?«

»Arpad ist ausgerastet. Dieser Typ hat uns den Mittelfinger gezeigt, und das hat ihn einfach auf die Palme gebracht.«

Kleine Lügnerin, dachte Greg, überzeugt, dass Sophie ihm die Wahrheit verheimlichte.

»Und die Kinder?«, erkundigte er sich mit gespielter Anteilnahme.

»Sie schlafen noch. Eine Freundin von mir kommt später mit ihren Kindern vorbei und nimmt sie mit an den See zum Baden. So haben Arpad und ich ein bisschen Zeit für uns.«

Erst gegen Mittag ließ Arpad sich wieder im Glashaus blicken.

Sophie war den ganzen Vormittag durchs Haus getigert und hatte auf ihn gewartet. Sie hatte unzählige Male versucht, ihn anzurufen, doch er ging nicht ans Telefon.

Alles, was sie über die Lippen brachte, als sie ihn erschöpft durchs Tor treten sah, war: »Wo hast du gesteckt? Es ist Stunden her, dass du freigelassen wurdest.« Es klang wie ein Vorwurf, doch das Zittern ihrer Stimme verriet, wie besorgt sie gewesen war.

Arpad lächelte bitter. Er wirkte wie ein Gespenst. Noch nie hatte er so kläglich ausgesehen wie jetzt, mit seinem müden, verstörten Gesicht und der zerknitterten Kleidung nach der Nacht im Gefängnis. Reglos stand er auf der Schwelle, als wage er nicht, einzutreten. Als sei dies nicht mehr sein Zuhause. Er sagte kein Wort, was Sophies Beklommenheit noch verstärkte: Ein ordentlicher Streit wäre ihr lieber gewesen.

Endlich murmelte er: »Sind die Kinder da?«

»Sie sind mit Rebecca und Julien am See. Es ist so ein schöner Tag …« Sie bereute diese banale Floskel, die ihre Anspannung verriet. »Was sie gestern gesehen haben, hat ihnen sehr zugesetzt, weißt du«, fügte sie hinzu.

Um eine Antwort verlegen, wechselte Arpad das Thema: »Hast du mit deinem Vater gesprochen?«

»Warum fragst du das?«

»Weil er mindestens zehnmal versucht hat, mich zu erreichen. Ich nehme nicht an, dass er mit mir übers Wetter reden will.«

Sie seufzte. Sie hatte ihrem Vater eingeschärft, bloß nicht bei Arpad anzurufen.

»Ich musste irgendjemandem mein Herz ausschütten«, rechtfertigte sie sich. »Aber ich habe mit ihm nur über deine Entlassung gesprochen.«

Dieses *nur* entlockte Arpad ein hämisches Grinsen. Ja, sie hatten andere, sehr viel gravierendere Probleme.

»Was ist bei der Bank passiert?«, wollte Sophie wissen.

»Betriebsbedingte Kündigung … Wenn ich wenigstens schlecht gewesen wäre … Aber nein. *Bravo, Arpad, Sie sind wirklich fabelhaft, aber wir feuern Sie trotzdem.*«

»Warum hast du mir nichts davon erzählt?«

»Weil ich nicht wollte, dass du mich so mitleidig ansiehst, wie du es jetzt gerade tust. Ich wollte nicht, dass du dein Papilein zu Hilfe rufst. Ich wollte das allein regeln. Ich wollte wieder auf die Füße kommen, dir zeigen, was ich kann. Eine Lösung finden. Ich wollte, dass du mich dafür bewunderst, wie ich diese Schwierigkeit gemeistert habe. Weißt du, Sophie, mir ist bewusst geworden, dass ich alles, was ich in den letzten fünfzehn Jahren getan habe, nur getan habe, damit du mich bewunderst. Ein einziges Kompliment von dir war für mich immer so viel wert wie die Anerkennung der gesamten Welt!«

Arpad dachte an die fünfzehn Jahre ihrer Liebe zurück. Von Saint-Tropez bis nach Genf, vom *Béatrice* bis zur Bank, war er im Leben nur durch ihre Blicke, ihre Bewunderung vorangekommen. Sein selbstsicheres Auftreten, seine Beförderungen im Job, sein perfekter, mit vielen wöchentlichen Sporteinheiten in Form gehaltener Körper, die Zurschaustellung seiner Fähigkeiten – all das war nur dazu da, dass sie ihn bewunderte. Die Risiken, die er eingegangen war, Bernards Schwarzgeld, das er gewaschen hatte – alles nur, damit sie ihn bewunderte. Die Wohnung in der Rue Bertrand, das Glashaus, die Porsches, die Traumurlaube, die Reisen Erster Klasse, damit sie ihn bewunderte.

Er betrat zögernd das Haus. »Ich wollte mir bloß ein paar Sachen holen«, sagte er.

»Wohin gehst du?«, fragte Sophie, die das Zittern in ihrer Stimme kaum unterdrücken konnte.

»Glaubst du wirklich, Sophie, dass ich mich wieder neben dich lege? Glaubst du, dass ich in diesem Bett schlafen kann, als sei nichts gewesen?«

Sie schwankte. »Arpad, wir werden das alles überwinden … Ich verspreche es dir! Scheiß auf deinen Job!«

»Ach ja? Scheiß drauf? Und wie finanzieren wir diese Bude hier? Und unseren Lebensstil? Den Sommer am Mittelmeer, Weihnachten in der Karibik, Februar in den Alpen. Wie bezahlen wir das alles?«

»Das ist mir alles scheißegal! Ich will nur dich!«

»Hör auf zu lügen! Du willst nur die Fassade deiner perfekten Familie aufrechterhalten! Du willst das fette Haus, die Porsches in der Garage, die Vorzeigekinder und den Mann dazu.«

»Das stimmt nicht! Das stimmt überhaupt nicht!«, widersprach Sophie. »Ruh dich ein wenig aus, dann reden wir mit klarem Kopf darüber. Du hast eine harte Nacht hinter dir, ich verstehe, dass du in keiner guten Verfassung bist.«

»Ich habe noch nie so klar gesehen wie jetzt!«, erwiderte Arpad. »Denkst du, ich hätte deine Tricks nicht durchschaut? Deine falschen Flugtickets, den von Fauve neu geschriebenen Brief!«

Sie war baff. Wie war er ihr auf die Schliche gekommen? Sie beschloss, mit offenen Karten zu spielen.

»In Ordnung, ich habe Scheiße gebaut mit diesen gefälschten Tickets, das hätte ich nicht tun sollen. Ich wollte dich nur schützen!«

»Mich wovor schützen? Vor deiner Affäre mit Fauve? Und Samuel Hennel, der mir versichert, dass ihr zusammen in London wart … den hast du gebeten, mich anzulügen, was?«

Sie begann zu weinen. »Es tut mir leid.«

»Dann wissen also alle Bescheid über deine Bettgeschichten?«

Sie sank auf den Fußboden. »Nur Samuel«, hauchte sie.

»*Nur* Samuel! Ach! *Nur* Samuel!«

»Ich liebe dich, Arpad. Du bist derjenige, mit dem ich Kinder bekommen habe!«

»Aber ich, ich soll dich teilen …«

»Es ist kompliziert …«

»Was ist daran kompliziert?«

»Ich kann nicht … Ich kann nicht zwischen dir und Fauve wählen …«

»Warum?«

»Er gibt mir etwas, das du mir nie geben könntest. Ich … ich kann mit dir nur deshalb so glücklich sein, weil Fauve existiert.«

»Danke für deine Offenheit!«, stieß Arpad sarkastisch hervor. Er spürte, wie die Wut in ihm hochkochte, und fürchtete, er könnte vor lauter Zorn alles kurz und klein schlagen. Er musste weg hier. Schnell. Ein paar Sachen zusammenklauben und verschwinden. Nie wieder einen Fuß hier hineinsetzen.

Er stürmte die Treppe hoch ins Schlafzimmer. Er fand eine Tasche, in die er ein paar Kleidungsstücke stopfte. Ein Foto von ihm und Sophie, verliebt an einem griechischen Strand, verhöhnte ihn von der Kommode aus. Er schleuderte es an die Wand. Er hatte das Gefühl, verrückt zu werden. Ihm war, als müsse er ersticken.

Sein Telefon klingelte. Bernard. Schon wieder. Diesmal nahm Arpad den Anruf an. Er hatte Lust, alles zu zerstören, dieses ganze, sorgsam konstruierte harmonische Leben zu verwüsten. Die Fähigkeit, etwas aufzubauen, geht oft mit dem Talent zur Zerstörung einher.

»Lieber Arpad«, sagte Bernard am anderen Ende der Leitung, »ich kann mir denken, wie sehr dir das, was Sophie mir da erzählt hat, zusetzt. Aber mach dir keine Sorgen, wir werden dir helfen, eine neue Anstellung zu finden, ich …«

»Halt die Schnauze, Bernard!«, brüllte Arpad, so laut er konnte. »Ich brauche dich nicht, um einen neuen Job zu finden. Außerdem bist sowieso du an allem schuld! Mit deiner Arroganz! Deinem beschissenen Geld! Deinen Drecksgeschenken! Deinem Feuerwerk! Verpiss dich!«

Bernard blieb die Luft weg. Arpad legte einfach auf und schleuderte sein Telefon quer durchs Zimmer.

Sophie, die noch immer weinend auf den Fliesen in der Diele hockte, hörte den Radau über ihrem Kopf und fragte sich, ob sie die Polizei alarmieren sollte.

Schließlich rief sie erst einmal Greg an. »Arpad dreht völlig durch«, flüsterte sie ins Telefon.

»Ist er zu Hause?«, fragte Greg.

»Ja. Er ist allein oben im Schlafzimmer. Ich habe ihn schreien und Sachen an die Wand werfen hören. Jetzt scheint er sich aber beruhigt zu haben.«

»Bleib auf jeden Fall auf Abstand«, riet Greg ihr. »Ich komme sofort.«

»Danke.«

Greg wusste schon über Arpads Wutausbruch Bescheid. Er hatte die Szene am Waldrand, in seinem Wagen, auf dem Bildschirm verfolgt. Wenn er daran dachte, dass er sich diesem Geisteskranken unterlegen gefühlt hatte! Er betrachtete Arpad, der jetzt weinte, zusammengekauert wie ein Kind. Seine Schluchzer erklangen im Wageninneren. Greg hoffte, dass Sophie ins Zimmer kommen und Arpad auf sie losgehen würde. Dann könnte er sofort eingreifen. Er würde Arpad ordentlich zusammenschlagen. Es juckte ihn schon in den Fingern.

Er rief Karine an, die glaubte, er wäre mit Sandy draußen. »Ich habe gerade einen Anruf von Sophie bekommen. Arpad ist wieder zu Hause, aber er scheint überhaupt nicht gut drauf zu sein. Ich gehe rasch bei den beiden vorbei, um ihn ein wenig aufzumuntern.«

»Greg Liégean, du bist ein feiner Kerl!«, lobte ihn seine Frau.

Er legte auf und vertiefte sich wieder in den Bildschirm. Arpad lag jetzt stumm und reglos da. Plötzlich klingelte Gregs Telefon. Es war Fred, der Verantwortliche für die Ausrüstung der Einsatztruppe. Greg wunderte sich, dass er ihn am Sonntag anrief.

»Hallo, Fred, alles in Ordnung?«, fragte er.

»Alles gut. Was treibst du?«

»Ich verbringe den Sonntag mit meiner Familie. Warum? Gibt es einen Notfall?«

In dem Moment hörte Greg, wie jemand auf der Beifahrerseite ans Fenster klopfte. Erschrocken fuhr er herum. Es war Fred, der ihn, das Handy noch am Ohr, anstarrte.

Wortlos öffnete Fred die Tür und setzte sich neben seinen Kollegen. Es blieb kurz still, dann deutete Fred auf den Bildschirm in Gregs Schoß und sagte:

»Der Empfänger der Kamera sendet ein Signal aus, sobald er mit ihr verbunden ist. Wenn du die Frequenz kennst, kannst du es empfangen und musst anschließend nur noch die Position bestimmen. Man braucht ein wenig Geduld, aber es ist machbar. Was zum Teufel treibst du da, Greg?«

Greg rührte sich nicht. Hatte Fred auch die Bilder sehen können? War es besser, sofort alles zuzugeben? Oder alles abzustreiten?

Fred betrachtete den Bildschirm: das Zimmer, das Bett, Arpad am Boden.

»Filmst du diesen Typen? Was geht hier ab, Kumpel? Du weißt, dass ich dich nicht decken kann. Ich muss dem Chef Bescheid sagen, also erklär mir lieber gleich, was hier los ist … Du bist einer der besten Bullen in der Truppe. Du hattest bestimmt einen guten Grund, die Überwachungskamera zu klauen und einen Typen illegal auszuspionieren.«

Greg bemühte sich, seine Gedanken zu sortieren. Er musste sich da irgendwie rausreden. Ganz egal wie. Er überlegte, ob er den Raubüberfall von Menton erwähnen sollte, an dem Arpad möglicherweise beteiligt gewesen war, aber ihm fehlten konkrete Anhaltspunkte. Während er um eine Antwort rang, ertönte im Auto ein Telefonklingeln. Doch das Handy, das da klingelte, befand sich nicht bei ihnen im Wagen. Es befand sich in Arpads Schlafzimmer.

In seinem Schlafzimmer richtete Arpad sich ruckartig auf. Er kannte diesen Klingelton nicht, der weder zu seinem noch zu Sophies Telefon gehörte. Er schrillte immer weiter.

Da das Gerät gleichzeitig vibrierte, konnte Arpad es schließlich lokalisieren. Es steckte hinter einer Fußleiste, die wiederum von Sophies Nachttisch verdeckt wurde. Die Holzlatte war nicht an der Wand befestigt, und als er sie wegzog, fand er das Handy – ein ziemlich altes Modell. Auf dem Display stand *unbekannte Nummer*. Er nahm den Anruf an.

Fauve wusste sofort, dass nicht Sophie drangegangen war. Sie hätte etwas gesagt, während es am anderen Ende der Leitung still blieb. Er begriff, dass es Arpad sein musste.

Ein paar Sekunden lang lauschten die beiden Männer stumm ihrem Schweigen. Fauve fragte sich, ob Sophie Arpad das Telefon gegeben hatte. Um ihm klarzumachen, dass das mit ihnen vorbei war. Seit dem Vorfall letzte Nacht hatte er nichts mehr von ihr gehört. Er bereute seine Provokation. Es war einfach stärker gewesen als er. Er war schrecklich eifersüchtig, denn er spürte deutlich, dass Sophie ihm immer mehr entglitt.

Arpad, der ebenfalls verstanden hatte, ergriff als Erster das Wort. »Fauve?«, fragte er.

Nach kurzem Zögern antwortete Fauve: »Ja.«

Arpad hielt es nicht mehr aus. Fauve musste verschwinden. Und da er nicht in der Lage gewesen war, ihn umzubringen, musste er ihm geben, was er verlangte. Also sagte er: »Das mit dem Überfall geht klar. Ich bin dabei. Wann?«

»Diesen Samstag.«

»Diesen Samstag. In Ordnung.«

Im Auto traute Greg seinen Ohren nicht.

Fred sah ihn verblüfft an. »Du bist an einem Überfall dran?«

»Ja«, log Greg, dem aufging, dass er sich vielleicht wie durch ein Wunder aus der Affäre ziehen konnte. »Der Kerl ist ein Bankräuber, der seit fünfzehn Jahren unentdeckt in der Schweiz lebt. Und vorhat, demnächst wieder zuzuschlagen.«

SAMSTAG, 2. JULI 2022

Der Tag des Raubüberfalls

---

7 Minuten nach Beginn des Überfalls

Um 9:37 Uhr stürmte die Einsatztruppe das Cartier-Geschäft. Alles ging blitzschnell. Es dauerte keine dreißig Sekunden. Zwei Reihen schwarz gekleideter Männer mit Langwaffen und Schutzschilden nahmen zu beiden Seiten des Eingangs Aufstellung und sprengten die Tür.

Arpad war vollkommen überrumpelt. Er hörte zuerst eine Detonation draußen, unmittelbar darauf eine zweite, diesmal im Laden. Einen Moment lang stand er reglos da, wie gelähmt von dem Lärm und dem grellen Licht der Blendgranate, die soeben explodiert war. Ein Trupp vermummter Polizisten mit Schutzschilden stürmte den Laden und zielte auf ihn.

Er wurde unsanft zu Boden gestoßen. Das Adrenalin trieb seinen Puls in die Höhe. Er hatte ein Pfeifen im Ohr. Er spürte Stiefel, die ihn niederdrückten. Man legte ihm Handschellen an. Alles war vorbei.

DRITTER TEIL

Die Tage vor dem Raubüberfall

KAPITEL 16

5 Tage vor dem Raubüberfall

~~Sonntag, 26. Juni (Gregs Entdeckung)~~
→ **Montag, 27. Juni 2022**
Dienstag, 28. Juni
Mittwoch, 29. Juni
Donnerstag, 30. Juni
Freitag, 1. Juli
Samstag, 2. Juli (Der Tag des Überfalls)

4:00 Uhr früh im Glashaus. Sophie erwachte allein in ihrem Bett. Sie fragte sich, wo Arpad wohl die Nacht verbracht hatte.

Am Vortag hatte er mit einer Tasche das Haus verlassen, ohne noch ein Wort an sie zu richten. Im Schlafzimmer hatte sie das Telefon am Boden gefunden. Arpad hatte ihr kleines Versteck hinter der Fußleiste also entdeckt.

Sie hatte sofort Fauve angerufen. »Hast du mit Arpad gesprochen?«

»Ich habe dich auf *unserer Leitung* angerufen, und er ist rangegangen.«

»Was hast du ihm gesagt? Er hat seine Sachen gepackt und ist gegangen!«

»Ich habe nichts verraten.«

»Warum hast du überhaupt mit ihm gesprochen?«

»Was dachtest du denn? Dass ich sage ›Oh, Entschuldigung, falsch verbunden!‹ und wieder auflege? Du hattest ein geheimes Telefon! Der Typ ist doch nicht bescheuert!«

Bei dem Wort »Typ« war Sophie erschrocken: Sie und Fauve sprachen über ihren Ehemann wie über einen Fremden.

Kaum hatte sie aufgelegt, rief ihr Vater an. »Entschuldige, Papa, es ist gerade ungünstig …«

Aber Bernard war außer sich. Er brüllte los:

»Wenn du glaubst, ich lasse mich von diesem kleinen Mistkerl so behandeln! Für wen hält der sich?«

»Was genau hat er denn gesagt?«

»Unsägliches Zeug! Da will ich ihm helfen, einen neuen Job zu finden, und er überhäuft mich mit Beleidigungen!«

»Verdammte Scheiße, Papa! Ich hab dir doch gesagt, du sollst mit niemandem darüber sprechen!«

Bernard war aus allen Wolken gefallen – man hörte Sophie nicht oft fluchen – und hatte sich dann ungeschickt verteidigt: »Als du mir gesagt hast, ich solle mit niemandem darüber sprechen, dachte ich, du meinst deine Mutter oder deine Schwester.«

»Papa, du musst irgendwann mal einsehen, dass du dich nicht immer überall einmischen kannst!«

»Da hast du vermutlich recht«, hatte Bernard zugegeben. »Aber das ändert nichts daran, dass er sich mir gegenüber absolut im Ton vergriffen hat! Ich verlange eine Entschuldigung und …«

Sophie hatte einfach aufgelegt.

Sie hatte jetzt nicht den Nerv, neben allem anderen auch noch das Ego ihres Vaters zu ertragen. Und schon hatte Fauve am Tor zum Glashaus geklingelt, um ihr einen Überraschungsbesuch abzustatten. Sophie hatte ihn durch die Gegensprechanlage angeschrien: »Verschwinde! Hau ab! Die Kinder kommen gleich zurück! Lass mich in Ruhe!«

Aufgewühlt hatte sie sich in ihr Bett verkrochen. Ihr wurde bewusst, dass alles, was sie zielstrebig und voller Überzeugung aufgebaut hatte – ihre Karriere, ihre Familie, ihre Beziehung, dieses Haus, dieses ganze perfekte, erfolgreiche Leben voller bürgerlicher Konventionen –, ihr überhaupt nicht entsprach. Von diesem Klischee auf Hochglanzpapier wurde ihr speiübel. Sie wollte frei sein. Sie wollte wild sein. Sie wollte nicht mehr Sophie Braun sein. Fauve hatte es ihr immer gesagt: Sie war eine Pantherin.

Vier Uhr war viel zu früh, um aufzustehen, doch sie wusste, dass sie nicht wieder einschlafen könnte. Sie ging hinunter in die Küche, draußen war es noch dunkel. Wie ferngesteuert machte sie sich einen Kaffee. Sie hatte auf eine Nachricht von Arpad gehofft, aber nichts. Innerhalb weniger Tage war dieser Mann, den sie seit fünfzehn Jahren mit Leib und Seele liebte, zu einem Gespenst geworden, einem Fremden. Sie erkannte ihn nicht wieder, und schlimmer noch, es war ihre Schuld. Wenn Arpad durchgedreht war, wenn er ihr Büro durchwühlt, Fauve verprügelt und ihren Vater vor den Kopf gestoßen hatte, dann nur ihretwegen.

Sie grübelte, bis die Kinder erwachten. Zum Frühstück machte sie ihnen Pfannkuchen.

»Was feiern wir?«, fragte Isaak, ohne die geringste Ahnung, dass etwas nicht stimmte.

»Dass bald Sommerferien sind«, sagte Sophie, bemüht, sich nichts anmerken zu lassen, mit gespielter Begeisterung.

»Die letzte Schulwoche!«, jubelte Isaak.

»Noch viermal schlafen«, stimmte Léa mit ein, die gern die Tage zählte, indem sie die Nächte abhakte.

Sophie verkündete ihnen den Beschluss, den sie am Vorabend mit ihrem Vater gefasst hatte, als dieser noch einmal anrief, um sich zu entschuldigen: »Apropos Ferien: Ich habe gute Nachrichten, Kinder. Freitag nach der Schule fahren wir für ein paar Tage zu Opi Bernard und Omi Jacqueline nach Saint-Tropez.«

Fast hätte sie *für eine Weile* gesagt, verkniff es sich aber gerade noch. Sie wollte die Kinder nicht verunsichern.

Isaak stieß einen Freudenschrei aus. Léa rannte zur Treppe, um ihrem Vater, von dem sie glaubte, er wäre noch oben, zuzurufen: »Papa, wir fahren nach Saint-Tropez!«

Sophie unterdrückte ein Schluchzen. »Papa ist nicht da, meine Süßen …«

»Wo ist er?«, fragte Isaak.

»Er ist … er ist ein paar Tage weggefahren … geschäftlich.«

»Ist es wegen dem, was vorgestern Abend passiert ist? Dieser Prügelei?«

»Nein, nein … es ist alles gut. Es geht nur um die Arbeit.«

»Aber er kommt schon mit uns nach Saint-Tropez, oder?«

Um nicht zu lügen, sagte Sophie: »Das hoffe ich doch sehr!«

Sie lächelte den Kindern aufmunternd zu, aber die waren nicht so leicht zu täuschen. »Können wir ihn anrufen?«, fragte Isaak.

»Natürlich!« Sophie wählte sofort Arpads Nummer, doch niemand antwortete.

Arpad lag auf seinem Hotelbett und ließ das Telefon klingeln. Er ahnte, dass seine Kinder mit ihm sprechen wollten, aber er hatte keine Lust, auch nur ein einziges Wort mit Sophie zu wechseln.

Als das Telefon verstummt war, stand er auf. Er war zwar schon seit Stunden wach, hatte sich aber bisher nicht aus dem Bett bewegt.

Er öffnete die Vorhänge, um das Tageslicht hereinzulassen. Gegenüber sah er das Hauptgebäude des Genfer Flughafens. Das Zimmer dieser mittelklassigen Hotelkette bot keinen besonderen Komfort. Die Zeit des Luxus und der fünf Sterne schien in weite Ferne gerückt zu sein.

Arpad sollte Fauve mittags treffen, um den Überfall zu besprechen. Sie hatten sich im *La Caravelle* verabredet, einem Café in der Nähe des Flughafens. Arpad wollte ihm einen Deal vorschlagen: Er würde Fauve die ganze Beute überlassen, wenn der ihm im Gegenzug versprach, für immer aus seinem Leben zu verschwinden. Fauve hatte Ehrgefühl, er würde sein Wort halten. Das war die einzige Lösung, die Arpad eingefallen war, um ihn ein für alle Mal loszuwerden.

Fauve befand sich derweil in seinem Unterschlupf, einer kleinen Wohnung in einem Bauernhaus in Jussy. Gerade mal zwölf Kilometer von Genf entfernt, ist Jussy dennoch vollkommen ländlich: Der größte Teil dieser Gemeinde besteht aus Feldern und einem ausgedehnten Wald. Die zwölfhundert Einwohner verteilen sich auf das Dorf und verstreute Weiler. Der Rest ist Natur, die sich bis zum Nachbarstaat Frankreich erstreckt. Die Grenze ist nicht zu sehen. Spaziergänger können, ohne es zu merken, von einem Land ins andere geraten. Genau das machte diese Bleibe für Fauve interessant: Je nachdem, wie der Raubüberfall verlief, könnte er eine Weile in Jussy bleiben, wo niemand nach ihm suchen würde (er verfügte über genügend Bargeld für mehrere Monate), oder unter Umgehung der Grenzkontrollen nach Frankreich gelangen und in Europa untertauchen.

Sein Versteck befand sich nur zweihundert Meter von Frankreich entfernt. Er hatte es über eine Annonce im Internet gefunden. Es war der ideale Ort, und er hatte sämtliche Bedingungen des Bauers, dem der Hof gehörte, akzeptiert, wie zum Beispiel, dass er drei Monatsmieten im Voraus zahlen sollte, natürlich in bar. Zwar wäre er, wenn alles glattging, ein paar Tage nach dem Raubüberfall, sobald die verschärften Grenzkontrollen aufgehoben wären, schon nicht mehr hier. Aber er musste den Bauern einlullen. Keinen Verdacht erregen. Er hatte nichts dem Zufall überlassen: Er hatte einen falschen Namen angegeben und behauptet, er sei zum Arbeiten auf einem Permakultur-Hof in die Schweiz gekommen. Um antworten zu können, falls der Bauer ihn dazu befragte, hatte er sich ein wenig über das Thema informiert. Und sollte sein Vermieter beim Einzug einen Ausweis sehen wollen, hatte Fauve sich auch gefälschte Papiere besorgt. Doch der Bauer hatte nichts dergleichen von ihm verlangt. Umso besser. Die falschen Dokumente hatten etwas Rührendes: Seit nur noch biometrische Ausweise ausgegeben wurden, konnte man kaum noch jemanden damit täuschen.

Nachdem er das Versteck bezogen hatte, wurde Fauve bewusst, dass es sogar noch besser war als gedacht. Der Hof lag vollkommen abgeschieden, außer Feldern gab es nichts ringsum. Man konnte ihn erreichen, ohne durchs Dorf oder einen der Weiler zu fahren, und so gänzlich unbemerkt bleiben. Das hatte er erprobt, als er vom Haus der Brauns vor der Polizei geflohen war. Noch dazu lag das Gebäude, in dem sich sein Unterschlupf befand, ein Stück vom Wohnhaus des Bauern entfernt, und so konnte er jederzeit kommen und gehen, ohne irgendwem zu begegnen. Sein Vermieter wirkte zwar nicht besonders neugierig, aber sicher war sicher. Und zu guter Letzt hatte Fauve von seinem Apartment aus die Zufahrtsstraße im Blick. Sollte die Polizei doch aufkreuzen, würde er sie schon von Weitem kommen sehen. Nachts sah man hier so selten Autoscheinwerfer, dass ihn das allein sofort warnen würde.

Die Wohnung lag im ersten Stock über einem Schuppen mit landwirtschaftlichen Maschinen. Man erreichte sie über eine steinerne Außentreppe. Sie bestand aus einer Miniküche, die in den Wohnraum überging, einem engen Bad und einem kleinen Schlafzimmer. Von dessen Fenster aus konnte man leicht aufs Dach des Schuppens und von dort in die Scheune gelangen, um dann über die Felder in den Wald zu flüchten. Das war der Notausgang. Entscheidend, falls die Polizei kam. Sofern man schnell genug reagierte. In einem Gestrüpp im Wald hatte Fauve ein kleines Motorrad verborgen, das er bei seiner Ankunft gekauft hatte. Über eine Anzeige im Internet. Bar bezahlt. Das Nummernschild hatte er von einem Motorroller geklaut. Der Schlüssel steckte im Zündschloss. Nichts blieb dem Zufall überlassen. Das war sein Markenzeichen.

Im Schlafzimmer dieses Verstecks betrachtete Fauve die Fotos der Familie Braun. Manche hatte Sophie ihm nach und nach in ihren Briefen geschickt. Andere hatte er selbst im Lauf der vergangenen zehn Tage geschossen und in einem Fotolabor abziehen lassen. Das war zwar nicht besonders vorsichtig, aber auch nicht allzu leichtsinnig. Der Laborangestellte hatte, nichts ahnend, dass es sich um heimliche Schnappschüsse handelte, zu ihm gesagt: »Was für eine hübsche Familie Sie haben.« Diese Worte hatten ihn mit Stolz erfüllt. Aber auch mit ein wenig Wehmut. Er hatte dem Mann nicht widersprochen. Es hatte ihm gefallen, wenn auch nur für die Dauer dieses Gesprächs, Arpad zu sein.

Fauve dachte oft an seine erste Nacht mit Sophie zurück. Es war im Frühling 2007 gewesen. Zu der Zeit besuchten Sophie und Arpad ihn oft in Fréjus. Er ging mit ihnen in Undergroundclubs, in besetzte Häuser oder illegale Bars. Arpad liebte es zu feiern, egal wo. Sophie fühlte sich von dieser alternativen Aktivistenszene angezogen. Fauve bewegte sich darin wie ein Fisch im Wasser. Eines Abends, als sie alle drei viel zu viel getrunken hatten, landeten sie bei Fauve. Weder Arpad noch Sophie waren mehr in der Lage, Auto zu fahren. Arpad war sternhagelvoll auf dem kleinen Bett im Schlafzimmer zusammengebrochen. Fauve und Sophie waren allein in dem winzigen Wohnzimmer geblieben. Sie hatten noch ein bisschen weitergetrunken, Musik gehört, über dies und das geredet. Sie wollte an jenem Abend mehr über ihn erfahren und fragte ihn, woher sein Spitzname kam. Er hatte ihr von seiner kriminellen Vergangenheit erzählt. Bei der Schilderung der Überfälle hatten Sophies Augen angefangen zu leuchten, und er hatte gemerkt, dass er sie faszinierte. Er wusste, wie gut er aussah und wie er auf Frauen wirkte, aber er hätte nie gedacht, dass seine zwielichtige Vergangenheit diese Anziehungskraft noch verstärken könnte. In einem etwas verrückten Impuls hatte er sie geküsst. Sophie hatte den Kuss erwidert. Sie hatten miteinander geschlafen, ein paar Meter von Arpad entfernt, der wie ein Murmeltier pennte. Wieder nüchtern, waren Arpad und Sophie am nächsten Morgen Hand in Hand abgezogen. Als Fauve bemerkte, dass Sophie ihre Tasche vergessen hatte, klingelte es auch schon. Sie stand allein vor ihm auf dem Treppenabsatz. Sie hatte sein Gesicht in ihre Hände genommen und ihn noch einmal geküsst. Fauve hatte es zuerst für eine Laune gehalten. Doch diese Laune dauerte nun seit fünfzehn Jahren an.

Am selben Morgen an der Bushaltestelle im Zentrum von Cologny.

Obwohl Karine ihre Kinder schon vor einer halben Stunde und vier Bussen in der Schule abgesetzt hatte, stand sie sich auf dem Gehweg die Beine in den Bauch. Sie wartete auf Sophie. Sie konnte sie unmöglich verpasst haben. Isaak war noch nicht in der Klasse, und Arpad würde die Kinder bestimmt nicht bringen, da er mit Sack und Pack abgerauscht war. Das hatte Greg ihr erzählt. Karine kam schier um vor Neugier, sie wollte unbedingt alles erfahren. Ihre Nachrichten an Sophie waren unbeantwortet geblieben. Ganz gleich, ob sie zu spät zur Arbeit kam (sie hatte behauptet, eines ihrer Kinder sei krank), sie musste die letzten Neuigkeiten hören!

Endlich tauchte Sophie vor der Schule auf. Sie stieg eilig aus dem Auto und brachte die Kinder bis zum Tor. Als sie zum Wagen zurückging, rief Karine ihren Namen.

Beim Anblick der Freundin bekam Sophie wieder ein wenig Farbe. Sie konnte etwas Trost gut gebrauchen. Karine umarmte sie. »Kann ich dich mitnehmen?«, fragte Sophie.

Karine stieg sofort ein. »Ich habe mir Sorgen um dich gemacht«, sagte sie, während sie ihren Gurt anlegte.

»Danke für deine Nachrichten. Es tut mir leid, ich hatte einfach keine Zeit zu antworten.«

»Mach dir deswegen keinen Kopf! Ich weiß, dass die letzten Tage schwierig waren …«

Anstatt zu antworten, nickte Sophie nur. Dann brach sie in Tränen aus.

»Ach, Liebes!« Karine legte den Arm um sie. »Du wirst sehen, das renkt sich schon wieder ein.«

»Glaub ich kaum«, murmelte Sophie.

»Warum?«, fragte Karine, begierig, alles zu erfahren.

»Das ist kompliziert …«, erwiderte Sophie, die anscheinend nicht mehr preisgeben wollte.

Um sie zum Reden zu bringen, gestand Karine: »Samstagabend, als ihr zum Essen bei uns wart, hat Arpad mir gesagt, du hättest einen anderen …«

Wieder flossen die Tränen. »Ich bin dabei, meine Beziehung an die Wand zu fahren …«

Karine konnte es nicht fassen. Dann stimmte es also, sie hatte einen anderen. »Geht das schon lange?«, fragte sie treuherzig.

»Das ist zu kompliziert, um es so nebenbei im Auto zu erzählen …«

»Dann lass uns einen Kaffee trinken gehen«, schlug Karine vor.

»Ich muss dringend ins Büro. Ich bin mit allem in Verzug, und ich fahre Ende der Woche nach Saint-Tropez.«

»Nach Saint-Tropez? War das geplant?«

»Nicht wirklich.«

»Also ohne Arpad, nehme ich an …?«

»Wahrscheinlich ohne Arpad. Es ist alles noch völlig unklar. Ich … ich bin total durcheinander.«

»Hast du jemanden, mit dem du darüber reden kannst?«, erkundigte sich Karine.

»Dich.«

Karine wunderte sich, dass ausgerechnet sie ihre Vertraute war. So lange kannten sie sich doch noch gar nicht. Was war mit all den Freunden, die zu Arpads Geburtstag gekommen waren? Wollte Sophie um jeden Preis die Fassade aufrechterhalten? Was für eine Welt der Verstellung und des schönen Scheins!

Karine beschloss, ihr einen Rat zu geben, der fast schon eine Belehrung war und obendrein eine Ermahnung an sich selbst: »Im Grunde ist die Partnerschaft das Wichtigste, was man hat. Die Kinder nehmen weniger Raum ein, als man denkt. Das merkt man, wenn sie langsam flügge werden.«

Sophie nickte. »Bei Greg und dir scheint es gerade gut zu laufen. Es war schön, euch letzten Samstag so zu sehen.«

»Ja, es geht ganz gut. Wir fahren dieses Wochenende zusammen weg. Die Kinder reisen mit meinen Eltern in die Provence. Greg und ich machen einen kleinen Umweg über Italien. Piemont. Später treffen wir uns dann alle.«

»Wunderbar«, sagte Sophie anerkennend. »Ich freue mich für euch.«

Karine lächelte in sich hinein, glücklich darüber, wie sich ihr Leben entwickelte. Ja, es war nicht immer einfach gewesen, vor allem im vergangenen Jahr, das ihre Beziehung auf eine harte Probe gestellt hatte. Der Umzug in die *Warze*, der Stress in der Boutique, Gregs fordernder Job hatten sie voneinander entfernt. Doch jetzt kam gerade alles wieder ins Lot, das spürte sie. Es ging bergauf, und dieses romantische Wochenende im Piemont war der Beweis dafür. Sie dachte daran, dass sie Greg wegen seiner Arbeit häufig Vorwürfe gemacht hatte. Dabei hängte er sich vor allem deshalb so rein, weil er den Posten als Leiter des Einsatzkommandos anstrebte. Sie sollte ihn lieber ermutigen, anstatt ihn zu kritisieren. Sie sagte ihm nie, wie stolz sie auf ihn war.

Doch Gregs Beförderung stand ernsthaft auf der Kippe. Sein Chef, von Fred darüber informiert, wer die Kamera entwendet hatte, war fuchsteufelswild und hatte ihn gerade in sein Büro zitiert.

»Zum Teufel, Greg, das musst du mir jetzt mal erklären! Was hat dich geritten, Ausrüstung mitgehen zu lassen? Du bist unser bester Mann! Du solltest mich als Leiter der Einsatztruppe ablösen!«

»Hat Fred dir erzählt, was ich entdeckt habe?«, verteidigte Greg sich ungeschickt.

»Ja, Fred hat mir erzählt …«

»Da wird ein Raubüberfall geplant!«, sagte Greg, um von der Sache mit der Kamera abzulenken. »Diesen Samstag wollen sie zuschlagen!«

Doch sein Chef wies ihn sofort zurecht: »Der Überfall interessiert mich nicht! Ich möchte nur wissen, warum du eine Überwachungskamera illegal installiert hast! Erklär's mir! Denn ich muss das der Dienstaufsicht melden.«

»Bitte tu das nicht! Das wäre das Ende meiner Karriere. Ich weiß, dass ich Scheiße gebaut habe. Riesenscheiße!«

»Das kannst du laut sagen! Also, jetzt erklär's mir endlich!«

Greg hatte sich gründlich vorbereitet. Am Morgen war er früh zum Dienst gekommen, um zu recherchieren und so eine kleine Ermittlungsakte zusammenzustellen. Dabei hatte er etwas Wichtiges herausgefunden: die Identität des Peugeot-Fahrers. All das, verpackt in eine Lüge, würde ihm helfen, die Sache mit der Kamera zu rechtfertigen. Besonders Dank Freds Aussage, der durch einen glücklichen Zufall mitbekommen hatte, wie Arpad am Telefon von einem für den nächsten Samstag geplanten Überfall geredet hatte.

»Ich kenne den Eigentümer des Hauses, in dem ich die Kamera installiert habe, persönlich«, erklärte Greg. »Er heißt Arpad Braun, netter Kerl übrigens, Typ Golden Boy. Er wohnt mit seiner Familie bei uns um die Ecke. Wir engagieren uns beide ehrenamtlich im örtlichen Fußballverein. Kurz und gut, als ich einmal bei ihm zu Hause eingeladen war, bekam er einen Anruf. Er zog sich zurück, um ihn entgegenzunehmen, aber ich bin ihm diskret gefolgt. Ich weiß selbst nicht, warum ich das getan habe. Berufskrankheit, vermutlich. Er sprach von einem Ereignis in Menton vor fünfzehn Jahren. Und weißt du, was vor fünfzehn Jahren in Menton passiert ist?«

»Ein Raubüberfall?«, riet der Chef.

»Volltreffer!« Greg legte ihm den Ausdruck eines Zeitungsartikels vor die Nase. »Ein dicker Coup. In einer Postbankfiliale. Zwei Typen haben den Direktor der Zweigstelle am frühen Morgen als Geisel genommen, ihn gezwungen, den Tresor zu öffnen, und eine Menge Knete eingesackt. Sie sind nie gefasst worden …«

»Hast du irgendwelche Beweise, außer einem Gespräch, das du belauscht hast? Was sagt dir, dass das erwähnte Ereignis von Menton ein Raub war? Es könnte auch ein Brand gewesen sein, ein Verkehrsunfall oder irgendetwas Persönliches.«

»Ich habe ein ganzes Bündel von Indizien, die darauf hinweisen«, erläuterte Greg, der mit diesem Einwand gerechnet hatte. »Zuerst einmal habe ich mir alles angesehen, was in dem Jahr in Menton passiert ist, und da gab es, bis auf den Überfall, nichts Besonderes. Vor allem aber lebte Arpad Braun damals in Saint-Tropez, also in der Nähe von Menton. Und stell dir vor, direkt nach dem Raubüberfall ist er aus Saint-Tropez abgehauen und in die Schweiz gezogen, von wo er sich nicht mehr weggerührt hat. Arpad hat die britische und die Schweizer Nationalität, und wie du weißt, liefert die Schweiz ihre Staatsbürger nicht aus. In Genf hat er sofort einen guten Job bei einer Bank gefunden. Es waren die fetten Jahre. Er ist schnell aufgestiegen, hat ordentlich verdient und ein flottes Leben geführt. Herrliche Villa, Urlaub in der Sonne, Luxuskarren und so weiter.«

»Und warum sollte er dann wieder einen Überfall planen?«, fragte der Chef.

»Weil er im Januar bei seiner Bank gefeuert wurde.«

»Woher weißt du das?«

Greg hütete sich, ihm zu verraten, dass er das erfahren hatte, als er dank der Kamera eine telefonische Auseinandersetzung zwischen Arpad und einem gewissen Bernard verfolgt hatte.

»Ich habe bei der Bank angerufen«, behauptete er stattdessen. »Ich nehme an, Arpad ist pleite. Er braucht Kohle, um sein Gesicht zu wahren. Und warte, das Beste hast du noch gar nicht gehört. Vor etwa zehn Tagen hatte Arpads Frau das Gefühl, ihr Haus werde beobachtet. Tatsächlich trieb sich da jemand herum. Sie rief die Polizei und so weiter. Zweimal. Du findest die Einsatzberichte der Notrufzentrale in der Akte.«

»Und weiter?«

»Ich nehme stark an, es handelt sich um den zweiten Einbrecher aus Menton, der wiederaufgetaucht ist. Die Bestätigung habe ich vor wenigen Stunden von der französischen Polizei bekommen.«

»Erzähl.«

»Letzten Samstagabend gab es eine Auseinandersetzung zwischen Arpad und einem anderen Autofahrer. Sie haben sich wegen eines albernen Stinkefingers geprügelt. Es passt nicht zu Arpad, wegen einer beleidigenden Geste gewalttätig zu werden, schon gar nicht, wenn seine Frau und seine Kinder mit im Auto sitzen. Wieder ist die Polizei gekommen. Dank des Kennzeichens konnte ich den anderen Fahrer identifizieren – er fährt einen grauen Peugeot, der in Frankreich zugelassen ist.«

Greg machte eine Kunstpause, ehe er einen Aktenauszug hochhielt, den die französische Polizei ihm am Morgen geschickt hatte.

Der Chef las laut den Namen des Mannes, der in fetten Lettern auf der Seite stand: **Philippe Carral**.

»Philippe Carral«, wiederholte Greg. »Der Typ ist nicht irgendwer. Er ist ein hochkarätiger Krimineller, der seit Jahren von der Bildfläche verschwunden ist. Offiziell wohnt er bei seiner Mutter, also nirgends. Arpad Braun und Philippe Carral kennen sich sehr gut: Sie waren Zellengenossen in Draguignan, einige Monate vor dem Raubüberfall von Menton.«

»Wie hast du das denn herausgefunden?«

»Es gibt da einen Kommissar bei der Kripo von Annemasse, mit dem ich früher schon mal zusammengearbeitet habe. Den habe ich heute Morgen angerufen, um an den Halter des grauen Peugeot zu kommen. Außerdem habe ich ihn gebeten, in seinem System nach Arpad Braun zu suchen, und so erfahren, dass er mal kurz wegen eines Autodiebstahls gesessen hat.«

»Verdammt, Greg, das war gute Arbeit!«, gestand ihm der Chef in milderem Ton zu.

Greg hoffte bereits, er hätte sich aus dem Schlamassel, den er sich selbst eingebrockt hatte, befreit.

Doch sein Chef fing schon wieder an zu bellen: »Nur, warum musstest du dann alles versauen, indem du diese Kamera illegal in der Wohnung des Verdächtigen installiert hast? Wie bescheuert kann man sein! Diese eine kleine Kamera könnte das alles unbrauchbar machen!«

»Wie dumm das war, wird mir jetzt auch klar. Als ich sie installiert habe, hatte ich nur Vermutungen, nichts Konkretes. Ich hatte Angst, dass niemand mich ernst nehmen würde und uns ein großes Ding durch die Lappen geht. Die Staatsanwaltschaft hätte es uns niemals genehmigt, Überwachungstechnik zu benutzen. Die Sache ließ mir keine Ruhe, ich musste ihr auf den Grund gehen. Daher dachte ich, als Arpad Braun mich und meine Familie am letzten Wochenende an seinen Pool einlud, dass ich diese Gelegenheit beim Schopf ergreifen musste. Und hab's getan. Ohne groß zu überlegen. Ich dachte mir, ich könnte das alles im Nachhinein glattziehen. Ich war …«

»Besessen!«, beendete sein Chef den Satz an Gregs Stelle.

»Ganz genau!«

Es stimmte. Er war besessen. Von Sophie.

Mit flehender Stimme fuhr Greg fort: »Es tut mir leid. Ich habe einfach nicht nachgedacht ...«

»Ganz offensichtlich!«, stellte der Chef fest, der ihm wirklich nichts ersparte. »Noch dazu bist du nicht bei der Kripo, sondern bei einem verdammten Einsatzkommando! Jedem seine Aufgabe! Warum hast du die Infos nicht einfach an die zuständigen Kollegen weitergeleitet, anstatt einen auf Einzelkämpfer zu machen?«

Greg hatte keine andere Wahl, als die Partitur zu Ende zu spielen, die er minutiös komponiert hatte. »Der Fall wäre bei der Kripo gelandet«, sagte er fatalistisch.

»Wo ist das Problem?«

»Das Problem ist, dass ich mit einer Inspektorin von der Kripo im Bett war und dass das nicht gut ausgegangen ist. Ich hatte Angst, dass sie die Sache sabotiert!«

Gregs Erklärung war etwas an den Haaren herbeigezogen, aber nicht gelogen.

»Himmel, Arsch und Zwirn, Greg!«, polterte der Chef. »Hast du mir noch mehr Unfug zu gestehen?«

Greg gab jetzt den zerknirschten Bullen aus Leidenschaft:

»Ich hab Scheiße gebaut! Völlige Scheiße! Aber bitte mach nicht meine ganze Arbeit zunichte wegen eines einzigen Fehlers, auch wenn er noch so groß war. Falls du jetzt beschließt, zu ignorieren, was ich herausgefunden habe, wird kommenden Samstag ein Raubüberfall stattfinden. Diese Typen sind keine Waisenknaben, sie haben schon einmal eine Geisel genommen. Vielleicht wird es am Samstag Verletzte geben oder Schlimmeres, und wir werden nichts getan haben, um es zu verhindern.«

Der Chef begann in seinem Büro hin- und herzugehen. Endlich setzte er sich wieder, nahm den Hörer ab und beorderte Fred zu sich. Sobald die drei Männer in dem Raum allein waren, erklärte er:

»Wir werden Greg decken. Er hat Mist gebaut, aber wir werden uns diese Gangster schnappen. Wir reichen die Akte an die Kripo weiter, mit allem, was Greg herausgefunden hat, nur ohne die Kamera zu erwähnen. Dann sorgen wir dafür, dass die Kripo den Staatsanwalt darum bittet, eine Kamera installieren zu dürfen. Wir sagen, dass Greg diesen Arpad Braun gut kennt und an ihn herankommt. Mit ein bisschen Glück kriegen wir die Genehmigung, und alles ist in Butter.«

»Was, wenn der Staatsanwalt Nein sagt?«, wollte Fred wissen.

»Ob er nun einwilligt oder nicht, sobald man Braun verhaftet, wird es bei ihm auf jeden Fall eine Haussuchung geben. Da müssen wir dabei sein. Für gewöhnlich wird die Einsatztruppe ja hinzugezogen, wenn es um Raubüberfälle geht. Dann holen wir uns diese verflixte Kamera zurück, und niemand wird je von der Sache erfahren.«

»Danke«, sagte Greg.

Der Chef reckte drohend seinen Zeigefinger. »Ich warne dich, Greg! Ich rette dir ein Mal den Arsch, aber ein zweites Mal wird es nicht geben. Jetzt, da ich über deine Dummheiten im Bilde bin, riskiere ich meine Stellung. Wenn du diese Kamera noch ein einziges Mal benutzt, suspendiere ich dich umgehend vom Dienst und melde es ganz oben. Dann kannst du der Einsatztruppe ade sagen, wenn nicht gleich der Polizei überhaupt. Ist das klar?«

Am Mittag desselben Tages. Das *La Caravelle*, wo Fauve sich mit Arpad verabredet hatte, war ein gewöhnlicher Imbiss neben der Start- und Landebahn des Genfer Flughafens. Allerdings bot die Bretterbude einen unvergleichlichen Blick aufs Rollfeld, und man konnte sich leicht vorstellen, dass sie regelmäßig von Flugbegeisterten überrannt wurde. Doch als Arpad an diesem Mittag dort hinkam, war alles menschenleer: Das *La Caravelle* hatte zu. Arpad wartete vor der Tür.

Nach ein paar Minuten erschien der graue Peugeot auf dem leeren Parkplatz. Arpad war nervös. Mittlerweile weckte Fauve in ihm eine Mischung aus Angst und Hass. Er hätte sich am liebsten wieder auf ihn gestürzt und ihn verprügelt. Doch er wusste, dass Fauve ihm diesmal keine Chance lassen würde. Neulich auf der Straße hatte er sich absichtlich nicht gewehrt. Aber Arpad hatte ihn in der U-Haft so manchen Muskelprotz aufs Kreuz legen sehen und wusste daher, wozu er fähig war.

Langsam und ohne ein Wort zu sagen, ging Fauve auf ihn zu. Er hatte eine Kamera umhängen und knipste ein paar Fotos vom Flugfeld, als interessiere er sich für die Maschinen. Dann hielt er Arpad die Kamera hin: »Schau dir mal die Fotos an.«

Es klang ganz normal, so als wollte er einem alten Freund, der ebenfalls Flugzeugfan war, die Aufnahmen zeigen, die er gerade gemacht hatte. Arpad trat zu ihm und betrachtete den kleinen Bildschirm. Statt Flugzeugen war darauf das Schaufenster der Cartier-Boutique zu sehen. Fauve klickte durch eine Reihe von Fotos des Gebäudes, vor allem des für die Angestellten bestimmten Hintereingangs.

»Samstag früh rauben wir Cartier aus.«

Arpads Herz begann zu rasen. Es würde also wirklich passieren. Er konnte jetzt keinen Rückzieher mehr machen. Fauve begriff sofort, dass sein Komplize weiche Knie bekam.

»Reiß dich zusammen!«, befahl er ihm. »Solange du einen klaren Kopf behältst, wird alles gut gehen. Erinnerst du dich, was ich dir damals gesagt habe? Bei einem Überfall kommt es nicht so sehr auf die Erfahrung an, sondern darauf, dass man einander vertraut.«

Arpad nickte, und Fauve fuhr fort: »Du kennst den Laden ja. Sehr hübsch, übrigens, der Ring, den du Sophie geschenkt hast.«

Fauve spulte rasch eine Bilderserie auf der Kamera ab, die er eine Woche zuvor von Arpad gemacht hatte, als dieser bei Cartier den Panther gekauft hatte.

Arpad fühlte, wie die Wut in ihm hochkochte. »Wie lange schnüffelst du mir schon hinterher?«

Fauve beschwichtigte ihn sofort: »In diesem Fall, mein Lieber, gingst du gerade hinein, als ich dabei war, den Laden auszukundschaften. Wie klein die Welt doch ist. Aber lass uns nicht abschweifen, bitte. Wir schlagen um neun Uhr dreißig zu, wenn sie aufmachen. Es sollten möglichst noch keine Kunden im Laden sein.«

»Neun Uhr dreißig«, wiederholte Arpad.

Fauve verteilte die Aufgaben: »Du gehst durch den Vordereingang hinein. Wie ein gewöhnlicher Kunde. Du hast den Ring dabei, den du für Sophie gekauft hast, und behauptest, er hätte einen Fehler. Dann sorgst du für Verwirrung, indem du ihn irgendwie fallen lässt, ohne dass der Verkäufer es mitbekommt. Er wird nur sehen, dass der Ring verschwunden ist, und wird panisch den Sicherheitsdienst alarmieren. Während alle damit beschäftigt sind, den Ring zu suchen, spaziere ich durch den Hintereingang rein und lasse den Schmuck mitgehen, der im Nebenraum aufbewahrt wird. Da sind für gewöhnlich die teuersten Stücke. Wenn alles gut geht, wird niemand etwas merken. Das Einzige, was du tun musst, ist, die paar Leutchen sieben Minuten lang abzulenken. Danach verschwindet jeder für sich, und wir treffen uns später wieder. Um diese Uhrzeit, halb zehn an einem Sommersamstag, ist schon einiges los in der Stadt. Das begünstigt unser Verschwinden. Wir können leicht in der Menge untertauchen.«

»Ist das alles?«, fragte Arpad.

»Das ist alles. Ein Raubüberfall muss simpel sein, damit er funktioniert. Diese ganzen Akrobatiknummern sind was fürs Kino. Natürlich darfst du nichts schriftlich festhalten, mach dir keine Notizen oder irgendeinen idiotischen Spickzettel mit dem Ablauf. Du musst alles ganz genau im Kopf haben. Auch am Telefon kein Wort darüber.«

»Mit wem sollte ich denn darüber sprechen?«, fragte Arpad, der diese Bemerkung absurd fand.

»Ich meine, tu so, als würde die Polizei dich überwachen. Vor allem dürfen wir beide keinerlei Kontakt mehr haben. Ich werde dich am Freitagabend anrufen, um dir zu bestätigen, dass alles in Ordnung ist und wir die Sache durchziehen. Ich werde sagen: ›Morgen ist schönes Wetter. Wir fahren mit dem Boot raus.‹ Das ist das Zeichen, dass du am nächsten Morgen um neun Uhr dreißig bei Cartier reinmarschierst, wie besprochen. Wenn du nichts von mir hörst, heißt das, die Sache ist gestorben. Verstanden?«

»Verstanden«, bestätigte Arpad. »Ich will nur noch etwas zur Flucht sagen.«

Fauves Miene verfinsterte sich. »Ich höre«, sagte er argwöhnisch.

»Wenn der Raub gelaufen ist, hauen wir ab, aber wir treffen uns nicht mehr.«

»Ich habe aber den Schmuck«, wandte Fauve ein, »und wir können die Beute unmöglich während des Überfalls teilen.«

»Ich überlasse dir meinen Anteil. Du kannst ihn behalten.«

Fauve war verblüfft. »Warum solltest du das tun?«

»Was glaubst du, warum ich in diesen Coup eingewilligt habe?«, fragte Arpad.

»Weil du Geld brauchst …«

»Nicht dieses Geld. Ich will nur, dass du aus meinem Leben verschwindest. Endgültig. Die Welt ist groß, es gibt genug Banken und Juweliere, die du ausrauben kannst, du kannst mich also in Ruhe lassen. Mich und meine Familie.«

Fauve sah Arpad prüfend an und sagte dann nur: »Abgemacht. Bis Samstag.«

Als er sich Richtung Parkplatz entfernte, rief Arpad ihm hinterher:

»Ich habe die Geburtstagskarte gefunden, die du Sophie geschrieben hast.«

Fauve blieb stehen. »Und …?«, fragte er mit gespielter Gleichgültigkeit. »Ist es etwa verboten, Geburtstagskarten zu schreiben?«

Statt einer Antwort nahm Arpad sein Telefon und las laut den Text vor, den er in Sophies Büro abfotografiert hatte:

»Meine Pantherin, Du bist für dieses Leben im Käfig nicht gemacht. Du hast Dich daran gewöhnt, wie ein Tier im Zoo. Aber Deine Routine und Dein Alltag sind Gitterstäbe. Dein Glück ist eine Illusion. Denk an Viscontini. Komm mit mir, ich will Dich die Freiheit wieder spüren lassen. Ich liebe Dich.«

Arpad hatte es in spöttischem Ton vorgelesen, was Fauve zutiefst kränkte. Es war eine intime Nachricht. Er hatte lange gebraucht, um diese Zeilen zu verfassen. Es ist immer schwierig, jemandem zu schreiben, den man liebt. Noch dazu klang *Meine Pantherin* aus dem Mund eines anderen so falsch. Es wirkte lächerlich. Er fühlte sich gedemütigt und hätte sich am liebsten auf Arpad gestürzt und ihm die Visage poliert. Einen Moment lang juckte es ihn in den Fingern. Aber er brauchte Arpad unversehrt. Er würde ihm noch nützlich sein. Und vor allem würde Sophie es ihm nicht verzeihen, wenn er Arpad ein Haar krümmte.

Tatsächlich hatte Arpad die Karte aus einem ganz bestimmten Grund erwähnt. »Wer ist Viscontini?«, wollte er wissen.

»Ein italienischer Schriftsteller.«

Dann stimmte es also. Arpad hatte im Internet recherchiert und einen Eintrag zu einem in Vergessenheit geratenen Schriftsteller des frühen zwanzigsten Jahrhunderts gefunden. Doch was hatte dieser Viscontini mit Sophie und Fauve zu tun? Mochte sie diesen Autor? Sie hatte nie von ihm geredet. Er hatte das Gefühl, seine Frau durch die Augen eines anderen neu zu entdecken.

»Warum Viscontini?«, bohrte Arpad weiter. Die Frage war ein Eingeständnis seiner Schwäche. Es schmerzte ihn, dass er in Fauves und Sophies Intimität eindringen musste, um zu verstehen, wer seine Frau wirklich war.

»Ich liebe seine Geschichten«, sagte Fauve.

»Das ist sicher nicht alles …«

»Wundert es dich etwa, dass ich gern lese?«

»Ich bin sicher, dass noch etwas anderes dahintersteckt!«, brauste Arpad auf.

Fauve weidete sich an seiner Frustration. In provozierendem Ton sagte er: »Das willst du gar nicht wissen …«

»Doch!«, rief Arpad. »Ich will es wissen! Ich will alles wissen!«

Fauve, der nicht vorhatte, sich diesen Sieg nehmen zu lassen, machte auf dem Absatz kehrt. »Bis Samstag«, sagte er im Davongehen. »Und halt bis dahin schön die Füße still. Spiel mir nicht denselben Streich wie in Menton!«

Der Nachmittag neigte sich dem Ende zu.

Arpad tigerte rastlos durch sein Hotelzimmer. In seinem Kopf überschlugen sich die Gedanken: Sophie, ihre Beziehung, der Raubüberfall. Er hatte das Gefühl, den Boden unter den Füßen zu verlieren. Mitten in die Stille hinein schrillte plötzlich sein Telefon. Es war Julien Martet, sein Freund und Squashpartner. Arpad ignorierte den Anruf zunächst, doch Julien ließ es so lange klingeln, dass er schließlich ranging.

»Arpad, warum hast du mir denn nicht gesagt, dass du deinen Job verloren hast?«, fragte Julien besorgt.

Er hatte es von Sophie erfahren, und Arpad schämte sich, dass sie ihn so bloßgestellt hatte. Einmal mehr fühlte er sich von seiner Frau betrogen. »Sophie sollte nicht jedermann unsere Probleme auf die Nase binden«, erwiderte er ungehalten.

»Also ehrlich, Arpad, ich bin doch nicht jedermann, sondern einer deiner engsten Freunde! Außerdem brauchte Sophie jemanden, mit dem sie reden konnte. Es hat sie umgehauen, zu erfahren, dass du vor sechs Monaten deine Arbeit verloren hast. Warum hast du mir nichts davon erzählt? Wir spielen jede Woche zusammen Squash. Jede Woche!«

»Ich habe mich geschämt!«

»Wofür?«, fragte Julien. »Alle Banken schrumpfen sich im Moment gesund, es ist fast schon lächerlich.«

Arpad wurde ruhiger. Es tat gut, mit einem Freund zu sprechen, und er war erleichtert, Julien nicht länger etwas vormachen zu müssen.

»Ich habe mich vor dir geschämt … Du machst eine steile Karriere, und ich werde gefeuert. Ich fühlte mich … minderwertig.«

»Wir sind befreundet, weil du der bist, der du bist, Arpad. Der Rest ist unwichtig.«

»Das weiß ich ja … Trotzdem …«

»Hör zu«, sagte Julien. »Ich bin noch bis Freitag geschäftlich in Luxemburg, aber Freitagabend könnten wir was zusammen trinken gehen. Bis dahin höre ich mich mal um, ob es bei uns offene Stellen gibt. Sophie hat gesagt, du würdest nicht mehr nach Hause kommen. Wo steckst du?«

»Im Hotel.«

»Komm zu uns, wenn du möchtest, auch wenn ich nicht da bin. Rebecca heißt dich herzlich willkommen.«

»Ich will euch nicht zur Last fallen«, lehnte Arpad ab. »Aber danke für das Angebot, du bist ein echter Freund. Bis Freitag.«

Zur selben Zeit stieg Karine, die von der Arbeit zurückkam, in Cologny aus dem Bus. Noch fünf Tage, und sie würde mit Greg ein Wochenende in Italien verbringen. Sie ging in Gedanken noch einmal durch, was sie geplant hatten: Samstagmorgen würden ihre Eltern kommen, um die Kinder samt Gepäck und allem Geraffel mit in die Provence zu nehmen. Anschließend würden Greg und sie gemütlich aufbrechen. Sie würden Sandy in der Hundepension abgeben und dann Richtung Piemont fahren.

Beim Anblick ihres Hauses wurde ihr warm ums Herz. Sie freute sich sogar auf das muntere Chaos, das sie hinter der Tür erwartete. Die herumtobenden Kinder und das sich auf dem Sofa fläzende Kindermädchen. Sie würde diese unvollkommene kleine Welt, ihre unvollkommene kleine Welt, in die Arme schließen, denn es war allemal besser, in der *Warze* glücklich zu sein, als im Glashaus unglücklich.

Ehe sie hineinging, holte sie die Post aus dem Briefkasten. Rasch überflog sie die verschiedenen Kuverts, hauptsächlich Rechnungen. An einem jedoch blieb ihr Blick hängen: Auf ihm stand nur *Madame Liégean*, ohne Adresse oder Briefmarke. Jemand hatte den Umschlag direkt hier eingeworfen. Karine riss ihn auf und las bestürzt die Nachricht, die er enthielt:

Dein Mann ist ein Schwein, das dich betrügt.

SAMSTAG, 2. JULI 2022

Der Tag des Raubüberfalls

9:45 Uhr

Während Arpad im Innern des Juweliergeschäfts überwältigt wurde, verhaftete ein anderes Team der Einsatzgruppe, das die Rückseite des Gebäudes überwachte, den zweiten Dieb, als dieser durch die Hintertür fliehen wollte.

Man legte den beiden Verdächtigen Handschellen an und verband ihnen die Augen. Der Befehl lautete, sie umgehend ins Kripohauptquartier zu bringen.

Es bereitete Greg, vermummt und in Kampfuniform, ein diebisches Vergnügen, Arpad zu einem der Mannschaftswagen zu schleifen und unsanft hineinzustoßen. Das Polizeifahrzeug raste sofort los, mit Blaulicht und heulenden Sirenen. Arpad konnte nichts sehen und kaum etwas hören. Seine Ohren hatten sich noch nicht von der Detonation erholt. Er stand unter Schock. Was würde jetzt mit ihm geschehen? Was würde aus ihm werden?

Während Greg dem Fahrzeug hinterhersah, jubilierte er innerlich, wie ein Jäger, der seine Beute erwischt hat. Doch er hatte zu früh das Halali geblasen. Die Jagd endet nie, bevor das Wild endgültig erlegt ist. Und vor waidwunden Tieren soll man sich in Acht nehmen. In diesem Zustand sind sie am gefährlichsten.

KAPITEL 17

4 Tage vor dem Raubüberfall

~~Sonntag, 26. Juni (Gregs Entdeckung)~~
~~Montag, 27. Juni~~
→ **Dienstag, 28. Juni 2022**
Mittwoch, 29. Juni
Donnerstag, 30. Juni
Freitag, 1. Juli
Samstag, 2. Juli (Der Tag des Überfalls)

7:45 Uhr im Hotelzimmer.

Arpad machte schnell das Bett, damit alles ordentlich aussah. Anschließend überprüfte er den Sitz seines Hemdes, als hätte er ein wichtiges Meeting, dann nahm er sein Handy und tippte auf *Videocall* neben Sophies Telefonnummer.

Sie nahm den Anruf an. Er sah die Küche im Hintergrund. Sie wechselten einen raschen, eindringlichen Blick, ehe die Freudenrufe der Kinder erschollen, die gerade ihr Frühstück beendet hatten.

»Ist das Papa?« Isaak schnappte sich das Telefon. »Hallo, Papa, wie geht's?«

»Ich will auch mit Papa sprechen«, quengelte Léa, an ihren Bruder gedrängt.

»Wie geht's euch, meine Schätze?«, fragte Arpad.

»Gut«, antwortete Isaak. »Wo bist du?«

»In London.«

»Bei Oma und Opa?«

»Nein, ich bin im Hotel. Ich bin geschäftlich hier.«

»Ich dachte, du wärst wegen der Prügelei neulich weggegangen ...«

»Nein, nein.« Er wusste, dass das, was sie am vergangenen Samstag gesehen hatten, die Kinder erschüttert hatte. Die Schlägerei mit Fauve, ihr wutschäumender Vater, die Polizei.

»Es tut mir leid, dass ich euch erschreckt habe«, sagte Arpad. »Jetzt ist alles wieder gut.«

»Wann kommst du zurück?«

»So schnell wie möglich.«

»Am Freitag fahren wir nach Saint-Tropez in die Ferien. Du kommst doch mit, oder?«

Arpad bemühte sich, seine Überraschung zu verbergen. Sophie

fuhr mit den Kindern weg? Dann war also alles verloren? Das war zu viel für ihn. Er spürte, wie ihn seine Gefühle übermannten.

»Meine Süßen, ich muss auflegen.«

»O. k., Papa. Aber komm bald wieder, bitte, wir vermissen dich.«

Arpad hielt ein Schluchzen in seiner Kehle zurück. Er konnte nur nicken, ehe er hastig auflegte.

Im Glashaus lagen Sophies Nerven blank. »Los, Kinder, ab in die Schule«, befahl sie und schubste sie Richtung Tür. Sie musste allein sein. Alles rauslassen. Sie setzte die Kinder ab, hielt dann auf einem Parkplatz in der Nähe und brach in Tränen aus. Die Kinder hatten sich von dem Hotelzimmer noch täuschen lassen, doch sie konnte sich nicht damit abfinden, dass ihre Familie gerade zerbrach. Der Gedanke war unerträglich. Und da sie der Grund dafür war, war sie auch die Lösung. Sie konnte nicht so weitermachen. Sie musste die Verbindung zu Fauve endgültig kappen.

Als Arpad sich ein wenig gefasst und seine Tränen getrocknet hatte, ging er zum Frühstücken hinunter in den trostlosen Speiseraum. Er hatte zwar überhaupt keinen Hunger, brauchte aber Menschen um sich herum.

Nachdem er den ersten Schock über die Abreise der Kinder nach Saint-Tropez überwunden hatte, berappelte er sich wieder: Ihre Beziehung war noch nicht am Ende, sie konnten noch einmal von vorn beginnen. Er würde kämpfen. Es wäre ein Neuanfang für ihn und Sophie. Er würde ihr verzeihen, sie würden diese Krise gemeinsam überwinden und gestärkt daraus hervorgehen. Er würde den Raubüberfall durchziehen, dann wäre er Fauve ein für alle Mal los und hätte seine Frau wieder ganz für sich allein. Ohne fürchten zu müssen, dass das Raubtier zurückkehrte. Es erschien ihm sogar günstig, dass Sophie und die Kinder schon am Freitag abreisten: Besser, sie waren weit weg von hier. Nach dem Überfall würde er zu ihnen nach Südfrankreich fahren. Dort würden seine Beziehung und seine Familie neu aufleben. Er dachte an Bernard und bereute es, ihn derart beschimpft zu haben. Er würde sich bei ihm entschuldigen, und Bernard würde den Zwischenfall abhaken. Alles wäre wieder wie früher.

Plötzlich konnte Arpad es kaum erwarten, wieder in Saint-Tropez zu sein, von Bernard auf der Terrasse festgehalten zu werden, sich Jacquelines endloses Geschwätz anzuhören und seine unerträgliche Schwägerin, samt Mark, dem Schönheitschirurgen, wiederzusehen.

Fünfzehn Jahre nachdem er aus Saint-Tropez nach Genf geflohen war, würde er es nun genau umgekehrt machen.

Arpad ging zur Hotelrezeption und verlängerte seinen Aufenthalt bis Freitag. Er nutzte die Gelegenheit gleich, um dem Portier sein Leben zu erzählen und damit ein zukünftiges Alibi zu unterfüttern: »Am Freitag fahre ich nach Saint-Tropez. Die Schulferien fangen an, und ich bringe die Kinder zur Familie meiner Frau.« Sollte man den Rezeptionisten befragen, würde der seine Abreise am Freitag nach Saint-Tropez bestätigen. Man konnte nicht vorsichtig genug sein. Dann verließ Arpad das Hotel, ging zu seinem Wagen auf dem Parkplatz und fuhr davon.

Die Szene war den Kripobeamten nicht entgangen, die Arpad seit dem Vorabend nicht aus den Augen ließen. Eine Polizistin, die sich als Hotelgast ausgab, hatte das Gespräch zwischen Arpad und dem Portier mitgehört. In einem Zivilfahrzeug auf dem Parkplatz sahen Inspektorin Marion Brullier und eine Kollegin Arpad davonfahren. Ein auf Verfolgung spezialisiertes Team der Observationseinheit würde sich dem Porsche an die Fersen heften.

»Er sieht gar nicht aus wie ein Krimineller«, bemerkte Marion, die mit ihrem Pappkaffeebecher spielte.

»Wie sehen Kriminelle denn aus?«, entgegnete ihre Kollegin mit einem letzten Bissen Croissant im Mund.

Marion lächelte. »Keine Ahnung. Aber er wirkt so normal.«

»Potenzielle Verbrecher sind immer erst mal normale Typen. Und außerdem, was treibt er in einem Hotel, direkt am Flughafen noch dazu, wenn er sich nichts vorzuwerfen hat?«

»Vielleicht hatte er Streit mit seiner Frau«, vermutete Marion.

Die Kollegin erwiderte nichts, und Marion fügte hinzu: »Der Bulle vom Einsatzkommando, der uns den Hinweis gegeben hat, den kenne ich …«

»Und?«

»Er ist ein Arschloch. Ich frage mich, ob seine Informationen glaubwürdig sind.«

»Man kann ein Arschloch und trotzdem ein guter Bulle sein. Die Akte, die er uns übergeben hat, ist absolut hieb- und stichfest.«

Marion zuckte mit den Schultern. Sie fragte sich, ob Gregs Frau ihren Brief gefunden hatte.

Im Bus auf dem Weg in die Boutique konnte Karine an nichts anderes als diesen Brief denken. Sie hatte so gut wie gar nicht geschlafen. Stimmte es? Betrog Greg sie? War sie auch eine dieser naiven, nichts ahnenden Idiotinnen? War er, wenn er spät von der Arbeit heimkehrte, wirklich bei einem Einsatz gewesen? Und wer hatte diese grässlichen Zeilen geschrieben? Dort stand, Greg sei ein *Schwein*. War es eine seiner Eroberungen, die sich an ihm rächen wollte?

Zu ihrem Mann hatte sie nichts gesagt. Sie war noch nicht bereit, ihn zur Rede zu stellen. Natürlich hatte sie versucht, in seinem Diensthandy nachzusehen, doch es war mit einem Passwort gesichert, das Greg nicht verriet. »Das ist kein Telefon, es ist ein Arbeitsmittel«, wiederholte er immer.

Karine begann sich zu fragen, ob nicht noch etwas anderes dahintersteckte.

Arpad verbrachte den Vormittag damit, das Buch zu suchen.

Er klapperte alle Buchhandlungen der Stadt ab. Kleine, inhabergeführte Läden, große Ketten, Bouquinisten. Ohne Erfolg. Er stattete der zentralen Stadtbibliothek ebenso wie der Unibibliothek des Fachbereichs Literatur einen Besuch ab. Vergeblich. Plötzlich kam ihm die Idee, es bei einem bibliophilen Antiquariat zu versuchen. Er kannte eins in der Altstadt, das Originalausgaben, Rara und historische Karten verkaufte. Dort fand er es. »Eine einzigartige Ausgabe, in Leder gebunden, mit Goldschnitt«, erklärte der Antiquar, um den Preis zu rechtfertigen. Arpad zahlte, ohne mit der Wimper zu zucken. Er musste dieses Buch haben. Er musste verstehen.

Kurz vor Mittag. Im Hauptsitz der Kripo hatten sich die Mitglieder der zuständigen Brigade zur Verbrechensbekämpfung, der Observationseinheit, des Einsatzkommandos sowie der verantwortliche Staatsanwalt zu einer Lagebesprechung versammelt.

Als Greg neben seinem Chef Platz nahm, entdeckte er Marion Brullier unter den Anwesenden. *So ein Pech!*, dachte er.

Der Leiter der Brigade, die den Fall übernommen hatte, eröffnete die Sitzung und bat Marion, vorzutreten. »Das ist Inspektorin Marion Brullier, die die Ermittlung führt«, verkündete er.

Greg beugte sich zu seinem Chef und flüsterte ihm ins Ohr: »Verdammt, die setzen uns so ein junges Ding vor die Nase … Die wird alles vermasseln. Deshalb ist es manchmal besser, die Sachen selbst zu regeln. Bestimmt lässt sie sich von allen flachlegen. So sieht sie jedenfalls aus.«

Gregs Vorgesetzter grinste, während der Brigadechef fortfuhr: »Marion ist zwar noch jung, aber trotzdem eine unserer besten Kräfte, ich weiß, dass sie hervorragende Arbeit leisten wird. Ich danke Ihnen im Voraus für alle Unterstützung, die Sie ihr geben werden, und überlasse ihr nun das Wort.«

Marion stellte sich vor die Kolleginnen und Kollegen und berichtete: »Die Überwachung des Verdächtigen hat gestern Nachmittag begonnen. Wir konnten ihn problemlos ausfindig machen: Er hat sich unter seinem richtigen Namen ein Zimmer in einem Hotel am Flughafen genommen. Seit seiner Rückkehr dorthin gegen siebzehn Uhr wird er von uns observiert. Er ist zunächst auf seinem Zimmer geblieben und dann in der Nähe eine Pizza essen gegangen. Um zwanzig Uhr Rückkehr ins Hotel, von wo er sich den Rest der Nacht nicht wegbewegt hat.«

»Und was hat er gestern vor siebzehn Uhr gemacht?«, fragte Greg.

»Das wissen wir nicht. Wir haben ihn erst bei seiner Rückkehr ins Hotel geortet.«

»Wird sein Telefon abgehört?«, erkundigte sich Gregs Chef.

»Ja«, bestätigte Marion.

»Ich habe die Abhörmaßnahme genehmigt«, mischte sich der Staatsanwalt ein. »Aber aus den Kameras, die das Einsatzkommando gefordert hat, wird nichts. Weder im Hotel noch bei ihm zu Hause. Vor allem zu Hause nicht, weil er sich dort offenbar gar nicht mehr aufhält. Wissen wir eigentlich, warum?«

»Ehekrach«, erklärte Greg.

»Kennen Sie ihn gut?«, fragte der Staatsanwalt.

»Ja, deswegen bin ich überhaupt auf die Sache mit dem Überfall gestoßen. Ich kenne auch seine Frau gut. Ich könnte sie unter irgendeinem Vorwand besuchen und dabei eine Kamera installieren. Er wird zwangsläufig wieder zu Hause vorbeischauen, und es wäre nützlich für uns, zu sehen, was er da treibt.«

»Meine Aufgabe ist nicht, Ihnen nützlich zu sein«, erinnerte ihn der Staatsanwalt schroff. »Ich passe auf, dass Sie keine Dummheiten machen, indem Sie fundamentale Rechtsprinzipien verletzen! Wir haben es hier ja nicht mit Terrorismus zu tun. Bitte, fahren Sie fort, Frau Inspektorin.«

Marion ergriff wieder das Wort: »Bis jetzt ist auf dem Telefon des Verdächtigen sehr wenig Aktivität zu verzeichnen. Er erhielt gestern den Anruf eines gewissen Julien Martet, anscheinend sein Freund. Arpad Braun hat vor sechs Monaten seine Arbeit verloren und offenbar niemandem etwas davon gesagt, nicht einmal seiner Frau. Sie hat es wohl gerade erst erfahren. Julien Martet hat ihm vorgeschlagen, ihm bei der Suche nach einem neuen Job zu helfen. Kurz, nichts, was interessant für uns wäre. Danach hat seine Frau zweimal versucht, ihn zu erreichen, aber er ist nicht rangegangen. Heute früh hat er mit seinen Kindern telefoniert. Er hat sie glauben lassen, er sei geschäftlich in London.«

»Kein weiterer Anruf?«, wunderte sich der Staatsanwalt.

»Kein einziger«, bestätigte Marion.

»Er hat ein zweites Telefon!«, rief Greg dazwischen. »Auf dem hat ihn sein Komplize neulich Abend angerufen.«

»Woher wissen Sie das?«, fragte der Staatsanwalt.

»Ich ... ich habe es gesehen.«

»Wie, gesehen?«

»Ich war bei ihm zu Hause.«

»Du hast in deinen Unterlagen ein zweites Telefon erwähnt«, bestätigte Marion. »Aber wir haben keine Spur davon finden können. Es könnte ein ausländisches Prepaid-Handy sein, da ist schwer ranzukommen.«

»Was, außer Verdächtigungen, haben wir in der Hand?«, wollte der Staatsanwalt wissen.

»Im Moment nichts, bis auf ein Gespräch über einen Raubüberfall am Samstag, das Greg Liégean belauscht hat.«

»Bank oder Juwelier?«, fragte der Staatsanwalt.

»Höchstwahrscheinlich ein Juwelier«, antwortete Marion. »Banken sind samstags geschlossen, und ich denke nicht, dass er es auf einen Geldautomaten abgesehen hat. Im Übrigen gibt es tatsächlich eine Verbindung zwischen Arpad Braun und Philippe Carral, einem französischen Bank- und Juwelenräuber. Carral wird vom französischen Geheimdienst als Gefährder eingestuft wegen seiner Verbindungen zur gewaltbereiten linksextremen Szene. Die beiden Männer kennen sich aus dem Gefängnis. Laut unseren französischen Kollegen hat der Geheimdienst Philippe Carrals Spur vor längerer Zeit verloren. Aber letzten Samstagabend wurde er in Genf gesehen, nach einer heftigen Auseinandersetzung mit … Arpad Braun!«

»Und wo befindet sich dieser Carral jetzt?«, fragte der Staatsanwalt.

»Keine Ahnung. Er hat sich in Luft aufgelöst.«

»Und Arpad Braun?«

»Der hat seinen Aufenthalt im Hotel bis Freitag verlängert. Danach, hat er gesagt, wolle er zu seiner Familie nach Saint-Tropez fahren.«

»Ich dachte, der Raubüberfall wäre für Samstag geplant«, wandte der Staatsanwalt ein.

»Genau. Ich nehme an, er bastelt sich ein Alibi.«

»Und wo ist er jetzt gerade?«

Der Verantwortliche der Observationseinheit ergriff das Wort: »Er hat heute früh sämtliche Buchhandlungen der Stadt abgeklappert. Und jetzt sitzt er seit einer guten Stunde auf einer Caféterrasse an der Place du Bourg-de-Four.«

»Allein?«, fragte der Staatsanwalt.

»Ja. Er liest das Buch, das er offenbar den ganzen Vormittag lang gesucht hat. Gerade hat er außerdem einen Salat mit Hühnchen und ein Mineralwasser bestellt, wenn Sie es genau wissen wollen.«

»Was ist das denn für ein Buch?«

»Ein seltenes; um neunzehnhundert von einem italienischen Autor geschrieben. Laut den Buchhändlern, bei denen er war, wollte er es unbedingt haben. Schließlich hat er ein nummeriertes Exemplar aufgetrieben, für das er neunhundert Franken in bar hingeblättert hat. *Wilde Tiere* von Carlo Viscontini. *Animali Selvaggi* im Original. Soweit wir herausgefunden haben, ist es eine Sammlung von Erzählungen, die rund um ein Dorf in der Toskana spielen.«

»Ich wüsste zu gerne, was ein altes italienisches Buch mit diesem Raubüberfall zu tun hat«, sagte der Staatsanwalt.

Am Mittag desselben Tages in einem Restaurant im Stadtzentrum. Die Tische waren noch kaum besetzt. In einer Ecke wartete ein Mann, der nicht recht wusste, wohin mit seinem Strauß Rosen. Offenbar ein romantisches Treffen. Schließlich beschloss er, den Strauß auf den Boden zu legen. Er hätte ein Parfum kaufen sollen, das wäre praktischer gewesen.

Fauve war sehr aufgeregt wegen dieses Mittagessens mit Sophie. Er wollte sich mit ihr in seinem Versteck in Jussy verabreden, wie die anderen Male, die sie sich seit seiner Ankunft in Genf gesehen hatten. Das war diskreter. Doch sie hatte ein Restaurant vorgeschlagen, und er hatte sich nicht lange bitten lassen. Das war beinahe so, als wären sie ein richtiges Paar. Es fühlte sich gut an, aus dem Schatten herauszutreten.

Zur Feier des Anlasses hatte er sich ein Hemd von der Stange gekauft. So etwas hatte er schon lange nicht mehr getragen. Er fand, dass er fast ein bisschen wie Arpad wirkte. Er hatte sich vorgenommen, ihr zur Begrüßung einen Handkuss zu geben. Das hatte er Arpad tun sehen, als die beiden nach Sophies Geburtstagsdiner das *Hôtel des Bergues* verlassen hatten.

Endlich kam sie. Schöner denn je. Sie schenkte ihm ihr strahlendstes Lächeln. Er erhob sich und nahm ihre Hand. Sie dachte, er wolle sie schütteln, was sie zuerst erstaunte, doch dann überlegte sie, dass es wohl aus Diskretion war, um ihrem Rendezvous einen geschäftlichen Anstrich zu geben, und so tauschten sie einen kläglichen Händedruck. Dann hob Fauve die Blumen vom Boden auf und überreichte sie Sophie. Plötzlich wirkte sie verlegen. Ihm wurde mulmig.

Sie setzten sich, und Sophie sagte ohne Umschweife: »Fauve, so kann das nicht weitergehen …«

»Was kann nicht weitergehen?«

»Das mit uns. Wir müssen es jetzt beenden.«

»Du willst nicht mehr?«

»Es tut mir leid, dir das auf diese Weise sagen zu müssen.«

Fauve war wie vor den Kopf gestoßen. Sein erster Reflex war der eines verletzten Raubtieres: Er wollte sich nur noch verkriechen, um seine Wunden zu lecken. Er machte Anstalten aufzustehen.

»Verschwende nicht deine Zeit, indem du mit mir zu Mittag isst«, sagte er, bemüht, das Gesicht zu wahren. »Ich gehe.«

Sie hielt ihn zurück. »Fauve …«

»Ich wäre gern wieder Philippe.«

»Für mich wirst du immer Fauve bleiben …«

»Genau das ist das Problem.«

Voller Bedauern flüsterte sie: »Ich hätte mir so sehr gewünscht, dass wir für immer so weitermachen könnten …«

»Aber?«

»Ich habe eine Familie«, erinnerte Sophie ihn.

»Das hat dich bisher auch nicht abgehalten …«

»Die Dinge haben sich geändert.«

»Du weißt, was ich dir auf meiner Geburtstagskarte geschrieben habe«, sagte Fauve. »Ich meinte das wirklich so und denke es noch immer: Dieses brave, geordnete bürgerliche Leben ist nichts für dich …«

»Das ist mein Leben, und ich mag es so.«

»Wenn du es wirklich mögen würdest, dann säßest du jetzt nicht hier.«

»Ich sitze ja gerade hier, um dir zu sagen, dass es vorbei ist.« Sofort bedauerte sie die Härte dieser Worte und versuchte sie ein wenig abzumildern: »Du musst verstehen, dass es zwei Sophies gibt. Die eine, die dafür gemacht ist, mit dir zusammen zu sein, und die andere, die für ein Leben mit Arpad und den Kindern gemacht ist. Da gibt es drei Menschen, die sich auf mich verlassen, ich kann ihnen das nicht antun.«

Das war zu viel für Fauve. Er stand auf und ging. Arpad hatte gewonnen. Für ihn hatte sie sich entschieden. Er hatte diesen Moment immer gefürchtet.

Sophie sah zu, wie Fauve sich entfernte. Am liebsten wäre sie ihm hinterhergelaufen und hätte ihn zurückgehalten. Sie hasste es, ihm wehzutun. Doch sie musste ihn ziehen lassen. Sie verließ ihrerseits das Restaurant und kehrte in die Kanzlei zurück.

Véronique, die an ihrem Computer einen Salat aß, wunderte sich, dass ihre Chefin schon wiederkam. »Warst du nicht zum Essen verabredet?«

»Abgesagt«, antwortete Sophie nur, ehe sie sich in ihr Büro verkroch.

Sie nahm den Umschlag mit Fauves gesamten Briefen aus einer Schublade, warf sie in den metallenen Papierkorb und zündete sie an. Zuerst erlosch die Flamme wieder. Das Papier wollte nicht brennen. Es wurde ein wenig schwarz, krümmte sich, doch die Worte blieben unversehrt. Wütend attackierte Sophie es so lange mit ihrem Feuerzeug, bis endlich der ganze Inhalt des Papierkorbs brannte. Sie sah zu, wie ein wichtiger Teil ihres Lebens zu Asche zerfiel, und hoffte, sie könnte Fauve für immer vergessen. Als sie wegen des Rauchs das Fenster öffnete, ließ der Luftzug die Flammen bedrohlich auflodern. Um zu verhindern, dass das Feuer um sich griff, kippte sie den Inhalt einer Wasserflasche darüber, der es sofort löschte. Nur der unterste Zipfel ihrer Geburtstagskarte, die aus etwas festerer Pappe gewesen war, war intakt geblieben. Sie konnte Fauves Worte noch lesen:

Ich liebe dich.
Dein Fauve

Sophie verließ die Kanzlei, wie sie gekommen war: Im Sturmschritt. Ohne eine Erklärung bat sie Véronique, ihre beiden Nachmittagstermine abzusagen, dann war sie verschwunden. Sie holte ihr Auto aus dem Mont-Blanc-Parkhaus und wählte Arpads Nummer. Der las noch immer sein Buch im Café des Bourg-de-Four.

»Wir treffen uns zu Hause«, sagte sie zu ihm. »Es gibt nur noch dich.«

Arpad verstand sofort. Er steckte sein Buch wieder ein und bezahlte die Rechnung. Eine Viertelstunde später fuhr sein Porsche durchs Tor des Glashauses. Die Beamten der Observationseinheit, die ihm im Auto gefolgt waren, blieben zurück, um nicht gesehen zu werden. Jetzt musste die Überwachung rund ums Haus verstärkt werden. Gleich darauf ging ein betont unauffälliges Paar im Wald spazieren.

Mit klopfendem Herzen betrat Arpad das Haus. »Soph'?«, rief er, da er sie nicht sah.

Keine Antwort.

Er fand sie im Wohnzimmer. Sie fielen einander in die Arme. Endlich hatten sie sich wieder. Er war überglücklich. Sie versuchte sich davon zu überzeugen, dass sie die richtige Wahl getroffen hatte.

Arpads Lektüre ließ Greg den ganzen Tag keine Ruhe. Bulleninstinkt. Das Buch von Viscontini war tatsächlich fast unauffindbar, aber nach langer Recherche war es ihm doch gelungen, auf der Internetseite einer Universitätsbibliothek in Quebec eine digitale Kopie auszugraben.

Allerdings konnte er sich erst näher damit beschäftigen, als er am Abend nach Hause kam. Am Küchentisch sitzend, blätterte er auf dem Bildschirm seines Laptops durch die Seiten. Es schien ein ziemlich dicker Wälzer zu sein, und so überflog er zunächst einmal das Inhaltsverzeichnis in der Hoffnung, dort irgendeinen Hinweis zu finden, wonach er suchen sollte. Die siebente Geschichte fiel ihm sofort ins Auge. Ihr Titel war *Der Panther*. Natürlich musste er gleich an die Tätowierung auf Sophies Oberschenkel denken.

Greg war ganz versunken in die Lektüre. Er hob den Kopf erst, als sein Telefon, das er zum Laden auf den Küchentresen gelegt hatte, einen Ton von sich gab: Eine Nachricht war eingegangen. Er stand auf, um sie zu lesen. Der Leiter der Observationseinheit informierte darüber, dass Arpad sich nicht aus dem Haus gerührt hatte. Greg legte das Telefon sofort wieder hin und setzte sich zurück an den Tisch, um weiterzulesen. Er machte sich nicht die Mühe, den Bildschirm zu sperren, denn das geschah nach ein paar Sekunden automatisch.

Doch Karine, die direkt danebenstand und so tat, als würde sie sich einen Tee aufbrühen, hatte seit Beginn des Abends auf diesen Moment gelauert. Mit einer unauffälligen Bewegung schnappte sie sich blitzschnell das Telefon, ehe das Display erlosch. Greg bemerkte nichts, er war in das toskanische Dorf zurückgekehrt, in dem Viscontinis Geschichte spielte.

Karine schloss sich in die Toilette ein und scrollte durch die gespeicherten Fotos und Videos. Bald kam der Schock. Wie ein brutaler Schlag in die Magengrube, der sie benommen in die Knie gehen ließ.

DER PANTHER

Toskana, 1912

Seit Langem erwartete Giovanna die Rückkehr ihres Herrn. In seiner Abwesenheit hatte sie sich gewissenhaft um das Familienschloss gekümmert, ein prächtiges, römischen Palästen nachempfundenes Gebäude, das auf einem Hügel über ausgedehnten Olivenhainen und dem nahe gelegenen Dorf Brachetto thronte.

Giovanna hatte über das Anwesen gewacht, als wäre es ihr eigenes, und dafür gesorgt, dass auch ja kein Schlendrian einkehrte. Um die Olivenbäume machte sie sich keine Gedanken: Die Bauern waren fleißig und die Haine gut gepflegt. Doch der Chauffeur, die Gärtner, die Köchin und die Zimmermädchen ließen es gern gemächlich angehen, sobald der Herr zu einer seiner langen Reisen aufbrach. Giovanna hatte es nicht leicht. Mit ihren fünfundsechzig Jahren, von denen sie fünfzig im Dienst der Familie Madura verbracht hatte, wusste sie wohl, dass sie immer weniger Autorität über die älteren Bediensteten hatte, die wussten, wie großherzig und unendlich sanftmütig ihr Patron war. Dafür hatte sie noch einen gewissen Stand bei den jüngeren, die sie häufig anherrschte.

Giovanna war stolz darauf, für Luchino Alani di Madura, *den letzten der Madura*, zu arbeiten. Jahrhundertelang waren die Madura die Wohltäter des Dorfes Brachetto gewesen. Doch mit ihm würde ihre Linie aussterben. Er war der einzige Nachkomme. Fünfzig Jahre alt und noch immer Junggeselle, hatte er nicht die Absicht, eine Familie zu gründen. Er würde gehen, wie er gelebt hatte: allein. Den Namen und das Wappen würde er mit ins Grab nehmen.

Giovanna kannte Luchino seit seiner Geburt. Mit fünfzehn war sie in den Dienst seiner Eltern getreten. Und fünfzig Jahre später wachte sie noch immer über ihn und bemutterte ihn wie das Kind, das sie nie gehabt hatte.

Luchino Alani di Madura war voller Abenteuerlust. Er liebte es, ferne Länder zu erkunden. Einmal im Jahr brach er auf. Für ein paar Wochen oder einige Monate. Er erläuterte Giovanna seine Pläne auf Weltkarten, die er in seinem Arbeitszimmer aufbewahrte. Sie hielt vom Tag seiner Abreise bis zu seiner Rückkehr treu wie ein Hund die Stellung. Wenn er wiederkam, war es ein Fest für sie. Für gewöhnlich tauchte er mit einem Korso von Fahrzeugen auf, die alles transportierten, was er im Lauf seiner Expeditionen zusammengetragen hatte: Möbel, Skulpturen, Jagdtrophäen, Leuchter. Jeder Gegenstand hatte eine Geschichte, die Luchino Giovanna erzählte. Sie blieb ihrer Rolle treu und tadelte ihn: Musste er wirklich diesen riesigen hölzernen Lehnstuhl aus Brasilien anschleppen? Was wollte er mit der Sammlung Elfenbeinstatuetten irgendeines asiatischen Volkes anfangen? Und was sollte man nur zu dem riesigen ausgestopften Bären sagen, den er von einer Jagdpartie in den russischen Wäldern mitgebracht hatte?

Diesmal hatte ihn Afrika gepackt. Von Libyen war er ins Kaiserreich Abessinien gereist und von dort hinunter nach Britisch-Ostafrika. Giovanna hatte die verschiedenen Etappen anhand seiner Briefe auf einer Karte verfolgt. Diese waren allerdings immer kürzer, die Abstände zwischen ihnen dafür zunehmend länger geworden. Im letzten schrieb er, er werde bald heimkehren. Aber dieses *bald* war nun schon mehrere Wochen her.

Seit der Ankündigung seiner bevorstehenden Rückkehr ließ Giovanna jeden Tag eine Mahlzeit für ihn kochen. Doch sie wartete vergebens. Bis eines Sonntagmorgens Buben aus dem Dorf ins Schloss gestürmt kamen. »Signora Giovanna! Signora Giovanna!«

»Was wollt ihr, Kinder?«

»*Er* ist wieder da!«

Sie fühlte ihr Herz in der Brust höherschlagen. Unbändige Freude erfüllte sie, und ein strahlendes Lächeln erhellte ihr sonst so strenges Gesicht. »Wo ist er jetzt?«

»Im Dorf, Signora Giovanna«, antwortete einer der Bengel, der sich eine Belohnung erhoffte. »Er hat angehalten, um jedermann zu begrüßen.«

Giovanna schlug Großalarm, auch wenn alles bereit war. Das

Essen war gekocht, der Tisch im Speisesaal gedeckt. Die Büsche im Garten waren frisch gestutzt, der große Springbrunnen gerade überholt worden. Das Schloss der Madura war prachtvoller denn je.

Die Bengel, die die gute Nachricht überbracht hatten, wurden in die Küche geschickt, wo sie ein paar Leckereien bekamen, und Giovanna erwartete ihren Herrn auf der Schlosstreppe.

Der Wagenkorso kam eine halbe Stunde später. Luchino stieg aus seinem Gefährt, um sich in die Arme seiner Haushälterin zu werfen. »Giovanna! Meine gute Giovanna!«

»Großer Gott, Luchino! Ich habe mir solche Sorgen gemacht! Ich dachte schon, Sie würden nie mehr wiederkommen!«

»Ich verreise doch nur, um wieder nach Hause zurückkehren zu können, meine gute Giovanna.«

Die Haushälterin warf einen tadelnden Blick auf die Lastwagen voll sperriger Souvenirs. Männer waren gerade dabei, einen großen Weidenkorb abzuladen.

»Stellt mir dieses grausige Ding nur nicht in den Hof!«, wies sie sie barsch zurecht.

»Dieses *grausige Ding*«, mischte sich Luchino amüsiert ein, »ist unser neuer Gefährte. Ich bin nicht allein zurückgekommen.«

»Ein Gefährte?«, wunderte sich Giovanna.

Luchino öffnete den Korb, tauchte seine Hände hinein und hob ein entzückendes Tier heraus, das wie ein geflecktes Kätzchen aussah. Luchino präsentierte es der Haushälterin.

»Giovanna, das ist *Gattino*.«

Sie sah ihn bestürzt an. Sie hatten doch schon so viele Katzen, dass sie gar nicht wussten, wohin damit. Tags zuvor erst hatte man im Stall einen frischen Wurf von neun Katzenjungen gefunden!

Das Tierchen begann zu maunzen, und Luchino erklärte, es habe Hunger. Er verlangte Milch, also lief Giovanna in die Küche. Sie kam zurück mit einer Schale, von deren Inhalt sie nicht einen Tropfen zu verschütten suchte.

»Milch!«, rief sie. »Milch für das kleine Kätzchen!«

Luchino lachte sein herrliches Lachen. »Meine gute Giovanna! Sie haben zu viel Zeit hier verbracht! Das nächste Mal nehme ich Sie mit auf Reisen.«

»Nein, danke. Aber was habe ich denn so Komisches gesagt?«

»Also wirklich, Giovanna, sehen Sie denn nicht, dass Gattino keine Katze ist?«

Giovanna fühlte sich schrecklich dumm. Sie schwieg ratlos.

»Was ist er denn dann, wenn er keine Katze ist?«, fragte sie schließlich, beschämt über ihre Unwissenheit.

»Ein Panther, Giovanna. Ein Pantherbaby.«

Im Lauf der folgenden Monate wuchs Gattino nicht nur dem Schloss, sondern ganz Brachetto ans Herz. Der zauberhafte kleine Panther war vollkommen zahm. Im Schloss wich er Luchinos Hunden nicht von der Seite und verhielt sich genau wie sie. Unter Anleitung von Mamma, einer alten Schäferhündin, die das kleine Rudel anführte, spielte der Panther im Park wie sie mit einem Ball, machte sein Nickerchen auf dem Teppich im Arbeitszimmer, wollte von den Bediensteten gekrault werden, legte sich auf die Anhänger der Traktoren, um sich faul durch die Olivenhaine kutschieren zu lassen, und schlief nachts mit den anderen im Zimmer des Herrn. Sobald er von der Milch entwöhnt war, teilte er den Futterbrei seiner Hundefreunde, der ihnen in eisernen Schalen serviert wurde. Und jeden Tag, wenn Luchino auf der Veranda seinen Tee trank, hob der Panther wie ein Schoßhündchen seine Pfote, um einen Keks zu bekommen.

Im Ort, wohin Luchino ihn stets mitnahm, war Gattino eine Attraktion. Die Kinder liefen aus dem ganzen Dorf zusammen, um das Katzentier zu streicheln, das es sich gern gefallen ließ. Und so sah man nicht selten den Letzten der Madura mit seiner kleinen Raubkatze an der Leine im Café sitzen oder über den Markt schlendern. Regelmäßig ließ er den Tierarzt aus dem Zoo in Rom kommen, um sich zu vergewissern, dass es dem Panther gut ging.

»Er gedeiht prächtig«, versicherte ihm der Arzt bei jedem Besuch. »Er ist vollkommen gesund. Obwohl er mit Hundefutter ernährt wird.«

»Er verhält sich im Übrigen auch wie ein Hund«, bemerkte Luchino amüsiert.

»Er denkt, er wäre ein Hund«, erwiderte der Veterinär.

»Wie meinen Sie das?«

»Gattino ist nicht bewusst, dass er ein Panther ist. Er könnte nicht einen Tag in der afrikanischen Savanne überleben. Er hat seine Raubtierreflexe verloren und wäre unfähig zu jagen. Er lebt inmitten dieser Hundemeute und denkt, er wäre ein Hund.«

Ein Jahr nach seiner Ankunft auf dem Schloss war der Panther ausgewachsen. Von einem süßen kleinen Kätzchen hatte er sich in eine beeindruckende Großkatze verwandelt. Doch seine Ruhe und Friedfertigkeit suchten ihresgleichen. Er war sogar sanfter, verschmuster und spielfreudiger als die Hunde selbst.

Anders als diese, die man nach strengen Regeln erzogen hatte, genoss der Panther grenzenlose Privilegien: Er teilte Luchinos Bett, planschte mit ihm in dem großen Schwimmbecken, fraß auf dem Teppich im Speisesaal aus einem Porzellanteller und begleitete ihn weiterhin regelmäßig bei seinen Besuchen in Brachetto – zur größten Freude der Dorfkinder, die auf ihm reiten durften.

Gattinos Ruf verbreitete sich in der gesamten Gegend. Die Zeitungen schrieben über ihn. Neugierige kamen nach Brachetto, nur um das Tier zu sehen. Zirkusdirektoren boten fantastische Summen für diesen Schoßpanther, doch Giovanna komplimentierte sie stets entschieden hinaus. Selbst sie, die sich zunächst reserviert gezeigt hatte, war Gattinos Charme erlegen. Zudem hatte Luchino seit dessen Ankunft nicht mehr daran gedacht, auf Reisen zu gehen. Wie sollte er seine schöne Wildkatze allein lassen? Sie war seine Gefährtin geworden.

In den folgenden drei Jahren war der Panther das ganze Glück seines Herrn. Bis zu jenem unseligen Abend.

Es war spät. Nirgends im Schloss brannte mehr Licht, außer in Luchinos Arbeitszimmer, wo dieser am Schreibtisch saß und seine Korrespondenz erledigte. Um ihn herum auf dem Teppich, halb übereinander, lagen seine Hunde und der Panther in friedlichem Schlaf.

Es herrschte vollkommene Stille. Nur der Atem der Tiere und Luchinos Feder, die rasch über das Papier glitt, waren zu hören.

Das Drama nahm seinen Lauf, als er einen Umschlag öffnen wollte, den er am selben Tag erhalten hatte. Ein Freund aus Mailand, von dem er lange nichts gehört hatte, schrieb ihm. Er hantierte zu ungeduldig mit dem Brieföffner, durchstieß den Umschlag, und die Klinge ritzte seine Hand. Es war nicht weiter schlimm, nur ein oberflächlicher Kratzer. Doch ein wenig Blut begann aus der Wunde zu rinnen. Ehe er sein Taschentuch hervorholen konnte, spürte Luchino etwas Raues und Warmes auf dem Schnitt. Gattinos Zunge. Der Panther begann das Blut abzulecken, erst sanft, dann immer gieriger.

In dem Moment begriff Luchino, dass sich seine zahme Wildkatze, nun, da sie einmal frisches Blut geschmeckt hatte, wieder in das Raubtier verwandelt hatte, das sie immer gewesen war. Luchino wusste, dass der Panther ihn töten würde, wenn er seinen Arm wegzöge. Und so öffnete er mit der freien Hand eine Schublade des Schreibtisches und holte seine Pistole heraus. Er näherte ihren Lauf dem Kopf des Tieres, das weiter gierig die Wunde leckte, und drückte ab.

Giovanna fand sie am nächsten Morgen. Die Hunde liefen verstört im Zimmer herum. Luchino war auf dem Boden zusammengesackt. Er weinte noch immer, die Arme um seinen geliebten Panther geschlungen, der in einer Blutlache dalag.

Nachdem er Giovanna das Drama geschildert hatte, schloss Luchino: »Meinetwegen ist er gestorben …«

»Aber nein, Luchino, er hätte Sie bestimmt getötet!«

»Ich wollte aus einem Panther einen Schoßhund machen. Doch wilde Tiere sind wie Menschen. Man kann sie zähmen, schminken, verkleiden. Man kann sie mit Liebe und Hoffnung nähren. Ihre Natur aber kann man nicht verändern.«

KAPITEL 18

3 Tage vor dem Raubüberfall

~~Sonntag, 26. Juni (Gregs Entdeckung)~~
~~Montag, 27. Juni~~
~~Dienstag, 28. Juni~~
→ **Mittwoch, 29. Juni 2022**
Donnerstag, 30. Juni
Freitag, 1. Juli
Samstag, 2. Juli (Der Tag des Überfalls)

4:30 Uhr früh, in der *Warze*. Greg öffnete die Augen. Neben ihm schlief Karine tief und fest. Er schlüpfte aus dem Bett und ging hinunter in die Küche. Er kochte sich einen Kaffee, den er draußen auf der Terrasse trank. Es war noch stockdunkel. Die Luft duftete nach gemähtem Gras. Er schaltete die Lichterkette ein und betrachtete das Gärtchen: Alles war in schönster Ordnung. Alles war friedlich. Drinnen im Haus dagegen hatte es ein paar Stunden zuvor zwischen ihm und Karine gewaltig gekracht.

Ein paar Stunden zuvor

Greg saß am Küchentisch und las Viscontinis Panthergeschichte. Ganz vertieft in seine Lektüre, hatte er nicht bemerkt, dass Karine sein Handy an sich genommen hatte. Plötzlich stand sie vor ihm, mit verzerrtem, tränenüberströmtem Gesicht. Im ersten Moment dachte er, es wäre jemand gestorben. Das wäre besser gewesen.

»Du Widerling!«, begann sie zu schreien. »Du Scheißkerl! Du mieses Dreckschwein!«

Sie hielt ihm das Display seines Handys unter die Nase. Darauf war Sophie zu sehen, die sich gerade selbst befriedigte.

Greg spürte, wie Panik in ihm aufwallte. Er hatte sich wie ein blutiger Anfänger erwischen lassen. Er wusste weder, was er sagen, noch was er tun sollte. Ausgerechnet er, der darin geübt war, zu verhandeln und Krisensituationen zu meistern, war nun völlig hilflos. Er stammelte: »Warte, warte, warte, es ist nicht so, wie du denkst …«, doch das reichte nicht, um Karine zu bremsen, die wie ein Vulkan explodierte und brüllend Beschimpfungen ausspie. In Ermangelung einer besseren Idee spielte er die Kinder-Karte aus: »Schrei nicht so, du weckst noch die Jungs auf …«

Falsche Taktik. Noch lauter als zuvor fauchte Karine: »Umso besser! Dann erfahren sie wenigstens, was ihr Vater für ein Scheißkerl ist, der ihre Mutter betrügt.«

»Ich kann dir alles erklären!«

»Na los, dann erklär's doch!«

Er musste sich eine glaubwürdige Geschichte einfallen lassen. Und zwar schnell. Sein einziger Notausgang war die Ermittlung. Darüber zu sprechen hieß zwar, seine Schweigepflicht verletzen, aber hatte er denn eine Wahl?

»Arpad wird von der Polizei überwacht«, eröffnete er Karine also. »Mehr kann ich nicht sagen, aber man hat eine Kamera in seinem Schlafzimmer installiert.«

Karine war kurz sprachlos. »Was ist das denn für eine Geschichte? Und was hat sie mit diesem Video von Sophie zu tun?«, fragte sie dann.

Dreist log er: »Ein dummer Scherz eines Kollegen. Schau dir das Video an, dann siehst du, dass es vom Bildschirm einer Überwachungskamera abgefilmt wurde.«

»Ich habe nicht die geringste Lust, mir diese Schweinerei noch mal anzutun!«

»Das verstehe ich gut«, versicherte Greg und improvisierte eine Erklärung: »Der Kollege war gerade zur Observierung eingeteilt, als Sophie … Lust hatte. Er war so geschmacklos, mit seinem Handy den Bildschirm zu filmen und das Video an die Jungs in seinem Team zu schicken, was nicht nur eines Polizisten unwürdig, sondern auch absolut illegal ist. Die Sache ist zu mir und dem Chef durchgedrungen. Du weißt, dass mich der Chef als eine Art Vize betrachtet. Der Mann kommt jedenfalls nicht ungeschoren davon.«

»Aber warum behältst du das Video auf deinem Telefon?«

»Es ist ein die Arbeit betreffendes Video auf meinem Diensthandy. Im Übrigen haben wir morgen deswegen einen Termin bei der Polizeiaufsichtsbehörde. Da muss ich es vorzeigen können.«

Karine beruhigte sich ein wenig. Greg, der merkte, dass sein Drahtseilakt verfing, legte noch eins drauf: »Es ist schon traurig, wenn man bedenkt, dass ich mehr Fotos von der Arbeit als von meiner Familie auf diesem Telefon habe. Ich glaube wirklich, ich sollte mir langsam mal ein zweites Handy anschaffen. Eins für die Arbeit und eins für die Familie. Man muss das trennen können. Nicht immer alles vermischen!«

Nach kurzem Schweigen fragte Karine: »Weshalb wird Arpad denn überwacht?«

Offenbar hatte sie die Geschichte mit dem Video geschluckt.

»Ich darf dir nicht mehr darüber erzählen«, erwiderte Greg. »Ich hab schon zu viel gesagt.«

»Ach! Wie praktisch, dass du dich hinter dem Berufsgeheimnis verstecken kannst! Und woher soll ich jetzt wissen, dass du mir keinen Humbug erzählst? Wer sagt mir, dass du nicht mit Sophie vögelst?«

»Weil ich dir so etwas nie antun würde!«, versprach Greg. »Ich finde sie nicht mal heiß!«

»Ach, ich bitte dich! Es ist doch offensichtlich, dass jeder sie heiß findet! Beweise mir, dass es eine Ermittlung zu Arpad gibt!«

Greg zeigte Karine die Chatgruppe, in der die Beamten der Observationseinheit laufend aktuelle Informationen zu Arpad austauschten. Er ließ sie die Nachrichten lesen und die Bilder anschauen. Nachdem sie gesehen hatte, dass ihr Mann nicht log, fragte sie: »Wie kommt es, dass die Polizei eine Kamera bei Arpad installiert, wessen wird er verdächtigt?«

»Arpad ist ein Bankräuber. Er ist kein Anfänger, und er bereitet gerade den nächsten Coup vor. Der Kerl, mit dem er sich am Samstagabend auf der Straße geprügelt hat, ist sein Komplize.«

»Warum sollte er sich mit ihm prügeln, wenn sie einen Bankraub zusammen planen?«

»Wenn der entscheidende Moment näher rückt, erhitzen sich die Gemüter. Ein klassisches Verhalten bei Kriminellen: Die Typen stehen unter Druck, eine Kleinigkeit genügt, damit sie explodieren. Ist dir nicht aufgefallen, was für ein Nervenbündel Arpad am Samstag beim Grillen war? Und hast du gesehen, wie viel Alkohol er in sich reingekippt hat?«

Das konnte Karine nur bestätigen. Greg zog den letzten Trumpf: »Am Samstag wirst du den endgültigen Beweis dafür haben, dass ich die Wahrheit gesagt habe.«

»Wie denn das?«, fragte Karine, die nicht begriff, worauf ihr Mann anspielte.

»Du wirst schon sehen. Mehr kann ich dir wirklich nicht verraten.«

»Denk dran, dass wir am Samstag nach Italien fahren wollen!«, erinnerte ihn Karine.

»Na klar, ich freue mich schon drauf«, versicherte Greg, der es komplett vergessen hatte.

Ein paar Stunden nach diesem Zwischenfall war Greg der Meinung, er sei gerade noch mal davongekommen. Er glaubte, es sei ihm gelungen, den Verdacht seiner Frau auszuräumen. Doch oben im Schlafzimmer dachte Karine, die ebenfalls wach war, an das, was ihr Mann gesagt hatte: *So etwas würde ich dir nie antun*. Wenn er aber nichts getan hatte, warum dann dieser Brief, der ihn bezichtigte, ein Schwein zu sein? Was auch immer es gewesen war, sie wollte um ihren Mann und um ihre Familie kämpfen. Nicht eins von diesen entzweiten Paaren werden. Nicht so enden wie ihre Freundin Justine, die, seitdem sie ihren Mann vor die Tür gesetzt hatte, mit ihren drei Kindern einsam und allein dasaß und immer in Geldnot war. Sollte sie wirklich alles zerstören, wegen eines einzigen Fehltritts? Oder einfach Greg glauben und die Augen verschließen?

Unwillkürlich wanderten ihre Gedanken zum Barbecue am letzten Samstag. Sie sah wieder vor sich, wie Greg Arpad und wie Arpad Sophie angeschaut hatte, und da wurde ihr alles klar: Arpad hatte an diesem Abend vor Eifersucht gekocht. Bestimmt hatte er herausgefunden, was zwischen Greg und Sophie abging. Warum hätte er sich ihr sonst anvertrauen sollen? So nah waren sie einander nun auch wieder nicht. Er hatte ihr nicht sein Herz ausschütten wollen, er hatte es ihr gesagt, weil es sie selbst auch betraf. Sophies Liebhaber war Greg! Und Arpad war zur *Warze* zurückgekommen, um ihr die anonyme Nachricht in den Briefkasten zu stecken.

Karine war jetzt überzeugt, dass zwischen ihrem Mann und Sophie etwas lief. Diese kleine Schlampe würde nicht einfach so davonkommen. Sie musste etwas unternehmen.

Im Glashaus war die Stimmung an diesem Morgen äußerst fröhlich. Am Frühstückstisch blödelte Arpad mit den Kindern herum. Isaak und Léa lachten ausgelassen. Sophie betrachtete glücklich ihre wiedervereinte kleine Sippe. Die Familie Braun war aus der Asche auferstanden.

»Wisst ihr, was wir heute machen!«, verkündete Arpad den Kindern. »Ich bringe euch heute zu euren Morgenveranstaltungen, und danach gehen wir zusammen in der Stadt mittagessen.«

»Können wir Hamburger essen?«, fragte Isaak?

»Hamburger sind gebongt«, willigte Arpad ein und löste damit Jubel aus.

»Und was machen wir danach?«, wollte Léa wissen.

»Was ihr wollt. Ihr entscheidet.«

»Wir könnten ins Naturkundemuseum gehen«, schlug Isaak vor.

»Es ist so schön draußen«, wandte sein Vater ein, »sollten wir nicht lieber etwas an der frischen Luft unternehmen?«

Der Junge beharrte: »Komm schon, bittebitte, Papa! Wir waren eeewig nicht mehr da! Und du hast gesagt, wir dürfen entscheiden.«

»Ja, bittebitte, Papa!«, plapperte Léa ihrem Bruder nach.

»Außerdem ist es so lustig, wenn du die Stimmen der ausgestopften Tiere nachmachst«, fügte Isaak hinzu.

»Was für Tierstimmen?«, fragte Sophie amüsiert.

»Das ist eine längere Geschichte«, wich Arpad aus.

»Es ist zu komisch, Mama. Das solltest du dir unbedingt anschauen. Kommst du mit?«

»Gute Idee«, befand Arpad. »Warum kommst du nicht einfach mit?«

»Ich kann leider nicht, ich habe zu viel zu tun. Aber ich gehe mit euch mittagessen.«

»Der Verlockung der Hamburger kann niemand widerstehen!«, rief Arpad theatralisch, die Hände vor seinem Mund zum Trichter geformt.

Sophie lachte. Sie musste los ins Büro. Sie küsste die Kinder, schlang Arpad die Arme um den Hals. Eine perfekte Familie. Ein Traumpaar. Alles war vergessen.

Etwas später an diesem Vormittag.

Arpad hatte die Kinder gerade zu ihren jeweiligen Aktivitäten gebracht, als ihn eine unbekannte Nummer anrief. Er ging ran. »Hallo?«

Statt einer Begrüßung sagte eine Stimme, die er sofort erkannte: »Ich rechne Samstagmorgen mit dir.«

Es war Fauve.

»Ich kann es nicht machen«, erwiderte Arpad.

Sophie hatte sich für ihn entschieden. Er brauchte nicht mehr an dem Überfall teilzunehmen, um Fauve loszuwerden, da dieser keine Konkurrenz mehr darstellte.

»Wieso das denn«, Fauve klang aufgebracht. »Du hast mir versprochen, dass du es tun wirst.«

»Und ich sage dir, ich kann es nicht machen!« Arpad legte auf und schaltete sein Telefon aus.

Wie seine Kinder es sich gewünscht hatten, ging Arpad mit ihnen an diesem Nachmittag ins Naturkundemuseum. Sie begannen den Rundgang gemeinsam und bewunderten Seite an Seite die Tiere in den verschiedenen Vitrinen. In der zweiten Etage angekommen, wollten Léa und Isaak zu den Schaukästen mit afrikanischer Fauna in ihrer nachgestellten natürlichen Umgebung. Arpad fand sich allein vor den ausgestopften Raubkatzen wieder. Ein Panther mit gebleckten Fangzähnen schien ihn direkt anzustarren. Schon bald kam Isaak wieder zu ihm, ein gefaltetes Stück Papier in der Hand.

»Papa, ein Herr hat mir das hier für dich gegeben.« Er reichte seinem Vater den Zettel.

»Ein Herr?«, fragte Arpad.

»Der Mann, der neulich abends bei uns war. Der von der Schlägerei im Auto.«

Arpad faltete den Zettel auseinander.

Wir treffen uns auf der Toilette im dritten Stock.

»Was steht da?«, wollte Isaak wissen.

»Nichts weiter«, antwortete Arpad und steckte die Nachricht in seine Tasche. »Los, komm, es ist Zeit für einen Imbiss.«

Arpad ging Léa holen, die gerade die Papageien bestaunte, und setzte seine Kinder in die Cafeteria. Er kaufte ihnen alles, was sie wollten: Fruchtsaft, Chips, Eis, Kekse und Bonbons. Dann ermahnte er sie, sich nicht vom Fleck zu bewegen. »Ich gehe nur schnell auf die Toilette.«

Er nahm den Aufzug in die dritte Etage. Sie war für temporäre Ausstellungen bestimmt, aber im Moment gab es keine. Alles war leer, nicht mal ein Museumswärter war zu sehen. Arpad ging zu den Toiletten: Niemand da. Doch plötzlich öffnete sich die Tür einer Kabine, und Fauve erschien.

»Verdammt noch mal, Fauve!«, sagte Arpad in einem Ton, irgendwo zwischen drohend und flehend. »Lass mich endlich in Ruhe!«

»Ich muss mit dir über den Raubüberfall reden.«

»Das ist vorbei. Ohne mich! Du hast verloren. Sophie will nichts mehr von dir wissen, und ich habe nicht vor, mich in deine Dummheiten mit reinziehen zu lassen.«

»Wer einmal Gangster war, bleibt es sein Leben lang«, sagte Fauve. »Das hat man im Blut. Es ist ein Gift, für das es kein Gegenmittel gibt.«

Arpad brauste auf: »Gar nichts hab ich im Blut! Ich bin kein Gangster! Deshalb habe ich mich ja aus Saint-Tropez verdrückt. Sobald ich erfahren hatte, dass du die Postbank von Menton ausgeraubt hast, habe ich getan, was du von mir verlangt hast, und bin abgehauen. Ich bin kein Gangster, verdammt noch mal! Ich hab das nicht im Blut!«

»Das weiß ich doch«, erwiderte Fauve. »Ich rede ja nicht von dir.«

Bei diesen Worten sah er Arpad fest in die Augen und zog sein T-Shirt hoch, um ihm seinen Oberkörper zu zeigen.

Sprachlos starrte Arpad die Tätowierung auf Fauves linker Brust an. Ein Panther. Der gleiche, den Sophie auf dem Oberschenkel trug.

15 JAHRE ZUVOR

SEPTEMBER 2007

Saint-Tropez

Fauve hatte Arpad gebeten, zu ihm nach Fréjus zu kommen. Er musste ihn sehen, »allein«, wie er extra betont hatte. Sprich: ohne Sophie.

Arpad ahnte, dass es um etwas Ernstes ging. Als er bei Fauve ankam, schenkte der ihm einen Schnaps ein und sagte: »Ich muss mit dir über etwas reden.«

»Du kannst mir alles sagen.«

»Ich plane einen großen Coup«, vertraute Fauve ihm an.

»Einen großen Coup?«, fragte Arpad alarmiert.

»Einen Raubüberfall. Die Postbank von Menton. Da kann man richtig abkassieren. Genug, um sehr lange zu verschwinden.«

Arpad war sprachlos. »Warum erzählst du mir das?«, fragte er schließlich.

»Ich suche einen Partner. Einen, der Autofahren kann, falls du verstehst, was ich meine.«

Arpad, der zunächst nicht wusste, was er antworten sollte, hielt es für notwendig, klarzustellen: »Ich … ich habe so etwas noch nie gemacht.«

Fauve lächelte ihm beruhigend zu. »Bei einem Raubüberfall zählt Vertrauen mehr als Erfahrung. Ich brauche jemanden, dem ich vertrauen kann, jemanden wie dich. Wir ziehen das Ding durch, dann verschwinden wir nach Italien. Ich habe ein bombensicheres Versteck, eine Schäferei in der Toskana, wo wir für eine Weile unsere Ruhe haben werden.«

Arpad sah Fauve lange an. Er fragte sich, was dieser wohl unter einer »Menge Geld« verstand. Doch ganz gleich, wie hoch die Summe war, er hatte vor ein paar Monaten ein Gefängnis von innen gesehen und keinerlei Lust, diese Erfahrung zu wiederholen. Entschieden lehnte er ab: »Danke für dein Vertrauen, aber ich fühle mich dazu nicht in der Lage.«

»Das bist du aber«, beharrte Fauve.

»Ich weiß, dass ich es nicht bin.«

»Woher willst du das wissen, wenn du es noch nie versucht hast?«

»Die Antwort ist Nein, Fauve. Ich werde keine Bank mit dir ausrauben.«

Fauve bat Arpad, noch einmal darüber nachzudenken. Aber da gab es nichts mehr zu überlegen.

Fauve empfand Arpads Nein als Kränkung und brach den Kontakt zu ihm ab. Dennoch sahen sich die beiden Männer noch ein Mal wieder, am Tag vor dem Überfall. Als Arpad an diesem Abend von seiner Schicht im *Béatrice* nach Hause kam, erwartete Fauve ihn bereits in seiner Wohnung. Er saß auf einem Küchenstuhl, mit einer Pistole in der Hand.

Im ersten Augenblick dachte Arpad, er würde ihn umlegen.

»Du wirst mir jetzt gut zuhören«, befahl Fauve, »und meine Anweisungen genau befolgen. Wenn du tust, was ich dir sage, bleibst du am Leben. Ich will, dass du Saint-Tropez verlässt. Du wirst deinen Job kündigen, deine Wohnung aufgeben und dich von hier verziehen. Kehr einfach zurück zu deinem kleinen Scheißleben in London oder sonst wo. Hauptsache, du verschwindest!«

Arpad hatte schreckliche Angst, bemühte sich aber, es sich nicht anmerken zu lassen. »Du machst deinen Überfall, stimmt's? Und du hast Schiss, dass ich dich verpfeife?«

Fauve bestätigte es halb: »Sehr scharfsinnig. Ich glaube zwar nicht, dass du mich verpfeifen würdest, aber ich habe Angst, dass du einknickst und mich verrätst, falls sie dich in die Zange nehmen. Und du weißt, auf Verrat steht die Todesstrafe!«

Bei diesen Worten stürzte Fauve sich auf Arpad, packte ihn an den

Haaren und steckte ihm den Lauf seiner Pistole in den Mund. Arpad schrie panisch, mit von der Waffe erstickter Stimme.

»Versuch nicht, mich reinzulegen, du kleiner Scheißer. Dein Finanzgenie-Diplom wird dich hier nicht retten. Verpiss dich, hast du mich verstanden? Verpiss dich, ehe es zu spät ist!«

Am frühen Morgen des folgenden Tages – es war der 17. September 2007 – wurde der Filialleiter der Postbank von Menton von zwei Personen unter Waffengewalt gezwungen, den Tresor der Bank zu öffnen. In sieben Minuten rafften die Bankräuber mehrere Millionen Euro zusammen und verschwanden dann an Bord eines hochmotorisierten Wagens.

Das Fahrzeug raste Richtung Italien. Sobald klar war, dass sie außer Reichweite waren, brachen die beiden Gangster in Jubel aus und zogen ihre Strumpfmasken ab. Fauve saß am Steuer. Neben ihm, ein abgesägtes Gewehr auf dem Schoß, saß Sophie.

KAPITEL 19

2 Tage vor dem Raubüberfall

~~Sonntag, 26. Juni (Gregs Entdeckung)~~
~~Montag, 27. Juni~~
~~Dienstag, 28. Juni~~
~~Mittwoch, 29. Juni~~
→ **Donnerstag, 30. Juni 2022**
Freitag, 1. Juli
Samstag, 2. Juli (Der Tag des Überfalls)

10:00 Uhr früh im Kripohauptquartier. Die Mitglieder der diversen in Arpads Überwachung involvierten Einheiten sowie der für den Fall zuständige Staatsanwalt hatten sich zur Lagebesprechung versammelt. Marion Brullier brachte alle auf den neusten Stand: »Wir vermuten, dass wir Philippe Carral gestern im Naturkundemuseum gesichtet haben. Er hielt sich dort zur selben Zeit auf wie Arpad Braun.«

Sie warf mit dem Beamer ein paar Aufnahmen an die Wand, die das Observationsteam am Vortag gemacht hatte. Eine davon zeigte Arpad und seine Kinder beim Betreten des Museums, eine weitere einen anderen Mann, der ebenfalls in das Gebäude hineinging. Daneben projizierte Marion die einzige offizielle Aufnahme Philippe Carrals, die noch von seiner Inhaftierung vor zwanzig Jahren stammte.

»Ist er es, oder ist er es nicht?«, fragte der Staatsanwalt.

»Sie sehen sich schon recht ähnlich«, antwortete Marion.

»Eine eindeutige Bestätigung wäre mir lieber. Mit *schon recht ähnlich* lässt sich gegenüber einem guten Verteidiger nicht viel ausrichten.«

Marion nickte. »Wir haben einen Kontakt bei der Kripo Paris darum gebeten, uns vom französischen Geheimdienst ein aktuelleres Foto zu beschaffen, die haben schließlich eine Akte zu Carral.«

»Dann waren Arpad Braun und Philippe Carral also verabredet?«, wollte der Staatsanwalt wissen.

»Das ist äußerst wahrscheinlich, um nicht zu sagen, offensichtlich«, erwiderte Marion.

»Erlauben Sie mir, meine Frage neu zu formulieren, Frau Inspektorin: Hat man die beiden zusammen gesehen?«

»Nein«, gab Marion zu. »Aber sie waren zur selben Zeit am selben Ort. Gestern Nachmittag besuchten nur sehr wenige Leute das Museum, daher hatten wir Schwierigkeiten, den Verdächtigen unauffällig zu folgen. Bis wir endlich drin waren, hatte Carral sich in Luft aufgelöst. Was Braun betrifft, so mussten wir natürlich Abstand halten. Irgendwann hat er seine Kinder in der Cafeteria abgesetzt und den Aufzug genommen. Da wir nicht vorhersehen konnten, in welche Etage er fahren würde, haben wir ihn verloren. Etwa sechs Minuten später war er wieder in der Cafeteria, hat seine Kinder abgeholt und ist gegangen.«

»Ihrer Meinung nach hat er also in diesem Zeitraum mit Carral gesprochen?«, fragte der Staatsanwalt.

»Das nehmen wir an«, bestätigte Marion.

»Und Philippe Carral haben Sie gar nicht wiedergesehen?«

»Wie Marion schon erwähnt hat«, meldete sich der Leiter des Observationsteams zu Wort, »haben wir seine Spur verloren, nachdem er das Museum betreten hatte. Wir konnten beobachten, wie er durch den Haupteingang hineinging, dann war er verschwunden. Weder haben wir ihn im Innern des Gebäudes noch beim Verlassen desselben gesehen.«

»Verfügt das Museum über Kameras?«

»Eine einzige, am Haupteingang. Die Bilder sind schwarz-weiß, so viel dazu. Andererseits kann man in diesem Museum ausgestopfte Tiere und Gläser mit in Alkohol eingelegten Schlangen besichtigen. Will sagen, es ist nicht gerade der Louvre. Es gibt zwar ein paar Wärter, die wir natürlich befragt haben, aber niemand hat etwas gesehen. Einen Zwischenfall gab es allerdings: Um fünfzehn Uhr siebenundvierzig, sprich, als Arpad seine Kinder in der Cafeteria abgeholt hat, wurde bei einem Notausgang der Alarm ausgelöst. Wir denken, dass Philippe Carral dort rausgegangen ist. Hinter dem Museum liegt ein kleiner Park mit vielen Bäumen, da kann man leicht ungesehen abtauchen.«

Marion setzte ihren Bericht fort: »Wir haben uns bei den französischen Kollegen über Carral erkundigt. Sie haben uns erzählt, dass er sich Fauve nennt, Wildkatze, weil er ungreifbar ist. Trotz seiner beachtlichen Statur kann der Kerl offenbar zwei Schritte neben Ihnen stehen, ohne dass Sie ihn bemerken. Genau wie ein Raubtier sieht er, ohne gesehen zu werden.«

»Wenn ich es recht verstehe«, sagte der Staatsanwalt, »haben Sie noch nichts Konkreteres zu dem Überfall …«

»Dazu wollte ich gerade kommen«, erwiderte Marion. »Gestern Morgen haben wir ein Telefonat auf Arpads Handy mitgehört, welches bestätigt, dass der Raub für Samstagfrüh geplant ist. Doch Arpad scheint es sich anders überlegt zu haben.«

Sie spielte die Sequenz ab. Arpads Stimme hallte durch den Raum.

Arpad: Hallo?
Männerstimme: Ich rechne Samstagmorgen mit dir.
Arpad: Ich kann es nicht machen.
Männerstimme: Wieso das denn? Du hast mir versprochen, dass du es tun wirst.
Arpad: Und ich sage dir, ich kann es nicht machen!

»Danach hat Arpad aufgelegt und sein Telefon ausgeschaltet. Der Anruf kam von einem estnischen Prepaidhandy. Wir haben via Interpol eine Anfrage in Tallinn gestellt, um mehr Informationen zu bekommen, aber ich weiß nicht, wann sie uns antworten werden.«

»Wer ist der andere Mann am Telefon?«, fragte der Staatsanwalt. »Philippe Carral?«

»Höchstwahrscheinlich, aber das können wir nicht überprüfen«, gestand Marion. »Merkwürdig ist allerdings, dass ein Profi wie Philippe Carral das Risiko eingeht, über eine ungesicherte Leitung anzurufen.«

»Ich dachte, genau dafür hätte Arpad sich ein zweites Handy zugelegt«, bemerkte der Staatsanwalt.

»Ich habe mit eigenen Augen gesehen, wie er dieses andere Telefon benutzt hat«, bestätigte Greg.

»Nur leider haben wir keine Spur davon gefunden«, gab Marion scharf zurück.

»Wissen wir inzwischen mehr über das Ziel des Überfalls?«, fragte der Staatsanwalt.

»Nein«, sagte Marion bedauernd. »Aber wir würden gern auch das

Telefon von Arpad Brauns Frau abhören. Wenn ihr Mann zögert, kann es gut sein, dass er sich ihr anvertraut.«

»Genehmigt«, sagte der Staatsanwalt nach kurzer Überlegung. Dann wandte er sich an Greg und dessen Chef: »Ich möchte, dass sich das Einsatzkommando darauf vorbereitet, die Verdächtigen während des Überfalls festzunehmen. Wir müssen sie auf frischer Tat schnappen. Wir haben nicht genügend Beweise, um sie vorher zu verhaften.«

Nachdem die Versammlung beendet war, sagte der Chef des Einsatzkommandos zu Greg: »Du wirst am Samstag die Operation leiten.«

»Danke.«

»Bedank dich besser nicht. Das ist keine Auszeichnung, sondern eine Chance, deine Dummheiten wiedergutzumachen. Am Samstag will ich einen fehlerfreien Einsatz sehen.«

17:30 Uhr in Cologny. Als Greg durchs Dorf fuhr, entdeckte er Marion Brullier auf dem Parkplatz seiner Stammbäckerei. Sofort parkte er in einem unnötig ruppigen Manöver, stieg aus und stürmte auf sie zu.

»Was hast du hier zu suchen?«, fragte er wütend.

»Bist du bescheuert, oder was? Ich leite die Ermittlung zu Arpad Braun. Verzieh dich, sonst fliegen wir noch auf.«

»Hast du mit meiner Frau gesprochen?«

Marion konnte sich ein spöttisches Grinsen nicht verkneifen. »Warum? Gibt es Ärger daheim?«

»Was hast du ihr gesagt?«, fuhr Greg sie an. »Verdammt, Marion, wenn du …«

In dem Moment kam Marions Kollegin mit Sandwiches und Getränken aus der Bäckerei.

»Alles in Ordnung, Marion?«, fragte sie.

»Ja, alles okay … Ich komme gleich ins Auto.«

Marion wartete, bis ihre Kollegin sich entfernt hatte, ehe sie sich wieder an Greg wandte: »Hör mir gut zu, Arschloch: Entweder du lässt mich in Frieden, oder ich zeige dich wegen Vergewaltigung an! Verstanden?«

»Vergewaltigung?«, wiederholte Greg, dem ein wenig mulmig wurde, ungläubig.

»Nicht einvernehmlicher Geschlechtsverkehr ist doch Vergewaltigung, oder?«

»Nicht einvernehmlich? Du hast mir doch diese Fotos geschickt, mich zu dir nach Hause eingeladen und dich mir an den Hals geschmissen! Du hattest eindeutig Lust auf Sex, du kannst unmöglich das Gegenteil behaupten!«

»Ich hatte Lust auf Sex, ja, aber ganz und gar nicht so, wie es dann gelaufen ist! Das war Vergewaltigung, Greg! Aber falls du daran Zweifel hast, sollten wir einfach den Staatsanwalt fragen, wenn wir ihn das nächste Mal sehen.«

Greg zog ab. Er war stinksauer. Im Auto schrieb er an Karine:

Muss länger arbeiten. Wird spät.

Er fuhr los, an der *Warze* vorbei und weiter Richtung Glashaus. Er umrundete den Forst und stellte sein Auto auf einem Feldweg ab, ehe er zu Fuß in den Wald ging. Bald stieß er auf zwei Polizisten, die sich dort als vermeintliche Gemeindeangestellte an einem toten Baumstumpf zu schaffen machten.

»Und?«, fragte Greg.

»Er ist zu Hause mit seinen Kindern. Ansonsten alles ruhig.«

»Sehr gut. Haltet mich auf dem Laufenden, falls sich etwas tut. Wie viele vom Observationsteam seid ihr hier im Moment?«

»Wir beide im Wald«, erwiderte einer der Beamten, »und vorn an der Straße sitzt ein Kollege im Auto, falls der Verdächtige das Haus verlässt. Außerdem sind noch zwei Inspektorinnen der Kripo im Dorf, zur Ablösung, falls wir ihm folgen müssen.«

»Ist jemand im Feld dort hinten?«, fragte Greg.

»Nein, niemand, warum?«

»Ich wollte mir nur einen Überblick verschaffen.«

Greg ging zu seinem Auto zurück. Es stand ziemlich weit weg vom Haus, aber er hoffte, die Übertragung würde trotzdem funktionieren. Er holte den Empfänger und den Bildschirm heraus, die er noch immer hatte. Ihm war bewusst, dass er mit dem Feuer spielte, aber es war stärker als er. Dennoch schwor er sich, diese Kamera zum allerletzten Mal zu benutzen.

Greg wartete eine Weile auf das Empfangssignal, doch der Bildschirm blieb schwarz. Mehrmals startete er das System neu, wobei er sich andauernd nervös umsah. Wenn man ihn erwischte, wäre das das Ende seiner Karriere. Plötzlich erschien auf dem Bildschirm das eheliche Schlafzimmer der Brauns. Vor Aufregung entfuhr ihm ein kleiner Schrei.

Arpad befand sich allein im Schlafzimmer. Sophie war noch bei der Arbeit, und die Kinder hatte er vor den Fernseher gesetzt. Er brauchte jetzt seine Ruhe.

Am Fußboden sitzend, blätterte er durch die vor ihm ausgebreiteten Alben in allen möglichen Formaten. Sophie war es, die sie mit viel Liebe zusammengestellt hatte. Von ihrer Zeit in Saint-Tropez bis zu Arpads vierzigstem Geburtstag waren fünfzehn Jahre Leben der Brauns darin festgehalten.

Er verweilte bei den Fotos von Sophie. Was er über sie erfahren hatte, warf ihn vollkommen aus der Bahn. Andauernd sah er wieder die gestrige Szene vor sich, als er in den Toiletten des Naturkundemuseums zu Fauve gesagt hatte, er sei kein Bankräuber, und dieser ihm geantwortet hatte: *Das weiß ich doch. Ich rede ja nicht von dir*, um ihm dann die Tätowierung eines Panthers auf seiner linken Brust zu präsentieren. Beim Anblick dieses Motivs, das dem auf Sophies Oberschenkel glich, hatte Arpad sofort begriffen. Sie war es, von der Fauve sprach. Er hatte ihn mit Fragen bestürmt, doch Fauve hatte ihm keine weitere Erklärung geliefert. »Das muss Sophie dir erzählen«, hatte er nur gesagt und war verschwunden.

In einer Art Schockstarre war Arpad ins Glashaus zurückgekehrt. Ihm war, als täte sich bei jedem seiner Schritte ein Abgrund vor ihm auf. Dennoch war es ihm gelungen, seine Bestürzung zu verbergen, bis die Kinder ins Bett gingen. Dann hatte er Sophie zur Rede gestellt.

Am Abend zuvor

Sophie kam herunter und gesellte sich zu Arpad ins Wohnzimmer. »Die Kinder schlafen«, sagte sie.

Sie bemerkte, dass ihr Mann sie merkwürdig ansah.

»Alles in Ordnung, Liebling?«, fragte sie.

»Du hast mir nie erklärt, warum du dir dieses Tattoo hast stechen lassen …«

Sie wirkte überrascht. »Wie kommst du gerade jetzt darauf?«

Ohne Umschweife antwortete Arpad: »Weil ich Fauve heute Nachmittag getroffen habe und er mir seins gezeigt hat …«

Sophie fiel in sich zusammen. Sie brachte kein Wort über die Lippen. Als könnten ihre Beine sie nicht mehr tragen, sackte sie auf die Knie.

»All das Geld auf der Bank«, sagte Arpad, »das war gar nicht von deinem Vater …«

»Nein«, flüsterte sie unter Tränen.

»Es war die Beute eines Bankraubs, stimmt's?«

»Es tut mir leid, es tut mir so leid!«

»Es tut dir leid?«, brauste Arpad auf. »Du hast mich die Beute eines Raubüberfalls waschen lassen! Verdammt noch mal, Sophie, ist dir klar, dass alles, was wir aufgebaut haben – unser Leben, unsere Wohnung, dann unser Haus – mit schmutzigem Geld bezahlt wurde!«

»Was wir aufgebaut haben, haben wir unserer Liebe zu verdanken!« Sie fand die Kraft, sich aufzurappeln, und stürzte zu ihm. »Du bist die Liebe meines Lebens«, sagte sie schluchzend.

Sie wollte ihn mit Küssen bedecken, doch er stieß sie zurück. Nervös umkreiste er das Sofa.

»Und Fauve?«, wandte er sich mit finsterem Blick wieder an seine Frau. »Ist der auch die Liebe deines Lebens?«

»Fauve ist nicht mein Liebhaber. Er war es. Kurz. Nachdem du aus Saint-Tropez verschwunden warst, das habe ich dir schon gesagt.«

»Hör endlich auf zu lügen! Ich habe Saint-Tropez am Tag nach dem Raubüberfall in Menton verlassen. Wenn du diese Bank mit Fauve zusammen ausgeraubt hast, dann hattet ihr vorher schon etwas miteinander!«

»Gut, kann sein«, gab Sophie zu.

»Kann sein?«, äffte Arpad sie nach. »Hörst du eigentlich, was du da redest? Du hast mir mit dem Typen Hörner aufgesetzt!«

»Das ist fünfzehn Jahre her!«, verteidigte sich Sophie. »Er hatte mir völlig den Kopf verdreht, ich kam nicht dagegen an!«

»Völlig den Kopf verdreht?«, fragte Arpad, hin- und hergerissen zwischen Ekel und Verzweiflung. »Sag mal, willst du mich verarschen?«

»Dann eben das Hirn verbrannt, wenn dir das lieber ist!«, schrie Sophie. »Sei nicht spitzfindig, sondern hör lieber zu, was ich dir zu erklären versuche!«

»Was versuchst du mir denn zu erklären?«, brüllte Arpad, außer sich vor Wut.

»Dass ich, die kleine, wohlbehütete Prinzessin aus Saint-Tropez mich mit fünfundzwanzig in einen älteren Typen verknallt habe. Einen Gangster mit anarchistischen Ansichten, meilenweit von meiner Erziehung entfernt. Ich sehnte mich nach intensiven Gefühlen, wollte meinen Vater zum Teufel schicken, vor dem alle Welt kuschte, auch du, der seine Beziehung mit der *Tochter vom Chef* geheim hielt! Also, ja, ich fühlte mich unwiderstehlich angezogen von allem, was Fauve darstellte: Rebellion, die Ablehnung jeglicher Autorität. Das faszinierte mich, die perfekte, nette, gut erzogene, freundliche, brave und fleißige junge Frau. Eines Tages schlug Fauve mir vor, eine einzigartige Erfahrung zu machen, die mir Adrenalin und Nervenkitzel bieten würde, wie nichts sonst … Ich habe sofort Ja gesagt, ohne überhaupt zu wissen, worum es ging. Und als er mir dann erklärte, dass es sich um einen Bankraub handelte, war ich erst recht begeistert! Das mag verrückt klingen … Ich hatte keine Ahnung, was das wirklich bedeutete. Aber es roch nach Gefahr, und ich sehnte mich nach Gefahr. Ich hatte Lust, mich in Gefahr zu bringen. Über meine Grenzen zu gehen. Es war nicht wegen des Geldes. Das Geld war mir egal. Ich wollte mich nur lebendig fühlen …«

»Es war der Überfall auf die Postbank von Menton«, sagte Arpad.

Sophie nickte. »Ja. Und weißt du was? Das war vermutlich eines der intensivsten Erlebnisse, die ich je hatte. An dem Tag, als ich diesen Raubüberfall beging, habe ich die alte Sophie abgeschüttelt, in der ich mich gefangen fühlte, um eine Frau zu werden. Endlich. Vielleicht hatte ich deshalb das Bedürfnis, es wieder zu tun.«

»Was soll das heißen, *es wieder zu tun*?«, fragte Arpad mit erstickter Stimme. »Gab es noch andere Raubüberfälle?«

Sie war verblüfft. »Hat Fauve dir das nicht erzählt?«

»Was erzählt? Rede! Wie viele Überfälle gab es noch nach Menton?«

»Zwei. Einen in Saragossa und einen in San Remo.«

Er war sprachlos: Die geheimen Reisen nach Spanien und Italien waren keine Seitensprünge gewesen, sondern Überfälle. Er wusste nicht mehr, was er schlimmer fand. Und er verstand jetzt, wie sich ihr Schließfach bei der Bank in Wahrheit immer wieder gefüllt hatte.

»Was zur Hölle, Sophie!«, schrie Arpad. »Ich kann gar nicht glauben, worüber wir da gerade sprechen. Du hast einen Bankraub begangen, obwohl du Kinder und eine Familie hattest!«

»In San Remo war es ein Juwelier«, meinte sie klarstellen zu müssen.

»Ich will's gar nicht wissen!«, brüllte er. »Ich will mir überhaupt nicht vorstellen, wie du Menschen mit einer Waffe bedrohst.«

Sie sah ihn verzweifelt an. »Das weiß ich doch!«, sagte sie. »Deswegen habe ich dir nie davon erzählt. Und doch machen gerade die Raubüberfälle mich zu der, die ich bin. Die Sophie, die du so sehr liebst, die Sophie, die alle Blicke auf sich zieht, sie existiert nur, weil ich diese Raubüberfälle begangen habe. Ob es dir passt oder nicht! Sie sind ein Teil von mir. Ein geheimer, so tief wie möglich verborgener Teil, über den ich mit niemandem reden kann …«

»Außer mit Fauve«, bemerkte Arpad.

»Außer mit Fauve«, bestätigte Sophie. »Deswegen ist die Verbindung zwischen uns so … stark.«

»Sie ist mehr als das. Ihr habt euch Liebesbriefe geschrieben.«

»*Er* hat *mir* Liebesbriefe geschrieben«, präzisierte Sophie. »Ich ihm nicht.«

»Du willst mir weismachen, dass ihr, abgesehen von eurer Affäre vor fünfzehn Jahren, nie mehr miteinander geschlafen habt?«

»Nie mehr!«

»Ich habe euch aber letzten Donnerstag gesehen. In unserem Schlafzimmer!«

»Da war Fauve hier, um den Raubüberfall mit mir zu planen. Normalerweise treffen wir uns in seinem Versteck, aber letzten Donnerstag wollte er hierherkommen.«

———

Am vorigen Donnerstag

Sophie regte sich auf. Sie hatte sich in der Küche des Glashauses nur kurz abgewandt, um Kaffee zu machen, und schon war Fauve verschwunden.

Sie fand ihn im ehelichen Schlafzimmer, das er ungeniert erkundete. Er hatte die Jalousien hochgefahren, um das Zimmer besser in Augenschein nehmen zu können.

»Was hast du hier zu suchen?«

Fauve antwortete nicht. Er öffnete das Schubfach des Nachtschränkchens und hielt die Handschellen in die Höhe, die sich darin befanden.

»Leg das zurück!«, befahl Sophie.

Er lachte.

»Wer lässt sich festketten? Du oder Arpad?«

»Es reicht, leg das sofort zurück!« Gereizt ließ Sophie die Jalousien wieder herunter.

Im Zimmer wurde es dunkel.

»Geh jetzt raus hier! Ich hätte nie akzeptieren dürfen, dass du herkommst.«

»Ach, das war doch nur Spaß«, wiegelte Fauve ab.

»Ich habe die Jalousien runtergelassen und ihn aus dem Zimmer geworfen«, beteuerte Sophie. »Du musst mir glauben, Arpad. Du bist der Mann meines Lebens. Nach dem Bankraub in Menton habe ich mich einen Monat lang in Italien versteckt. Deshalb konntest du mich nicht erreichen, nachdem du Saint-Tropez verlassen hattest. Und deshalb gab ich mir die Schuld dafür, dass ich dich verloren hatte. Seit wir uns wiedergefunden haben, habe ich dich nie mehr betrogen … körperlich.«

Sofort bedauerte sie diesen Zusatz. Am Boden zerstört murmelte Arpad: »Aber gedanklich hast du mich betrogen, stimmt's? Was du mir da gerade gestehst, ist, dass du in Fauve verliebt bist.«

Sie schwieg.

»Sag was!«, fuhr Arpad sie an. »Sag es, verdammt noch mal! Bist du in Fauve verliebt?«

Sie flüsterte: »Darauf möchte ich dir eigentlich nicht antworten, aber belügen möchte ich dich auch nicht.«

Er hatte plötzlich das Bedürfnis, alles zu zertrümmern. Die Möbel um sich herum zu packen und dieses ganze Haus kurz und klein zu schlagen. Ihre Beziehung existierte nicht mehr. Er wollte hier nicht mehr sein.

Mit aller Zärtlichkeit, zu der sie fähig war, sagte sie: »Ich liebe dich über alles, Arpad! Mehr als irgendwen auf der Welt! Du bist der Mann meines Lebens!« Dann erklärte sie sagenhaft ungeschickt: »Du hast keinen Grund, eifersüchtig zu sein. Er ist das, was du nicht sein kannst.«

»Ach, na wunderbar! Danke, da geht es mir gleich viel besser!«

»Aber du bist es doch, mit dem ich zusammen sein will! Mit dir habe ich mein Leben aufgebaut! Du bist der Vater meiner Kinder!«

»Was du mir da gerade antust, ist grausam! Du würdest nicht so mit mir umgehen, wenn du mich wirklich lieben würdest!«

Sie begann zu schluchzen, was ihn erst recht in Rage brachte. »Hör auf zu flennen, du bist hier nicht das Opfer!«

»Es ist stärker als ich! Ich bin das Opfer meiner Triebe und Bedürfnisse!«

»Das sind nicht bloß Triebe, Sophie, das sind Gefühle!«

»Und was können wir gegen Gefühle tun? Sie sind unsere einzige wahre Freiheit.«

Sie schwiegen lange. Beide waren vollkommen niedergeschmettert. Arpad brauchte etwas zu trinken. Er fand eine Flasche Kognak in der Hausbar und schenkte zwei große Gläser voll. Sophie trank einige Schlucke, ehe sie ihre Beichte zu Ende brachte:

»San Remo sollte unser letzter Coup sein. Das hatte ich mir selbst geschworen. Nicht so sehr aus Angst vor der Gefahr, sondern weil ich merkte, dass die Abstände kürzer wurden. Ich hatte Angst, süchtig zu werden. Jedes Mal war der Nervenkitzel größer als zuvor. Es war wie ein Gift, das durch meine Adern strömte. Das musste unbedingt aufhören.«

Arpad erinnerte sich an einen von Fauves Briefen: *San Remo kann nicht unser letztes Mal gewesen sein.*

Sie fuhr fort: »Vor ein paar Wochen rief Fauve mich an. Er sagte, dass ich ihm fehlte und dass er mich an meinem Geburtstag besuchen wolle. Wir verabredeten uns.«

»Ach ja, und du dachtest im Ernst, er würde dir einen Höflichkeitsbesuch abstatten? Verkauf mich bitte nicht für dumm!«

»Seit San Remo hatte ich das Gefühl, dass er meinen Wunsch, aufzuhören, akzeptierte. Seine Briefe waren seltener geworden. Aber um ganz ehrlich zu sein, als er mir sagte, er käme nach Genf, da hoffte ich insgeheim, es sei wegen eines Raubüberfalls. Ich hoffte, er würde mich meinem frommen Gelübde entreißen und mir wieder einen Kick verschaffen. Bei unserem Treffen an meinem Geburtstag überreichte er mir eine Karte und sagte, das Geschenk käme noch …«

»Das Geschenk ist der Raubüberfall am Samstag«, begriff Arpad.

Sie nickte.

»Dieser Überfall wird der letzte sein. Das verspreche ich dir. Aber ich werde es nicht tun, wenn du dagegen bist.«

Arpad ermaß sofort das Dilemma, in dem er steckte: »Du versprichst mir, dass es dein letzter Raubüberfall sein wird. Aber wie kann ich sicher sein, dass dieser Trieb nicht eines Tages, trotz deiner schönen Versprechungen, wieder die Oberhand gewinnt? Du hast mir gerade erzählt, dass du nach San Remo schon einmal aufhören wolltest, aber es ist ganz offensichtlich stärker als du!«

»Diesmal werde ich versuchen, standhaft zu bleiben … Dir zuliebe …«

»Allerdings ist nicht garantiert, dass du es schaffst …«

Ihre inneren Widersprüche waren nicht von der Hand zu weisen.

»Ich werde alles tun, was in meiner Macht steht, um nicht wieder anzufangen, das schwöre ich dir!«

»Wenn ich von dir verlange, auf diesen Raubüberfall zu verzichten, wirst du es mir womöglich für immer verübeln. Das wird etwas zwischen uns kaputt machen. Unsere Beziehung wird das vielleicht nicht überleben. Aber wenn ich zulasse, dass du es tust, und etwas schiefgeht, wenn du erschossen oder von der Polizei geschnappt wirst, dann bin ich schuld daran. Denn ich hätte es verhindern können. So oder so riskiere ich also, dich zu verlieren.«

———

So oder so riskiere ich also, dich zu verlieren. Allein im Schlafzimmer, brütete Arpad über seinem Dilemma. Es gab nur einen Menschen, der ihm helfen konnte: Fauve. Und er wusste, wie er ihn erreichen konnte. Er schob Sophies Nachttisch beiseite und zog die Fußleiste ab. Das Telefon war noch da. Er nahm es und wählte die einzige Nummer im Adressverzeichnis, eine ausländische Nummer, deren Vorwahl ihm überhaupt nichts sagte.

Fauve war gerade in seinen Unterschlupf zurückgekehrt. Er hatte das Nummernschild des Motorrads ausgewechselt, das er für den Fall einer überstürzten Flucht im Wald neben dem Bauernhof versteckt hatte. Am Tag zuvor hatte er seine hochheiligen Sicherheitsregeln gebrochen und war damit zum Naturkundemuseum gefahren. Das Motorrad war als Absicherung für den Raubüberfall gedacht und sollte bis dahin eigentlich nicht benutzt werden. Auf dem Rückweg aus dem Museum hatte er das Nummernschild in eine Mülltonne geworfen. In der Nacht hatte er ein anderes gestohlen, das er soeben angebracht hatte. Jetzt war alles geregelt, doch ihm behagte nicht, was gerade passierte: Er verlor die Kontrolle über die Situation und begann unnötige Risiken einzugehen. Er, der immer so rigoros gewesen war, ließ sich nun zu Anfängerfehlern hinreißen.

Das Klingeln des Telefons riss ihn jäh aus seinen Gedanken. Außer Sophie rief niemand auf dieser Leitung an. Er ging ran. Es war Arpad, der ihn ohne Umschweife fragte: »Als du mich vor fünfzehn Jahren gezwungen hast, aus Saint-Tropez zu verschwinden, hattest du da Angst, dass ich dich den Bullen ausliefere, oder wolltest du mich von Sophie entfernen?«

»Beides«, gestand Fauve. »Ich muss mich bei dir entschuldigen.«

»Entschuldigen?«

»Ja. All das ging niemals gegen dich. Ich habe es um Sophies willen getan.«

»Aber dann erklär mir mal, warum du versucht hast, mich in den Raubüberfall am Samstag mit reinzuziehen, wenn du ihn mit ihr begehen wolltest?«

»Das hatte ich auch ursprünglich nicht vor. Ich habe dir zwar gesagt, ich bin wegen eines Raubüberfalls in Genf, aber es war nie die Rede davon, dass ich ihn mit dir begehen will …«

»Das habe ich inzwischen begriffen. Nur, was sollte dann dieses Treffen im *La Caravelle*?«

»Letzte Woche hat Sophie mir gesagt, dass sie abspringen will. Deinetwegen. Sie meinte, sie hätte sich geschworen, dass San Remo das letzte Mal wäre, und müsste sich nun daran halten. Ich war kurz davor, die Sache abzublasen. Deswegen hab ich übrigens letzten Sonntag angerufen: Um ihr zu sagen, dass ich sie von nun an in Ruhe lassen werde. Aber du bist rangegangen und hast plötzlich gesagt, du würdest mitmachen. Die Gelegenheit habe ich beim Schopf ergriffen, in der Hoffnung, das würde Sophie umstimmen. Ich habe mich mit dir verabredet, ohne so recht zu wissen, warum. Keine Ahnung, was ich mir dabei gedacht habe, es hat alles nur noch komplizierter gemacht.«

»Und jetzt?«, fragte Arpad.

»*Was* jetzt?«

»Was passiert jetzt?«

»Was ich dir gesagt habe: Sie wird verzichten, dir zuliebe. Aber du wirst sie verlieren.«

»Ich weiß«, stimmte Arpad zu. »Was soll ich tun?«

Da stand er nun und bat Fauve um eine Eheberatung.

»Du musst sie das sein lassen, was sie ist: ein wildes Tier.«

»Das *denk an Viscontini* von deiner Geburtstagskarte bezog sich darauf, stimmt's?«

»Ja, sie ist Viscontinis Panther. Kein Käfig wird sie je daran hindern können, zu sein, was sie ist. Du musst ihre Natur respektieren. Das ist die beste Art, sie zu lieben.«

Sie schwiegen einen Moment, dann sagte Arpad: »Wenn ich sie diesen Raubüberfall durchziehen lasse, verschwindest du dann für immer?«

»Versprochen«, erwiderte Fauve. »Aber ich verspreche es nicht dir, sondern ihr. Ich habe es bereits getan. Dieser Überfall wird der letzte sein.«

»Sehr gut«, sagte Arpad. »Dann will ich mitmachen.«

»Was?«

»Das ist meine Bedingung.«

»Hast du das mit Sophie abgesprochen?«

»Nein, sie weiß es nicht. Sie wird es erst am Samstag erfahren, in letzter Minute. Steht der Plan noch, den du mir im *La Caravelle* auseinandergesetzt hast?«

»Sicher.«

»Wenn ich recht verstehe, ist die Rolle, die du mir zugedacht hattest, eigentlich Sophies Part, oder?«

»Ganz genau. Sie geht vorn rein, wie eine ganz normale Kundin. Noch dazu ist sie eine Frau, niemand wird sie verdächtigen. Und ich nehme den Hintereingang …«

»Also, hör zu, was ich dir vorschlage«, sagte Arpad. »Ich behalte diese Rolle. Ich bin es, der zur Vordertür reingeht, exakt so, wie wir es besprochen hatten. Und ihr beide geht zusammen hinten rein. Auf diese Weise bleibst du bei ihr. Du passt auf sie auf. Schwör mir, dass ihr nichts zustoßen wird! Und wenn es ein Problem gibt, dann schaffst du sie da raus, du bringst sie in Sicherheit. Wenn es sein muss, nimmst du sie als Geisel, als wäre sie einfach zur falschen Zeit am falschen Ort gewesen. Du wanderst für sie in den Knast.«

»Wir wandern für sie in den Knast«, korrigierte Fauve.

»Natürlich«, sagte Arpad. »Aber verrate ihr bloß nichts. Wir stellen sie am Samstag vor vollendete Tatsachen. Sonst springt sie noch ab, wenn sie weiß, dass ich mit von der Partie bin. Ich will, dass sie ihr Bedürfnis stillen kann, und ich will meine Beziehung retten.«

In seinem Wagen, die Augen auf den Bildschirm geheftet, konnte Greg nicht fassen, was er soeben erfahren hatte: Es würde drei Einbrecher geben, und Sophie gehörte dazu.

15 JAHRE ZUVOR

20. SEPTEMBER 2007

Brachetto, Toskana
(3 Tage nach dem Raubüberfall von Menton)

Inmitten der Olivenbäume stand eine kleine aus Feldsteinen erbaute Schäferei. Das hohe Gras und die wuchernde Natur rundum ließen keinen Zweifel daran, wie lange dieses einst florierende Gut schon verlassen war.

Die Morgensonne kündigte einen herrlichen Tag an. Vor dem Gebäude, eine improvisierte Terrasse: zwei Stühle an einem eisernen, fürs Frühstück gedeckten Tisch. Fauve machte Kaffee mit einem Gaskocher, während Sophie ein paar Meter weiter auf einem Baumstumpf saß. Sie ließ den Blick über die unberührte Umgebung schweifen. Niemand würde sie hier aufstöbern.

Dieser sich selbst überlassene Olivenhain war ihr Reich für die kommenden vier Wochen. Fauve hatte sie gewarnt: Sie müssten für eine gewisse Zeit untertauchen. Damit ihre Abwesenheit niemanden beunruhigte, hatte Sophie ihren Eltern erzählt, sie würde allein eine Italienrundreise machen. Am Abend vor dem Überfall hatte sie sie aus einer Telefonkabine angerufen, um ihnen zu sagen, dass ihr Handy kaputt sei und sie sich nicht wundern sollten, wenn sie in der nächsten Zeit nichts von ihr hörten. Arpad dagegen hatte sie nichts erklärt, ehe sie so von der Bildfläche verschwunden war. Das war ihr in dem Moment am sichersten erschienen. Er hätte Fragen gestellt, und sie durfte keinerlei Risiko eingehen. Außerdem hatte die Anziehung, die Fauve auf sie ausübte, die Oberhand gewonnen.

Nach dem Bankraub in Menton waren Fauve und sie auf Nebenstraßen ungehindert nach Italien gelangt. Ihre Flucht war minutiös geplant gewesen. Sie hatten ihre Autos in Ventimiglia zurückgelassen, wo ein anderes, ein paar Wochen zuvor legal erworbenes Fahrzeug mit italienischen Kennzeichen auf sie wartete. Dann waren sie Richtung Toskana gefahren, bis sie schließlich Brachetto erreichten und diese mit allen Annehmlichkeiten ausgestattete Schäferei in den Hügeln. Fauve hatte dort Lebensmittel und Wasser für einen Monat gelagert. Es gab auch ein paar Kisten sehr guten Wein und Bücher. Alles, was sie brauchten, um sich zu beschäftigen und es sich gut gehen zu lassen.

Fauve brachte Sophie eine Tasse Kaffee und setzte sich neben sie auf den Baumstumpf. Sie schmiegte sich an ihn. In den letzten drei Tagen hatten sie sehr oft miteinander geschlafen. Sie war in Hochstimmung. Andauernd kamen ihr wieder die Bilder des Raubüberfalls in den Sinn. Sie fühlte sich wohl mit Fauve und vollkommen sicher. Das Einzige, was hier an die Zivilisation erinnerte, war das kleine Dorf Brachetto, das man in der Ferne sehen konnte.

»Wie kommt es, dass diese Olivenplantagen nicht mehr bewirtschaftet werden?«, fragte Sophie.

»Sie gehörten einer alten Familie aus der Gegend, den Madura. Aber das Geschlecht ist mit dem letzten Nachkommen, Luchino Alani di Madura, ausgestorben. Er hatte keine Kinder.«

»Und niemand hat das Land übernommen?«

»Nein, niemand. Ich glaube, es gehört inzwischen der Gemeinde, die aber nicht die Mittel hat, das alles hier in Schuss zu halten.«

Sophie bemerkte ein halb zerfallenes Schloss auf dem gegenüberliegenden Hügel.

»Hat er dort gewohnt, dein Luchino di Madura?«

»Ganz genau. Wir können es uns nachher anschauen, wenn du möchtest.«

Und das taten sie. Das Schloss der Madura hatte sich in eine romantische, von Pflanzen überwucherte Ruine verwandelt. Als sie dort ankamen, schreckten sie eine Wildschweinrotte auf. Um das Hauptgebäude herum erkannte man die Spuren eines Barockgartens, den die Natur sich inzwischen zurückerobert hatte. Fauve, der den Ort offenbar gut kannte, führte Sophie an eine Stelle, von der aus man einen spektakulären Blick über die gesamte Umgebung hatte. Dort befanden sich drei Gräber. Sophie sah sie sich näher an.

Der erste Stein trug den Namen einer gewissen Giovanna Montenapolino, verstorben im Jahr 1921. Ein Stück entfernt, die Ruhestätte des letzten Schlossherrn, Luchino Alani di Madura, der 1931 aus der Welt geschieden war. Und direkt daneben ein kleines Grabmal mit der schlichten Inschrift:

GATTINO
1912–1915

»Wer war Gattino?«, wollte Sophie wissen, als sie die kurze Lebensspanne bemerkte. »Ein Kind?«

»Ein Panther«, erwiderte Fauve.

In der Schäferei gab Fauve ihr sein Exemplar des Buches *Wilde Tiere* von Carlo Viscontini. Sophie war davon begeistert, besonders die Geschichte über den Panther hatte es ihr angetan. »Ich erkenne mich in ihm wieder«, erklärte sie Fauve. Sodass er schließlich begann, sie *meine Pantherin* zu nennen.

Anfangs gefiel es Sophie, Fauves Pantherin zu sein, sie genoss ihre gemeinsame Freiheit im Olivenhain. Doch nach drei Wochen war die Schäferei für sie zu einer Art Gefängnis geworden. Sie hielt es dort kaum noch aus. Sie hatte Lust, Arpad wiederzusehen. Jetzt erst wurde ihr bewusst, wie viel er ihr bedeutete. Er fehlte ihr schrecklich. Sie bereute sehr, einfach so verschwunden zu sein, ohne ihm Bescheid zu sagen.

Mitte Oktober, nach vier Wochen Zurückgezogenheit in der Schäferei, machten Fauve und Sophie zum ersten Mal einen Ausflug nach Brachetto, das sie bisher nur aus Viscontinis Buch kannte. An diesem Abend rief sie Arpad aus einer Telefonzelle an. Aber seine Handynummer funktionierte nicht mehr. Sie versuchte ihn im *Béatrice* zu erreichen. Der Geschäftsführer sagte ihr, Arpad sei nicht mehr da.

»Wie, nicht mehr da? Wo ist er denn hin?«, fragte sie fassungslos.

»Keine Ahnung«, erwiderte der Geschäftsführer. »Er hatte irgendein Jobangebot. In London, nehme ich an. Und du, wie geht's dir? Dein Vater hat erzählt, du machst Urlaub in Italien?«

Sophie empfand das dringende Bedürfnis, sofort nach Saint-Tropez zurückzukehren und nach Arpad zu suchen. Da sie Fauve den wahren Grund für ihre plötzliche Abreise nicht offenbaren wollte, schob sie das Uni-Semester vor, das wieder begonnen hatte. Fauve fand, es sei zu früh, sie sollten besser noch eine Weile in ihrem Versteck bleiben, doch er konnte sie nicht zwingen. Sie war eine Pantherin, sie ertrug keinerlei Fesseln.

Ehe sie sich trennten, verbrachten sie zwei Tage in Florenz. Die Lichter der Stadt taten ihnen gut. Es war Sophies Idee, die Erinnerung an dieses intensive gemeinsame Erlebnis auf ihrer Haut zu verewigen. Im Studio eines Tätowierers ließ sie sich einen Panther auf den Oberschenkel und Fauve sich dasselbe Motiv auf die Brust tätowieren.

Als Fauve Sophie am Bahnsteig umarmte, bevor sie in den Zug nach Mailand stieg, hütete er sich, ihr seine Liebe zu gestehen. Er spürte, dass es nicht auf Gegenseitigkeit beruhte. Es brach ihm das Herz.

Sophie, die noch nichts von dem Gift ahnte, mit dem sie infiziert war, fühlte sich durch die neue Erfahrung wie verwandelt. Sie war bereit, ihr Leben in die Hand zu nehmen. Vor allem aber war sie sich ihrer Gefühle für Arpad bewusst geworden. Sie hatte fest vor, ihre Beziehung offiziell zu machen. Sie würden sich nicht länger verstecken. Ganz egal, was ihr Vater davon hielt.

Doch als sie nach Saint-Tropez zurückkam, stellte sie zu ihrer größten Verzweiflung fest, dass Arpad spurlos verschwunden war.

KAPITEL 20

Der Tag vor dem Raubüberfall

~~Sonntag, 26. Juni (Gregs Entdeckung)~~
~~Montag, 27. Juni~~
~~Dienstag, 28. Juni~~
~~Mittwoch, 29. Juni~~
~~Donnerstag, 30. Juni~~
→ Freitag, 1. Juli 2022
Samstag, 2. Juli (Der Tag des Überfalls)

10:00 Uhr früh im Kripohauptquartier. Im Versammlungsraum wurden die letzten Details der Operation des nächsten Tages besprochen. In vierundzwanzig Stunden sollte in Genf ein Raubüberfall stattfinden, und die Einzigen, die das vereiteln konnten, waren die Mitglieder der verschiedenen Einheiten, die Arpad seit ein paar Tagen ununterbrochen überwachten. Man musste ihn auf frischer Tat ertappen, und Greg legte das geplante Vorgehen in groben Zügen dar.

Ab dem frühen Morgen wären zwanzig Beamte des Bereitschaftskommandos im Einsatz, verteilt auf neun Fahrzeuge: drei Einheiten wären am rechten, drei am linken Rhône-Ufer, drei weitere in der Nähe von Arpad Brauns Haus stationiert. Da sie das Ziel des Überfalls nicht kannten, verteilte Greg das Aufgebot wie ein Fangnetz, das sich anhand der Hinweise des Observationsteams immer enger um den Verdächtigen zusammenziehen würde.

»Wir bleiben weit genug entfernt, um die Beschattung nicht zu stören, aber nah genug dran, um blitzschnell eingreifen zu können«, erläuterte Greg.

Ihm brannte seine Entdeckung des Vorabends auf der Zunge: Es gab drei Einbrecher, darunter eine Frau, Sophie, und sie würden sich von zwei Seiten gleichzeitig Zutritt zum Juwelierladen verschaffen. Doch er konnte unmöglich sagen, was er wusste, ohne sofort wegen des nicht genehmigten Einsatzes einer Überwachungskamera von dem Fall abgezogen zu werden. Also versuchte er seine Informationen als Eingebung zu verkaufen:

»Wir wissen, dass das Ziel höchstwahrscheinlich ein Juweliergeschäft ist, weil alle Banken samstags geschlossen sind. Ich glaube übrigens, dass sie gleichzeitig von vorne und von hinten zuschlagen werden.«

Die Kollegen nahmen seine Mutmaßung skeptisch auf. »Warte mal«, unterbrach ihn einer seiner Männer. »*Vorne* und *hinten* wovon? Wir wissen ja nicht mal, um welches Gebäude es sich handelt.«

Greg ließ sich nicht beirren. »Ich habe ein wenig recherchiert, die besseren Juwelierläden haben alle einen Notausgang. Hauptsächlich für den Brandfall, wegen der Schaufenster aus Panzerglas. Und wenn es zwei Eingänge gibt, warum sollten die Einbrecher sie nicht nutzen?«

»Weil das komplizierter ist«, wandte der Brigadechef der Kripo ein. »Solche Diebe wollen so schnell wie möglich vorgehen. Normalerweise betreten und verlassen sie das Geschäft durch den Haupteingang. Das ist zumindest meine Erfahrung aus den letzten zehn Jahren hier bei der Kripo.«

»Umso besser, wenn sie nur den Haupteingang nehmen«, sagte Greg, »das macht es uns leichter, sie zu schnappen. Ich wollte nur alle Möglichkeiten durchgehen, damit das Einsatzkommando auf jede Situation vorbereitet ist.«

Greg hätte gerne mehr preisgegeben, doch er konnte es nicht riskieren, sich zu verraten. Dafür kam ihm kurz darauf die Vorsehung zu Hilfe, als Marion Brullier über die neusten Fortschritte der Ermittler berichtete: Die Beamten hatten all ihre Zuträger und Spitzel befragt, doch niemand hatte etwas von einem bevorstehenden Raubüberfall gehört.

»Wenigstens können wir jetzt mit noch größerer Sicherheit sagen, dass es sich am Mittwoch im Naturkundemuseum tatsächlich um Philippe Carral gehandelt hat. Das Foto, das uns zunächst zur Verfügung stand, stammte ja von seiner letzten Inhaftierung vor zwanzig Jahren. Über einen Kontakt bei der Pariser Kripo haben wir eine Aufnahme des französischen Geheimdienstes bekommen. Sie ist sieben Jahre alt, das ist nicht taufrisch, aber immerhin besser als das, was wir bisher hatten.«

Das Foto erschien für alle sichtbar auf dem großen Bildschirm. Es zeigte Fauve in Badehose am Tisch eines Strandlokals.

»Einbrecher im Urlaub«, witzelte ein Polizist zur allgemeinen Erheiterung.

»Diese Aufnahme wurde an einem Strand von Porto Vecchio gemacht«, erklärte Marion. »Die Typen um ihn herum gehören der Unterwelt von Rimini oder dem korsischen Milieu an. Alle waren in Raubüberfälle verwickelt.«

Greg traute seinen Augen nicht. Die Qualität des Bildes ließ zu wünschen übrig, trotzdem erkannte er auf Philippe Carrals nacktem Oberkörper eine Tätowierung, die der auf Sophies Oberschenkel ähnelte. Ehe Marion ausreden konnte, rief er: »Ich kenne diese Tätowierung.« Er stand auf, um mit dem Finger auf Fauves Brustkorb zu deuten, und fuhr fort: »Sophie Braun, Arpads Frau, hat exakt dasselbe Tattoo am Oberschenkel.«

Das Foto auf dem Bildschirm war ein wenig unscharf, die Tätowierung verschwommen. Man erahnte ein Tier, ohne es wirklich erkennen zu können. Greg war sich dennoch ganz sicher, dass es haargenau dasselbe Motiv war wie bei Sophie.

»Ist das ein Wolf?«, fragte einer der Polizisten.

»Nein, ein Panther«, erwiderte Greg.

»Also ich sehe da einen Wolf«, beharrte der Polizist.

»Bist du sicher, Greg, dass es sich um dieselbe Tätowierung handelt?«, schaltete Marion sich ein.

»Absolut, ich habe Sophie Braun im Bikini gesehen. Sie hat diesen Panther auf den Oberschenkel tätowiert.«

»Da sind sie bestimmt nicht die Einzigen«, gab ein anderer Kollege zu bedenken. »Tattoos von wilden Tieren sieht man ständig: Löwenköpfe, Tigerköpfe, Wolfsköpfe …«

»Ich sage euch, es ist ein Panther!«, widersprach Greg gereizt.

»Könnten wir es nicht vergrößern?«, schlug der Staatsanwalt vor.

»Das haben wir natürlich versucht«, sagte Marion, »doch die Qualität des Fotos ist zu schlecht. Je näher wir ranzoomen, desto körniger wird es. Das lässt sich nicht korrigieren.«

»Es ist genau die gleiche Tätowierung«, wiederholte Greg. »Dafür lege ich meine Hand ins Feuer. Das muss etwas zu bedeuten haben.«

»Dann könnte es also eine Verbindung zwischen Sophie Braun und diesem Philippe Carral geben?«, rekapitulierte der Brigadeleiter, um zum eigentlichen Thema zurückzukommen.

Diese Vorlage ließ Greg nicht ungenutzt: »Dann hätten wir es mit drei Einbrechern zu tun, darunter eine Frau!«

»Das scheint mir eine etwas übereilte Schlussfolgerung zu sein«, bremste ihn der Staatsanwalt. »Darf ich daran erinnern, dass Hände im Feuer vor Gericht kein großes Gewicht haben. Dennoch sollten wir dieser Sache mit der Tätowierung auf den Grund gehen. Das Telefon von Arpad Brauns Frau wird bereits abgehört, nicht wahr?«

»Ja«, bestätigte der Leiter des Observationsteams, »so wie es gestern beschlossen wurde, in der Hoffnung, ihr Mann würde sich ihr vor der Tat anvertrauen. Doch es gab kein auffälliges Telefonat.«

»Wir müssen sie ebenfalls überwachen«, entschied der Staatsanwalt. »Lassen Sie sie keinen Moment aus den Augen.«

Um elf Uhr vormittags sahen die Beschatter Sophies Porsche in die Waschstraße an der Rue Dancet fahren. Einer von ihnen schickte den neusten Stand in die Nachrichtengruppe:

Die Brauns waren gerade im Supermarkt einkaufen und waschen jetzt ihr Auto.

Als der Porsche in der Waschanlage von den riesigen Bürsten verschluckt wurde, nahm Sophie Arpads Gesicht in ihre Hände und sagte: »Danke. Danke, dass du mich das machen lässt …«

»Wird morgen alles gut gehen?«, fragte er.

Sie wandte den Blick ab. »Lass uns nicht über morgen reden. Warum kommst du heute Nachmittag nicht mit uns nach Saint-Tropez?«

»Ich bin nachher noch mit Julien verabredet, er hat vielleicht einen Job für mich. Außerdem wäre ich dann morgen nicht hier, wenn du …«

Es folgte Schweigen. Sophie hatte offenbar keine Ahnung davon, dass ihr Mann an dem Raubüberfall beteiligt war, und er hütete sich, ihr von seinem Pakt mit Fauve zu erzählen. Als er jedoch die Frage stellte, die ihm keine Ruhe ließ, hätte er sich beinahe verraten:

»Wie schaffst du es, heute Abend in Saint-Tropez zu sein und morgen früh wieder hier?«

Sie sah ihn misstrauisch an. »Woher weißt du, dass es morgen *früh* passiert?«

»Ich kenne den Plan. Fauve hat mich eingeweiht.«

»Lass uns nicht über morgen reden«, wiederholte Sophie.

»Wie soll das gehen, nicht über morgen reden?«, erwiderte Arpad gereizt. »Dir ist sicher klar, dass ich an nichts anderes denken kann. Was, wenn es schiefgeht?«

»Es wird alles gut gehen. Das verspreche ich dir. Vertrau mir, vertrau Fauve …«

Arpad seufzte, und Sophie fügte hinzu: »Hör genau zu, was ich dir jetzt sage …«

Er nickte zum Zeichen, dass er ganz Ohr war.

»… sollte die Polizei zu dir kommen …«

»Warum sollte die Polizei zu mir kommen?«, unterbrach er sie sofort.

Sie beschloss, den Einwurf zu übergehen. Es gab einen guten Grund, warum die Sache scheitern könnte, doch davon würde sie ihrem Mann bestimmt nichts erzählen.

»Hör mir aufmerksam zu, Arpad. Stell keine Fragen und hör mir zu, bitte! Wenn die Polizei dich vernimmt, dann musst du Folgendes antworten …«

Sie sagte ihm genau, wie er sich zu verhalten hätte, mit einer ganzen Liste vorbereiteter Antworten, die er der Polizei geben sollte. Am Ende ihrer Instruktionen konnte sie es sich nicht verkneifen hinzuzufügen: »Falls es schiefgeht …«

Wieder unterbrach er sie: »Falls es schiefgeht? Warum sollte es schiefgehen?«

Sie antwortete nicht darauf, sondern fuhr fort: »Falls es schiefgeht und ich fliehen muss, komm zu mir ins Versteck.«

»Welches Versteck?«

»Es befindet sich auf einem Bauernhof in Jussy. Merk dir die Adresse gut. Es ist eine kleine Wohnung, die man über eine Treppe direkt neben dem Schuppen erreicht.«

Sollte der Raubüberfall schiefgehen und Sophie fliehen müssen, wäre sie lange von ihrer Familie getrennt. Falls sie also untertauchen musste, dann wollte sie Arpad noch einmal sehen. Ein letztes Mal.

Um fünfzehn Uhr wartete Sophie inmitten der anderen Eltern vor der Schule von Cologny. Unter fröhlichem Geschrei kamen die Kinder an diesem letzten Tag vor den Sommerferien aus dem Gebäude gestürmt. Alle wirkten sehr entspannt.

Von Weitem beobachtete Karine, wie Sophie Isaak und Léa küsste und zu ihrem Auto schob. Die drei stiegen ein. Karine sah das Gepäck im Kofferraum. Der Porsche startete und brauste davon. Wohin, wusste sie nicht, doch sie war erleichtert, Sophie abreisen zu sehen.

Diese folgte der Uferstraße des Genfer Sees und durchquerte dann das Eaux-Vives-Viertel in Richtung Route de Malagnou, einer breiten Verkehrsader, die das Stadtzentrum mit der französischen Grenze verbindet. Das äußerst unauffällige Ballett der Zivilfahrzeuge, die einander bei ihrer Verfolgung ablösten, bemerkte sie nicht.

»Sie hat gerade den Abzweig nach Thônex hinter sich gelassen, ich würde sagen, sie fährt zum Grenzübergang von Vallard«, teilte einer der Beamten über Funk mit.

Als Sophie die Grenze erreichte, näherte sich ein Zollbeamter wie für eine Routinekontrolle.

»Guten Tag, Madame. Wohin fahren Sie?«

»Nach Saint-Tropez.«

»Für wie lange?«

»Den ganzen Juli. Vielleicht länger. Meine Eltern leben dort.«

Der Mann warf einen Blick ins Innere des Wagens. »In Ordnung, gute Reise.«

Kaum war sie losgefahren, wählte der Zollbeamte die Nummer, die ihm die Zentrale übermittelt hatte. »Sie hat soeben die Grenze passiert«, berichtete er seinem Gesprächspartner. »Sie fährt für den gesamten Juli nach Saint-Tropez zu ihren Eltern.«

»Danke«, sagte der Leiter der Observationseinheit und legte auf.

Er befand sich in der Einsatzzentrale des Kripohauptquartiers. »Anscheinend bleibt sie den ganzen Juli in Saint-Tropez«, informierte er die anwesenden Kollegen.

Ohne explizite Erlaubnis des Innenministeriums konnten die Schweizer Polizisten Sophie nicht auf französisches Gebiet folgen. Der Leiter der Observationseinheit kontaktierte sofort den Staatsanwalt, um in Paris eine Anfrage zu stellen, doch der gab nur fatalistisch zurück:

»Am Freitagnachmittag, das können Sie vergessen. Wir bekommen die Antwort der Franzosen Mitte nächster Woche.«

»Ich könnte in aller Diskretion eine Einheit nach Saint-Tropez entsenden«, schlug der Beamte vor.

»Sind Sie verrückt geworden?«, donnerte der Staatsanwalt. »Wenn das auffliegt, haben wir einen diplomatischen Zwischenfall. Ich weiß ja nicht, wie es Ihnen geht, aber ich habe keine Lust, meine Karriere dieses Wochenende zu begraben.«

Um achtzehn Uhr traf Arpad, wie zu Beginn der Woche vereinbart, seinen Freund Julien Martet in einer Bar im Zentrum.

»Es wird sich alles wieder einrenken«, versicherte ihm Julien.

»Das hoffe ich«, antwortete Arpad.

Er hatte Julien immer bewundert: ehrgeizig, fleißig, talentiert und dabei großzügig mit seiner Zeit und verlässlich für einen da, wenn man ihn brauchte. In seinem makellosen Anzug spiegelte er Arpad genau das wider, was er selbst gern gewesen wäre.

»Pass auf«, sagte Julien, »das muss unter uns bleiben, aber ich habe mich in der Firma ein wenig umgehört. Sie suchen intern jemanden, der sich um die französischen Kunden kümmert. Genau dein Profil. Am Montag sehen sie sich die möglichen Kandidaten an. Ich kann anregen, dass wir noch einen Outsider dazunehmen, und dich für den Posten vorschlagen.«

»Das wäre großartig von dir. Du bist ein wahrer Freund«, dankte Arpad ihm.

»Ich kann für nichts garantieren, aber ich werde mein Möglichstes tun. Und wenn das nicht klappt, dann finden wir etwas anderes. Verlass dich auf mich, das wird schon wieder.«

Die beiden Männer tranken ein paar Bier zusammen. Das Gespräch verlagerte sich auf leichtere Themen. Doch Arpad war mit den Gedanken ganz woanders. Er zählte die Stunden bis zum Raubüberfall. Im Übrigen war ihm der Job, den Julien ihm anbot, herzlich egal. Dieses Treffen diente ihm lediglich als Alibi. Sophies war bombensicher: Sie war in Saint-Tropez. Und wenn man ihn fragte, warum er nicht mit seiner Frau und seinen Kindern abgereist sei, konnte er diese wichtige berufliche Verabredung als Grund anführen.

21:00 Uhr in der *Warze*. Die Kinder schliefen. Ihre Koffer waren gepackt und warteten in der Diele. Alles war bereit für den kommenden Tag. Karine ging zu Greg in die Küche. Er war gerade mit Aufräumen fertig und reichte ihr ein Glas Wein.

»Auf unser romantisches Wochenende«, sagte er.

Sie stieß mit ihm an, bemüht, gute Laune auszustrahlen. Dabei dachte sie immerzu an diesen Brief, der Greg beschuldigte, ein Schwein zu sein, und an das Video von Sophie. Sie fragte sich, wer ihr Mann wirklich war. Immerhin gab er sich Mühe, und sie musste dasselbe tun. Sie hatte beschlossen, dass ihre Beziehung eine Chance verdiente, und dafür musste sie alles geben.

»Meine Eltern holen die Jungs morgen früh um zehn ab«, sagte sie. »Wenn wir dann auch gleich losfahren, sind wir zum Mittagessen in Italien. Ich habe ein kleines Restaurant in der Nähe von Alba gefunden, das sehr gute Bewertungen hat … Das könnte doch etwas sein.«

Greg hatte ihr noch nichts gesagt. Er wusste, dass sie ihm eine Szene machen würde, und hatte diesen unangenehmen Moment ein ums andere Mal hinausgeschoben.

»Vielleicht wäre es besser, erst am frühen Nachmittag loszufahren«, wandte er ein. »Wegen des Verkehrs.«

»Meinst du?«

»Ja, morgen früh machen sich alle zur selben Zeit auf den Weg. Am Mont-Blanc-Tunnel wird es kilometerlange Staus geben.«

»Nicht um zehn Uhr früh«, widersprach Karine. »Außerdem kann es uns doch egal sein, wir haben ja keine schreienden Kinder im Auto. Wir stehen hier auf und essen in Italien zu Mittag, ist doch schick!«

Zu diesen Worten wippte sie mit dem rechten Fuß, damit Greg ihre lackierten Zehennägel bemerkte. Doch der reagierte nicht.

»Gefällt dir die Farbe nicht?«, fragte sie.

Er fand es feige, dass er so lange gewartet hatte, und gab sich schließlich einen Ruck: »Hör mal, ich weiß nicht, ob ich es dir schon gesagt habe oder nicht, aber ich muss morgen früh arbeiten …«

»Du … tust was?«, brachte sie mit erstickter Stimme heraus. »Was soll das heißen, *du musst arbeiten*?«

»Na ja, du weißt schon, es geht um diese Sache, von der ich dir erzählt hatte …«

»Willst du mich verarschen, Greg?«

»Du weißt doch selbst, dass man bei meiner Arbeit auf alles gefasst sein muss!«

»Wie lange reden wir schon über unser Wochenende? Konntest du wirklich niemanden finden, der dich ersetzt?«

»Man kann mich nicht einfach so *ersetzen*, Karine. Ich bin Mitglied einer Spezialeinheit, nicht Verkäufer in einer Boutique.«

Sofort bedauerte er, was er gesagt hatte.

»Weißt du, was du sie mal kannst, *deine Verkäuferin in einer Boutique*?«

»Karine, ich habe mich ungeschickt ausgedrückt. Hör zu, mach nicht alles kaputt …«

»Du bist der, der alles kaputt macht!«

»Um zwölf bin ich fertig«, versprach er. »Dann brechen wir sofort auf. Es macht letztendlich keinen so großen Unterschied, ob wir um zehn oder um zwölf losfahren. Wir können genauso gut ein bisschen später zu Mittag essen. Gegen drei. Das machen die Italiener doch so, oder? Du hattest mir nicht gesagt, dass deine Eltern die Kinder schon so früh abholen.«

»Ich kann nicht fassen, dass du mir das antust!« Sie war den Tränen nahe. Aber das wollte sie ihm nicht zeigen. Sie machte auf dem Absatz kehrt und ging zur Treppe.

»Heute Abend kannst du auf dem Sofa schlafen«, warf sie ihm hin.

Greg machte Anstalten, ihr zu folgen. »Komm schon, Karine, reg dich nicht so auf!«, bat er. »Dieser Einsatz ist ein Riesending!«

»Und du bist ein Riesenarschloch!«

Sie ging die Treppe hoch, er blieb im Erdgeschoss. Oben angekommen, schloss sie sich im Schlafzimmer ein und warf sich schluchzend aufs Bett.

Zur selben Zeit beendete man in der Villa von Sophies Eltern an der Côte d'Azur gerade ein fröhliches Abendessen. Eine halbe Stunde zuvor hatte Bernard seine Tochter und seine Enkelkinder mit von ihm selbst gebackener Pizza empfangen.

Während Jacqueline den Tisch abräumte und die Kinder ihre Eisschälchen auskratzten, machten Sophie und Bernard Pläne für die kommenden Wochen: Bootstouren, Ausflüge, Strand. Es würde ein herrlicher Sommer werden.

Sie wurden vom Läuten der Türklingel unterbrochen. Sophie ging hin, um aufzumachen. Vor ihr standen zwei Beamte der Kriminalpolizei, die sich mit ihren Dienstmarken auswiesen.

Die beiden Männer erklärten, sie seien soeben wegen eines Einbruchs in eine nahe gelegene Villa gerufen worden und suchten nun in allen umstehenden Häusern nach möglichen Zeugen. Sophie rief ihren Vater, der die Sache offenbar sehr ernst nahm. Er hatte zwar nichts gesehen, aber große Lust, sich an der Ermittlung zu beteiligen. Dann tauchte auch noch Jacqueline auf, um sich ebenfalls einzumischen. Als Bernard sich anschickte, den bedauernswerten Polizisten seine Terrasse zu zeigen, kam Sophie ihnen schließlich zu Hilfe: »Papa, ich glaube, die Herren haben Wichtigeres zu tun.«

Kaum saßen die Beamten wieder im Wagen, riefen sie ihren Vorgesetzten an.

»Wir haben die Frau gesehen. Sie hat uns selbst die Tür geöffnet …

Ja, es ist genau die von dem Foto … Sie ist mit ihren Kindern bei den Großeltern. Der Alte hat vielleicht eine Meise … Ich dachte schon, er würde uns einladen, bei ihm zu übernachten … Ja, ihr Auto haben wir auch gesehen. Ein schwarzer Porsche mit Genfer Kennzeichen. Den Peilsender haben wir angebracht.«

Aus seinem Büro im Hauptkommissariat von Toulon kontaktierte ihr Chef umgehend den Genfer Brigadeleiter, der ihn in der Angelegenheit eines bevorstehenden Juwelenraubs um Hilfe gebeten hatte. Laut Vorschrift hätte die Anfrage den offiziellen Dienstweg nehmen müssen, doch unter Bullen wusste man, wie sehr Schnelligkeit zählte, und so erwies man einander nicht selten solche kleinen Gefälligkeiten.

»Meine Jungs waren bei der Villa. Die Frau ist dort, sie haben sie eindeutig identifiziert und einen Peilsender an ihrem Wagen angebracht. Falls sie sich vom Fleck rührt, werden wir es erfahren.«

»Danke für alles.«

»Tut mir leid, dass ich nicht mehr für dich tun kann. Aber um sie richtig beschatten zu lassen, fehlen mir die Leute.«

»Du hast mir schon sehr geholfen. Tausend Dank, ich werde mich revanchieren.«

Im Glashaus saß Arpad grübelnd im Wohnzimmer. Er war nervös. Er hatte Angst vor dem kommenden Tag. Das Klingeln seines Telefons durchbrach die Stille. Ein Videocall von Sophie.

Er nahm an, und sie erschien auf dem Display mit dem Wohnzimmer ihrer Eltern im Hintergrund. Sie strahlte.

»Wie ist dein Treffen mit Julien gelaufen?«

»Gut. Sehr gut sogar. Er sagt, er kann mir vielleicht einen Posten bei seinem Fonds verschaffen.«

»Das ist doch fantastisch«, freute sie sich. »Komm schnell nach, wir vermissen dich.«

Er kam nicht dazu, etwas zu erwidern, weil Isaak und Léa sich das Telefon schnappten. Sie trugen schon ihre Pyjamas und waren auf dem Weg ins Bett.

»Gute Nacht, meine Schätze«, sagte Arpad mit zugeschnürter Kehle.

»Opa Bernard hat uns Pizzas gemacht, Papa!«, rief Isaak. »Die waren köstlich!«

Bernard kam lachend ins Bild. »Und, Arpad, wie war dein Vorstellungsgespräch?«, fragte er seinen Schwiegersohn mit einem warmherzigen Lächeln.

Er schien ihm seinen Ausraster nicht nachzutragen und verhielt sich, als hätte der Streit zwischen ihnen nie stattgefunden.

»Die Nachricht hat sich ja schnell herumgesprochen«, sagte Arpad lächelnd. »Das war nur ein erstes Gespräch, aber es sieht ganz gut aus.«

»Umso besser! Wann kommst du?«

»Morgen Nachmittag.«

»Ich freue mich, wenn wir endlich mal wieder alle zusammen sind«, sagte Bernard.

»Ich mich auch«, antwortete Arpad.

KAPITEL 21

Der Tag des Raubüberfalls

~~Sonntag, 26. Juni (Gregs Entdeckung)~~
~~Montag, 27. Juni~~
~~Dienstag, 28. Juni~~
~~Mittwoch, 29. Juni~~
~~Donnerstag, 30. Juni~~
~~Freitag, 1. Juli~~
→ **Samstag, 2. Juli 2022 (Der Tag des Überfalls)**

4:00 Uhr morgens. Auf einem abgelegenen Weg, der durch die Felder nach Jussy führte, hatte Sophie soeben unerkannt die Schweizer Grenze überquert. Sie erreichte den Bauernhof und parkte vor dem Gebäude, in dem sich das Versteck befand.

Gegen zweiundzwanzig Uhr dreißig war sie aus Saint-Tropez aufgebrochen. Niemand hatte sie aus dem Haus gehen sehen. Ihre Eltern waren schon im Bett. Am nächsten Morgen würden sie sich um die Kinder kümmern, sobald diese aufwachten, und mit ihnen nach Cannes fahren, damit Sophie ausschlafen konnte. So war es mit ihrem Vater besprochen.

Sie hatte das Haus durch die Küchentür verlassen und den Garten hinter der Villa durchquert. Dann war sie leise ein paar Dutzend Meter den felsigen Hügel hinabgestiegen bis zu einem kleinen Schotterweg. Nach wenigen Minuten Fußmarsch gelangte sie auf einen Parkplatz für Wanderer. Dort hatte Fauve ein Auto für sie bereitgestellt: seinen grauen Peugeot. Sophie hatte den Zweitschlüssel ins Zündschloss gesteckt und war losgefahren Richtung Schweiz. Wenn sie nicht auffiel, sich an die Geschwindigkeitsbegrenzungen hielt, an den Mautstationen bar bezahlte und die Grenze auf einer Nebenstraße passierte, würde niemand erfahren, dass sie nach Genf zurückgekehrt war.

Fauve empfing sie im Versteck mit einer Mahlzeit, doch sie hatte keinen Hunger. Sie war nervös. Wie immer vor einem Raubüberfall.

———

5:00 Uhr morgens. In der *Warze* wurde Greg auf dem Sofa von Sandy geweckt, der ihm liebevoll das Gesicht leckte. Er streichelte den Hund und stand auf. Während er sich einen Kaffee machte, ließ er Sandy hinaus in den Garten. Er bereute, dass er sich so heftig mit Karine gestritten hatte. Er wünschte sich wieder mehr Harmonie in ihrer Beziehung, aber dass sie so wenig Verständnis für ihn aufbrachte, machte es ihm manchmal schwer. Er hatte schließlich nicht irgendeinen Job. Wenn man von so einem geplanten Raubüberfall wusste, konnte man seine Teamkollegen nicht einfach im Stich lassen, nur weil einem der Termin nicht in den Kram passte. Ehe er das Haus verließ, legte er eine Nachricht für Karine auf den Küchentisch.

Bin um 12 wieder hier. Dann ab nach Italien.
Ich liebe dich.

Es war das erste Mal, dass er zu einem Einsatz aufbrach, ohne seiner Frau einen Kuss zu geben.

Im Glashaus ging Arpad unterdessen die Choreografie des Einbruchs in Gedanken wieder und wieder durch. Er war schon lange wach. Die Nacht war kurz und unruhig gewesen. Die sieben Minuten, die ihm bevorstanden, erschienen ihm jetzt schon wie eine Ewigkeit.

Ein paar Kilometer entfernt saß Fauve im Versteck auf einem Sessel und betrachtete Sophie. Sie war eingeschlafen. Behutsam deckte er sie zu. Er würde sie so spät wie möglich wecken. Sie musste sich ausruhen.

6:45 Uhr morgens. In der Polizeidienststelle, in den Räumen des Einsatzkommandos, hatte Greg seine Vorbereitungen gerade beendet. Außer ihm war noch niemand in der Umkleide.

Auf geradezu rituelle Art hatte er seine schwarze Uniform angelegt. Seine Kampfkleidung. Kugelsichere Weste, Sturmhaube und Einsatzhelm würde er erst nach dem Briefing anziehen.

Er betrachtete sich lange im Spiegel. Bis die ersten Kollegen hereinplatzten. Während sich die anderen umzogen und kampfbereit machten, ging er in den Briefingraum.

Der Tag der Konfrontation war gekommen.

7:15 Uhr morgens. Im Glashaus trank Arpad einen letzten Kaffee. Am Fenster stehend, sah er hinaus, wie Sophie es so häufig tat.

Bald war es Zeit, aufzubrechen.

Er las ein letztes Mal die Anweisungen, die Sophie ihm am Vortag gegeben hatte, für den Fall, dass der Raubüberfall schiefgehen und die Polizei ihn verhören sollte. Er hatte sie auf ein Stück Papier geschrieben, um sie sich einzuprägen. Schließlich verbrannte er den Zettel im Spülbecken, damit keine Spur davon blieb.

———

7:30 Uhr morgens. In der Polizeidienststelle briefte Greg seine Männer.

»Unsere Zielperson heißt Arpad Braun«, erinnerte er, während ein Foto von Arpad hinter ihm auf dem Bildschirm erschien. »Er war Fondsmanager bei einer Privatbank. Vor ein paar Monaten wurde er entlassen. Wegen Autodiebstahls war er mal in einem französischen Gefängnis in U-Haft. Er hat einen Komplizen, einen gewissen Philippe Carral. Wir verdächtigen die beiden, schon mal eine Bank zusammen ausgeraubt zu haben, in Frankreich, vor fünfzehn Jahren. Wir wissen, dass sie sich heute ein Juweliergeschäft vornehmen werden, aber nicht, welches. Carrals Spur haben wir verloren, dafür folgen wir Braun auf Schritt und Tritt. Ein Observationsteam ist an ihm dran. Sie geben uns Bescheid, sobald er sich aus dem Haus bewegt.«

———

8:00 Uhr morgens. Arpad verließ das Glashaus, stieg in sein Auto und fuhr Richtung Stadtzentrum. Selbst ein erfahrenes Auge hätte die Polizisten, die seine Verfolgung aufnahmen, nicht bemerkt.

Er stellte den Wagen in der Rue François-Bellot im Tranchées-Viertel ab. Von dort ging er zu Fuß weiter, die Schirmmütze tief ins Gesicht gezogen. Er lief ziemlich lang durch die Stadt, ehe er sich der Rue du Rhône näherte.

9:00 Uhr morgens. Greg wartete zusammen mit einigen anderen Fahrzeugen des Einsatzkommandos in der Nähe des Bahnhofs Cornavin, als das Observationsteam mitteilte, Arpad spaziere seit einer Weile in der Rue du Rhône herum. Möglicherweise habe er es auf einen der zahlreichen Juwelierläden auf dieser Edelmeile abgesehen.

Greg beschloss, all seine Männer dort zusammenzuziehen. Die neun Zivilfahrzeuge, aus denen seine Einheit bestand, näherten sich der Rue du Rhône und positionierten sich unauffällig.

Um neun Uhr dreißig, nachdem er die Straße zum x-ten Mal hinauf- und hinuntergegangen war, steuerte Arpad auf das Cartier-Geschäft zu. Ein als städtischer Angestellter verkleideter Polizist informierte seine Kollegen über Funk:

»Er geht bei Cartier rein! Er geht bei Cartier rein!«

Greg, der sich in der Nähe bereithielt, fuhr mit dem Auto vorbei. Er kam gerade noch rechtzeitig, um zu sehen, wie Arpad durch die Tür des Juwelierladens trat. Damit verschwand er aus dem Blickfeld der Polizisten. Aus Sicherheitsgründen füllten Auslagen fast die gesamte Fensterfront des Geschäfts, und durch die wenigen Lücken war aus der Entfernung nichts zu erkennen.

Greg stellte seine Leute rund um das Gebäude auf, um sämtliche Zugänge zu überwachen. Per Funk gab er durch: »Keiner rührt sich, bevor sie zuschlagen. Wir müssen sie auf frischer Tat erwischen!«

Die beiden Räuber waren soeben gleichzeitig über zwei verschiedene Zugänge in den Juwelierladen eingedrungen. Während der eine wie ein ganz normaler Kunde durch die Vordertür gekommen war, hatte der andere den Notausgang genutzt, der auch als Personaleingang diente. Er hatte nur die Ankunft der Angestellten abwarten müssen, deren Arbeitszeiten die Diebe kannten. Die Frau war aus allen Wolken gefallen. Entsetzt hatte sie die maskierte Gestalt angestarrt, die sie, einen Finger mahnend an die Lippen gelegt, mit einem abgesägten Gewehr bedroht und dabei auf das Tastenfeld neben der Tür gedeutet hatte, damit sie den Code eingab.

Die Angestellte hatte natürlich gehorcht. Im Hinterzimmer des Ladens war sie gefesselt und dann in einen Nebenraum gesperrt worden. Anschließend war der mit einer Sturmhaube vermummte Dieb zu seinem Kumpan mit der Schirmmütze in den Verkaufsraum geeilt. All das hatte nur Sekunden gedauert. Die Sturmhaube hielt ihr Gewehr im Anschlag, die Schirmmütze zückte den Revolver, den sie am Gürtel trug, und schrie: »Keine Bewegung! Das ist ein Überfall!«

Mit der Spitze ihres Gewehrs schob die Sturmhaube den Verkäufer und den Filialleiter ins Hinterzimmer. Der Einbrecher mit der Schirmmütze zwang den Wachmann, die Eingangstür zu verriegeln, ehe er auch ihn aus dem Blickfeld zog. Falls jemand vor dem Schaufenster vorbeiging, würde er nur einen leeren Verkaufsraum sehen.

In seinem Wagen verborgen, spähte Greg zum Juweliergeschäft. Von außen wirkte alles friedlich. Doch es war unmöglich, irgendetwas zu erkennen.

»Jemand muss da mal einen Blick reinwerfen«, verlangte Greg über Funk.

»Ich übernehme das!«, meldete sich sofort eine junge Frau aus der Observationseinheit.

Eine Gestalt, die einen leeren Kinderwagen vor sich herschob, näherte sich mit schnellen Schritten dem Juwelier.

»Ich kann nichts sehen«, ließ sie wissen.

»Was soll das heißen, *du kannst nichts sehen*? Wo ist Arpad?«

»Im Laden ist niemand zu sehen.«

»Wie steht's auf der Rückseite?«, fragte Greg.

»Alles ruhig«, antwortete einer seiner Kollegen.

Das gefiel Greg nicht. Völlige Ruhe war für gewöhnlich ein schlechtes Zeichen.

Im Innern des Schmuckgeschäfts lief ein perfekt orchestriertes Zusammenspiel ab. Die Diebe wussten genau, was sie taten. Wachmann und Verkäufer wurden mit Kabelbindern gefesselt und der Obhut der Sturmhaube überlassen. Der Einzige, der nicht verschnürt wurde, war der Geschäftsführer, den die Mütze zum Tresor schleifte und dann zwang, diesen zu öffnen.

Eine nach der anderen inspizierte die Schirmmütze die Schubladen im Tresor, ohne ihren Inhalt anzurühren. Sie suchte etwas ganz Bestimmtes, und ein triumphierendes Lächeln huschte über ihr Gesicht, als sie es schließlich fand. Riesige rosa Diamanten. Schirmmütze nahm ein kleines Samtbeutelchen und legte die Edelsteine hinein.

In seinem Wagen hatte Greg gerade beschlossen, einen Kundschafter loszuschicken.

»Jemand aus der Einsatztruppe muss reingehen«, befahl Greg in sein Funkgerät.

Sofort schlenderte ein Beamter der Elitetruppe in Zivil zum Eingang, um sich als Kunde auszugeben. Doch die Tür ließ sich nicht öffnen.

»Es ist abgeschlossen«, gab der Polizist durch. »Da drin ist niemand …«

Greg verstand sofort: Wenn die Türe verriegelt und im Geschäft niemand zu sehen war, dann wurden alle Angestellten in irgendeinem Hinterzimmer festgehalten. Das war der Auf-frischer-Tat-Moment, auf den sie gewartet hatten.

Greg zögerte noch einen Augenblick. Er wollte nicht, dass der Überfall in eine Geiselnahme ausartete. Doch genauso wenig wollte er eine Schießerei auf offener Straße riskieren, wenn sie die Einbrecher auf der Flucht stellten.

»Wir stürmen«, entschied er. »Alles hört auf mein Kommando.«

Sobald sie den Tresor um die Diamanten erleichtert hatte, stürzte die Schirmmütze ins Hinterzimmer des Ladens, wo die drei Geiseln festgehalten wurden.

»Wir können los«, sagte sie ganz ruhig zu ihrem Komplizen. »Ich schaue nach, ob der Weg frei ist.«

Die Sturmhaube nickte. Die Schirmmütze warf unauffällig einen Blick durchs Schaufenster auf die Straße.

Die Spannung war auf dem Höhepunkt. Das Verlassen des Juweliergeschäfts und die Flucht waren die gefährlichsten Momente.

Greg versuchte mithilfe seines Feldstechers ein letztes Mal, ins Ladeninnere zu sehen. Er entdeckte Arpad, wie er mit der Schirmmütze auf dem Kopf seitlich an der Auslage vorbei auf die Straße spähte.

»Einbrecher gesichtet! Zugriff!«

Kaum hatte er diese Worte ausgesprochen, nahmen zwei Reihen schwarz gekleideter Männer mit Langwaffen und Schutzschilden zu beiden Seiten des Eingangs Aufstellung und sprengten die Tür.

Arpad war vollkommen überrumpelt. Er hörte zuerst eine Detonation draußen, unmittelbar darauf eine zweite, diesmal im Laden. Einen Moment lang stand er reglos da, wie gelähmt von dem Lärm und dem grellen Licht der Blendgranate, die soeben explodiert war. Ein Trupp vermummter Polizisten mit Schutzschilden stürmte den Laden und zielte auf ihn.

Er wurde unsanft zu Boden gestoßen. Das Adrenalin trieb seinen Puls in die Höhe. Er hatte ein Pfeifen im Ohr. Er spürte Stiefel, die ihn niederdrückten. Man legte ihm Handschellen an.

Alles war vorbei.

Während Arpad im Innern des Juweliergeschäfts überwältigt wurde, verhaftete ein anderes Team der Einsatzgruppe, das die Rückseite des Gebäudes überwachte, den zweiten Dieb, als dieser durch die Hintertür fliehen wollte.

Man legte den beiden Verdächtigen Handschellen an und verband ihnen die Augen. Der Befehl lautete, sie umgehend ins Kripohauptquartier zu bringen.

Es bereitete Greg, vermummt und in Kampfuniform, ein diebisches Vergnügen, Arpad zu einem der Mannschaftswagen zu schleifen und unsanft hineinzustoßen. Das Polizeifahrzeug raste sofort los, mit Blaulicht und heulenden Sirenen. Arpad konnte nichts sehen und kaum etwas hören. Seine Ohren hatten sich noch nicht von der Blendgranate erholt. Er stand unter Schock. Was würde jetzt mit ihm geschehen? Was würde aus ihm werden?

In der Küche in Saint-Tropez war Bernard gerade dabei, unter den Augen seiner Frau und seiner Enkelkinder ein Tablett mit Frühstück für Sophie zu richten. Als er damit fertig war, brachte er es zum Schlafzimmer seiner Tochter. In dem Raum war niemand, aber das wusste nur er. Er ging hinein und sagte so laut, dass Jacqueline und die Kinder es hören mussten, zu dem leeren Bett: »Guten Morgen, mein Schatz, hast du gut geschlafen? … noch ein bisschen liegen bleiben? Natürlich. Schlaf ruhig weiter, bis später.«

Zurück in der Küche, verkündete er: »Sophie ist todmüde. Wir lassen sie noch ein bisschen in Ruhe und fahren ohne sie nach Cannes.«

Vor der Cartier-Boutique herrschte Tohuwabohu. Das massive Polizeiaufgebot hatte jede Menge Gaffer aus den umliegenden Einkaufsstraßen angelockt, die an diesem Sommersamstag gut besucht waren. Innerhalb des Sicherheitskordons nahmen zwei Kripobeamte gerade die Aussage des Geschäftsführers auf.

»Als all diese Polizisten plötzlich hereingestürmt kamen, dachte ich, es handele sich um einen Überfall. Würde mir vielleicht mal jemand erklären, was hier eigentlich los ist?«

Die Kriminalbeamten sahen einander verwundert an.

»Was meinen Sie mit *was hier eigentlich los ist?*«, fragte schließlich einer von ihnen.

Wütend stürmte der Staatsanwalt in das Cartier-Geschäft. Man führte ihn sofort in einen Raum, in dem die für die Operation verantwortlichen Beamten bereits versammelt waren.

»Sagen Sie mir, dass das ein Witz ist!«, schrie er.

Niemand wagte es, einen Mucks zu machen. Schließlich fragte der ebenfalls anwesende Geschäftsführer: »Was ist das für eine Geschichte mit diesem vermeintlichen Einbruch? Ich verlange eine Erklärung. Haben Sie gesehen, wie mein Laden zugerichtet ist?«

Auf Bitten des Staatsanwalts schilderte der Geschäftsführer noch einmal den Besuch seines ersten Kunden an diesem Tag. Auf einem Bildschirm an der Wand waren die Aufzeichnungen der Überwachungskameras zu sehen. Während er sprach, spielte der Manager die Sequenzen ab, die seinen Bericht bestätigten.

---

30 Minuten zuvor

Arpad öffnete die Ladentür. Ein Verkäufer, der den eleganten Mann eintreten sah, empfing ihn höflich.

»Guten Tag, Monsieur, willkommen bei Cartier. Wie kann ich Ihnen behilflich sein?«

»Vor zwei Wochen habe ich bei Ihnen einen Ring in Form eines Pantherkopfs gekauft, aus dem sich ein Stein gelöst hat«, erklärte Arpad.

Er holte sein Geschenk an Sophie aus der Tasche.

Als der Angestellte das Schmuckstück sah, führte er Arpad in einen Nebenraum. Arpad setzte sich und legte den Ring auf ein Samttablett, das ihm der Juwelier hinhielt. Ehe dieser das Schmuckstück aufnahm, zog er sich einen weißen Handschuh an.

»Es fehlt einer der Diamanten, die die Augen umrahmen«, erklärte Arpad.

»Das kann ich so nicht erkennen. Erlauben Sie mir, rasch eine Lupe zu holen.« Der Angestellte verließ kurz den Raum. Als er mit einer Lupe in der Hand zurückkam, musste er feststellen, dass der Ring nicht mehr auf dem Tisch lag.

»Wo ist der Ring?«, fragte er.

»Der Ring? Ich dachte, den hätten Sie mitgenommen«, erwiderte Arpad.

»Der Ring war auf den Boden gefallen«, erklärte der Filialleiter. »Wie Sie an den Aufnahmen der Videoüberwachung erkennen können, wollte der Kunde, als er allein war, seine Schnürsenkel neu binden. Dabei ist er an den Tisch gestoßen, ohne es zu bemerken, und dabei ist der Ring heruntergerollt. Da der Boden mit Teppich ausgelegt ist, hat der Kunde nichts gehört. Und hier, sehen Sie, kommt mein Kollege mit seiner Lupe zurück und bemerkt, dass das Schmuckstück verschwunden ist. Keiner der beiden sieht, dass es am Boden liegt.«

»Was haben Sie dann getan?«, fragte der Staatsanwalt.

»Mein Kollege hat sofort den Sicherheitsdienst verständigt. Wir haben für einen solchen Fall klare Vorschriften: Sämtliche Ladentüren werden verriegelt. Niemand kommt mehr hinein oder hinaus. Da keine anderen Kunden im Laden waren, sind alle Wachleute hergekommen. Der Kunde wollte den Raum verlassen, doch einer der Wachleute hat ihn gebeten, sich nicht zu entfernen. Es dauerte nur einen Moment. Wir haben den Ring sofort wiedergefunden. Für mich war die Sache damit erledigt. Doch der Kunde war plötzlich sehr ungehalten.«

---

25 Minuten zuvor

»War dieses ganze Theater denn wirklich nötig?«, wandte sich Arpad überaus verstimmt an den Leiter des Geschäftes. »Es ist sehr unangenehm, so mit Gewalt festgehalten zu werden.«

»Es tut mir leid, Monsieur, aber so ist es Vorschrift.«

»Dass Sie einen Kunden einsperren?«

»So würde ich es nicht nennen, Monsieur. Mein Wachmann hat Sie höflich gebeten, im Raum zu bleiben.«

»Wir haben nicht dieselbe Vorstellung von Höflichkeit. Ich wurde wie ein Dieb behandelt. Geht man so mit seinen Kunden um, noch dazu einem, der nicht so sehr auf den Preis schaut? Geben Sie mir bitte meinen Ring zurück, ich werde ihn anderswo für vermutlich weniger Geld reparieren lassen.«

»Bitte, verstehen Sie das nicht falsch ...«

»Ich muss ohnehin los, ich habe eine wichtige Verabredung.«

»Und in dem Moment, als er hinausgehen wollte, sind all diese Beamten in Kampfmontur hereingeplatzt«, erklärte der Geschäftsführer.

Der Staatsanwalt wandte sich an den Brigadeleiter der Kripo: »Was ist mit dem anderen Kerl, den Sie verhaftet haben, als er versucht hat, über den Notausgang zu fliehen? Wer ist das? Philippe Carral?«

Der Polizist deutete auf einen Mann im Anzug, der auf dem Bildschirm zu sehen war. »Das ist einer der Angestellten«, antwortete er dann kleinlaut. »Als der Laden gestürmt wurde, dachte er, es wäre ein Raubüberfall. Er bekam Panik und wollte sich in Sicherheit bringen.«

Der Staatsanwalt konnte einen Fluch nicht unterdrücken. Dann brüllte er: »Wir machen uns hier zum Gespött! Haben Sie die Journalisten draußen gesehen? Was soll ich denen denn erzählen?«

»Aber Sie müssen zugeben, dass irgendwas an der Sache faul ist«, verteidigte sich der Mann. »Dieser Arpad ist nicht ganz sauber. Er kommt hier rein, sein Ring fällt wie zufällig auf den Boden, man findet ihn wieder, er macht eine Szene und will wieder abschwirren.«

»Scheint tatsächlich ein merkwürdiger Vogel zu sein, aber er hat gegen kein Gesetz verstoßen.«

»Und wenn er uns reingelegt hat?«, mutmaßte der Polizist. »Sehen Sie, in dem Moment, als er den Laden betritt, fummelt er an seiner Uhr herum. Und dann schaut er dauernd, wie spät es ist, aber ich denke, er hat den Timer aktiviert, den er im Auge behält.«

»Worauf wollen Sie hinaus?«, fragte der Staatsanwalt.

»Ich nehme an, er stoppt, wie lange die Sicherheitsleute brauchen, um zu reagieren. Vielleicht ist das ein Test für einen zukünftigen Einbruch …«

»Ein *zukünftiger Einbruch*?«, presste der Staatsanwalt hervor. »Das hilft mir ungemein weiter! Und wie lautet dann die Anklage? Wir waren hier wegen eines Raubüberfalls, es gab aber keinen Raubüberfall!«

»Sie wissen genauso gut wie ich, dass da noch einiges fragwürdig ist. Wie zum Beispiel seine Verbindung zu Philippe Carral, ihr merkwürdiges Treffen im Naturkundemuseum. Dieser Anruf wegen irgendetwas, das heute Morgen stattfinden sollte …«

»Ganz genau: Was sollte denn heute Morgen stattfinden?«, fuhr ihn der Staatsanwalt an. »Wir stochern völlig im Nebel.«

»Lassen Sie uns Arpad Braun verhören«, bat der Beamte. »Man kann nie wissen. Irgendetwas ist uns entgangen, das ist offensichtlich, nur was?«

»Na gut, dann verhören Sie Arpad Braun«, gestand ihm der Staatsanwalt zu. »Aber passt auf. Wir haben nichts gegen ihn in der Hand, Sie können ihn nicht lange festhalten.«

Im Wald von Jussy hatten Fauve und Sophie das Motorrad gerade wieder im Unterholz versteckt. Die Helme ließen sie darauf liegen, dann gingen sie rasch durch die Felder zum Bauernhof. Sobald sie in ihrem Versteck waren, brachen sie in Jubel aus und umarmten einander. Der Überfall war perfekt gelaufen. Sophies Herz schlug heftig. Sie war wie im Rausch.

Fauve schaltete seinen Computer an und verband sich mit der

Website der *Tribune de Genève*. Gleich als erste Meldung war dort zu lesen:

VERSUCHTER RAUBÜBERFALL
BEI CARTIER

»Ha, diese Idioten!«, rief er stolz. »Sie sind drauf reingefallen!«

10:30 Uhr. Stafforn, ein kleines, aber angesehenes Juweliergeschäft, war vor einer Stunde überfallen worden, ohne dass es irgendjemand mitbekommen hätte. Der Laden befand sich in der Altstadt, wenige Schritte von der Place du Bourg-de-Four entfernt. An diesem sommerlichen Samstagmorgen waren die Tische der Cafés voll besetzt, und in der Fußgängerzone herrschte reges Kommen und Gehen.

Auch Fauve und Sophie waren gekommen und wieder gegangen. Unbemerkt. Niemand hatte dieses Paar beachtet, das, wie so viele andere, vor einer Stunde hier vorbeigeschlendert war. Keine öffentliche Überwachungskamera verfolgte ihren Weg vom Juwelier Stafforn zu einem Motorrad, das ein paar Meter weiter in der Rue Saint-Léger geparkt war.

Im Versteck genoss Fauve seinen Erfolg. Zwei Monate zuvor, Ende April, als ihm dieser leichte und üppig entlohnte Einbruch in Genf angeboten wurde, hatte er sofort zugegriffen. Der Auftraggeber war ein Hehler, dem er ganz und gar vertraute. Ein Mann aus Estland mit solidem Ruf und einer ellenlangen Adressliste von Einbrecherbanden in ganz Europa. Der Este, wie er allgemein genannt wurde, schätzte Fauve sehr. Der war ein Einzelgänger, in seiner Arbeit ganz die alte Schule, stets effektiv und sauber, immer korrekt, mit einem Verhaltenskodex, wie ihn nur noch wenige befolgten. Der Markt wurde überschwemmt von Gangs aus dem Osten, die im Rudel auftraten. Sie waren geschwätzig, brutal und unvorsichtig. Eine dieser Banden hatte ein großes Ding in Paris vor die Wand gefahren, weil einer von ihnen es für clever hielt, kurz vor dem Einbruch einer Touristin die Handtasche zu klauen. Er war geschnappt worden, und ein Teil seines Rings war aufgeflogen. So etwas wäre Fauve nie passiert.

Einmal im Monat trafen sich Fauve und der Este auf der Fähre zwischen Tallinn und Helsinki. Es waren rein berufliche Treffen, doch seit sie sich kannten, tranken sie immer zuerst einen Kaffee und unterhielten sich. Dann erst kam der Este zum Geschäft: Er bekam Bestellungen für Diamanten oder Schmuckstücke und suchte einen Auftragsdieb, der sie für ihn stahl. Fauve wählte aus diesen Angeboten sorgfältig aus. Er war vorsichtig und kein Hitzkopf, was erklärte, warum er sich in dieser Branche so lange gehalten hatte. Von Banken ließ er inzwischen die Finger, da die Unwägbarkeiten zu groß waren. In der Szene kannte und respektierte ihn jeder.

Der Este war der einzige Mensch, der von Sophie wusste. Er nannte sie *deine Süße*. Fauve arbeitete mit niemandem außer ihr. Der Este war es auch gewesen, der, unter anderen, die Raubüberfälle von Saragossa und San Remo beauftragt hatte. Und zwei Monate zuvor hatte er Genf vorgeschlagen.

---

2 Monate zuvor
29. April 2022

Auf der Fähre zwischen Tallinn und Helsinki, mitten auf der Ostsee. Allein auf dem windgepeitschten Deck, tranken Fauve und der Este ihren Kaffee. Der Este mit seinem ausgeprägten Sinn für Gastfreundschaft war mit einer Thermoskanne und zwei Plastikbechern gekommen.

»Ich habe einen schönen Coup für dich«, sagte er in akzentfreiem Französisch. »Bei *deiner Süßen*.«

»In Genf?«

»Ja. Ein Juwelier, der sich verschuldet hat. Dieser Idiot hat ein Vermögen für unverkäufliche Ware ausgegeben. Rosa Diamanten, die niemand haben will. Zu groß, zu teuer, keine Ahnung. Kurz, der Typ will sich ausrauben lassen, um die Versicherungssumme zu kassieren. Es geht um fünf Diamanten im Wert von fünfundzwanzig Millionen Euro. Du machst mir den Einbruch, ich kaufe sie dir für fünfzehn Prozent ihres Wertes ab.«

Fauve musste nicht lange überlegen. »Ich will zwanzig«, forderte er.

»Fünf Millionen Euro für einen Raubüberfall, der ein Kinderspiel wird«, rechnete der Este. »Das ist teuer. Der Juwelier hat mir sämtliche Informationen geliefert: über die Zugänge zu seinem Laden, die Arbeitszeiten der Angestellten und das Überwachungssystem. Du musst dich nur noch bedienen.«

»Das ist mein Preis.«

Der Este war nicht so taktlos, Fauve ein Gegenangebot zu unterbreiten. »Abgemacht.« Er strecke ihm die Hand hin.

Fauve schlug ein, dann sagte er: »Ich mache es Anfang Juli.«

»Vorher wäre besser.«

»Unmöglich.«

»Bei dir ist alles möglich«, bemerkte der Este. »Du musst einen guten Grund haben.«

»Am 20. Juni hat Sophie Geburtstag.«

Der Hehler grinste. »Und der Einbruch ist ihr Geschenk?«

»Ja«, antwortete Fauve, über dessen Gesicht sich ein strahlendes Lächeln breitete.

»Du lächelst nur, wenn du über sie sprichst«, stellte der Este fest. »Dann also Anfang Juli.«

Während Fauve im Versteck an das letzte Gespräch mit dem Esten dachte, verfolgte Sophie am Computer besorgt die Nachrichten über den versuchten Einbruch bei Cartier. Sie war stinksauer.

»Ich kann nicht glauben, dass du das getan hast!«, warf sie Fauve vor. »Spinnst du? Wie konntest du Arpad als Ablenkungsmanöver benutzen?«

Fauve hatte nie vorgehabt, sich für den Coup bei Stafforn Arpad aufzuhalsen. Das war sein exklusiver Moment mit Sophie.

»Ich schwöre dir, als ich mir diesen Raub bei Cartier ausgedacht habe, wusste ich noch nicht, dass er uns nützlich sein würde.«

»Nützlich?«

»Ich meine, dass die Polizei etwas spitzkriegen würde und wir sie damit ablenken könnten.«

»Du hättest Arpad da nie mit hineinziehen dürfen!«

»Aber er war es doch, der unbedingt mitmachen wollte.«

»Nein, nein! Du hast das alles ausgelöst mit deinen Provokationen! Wenn du nicht aufgekreuzt wärst, hätte Arpad nie erfahren, dass du in Genf bist, und wir hätten in Ruhe unser Ding durchgezogen!«

»Du hast mich zu dir nach Hause eingeladen«, erinnerte Fauve sie.

»Weil du mich gedrängt hast und ich dir einen Gefallen tun wollte, ich Idiotin!«

Diese Bemerkung schmerzte. Das hier war ihr letzter gemeinsamer Moment, und anstatt ihn zu genießen, stritten sie miteinander.

»Arpad dachte, ich wollte ihn als Komplizen für einen Einbruch gewinnen, also musste ich ihm weiter etwas vormachen«, rechtfertigte er sich. »Deshalb habe ich mir diesen angeblichen Raubüberfall bei Cartier ausgedacht, nachdem ich gesehen hatte, wie er dort deinen Ring gekauft hat. Es passte perfekt zusammen. Aber es war alles nur zu deinem Schutz. Was hätte ich sonst tun sollen? Ihm offenbaren, dass du meine Komplizin bist?«

»Was du schließlich auch getan hast!«

»Weil die Sache aus dem Ruder lief.«

»Deinetwegen!«, erwiderte Sophie unerbittlich.

»Und wenn schon. Was ich dir zu erklären versuche, ist, dass Arpad, sobald er begriffen hatte, dass du und ich diesen Einbruch machen würden, darauf bestand, dabei zu sein.«

»Du hättest Nein sagen müssen.«

»Dann hätte er dich gebeten zu verzichten. Er wollte unbedingt da sein, um dich zu beschützen, um sicherzugehen, dass du da heil wieder rauskommst. Aber er hat keinerlei Erfahrung, es wäre viel zu riskant gewesen, ihn mitzunehmen. Also habe ich ihn zu Cartier geschickt, natürlich ohne ihm zu verraten, dass es nur ein Ablenkungsmanöver war, sonst hätte er sich geweigert. Und da er und ich vereinbart hatten, dich erst in allerletzter Minute zu informieren, hat er nie erfahren, dass er nicht bei dem richtigen Raubüberfall dabei war.«

Sophie verstand jetzt, warum Arpad – unter dem Vorwand, sich mit Julien zu treffen – in Genf geblieben war. Wie naiv sie gewesen war. Sie las die aktuellen Onlinemeldungen zum Polizeieinsatz bei Cartier.

»Hier steht, ein Verdächtiger sei festgenommen worden«, sagte sie besorgt. »Das ist bestimmt Arpad!«

»Was soll ihm denn passieren?«, versuchte Fauve sie zu beruhigen. »Es hat ja kein Raubüberfall stattgefunden. Die Bullen können ihm nichts anhaben.«

»Und wenn sie ihn mit Stafforn in Verbindung bringen?«

»Falls die Polizei den echten Raubüberfall schon entdeckt hätte, würden die Medien darüber berichten.«

»Nicht zwingend«, widersprach Sophie. »Nicht wenn die Ermittler die Verbindung zu Stafforn gezogen und begriffen haben, dass Cartier nur ein Köder war.«

»Und selbst wenn?«, bemühte Fauve sich, sie zu beruhigen. »Arpad hat das beste Alibi der Welt: In dem Moment, als Stafforn überfallen wurde, war er bei Cartier. Du machst dir unnötige Sorgen. Arpad ist zäher, als du denkst. Er wird sich ohne Schwierigkeiten aus der Affäre ziehen.«

Zur selben Zeit, nur wenige Kilometer entfernt, in Cologny. Wie verabredet, waren Karines Eltern zur *Warze* gekommen, um die Kinder abzuholen. Als Agnès die bedrückte Miene ihrer Tochter sah, fragte sie besorgt:

»Ist alles in Ordnung, Liebes?«

»Jaja. Alles in Ordnung.«

»Ist Greg nicht hier?«

»Es gab einen kleinen Notfall bei der Arbeit. Er ist bis Mittag wieder da, und dann fahren wir los.«

Im Versteck warf Fauve durchs Fenster einen prüfenden Blick auf die Umgebung.

»Es ist Zeit, aufzubrechen, oder?«, fragte Sophie.

Sie sollte mit dem grauen Peugeot nach Saint-Tropez zurückfahren. Je eher, desto besser. Doch Fauve konnte sich noch nicht trennen. Eigentlich hatte er ihren letzten gemeinsamen Überfall mit Champagner und Kaviar feiern wollen. Doch er spürte, dass dies nicht der richtige Zeitpunkt war, um seine Delikatessen aufzutischen. Er wünschte sich nur noch einen schönen Moment mit ihr. Eine letzte

Erinnerung an sie beide. Danach würde er für immer aus ihrem Leben verschwinden, nicht nur, um sein Versprechen zu halten, sondern weil er seinen Irrtum begriffen hatte: Sophies wahrer Käfig, das waren die Raubüberfälle. Sie würden sie daran hindern, ganz in ihrem Genfer Leben aufzugehen. Im Glashaus mit Arpad und den Kindern würde sie von nun an ihre Erfüllung finden. Er musste verschwinden, um ihr ihre Freiheit zurückzugeben.

Wenn er sie wirklich liebte, musste er auf sie verzichten.

11:00 Uhr morgens im Kripohauptquartier. Arpad wurde auf dem Kommissariat verhört. Er spürte – ohne zu verstehen, warum –, dass sich das Blatt zu seinen Gunsten wendete. Im Moment seiner brutalen Verhaftung bei Cartier hatte er gedacht, alles wäre vorbei. Doch nach einem kurzen Aufenthalt in einer Zelle hatte man ihn äußerst rücksichtsvoll und ohne Handschellen in ein Vernehmungszimmer gebracht. Eine junge Ermittlerin befragte ihn, ohne laut zu werden und auch ohne eine einzige Anschuldigung vorzubringen. Vor allem hatte sie noch kein einziges Mal das Wort »Raubüberfall« in den Mund genommen.

Marion Brullier fragte Arpad zum dritten Mal: »Was haben Sie bei Cartier gemacht?«

»Wie ich Ihnen bereits sagte: Vorige Woche habe ich dort einen Ring gekauft, an dem sich ein Diamant gelockert hat. Dürfte ich erfahren, was hier los ist? Und warum ich wie ein Verbrecher behandelt werde?«

Sie wich aus: »Bei Cartier ist dann etwas vorgefallen. Können Sie mir das genauer schildern?«

»Etwas vorgefallen? So würde ich das im Leben nicht nennen. Haben die Sie wegen dieser Kleinigkeit gerufen?«

Marion hatte wenig Handlungsspielraum. Arpad konnte jederzeit aufstehen und gehen, wenn er wollte. Doch noch war ihm das nicht bewusst. Also versuchte sie ihn zum Reden zu bringen.

»Was genau ist bei Cartier passiert?«, beharrte sie.

»Ich habe den Ring dort hingebracht, um ihn reparieren zu lassen. Dabei ist er unbemerkt zu Boden gefallen, was für große Aufregung gesorgt hat. Die Security hat eingegriffen und einen völlig unnötigen Zirkus veranstaltet. Haben die Sie gerufen? Wurde ich deshalb überwältigt und mit Handschellen gefesselt? Ich gedenke nämlich, Anzeige zu erstatten, wissen Sie.«

Mit dem letzten Satz wollte Arpad die Polizistin auf die Probe stellen. Sie widersprach ihm nicht. Hieß das nun, dass man nichts gegen ihn in der Hand hatte? Doch eine Frage beschäftigte ihn vor allem: Was war aus Fauve und Sophie geworden? Ihm fehlten wichtige Puzzleteile, aber er versuchte sich nichts anmerken zu lassen.

Marion setzte ihre Befragung fort: »Warum sind Sie in Genf?«

»Ich lebe in Genf«, erwiderte Arpad prompt.

»Ihre Frau und Ihre Kinder sind gestern nach Saint-Tropez gefahren …«

»Woher wissen Sie das?«

Wieder wich sie aus: »Warum haben Sie sie nicht begleitet?«

»Ich sollte heute nachkommen.«

»Warum sind Sie nicht gleich gestern mitgefahren?«

»Ich hatte gestern Abend eine Verabredung, bei der es um eine mögliche Stelle bei einer Vermögensverwaltung ging. Das war seit Monaten meine erste ernst zu nehmende Aussicht auf einen Job, da konnte Saint-Tropez warten. Verzeihen Sie, aber was genau wirft man mir eigentlich vor?«

Marion, der klar war, dass sie Arpad nicht mehr lange würde festhalten können, spielte ihre letzten Karten aus:

»Kennen Sie einen gewissen Philippe Carral?«

Arpad erstarrte. Doch er fasste sich schnell wieder und rief sich die Ratschläge in Erinnerung, die Sophie ihm am Vortag im Auto, zwischen den Bürsten der Waschstraße, erteilt hatte. *Wenn die Polizei dich nach Fauve fragt, sag ihnen die ganze Wahrheit. Genau da könnten sie dich sonst in die Enge treiben. Sie sind sehr gut informiert, unterschätze sie nicht, verkauf sie nicht für dumm.*

»Ich war mit Philippe Carral im Gefängnis«, erklärte Arpad. »Das war vor über fünfzehn Jahren. Man hatte mich in Frankreich zu Unrecht in Untersuchungshaft gesteckt, alle Vorwürfe gegen mich wurden später fallen gelassen. Eine dumme Verwechslung wegen eines Fahrzeugs, das ich im Auftrag eines Bekannten von London nach Saint-Tropez überführen sollte …«

»Und haben Sie ihn nach Ihrer Haftentlassung wiedergesehen?«

»Ja, zunächst in Saint-Tropez. Er hatte mich im Gefängnis beschützt, also wollte ich mich revanchieren. Ich besorgte ihm einen Job, aber er hielt nicht besonders lange durch. Schließlich haben wir uns aus den Augen verloren, und ich bin nach Genf gezogen.«

»Danach haben Sie ihn nie wiedergesehen?«

»Fünfzehn Jahre lang nicht. Aber es ist komisch, dass Sie nach ihm fragen, denn letzte Woche ist er plötzlich wiederaufgetaucht.«

»Was wollte er von Ihnen?«

»Ich bin mir nicht sicher. Geld, nehme ich an. Er ist ein Aussteiger, wissen Sie. Er ist mir zweimal gefolgt, es war beinahe schon Belästigung. Letzten Samstag wurde ich dann handgreiflich. Ich habe ihm eine ordentliche Tracht Prügel verpasst. Danach habe ich nichts mehr von ihm gehört …«

»Sie lügen«, erwiderte Marion.

Schweigend legte die Ermittlerin zwei Fotos auf den Tisch, die drei Tage zuvor am Naturkundemuseum aufgenommen worden waren. Das eine zeigte Arpad und seine Kinder beim Betreten des Gebäudes. Auf dem anderen sah man Fauve ebenfalls hineingehen.

»Sie haben Philippe Carral letzten Mittwoch im Naturkundemuseum getroffen.«

Arpad war verunsichert, aber er dachte an das, was Sophie ihm gesagt hatte: *Wenn du das Gefühl hast, die Kontrolle zu verlieren, erinnere dich daran, dass es dir gelungen ist, monatelang vor mir zu verbergen, dass du deinen Job verloren hattest. Du bist gut darin, Leuten etwas vorzumachen. Versteh mich nicht falsch, das ist nicht als Kritik gemeint. Es ist eine Stärke.*

»Also so was!«, entrüstete er sich. »Meinen Sie, er wollte es mir nach unserer Prügelei letzten Samstag heimzahlen? Sehen Sie, ich habe Ihnen ja gesagt, dass mir dieser Verrückte überallhin folgt! Ich möchte im Übrigen Anzeige gegen ihn erstatten. Man muss ein Kontaktverbot verhängen oder etwas Ähnliches.«

»Dann haben Sie ihn im Museum also nicht getroffen?«

»Ob ich ihn im Museum getroffen habe? Wenn ich ihn getroffen hätte, dann säße ich jetzt vielleicht nicht hier vor Ihnen, Frau Inspektorin. Ich bezweifle, dass er dort war, um die ausgestopften Tiere zu bewundern. Vermutlich hat er dann doch nicht gewagt, in der Öffentlichkeit etwas zu unternehmen.«

»Sie behaupten also, dass Sie seit der Auseinandersetzung am vergangenen Samstag keinen Kontakt mehr zu ihm hatten?«, fragte Marion.

»Nicht den geringsten.«

Marion lächelte triumphierend, während sie eine Tonaufnahme abspielte:

Arpad: Hallo?
Männerstimme: Ich rechne Samstagmorgen mit dir.
Arpad: Ich kann es nicht machen.
Männerstimme: Wieso das denn? Du hast mir versprochen, dass du es tun wirst.
Arpad: Und ich sage dir, ich kann es nicht machen!

»Am Mittwochmorgen haben Sie mit Philippe Carral telefoniert«, sagte Marion. »Ein paar Stunden bevor Sie ihn im Naturkundemuseum getroffen haben …«

Arpad erschrak. Sophie hatte ihn am Vortag gewarnt: *Sie haben möglicherweise Gespräche mit Fauve aufgenommen, aber sie können nicht beweisen, dass er es ist.* Wie hatte sie das vorhersehen können? Er fühlte sich überfordert von der Situation, bemühte sich aber, sich nicht aus dem Konzept bringen zu lassen, und befolgte die Anweisungen seiner Frau. *Wenn man dir diese Aufnahmen vorspielt, sagst du, es wäre …*

»… Elmar, ein Freund aus Estland«, erklärte Arpad.

»Ein Freund aus Estland?«, wiederholte Marion.

»Ein Freund, der in Estland lebt, wenn Ihnen das lieber ist.«

»Was wollte er von Ihnen? Er klingt, als wäre es ihm sehr wichtig.«

Elmar hat dich gebeten, auf einer Privatauktion eine Sammleruhr für ihn zu ersteigern, hatte Sophie vorgegeben.

»Dass ich für ihn zu einer Privatauktion gehe, um eine Uhr zu ersteigern«, erläuterte Arpad. »Aber damit konnte ich mich nicht aufhalten, denn ich wollte so schnell wie möglich nach Saint-Tropez aufbrechen. Ich habe ihm eine Absage erteilt. Elmar ist nervtötend:

Man reicht ihm den kleinen Finger, und er nimmt gleich die ganze Hand. Sie brauchen ihn nur anzurufen, um das zu überprüfen.«

»Wir haben versucht, ihn zu erreichen«, sagte Marion, »aber sein Telefon ist ausgeschaltet.«

Arpad, der spürte, dass dies der entscheidende Moment war, beschloss, alles auf eine Karte zu setzen. In entrüstetem Ton sagte er: »Dürfte ich Sie im Übrigen fragen, mit welchem Recht Sie meine Telefongespräche aufgezeichnet haben? Ich möchte jetzt endlich wissen, warum man mich hier festhält.«

Marion hatte ihre Munition verschossen. Sie sagte nur: »Ich komme sofort wieder. Bleiben Sie, wo Sie sind.«

Sie verließ den Raum und ging ins Nebenzimmer, wo der Staatsanwalt und andere Polizisten, darunter Greg, die Befragung verfolgt hatten.

»Er hat auf alles eine Antwort«, sagte der Staatsanwalt. »Ich habe nichts in der Hand, um eine Anklage zu rechtfertigen. Es hat ja nicht mal einen Raubüberfall gegeben. Wir müssen ihn gehen lassen.«

»Er führt uns komplett an der Nase herum«, erwiderte Greg erbost. »Ich bin sicher, es ist Carrals Stimme auf diesem Mitschnitt und nicht die eines angeblichen estnischen Freundes!«

»Wir haben aber keine Möglichkeit, die Stimme zu überprüfen«, erinnerte ihn der Staatsanwalt. »Es sei denn, Sie können uns Carral ranschaffen. Und darf ich Sie vor allem noch einmal darauf hinweisen, dass gar kein Raubüberfall stattgefunden hat? Danke für den Tipp!«

Greg verzehrte sich innerlich. Er hätte am liebsten alles, was er wusste, hinausgeschrien. Dass er im Schlafzimmer der Brauns eine Kamera installiert hatte und erst gestern ein Telefonat zwischen Arpad und wahrscheinlich Fauve mitgehört hatte, in dem es um den Einbruch ging. Sie hatten einen Plan ausgeheckt, Arpad sollte vorne reingehen, Fauve und Sophie hinten. Doch wenn er die Existenz der Kamera preisgab, dann war seine Karriere beendet. Noch dazu ganz umsonst: Es hatte ja gar kein Einbruch stattgefunden! Oder er hatte noch nicht stattgefunden. Sie ließen sich gerade alle hinters Licht führen, und das machte ihn rasend.

Er dachte an das geheime Telefon, das hinter einer Fußleiste im

Schlafzimmer versteckt war. Er hatte es Arpad zweimal benutzen sehen, um mit Fauve zu telefonieren. Wenn die Ermittler es in die Finger bekämen, würde sich das Blatt wenden.

»Wir müssen eine Haussuchung bei den Brauns durchführen!«, rief Greg zum allseitigen Erstaunen.

Der Vorschlag passte so gar nicht zu dem Gespräch, das der Staatsanwalt und die Ermittler eben geführt hatten.

»Man kann ohne vorherige Anklage keine Haussuchung anordnen«, erinnerte ihn der Staatsanwalt.

»Wir werden schon irgendeinen Vorwand finden«, erwiderte Greg unüberlegt.

»Aber ich habe nichts in der Hand!«, bellte ihn der Staatsanwalt an. »Das war ein Reinfall auf der ganzen Linie, wir haben uns vollkommen zum Affen gemacht. Es reicht, wir haben genug Zeit und Ressourcen mit dieser Angelegenheit verplempert. Arpad Braun wird sofort freigelassen. Und die Überwachung aufgehoben. Nichts rechtfertigt sie mehr.«

Im Vernehmungsraum kam Arpad Sophies letzter Rat wieder in den Sinn: *Wenn sie nach diesem Telefon fragen, das in unserem Schlafzimmer hinter der Fußleiste versteckt ist, dann sagst du, das hättest du für deine Kunden bei der Bank gehabt, die nicht immer all ihre Einkünfte deklariert hatten und fürchteten, dass die offiziellen Leitungen abgehört würden.*

Die Ermittlerin hatte das verborgene Telefon nicht erwähnt, aber Sophies Bemerkung machte ihn jetzt stutzig: Woher sollte die Polizei wissen, dass hinter der Fußleiste ein Telefon versteckt war? In dem Moment begriff er, dass Sophie mehr wusste als er. Wieder einmal hatte sie ihm etwas verheimlicht. Er kam jedoch nicht dazu, weiter darüber nachzudenken, da Marion erschien und sagte: »Es liegt nichts gegen Sie vor. Sie können gehen.«

Vor dem Polizeipräsidium nahm Arpad sich ein Taxi Richtung Tranchées-Viertel, um sein Auto zu holen. Der überaus redselige Fahrer fragte: »Haben Sie mitbekommen, was heute früh in der Rue du Rhône los war?«

Da Arpad nicht antwortete, servierte ihm der Fahrer brühwarm die neusten Neuigkeiten: »Die Polizei dachte, bei Cartier gäbe es einen Raubüberfall. Sie haben den Laden gestürmt. Das war vielleicht eine Aufregung.«

»Was soll das heißen, *sie dachten, es gäbe einen Raubüberfall*?«

»Ich weiß nicht, wie es dazu kam, aber sie haben sich getäuscht. Im Internet ist von einem Irrtum die Rede. Dabei waren sie alles andere als zimperlich: Sie sind gleich mit Sondereinsatzkommando und allem angerückt. Sie haben sogar die Eingangstür aufgesprengt. Ein teurer Irrtum. Und raten Sie, mit wessen Geld der Staat die Schäden wiedergutmacht? Mit unseren Steuern! Das ist schon eine Sauerei.«

Arpad verstand überhaupt nichts mehr. Wo war Sophie? Wo war Fauve? Er dachte an das Versteck, von dem Sophie ihm erzählt hatte. Damit sein Auto dort nicht gesehen wurde, beschloss er, sich mit dem Taxi hinbringen zu lassen.

»Planänderung«, sagte er zu dem Chauffeur. »Wir fahren nach Jussy.«

Die Kirchturmuhr des Dörfchens Jussy schlug Mittag.

Das Taxi durchquerte den Ort und folgte dann einer Landstraße, die sich zwischen Kornfeldern hindurchschlängelte. Die Umgebung war das reinste Idyll.

Bald entdeckte Arpad den Hof. Er wusste, dass er dort war, weil Sophie von einem großen hölzernen Schild gesprochen hatte, das »frische Eier direkt vom Bauern« anpries. »Am Schild biegst du links ab und fährst weiter bis zum Gehöft. Da ist es.« Er gab dem Fahrer die entsprechende Anweisung.

Das Auto passierte einige Schuppen, dann sah Arpad die Gebäude, von denen Sophie gesprochen hatte. Und er sah auch Fauves grauen Peugeot.

Er bat den Fahrer, ihn abzusetzen.

Den Wagen, der ihm, seit er das Polizeipräsidium verlassen hatte, diskret gefolgt war, hatte er nicht bemerkt.

Zwar hatte der Staatsanwalt angeordnet, Arpads Überwachung aufzuheben, doch auf dem Ohr war Greg vollkommen taub. Wild entschlossen, all seinen Kollegen zu beweisen, dass sie sich täuschten, war er Arpad gefolgt. Als er sah, wie sein Taxi das Stadtgebiet verließ, wusste er, dass etwas im Schwange war.

Um nicht aufzufallen, hatte Greg ziemlich viel Abstand gehalten und so das Taxi hinter Jussy verloren. Daraus hatte er gefolgert, dass es einen der zahlreichen Landwirtschaftswege genommen haben musste. Nur welchen?

Er fuhr ziellos durch die Gegend, als er plötzlich das Taxi ohne seinen Passagier zurückkommen sah. Greg klemmte das Blaulicht aufs Dach und bedeutete dem Fahrer, anzuhalten.

»Wo haben Sie Ihren Kunden abgesetzt?«, fragte er.

»Vor einem Bauernhof, gleich dort drüben. Fahren Sie hier entlang, an dem Schild ›Frische Eier direkt vom Bauern‹ links und dann weiter bis zu einer Häusergruppe. Vorher kommen noch ein paar Schuppen, da ist es nicht, sondern ein Stück dahinter.«

Im Versteck hatte Fauve, ganz auf sein Gespräch mit Sophie konzentriert, die Ankunft des Taxis auf dem Hof nicht bemerkt.

Er hatte beschlossen, den Champagner doch noch zu öffnen, um die letzten Momente mit Sophie zu genießen. Danach müssten sie los.

»Auf dich«, sagte Fauve und hob sein Glas.

»Auf uns«, antwortete Sophie.

Fauve trank einen Schluck. Endlich fand er den Mut, ihr zu gestehen: »Du bist das Beste, was mir je passiert ist.«

Sie umarmten sich, und er flüsterte: »Ich habe dich mein Leben lang geliebt.«

»Ich weiß«, sagte Sophie zärtlich.

In dem Moment gab die Klinke der Wohnungstür ein Quietschen von sich. Jemand versuchte, hereinzukommen, doch es war abgeschlossen. Fauve hatte im Bruchteil einer Sekunde seine Waffe gezückt und näherte sich lautlos dem Türspion.

»Arpad? Was hast du hier zu suchen?«, fragte Fauve stinksauer, nachdem er ihn schnell hereingelassen hatte.

Sophie stürzte zu ihrem Mann und umarmte ihn.

»Verdammt, Soph'«, fluchte Fauve, »du hast ihm die Adresse unseres Verstecks gegeben! Bist du verrückt?«

Arpad zuckte zusammen, als er hörte, dass auch Fauve die Koseform *Soph'* benutzte. Gereizt fragte er: »Wovor versteckt ihr euch denn?« Sein Blick fiel auf die Flasche und die beiden Gläser. »Und warum zur Hölle trinkt ihr Champagner? Weshalb habt ihr euren dämlichen Raubüberfall nicht durchgezogen? Was ist hier los, verdammte Scheiße?«

»Wir haben den Raubüberfall durchgezogen«, sagte Sophie. »Nur wissen es die Bullen noch nicht.«

»Was redest du da?«, fragte Arpad verwirrt.

»Cartier war nur ein Bluff«, gestand Fauve.

»Ein *Bluff*? Was soll das heißen, *ein Bluff*? Ihr habt mich benutzt?«

»Das war ursprünglich nicht so geplant«, erklärte Fauve. »Als du dachtest, ich wollte dir vorschlagen, ein Ding mit dir zu drehen, und wir uns im *La Caravelle* getroffen haben, da habe ich mir den Einbruch bei Cartier ausgedacht, weil ich dir nicht verraten konnte, dass deine Frau eine Einbrecherin ist.«

»Und dann? Warum hast du mich trotzdem zu Cartier geschickt?«

»Es wäre zu riskant gewesen, dich zu dem echten Überfall mitzunehmen.«

»Also, wenn ich es richtig verstehe, hast du mich zu Cartier geschickt, damit du mit Sophie allein sein konntest und ihr zwei in Ruhe euer Ding drehen konntet. Welchen Juwelier habt ihr ausgeraubt?«

»Stafforn, in der Altstadt«, sagte Sophie. »Aber ich hatte keine Ahnung von dem kleinen Täuschungsmanöver, das Fauve organisiert hat. Ich wusste nicht mal, dass du bei dem Raubüberfall mitmachen wolltest.«

»Aber wenn es bei Cartier gar keinen Raubüberfall gab, warum ist dann die Polizei dort aufgekreuzt?«, fragte Arpad. »Die Bullen haben mich nach dir gefragt, Fauve. Mein Telefon wurde abgehört. Die schienen bestens informiert zu sein.«

»Sie waren allerdings bestens informiert«, bestätigte Fauve, »und das wussten wir.«

»Wie, *das wusstet ihr*?«, presste Arpad hervor. »Was wusstet ihr?«

Da vertraute Sophie ihm an:

»Am Mittwochnachmittag ist Karine zu mir gekommen.«

---

3 Tage vor dem Raubüberfall
Mittwoch, der 29. Juni 2022

Als Sophie aus der Mittagspause zurückkam, traf sie Karine, die vor der Kanzlei auf sie gewartet hatte.

»Hallo, *meine Schöne*«, sagte Sophie, die dachte, ihre Begegnung wäre rein zufällig.

»Erspar mir dein Gesülze«, zischte Karine. »Du bist eine miese Schlampe!«

Sophie fiel aus allen Wolken. »Na, hör mal, Karine, was ist los mit dir?«

»Ich weiß, dass du mit Greg vögelst!«, schrie Karine, zitternd vor Wut.

Sophie, die nichts begriff, versuchte sie zu beschwichtigen: »Warte, warte, du irrst dich komplett. Warum gehen wir nicht in mein Büro und reden in aller Ruhe darüber?«

Véronique war an diesem Tag nicht in der Kanzlei, sie waren also ungestört. Sophie bot Karine an, ins Besprechungszimmer zu gehen, doch die war viel zu aufgebracht, um sich hinzusetzen. Also standen sie einander in dem engen Flur gegenüber.

»Willst du einen Kaffee?«, fragte Sophie beklommen.

»Ich will, dass du verschwindest!«

»Hör zu, ich weiß nicht, wie du auf die Idee kommst, dass zwischen Greg und mir irgendwas läuft, aber ich versichere dir, das stimmt nicht. Absolut nicht!«

»Verarsch mich bitte nicht! Es ist sowieso nicht zu übersehen, dass du unbedingt allen Männern gefallen musst.«

»Das reicht jetzt, Karine! Ich habe keine Lust, mich von dir beschimpfen zu lassen. Du bist offensichtlich völlig durcheinander. Entweder sagst du mir jetzt, was los ist, oder du gehst.«

»Ich habe einen anonymen Brief bekommen, in dem stand, dass Greg mich betrügt.«

»Mit mir?«

»Das stand nicht darin. Aber ich habe in Gregs Handy ein Video von dir gefunden, auf dem du masturbierst.«

»Was?«, rief Sophie entsetzt. »Also, das ist unmöglich.«

»Oh, glaub mir, das bist ganz sicher du!«

»Das ist unmöglich, Karine!«, wiederholte Sophie. »So etwas würde ich dir nie antun. Niemals würde ich mit Greg ins Bett gehen noch dir schaden oder dir auf irgendeine Weise wehtun.«

»Warum sollte ich dir das glauben?«

»Weil ...« Sophie unterbrach sich. Als zögerte sie. Dann gab sie sich einen Ruck: »Weil du eine meiner wenigen Freundinnen bist. Vielleicht die einzige Person, bei der ich wirklich ... ich selbst sein kann.«

Karine lachte zynisch. »Und all die Leute bei Arpads Geburtstagsfeier?«

»Meine Mitarbeiterin Véronique, Julien, ein guter Freund von Arpad und seine Frau Rebecca. Arpads Cousins und ein paar Bekannte ... Du siehst, ich bin nicht so beliebt, wie du denkst. Aber an jenem Abend habe ich eine Freundin gefunden. Eine unverstellte, aufrichtige, witzige, überraschende Person. Dich.«

Karine starrte Sophie an. Sie wurde von einem Strudel widersprüchlicher Gefühle erfasst. Schließlich sagte sie: »Die Polizei hat in eurem Schlafzimmer eine Überwachungskamera installiert. Daher hatte Greg das Video von dir.«

»Was?«

»Die Polizei verdächtigt Arpad, einen Raubüberfall zu planen …«

Es folgte drückendes Schweigen. Die beiden Frauen musterten einander.

Dann sagte Karine, den Tränen nahe: »Wenn diese Geschichte wahr ist, dann haut ab, du und Arpad, weit weg, bevor die Polizei euch erwischt. Ich will nicht, dass Arpad hier im Gefängnis sitzt und du alleine bleibst in deiner riesigen Bude, einen Steinwurf von uns entfernt. Das wäre sehr schlecht für Greg und mich. Er würde dir die ganze Zeit helfen und dich unterstützen wollen. Ich kenne ihn. Ich höre schon, wie er zu mir sagt: ›Ganz gleich, was Arpad getan hat, wir müssen Sophie beistehen. Sie ist unsere Freundin.‹ Und all das nur, um andauernd in deiner Nähe zu sein, wie ein Hündchen, das gestreichelt werden will. Du wirst ihn um den Verstand bringen. Eigentlich hast du ihn schon um den Verstand gebracht. Aber bis jetzt war ich selbst zu geblendet von dir, um es zu begreifen. Seit Arpads Geburtstag ist Greg wie verhext. Seit jenem Abend ist er nicht mehr derselbe. Ich bin fest entschlossen, mir meinen Mann zurückzuholen, Sophie. Er ist alles, was ich habe.«

»In unserem Schlafzimmer gibt es eine Kamera?«, sagte Arpad, schockiert von Sophies Bericht.

»Ja. Oben in der Schranktür verborgen. Spitzentechnologie. Das ist ganz sicher Polizeiausrüstung.«

»Wie kann das sein?«

»Keine Ahnung. Aber als ich es Fauve erzählt habe, sah er darin eine Chance.«

Fauve erklärte: »Sophie und ich haben eine Liste aufgestellt mit allem, was die Bullen wissen könnten, falls sie euer Haus mit Mikrofonen und Kameras gespickt und eure Handys abgehört hätten. Wir sind sämtliche Gespräche durchgegangen, die dort geführt wurden. Sophie und ich haben seit jeher unser eigenes Sicherheitsprotokoll, eben gerade, um eure Familie aus alldem rauszuhalten.«

»Du meinst euer geheimes Telefon?«

»Unter anderem«, bestätigte Fauve. »Um ehrlich zu sein, war das bei euch versteckte Handy unsere Leitung für den Notfall. Aber da du es gefunden hattest, wussten wir, dass es nicht mehr sicher war. Und dass die Bullen es vielleicht durch die Kamera gesehen hatten. Noch dazu habe ich den Fehler begangen, dich am Mittwochmorgen auf deinem Telefon anzurufen, das vielleicht schon abgehört wurde. Kurz, ich habe Sophie gesagt, dass alle Verdachtsmomente auf dich hinwiesen und dass sämtliche Bullen der Stadt dir auf den Fersen wären, während wir seelenruhig unseren Raub begehen könnten.«

Sophie fuhr fort: »Fauve hatte mich überzeugt, dass heute Morgen, während wir den Juwelier ausrauben würden, alle Polizisten damit beschäftigt wären, dich zu Hause zu überwachen.«

»Deshalb hast du mir in der Waschstraße die ganzen Ratschläge gegeben«, schlussfolgerte Arpad.

»Genau. Allerdings hatte ich da keine Ahnung von dem fingierten Einbruch bei Cartier.«

Arpad wandte sich an Fauve: »Du hast uns beide reingelegt und mich zu Cartier geschickt, um die Polizei glauben zu machen, der Überfall würde dort stattfinden, und damit das perfekte Ablenkmanöver zu haben.«

»Diese Gelegenheit konnte ich mir unmöglich entgehen lassen«, rechtfertigte sich Fauve. »Dank dir hatten wir vollkommen freie Bahn.«

»Aber wie konntest du dir sicher sein, dass das bei Cartier funktionieren würde?«, fragte Arpad weiter.

»Die Sicherheitsvorschriften der Juweliere sind überall gleich. Ein Kinderspiel.«

Arpad war fassungslos, während Fauve, der gesehen hatte, wie spät es war, bestimmte: »Wir müssen jetzt wirklich abhauen.«

Er warf einen routinemäßigen Blick aus dem Fenster zum Hof und rief: »Verdammt, da ist ein Bulle!«

In seiner Einsatzuniform war Greg gerade dabei, den grauen Peugeot zu inspizieren.

Fauve schloss sofort den Vorhangspalt und zückte seine Waffe. Er stürzte zu den anderen Fenstern und kontrollierte die Umgebung.

»Was tun wir jetzt?«, fragte Sophie mit klopfendem Herzen.

»Hinten ist niemand. Nimm Arpad und befolge den Notfallplan.«

»Und du?«, wollte sie wissen.

Fauve packte sie an den Schultern und wiederholte: »Nimm Arpad und befolge den Notfallplan!«

Sie gehorchte, ergriff Arpads Hand und zog ihn ins Schlafzimmer. Sie kletterten aus dem Fenster und huschten, von der Fassade verborgen, auf dem Gesims zum ersten Stock der Scheune.

Fauve sah ihnen hinterher und murmelte: »Auf Wiedersehen, Sophie, ich habe dich so geliebt …« Dann öffnete er die Tür des Verstecks und begann auf Greg zu schießen.

Sophie und Arpad kletterten gerade die Leiter hinunter, als sie einen Schusswechsel hörten. Die Detonationen kamen aus dem Hof. Sophie ging zu einer hölzernen Klappe im hinteren Teil der Scheune. Sie steckte den Kopf hinaus und sah sich um. Niemand da. Der Weg war frei. Sie schlüpfte aus der Scheune und bedeutete Arpad, ihr zu folgen. Doch der hatte eine zu kräftige Statur und blieb auf Höhe des Brustkorbs stecken. Er saß in der Falle.

Im Hof hallten weiter Schüsse. Fauve nahm Greg von der Außentreppe unter Dauerfeuer und zwang ihn so, hinter einer Landmaschine in Deckung zu gehen.

Verwundert stellte Fauve fest, dass der Polizist allein war, dabei hatte er erwartet, es mit einem ganzen Einsatzkommando aufnehmen zu müssen. Das war seltsam. Der Schusswechsel brach für einen Moment ab.

Sophie packte Arpad am Arm und zog einmal kräftig. Es gelang ihm, sich zu befreien und aus der Öffnung zu kriechen. Sie rannten, so schnell sie konnten, Richtung Wald. Die Schüsse waren verstummt.

Fauve sah den Polizisten nicht mehr. Er ging die Treppe hinunter und pirschte sich behutsam vor. Als er ein Geräusch hörte, fuhr er herum. Niemand. Dann, plötzlich stand Greg vor ihm und feuerte sein Magazin auf ihn ab.

Neun Kugeln trafen ihn in der Brust, eine am Kopf.

Sophie zuckte zusammen, als sie die Salve hörte. Sie waren schon im Wald, verborgen zwischen den Bäumen. Sie blieb kurz stehen und blickte in Richtung des Gehöftes, das sie nicht mehr sehen konnte. Dann fand sie das Gebüsch. Sie holte das Motorrad heraus, gab Arpad einen Helm und nahm selbst den anderen. Sie setzte sich an den Lenker, Arpad stieg hinter ihr auf. Dann startete sie das Motorrad und raste auf dem Waldweg davon.

13:00 Uhr in Jussy. Die Polizei hatte den gesamten Hof abgeriegelt. Eine Hundestaffel durchkämmte die Felder und den Wald rundherum. Im Hof vor dem Bauernhaus wurde Greg von einem Sanitäter untersucht. Nur zur Kontrolle. Ihm fehlte nichts. Er sah zu, wie sich die Experten der Spurensicherung um Fauves Leiche zu schaffen machten.

Marion Brullier, mit ihren Kollegen umgehend vor Ort entsandt, trat zu Greg. »Alles ok?«, erkundigte sie sich.

»Alles okay.«

Sie legte ihm freundschaftlich eine Hand auf die Schulter.

»Ist das nun Philippe Carral?«, wollte Greg wissen.

»Sieht ganz so aus. Wir lassen es per DNA-Analyse überprüfen. War er allein?«

»Ich habe sonst niemanden gesehen. Ich kam an, und plötzlich stand er oben auf der Treppe und hat mich unter Beschuss genommen.«

»Woher wusstest du, dass er hier war?«

»Auf dem Nachhauseweg bin ich zufällig dem grauen Peugeot begegnet«, log Greg, »und ihm hierher gefolgt.«

Er blieb bei dieser Erklärung, da er es für unnötig hielt, Arpad zu erwähnen. Von den Brauns gab es keine Spur auf dem Bauernhof, und er fürchtete, seine Verbissenheit könnte ihm noch Ärger eintragen, wegen der Kamera, die er bei ihnen zu Hause installiert hatte.

Es war Zeit, dieses Kapitel abzuhaken. Er wollte Arpad vergessen. Sophie vergessen. Er wollte nur nach Hause, seine Frau sehen und mit ihr nach Italien fahren.

Doch zurück in der *Warze*, fand er das Haus seltsam still vor. Kein

Sandy, der ihn an der Tür begrüßte. Karines Koffer war verschwunden. Er begriff, dass sie gegangen war. Sie hatte ihn verlassen.

In der Küche lag eine knappe, von Hand geschriebene Nachricht:

Du hast dich entschieden.

Er brach zusammen.

16:00 Uhr in der Genfer Altstadt. Der Juwelier Stafforn schien heute nicht geöffnet zu haben. Den ganzen Tag über hatten die Kunden die Ladentür verschlossen vorgefunden. Die Frau des Geschäftsführers, beunruhigt darüber, dass sie ihren Mann nicht erreichen konnte, war schließlich hingefahren. Als auch sie die Tür verschlossen fand, begriff sie, dass etwas nicht stimmen konnte, und schlug Alarm. Die Polizei rückte an und fand hinten im Laden den Geschäftsführer, seine Angestellte und einen Wachmann, alle drei mit Kabelbindern gefesselt.

Zur selben Zeit rasten Arpad und Sophie über eine südfranzösische Autobahn. Vom Versteck waren sie mit dem Motorrad in die Genfer Innenstadt gelangt, hatten es im Tranchée-Viertel in der Nähe von Arpads Wagen stehen lassen und waren mit dem Porsche Richtung Saint-Tropez aufgebrochen.

Um achtzehn Uhr dreißig erreichten sie endlich Bernards Haus. Als Isaak und Léa das Auto hörten, stürmten sie hinaus, um ihre Eltern zu begrüßen. Bernard und Jacqueline folgten ihnen.

Arpad sprang aus dem Auto, um seine Kinder in die Arme zu schließen. Sophie dagegen blieb noch einen Moment sitzen. Sie spielte mit einem kleinen Samtbeutel, den Fauve ihr, kurz bevor Arpad in ihr Versteck geplatzt war, gegeben hatte. Er enthielt die geraubten Diamanten. Außerdem fand sie darin einen Zettel mit einer Nachricht:

Herzlichen Glückwunsch zum Geburtstag.
Ich werde dich immer lieben
Fauve

4 Monate nach dem Raubüberfall

23. November 2022

Der Überfall auf den Juwelier Stafforn wurde nicht aufgeklärt. Das Einzige, was die Ermittler mit Sicherheit zu sagen vermochten, war, dass Fauve daran teilgenommen hatte. In seinem Versteck hatten sie die Kleidungsstücke gefunden, die einer der Diebe getragen hatte. Eine Schirmmütze und ein Halstuch, gleich denen auf den Bildern der Überwachungskameras.

Doch sowohl von seinem Komplizen als auch von ihrer Beute fehlte jede Spur. Natürlich hatten die Ermittler das Ehepaar Braun unter die Lupe genommen, aber Arpad verfügte über ein felsenfestes Alibi: Zum Zeitpunkt des Raubüberfalls war er bei Cartier überwältigt und festgenommen worden. Seine Frau Sophie dagegen hatte sich in Saint-Tropez aufgehalten. Laut den ausgewerteten Daten hatte ihr Telefon das Haus ihrer Eltern nicht verlassen, und der Porsche war nicht bewegt worden. Sowohl Bernard als auch Jacqueline bestätigten, dass ihre Tochter den Vormittag bei ihnen verbracht hatte. Noch nicht einmal eine mutmaßliche Verbindung zwischen ihr und Fauve anhand eines gemeinsamen Tattoos konnte nachgewiesen werden, da die Tätowierung auf Fauves Brustkorb von Gregs Kugeln zerstört worden war. Es waren nur Hautfetzen mit Tintenspuren geblieben, die nichts mehr erkennen ließen.

Während sich die Ermittler der Genfer Kripo wegen dringenderer Angelegenheiten immer weniger für den Fall interessierten, fand irgendwo inmitten der Ostsee, auf dem Deck einer Fähre zwischen Tallinn und Helsinki, ein Trio zusammen.

Es war neblig und regnerisch. Außer ihnen waren alle Passagiere unter Deck. Ein in einen Wintermantel gehüllter Mann goss Kaffee aus einer Thermoskanne in drei Plastikbecher.

»Ich freue mich, Sie endlich persönlich kennenzulernen«, sagte der Este zu Sophie. »Fauve hat mir so viel von Ihnen erzählt.«

»Die Freude ist ganz meinerseits«, antwortete Sophie, während sie den Kaffeebecher entgegennahm, den er ihr reichte.

Hinter ihr stand ihr Vater. Der Este bot auch ihm einen Kaffee an. Bernard bedankte sich mit einem Nicken.

Sophie und der Este redeten gut eine Stunde. Dann gab sie ihm die Diamanten und bekam dafür eine Tasche voller Banknoten. Ehe der Mann ging, umarmten sie sich. Er sah sie zum ersten und letzten Mal, und doch hatte er das Gefühl, sie seit fünfzehn Jahren zu kennen.

Sophie und Bernard blieben allein an der Reling stehen.

Sie lächelte traurig, dann, während sie auf den Horizont starrte, begann sie haltlos zu schluchzen. Gegen großen Kummer ist selbst die Zeit so gut wie machtlos.

EPILOG

Anderthalb Jahre nach dem Raubüberfall

31. Dezember 2023

Greg blieb noch einen Moment im Auto sitzen und beobachtete die *Warze*. Karine war gerade mit den Jungs weggefahren, ohne ihn zu bemerken. Er postierte sich hier beinahe jeden Tag, um seine Familie zu sehen. Ihr gemeinsames Leben fehlte ihm. Jedes zweite Wochenende verbrachten die Kinder bei ihm in seiner kleinen Wohnung im Jonction-Viertel. Die restliche Zeit fühlte er sich schrecklich einsam.

Nachdem er seinen Posten vor der *Warze* verlassen hatte, machte er noch einen Umweg über den nahen Forst. Er ließ das Auto am Straßenrand stehen und ging in den Wald hinein. Nur für einen Moment. Nach ein paar Minuten Fußweg sah er das Glashaus zwischen den Bäumen auftauchen. Unauffällig näherte er sich der Grundstücksgrenze und beobachtete durch die bodentiefen Fenster die englische Familie, die seit ein paar Wochen darin lebte.

Ein Paar mit zwei Kindern. Sie wirkten sympathisch. Wie die Brauns, nur eben nicht ganz.

Neuntausend Kilometer von Genf entfernt saßen Arpad und Sophie Arm in Arm an einem costa-ricanischen Strand und betrachteten ihre Kinder, die im karibischen Meer spielten.

»Wusstest du, dass die Bar zu verkaufen ist?« Arpad deutete auf eine Holzhütte in einiger Entfernung.

»Und? Willst du sie etwa kaufen?«, fragte Sophie.

»Wir könnten sie kaufen und in *El Beatriz* umbenennen«, scherzte Arpad.

Sie lachte hell auf. »Das kannst du meinem Vater erzählen, wenn er nächste Woche zu Besuch kommt.«

»Ich sehe schon das Gesicht deiner Mutter vor mir: ›Also wirklich, Bernard, du wirst doch wohl nicht hier eine Bar kaufen?‹«

Wieder lachte sie. Dann stand sie auf. »Kommst du mit ins Wasser?«

»Gleich.«

Sie ging über den Strand zu ihren Kindern.

Zärtlich betrachtete Arpad seine kleine Familie. Dann folgte sein Blick voller Bewunderung Sophie, die langsam ins Wasser watete. Die Tätowierung auf ihrem Schenkel schien sich im Rhythmus ihrer Schritte zu bewegen.

Als würde die Raubkatze zum Leben erwachen.

Fortsetzung des Weltbestsellers »Die Wahrheit über den Fall Harry Quebert«

Coverabbildungen vorbehalten

Joël Dicker

Die Affäre Alaska Sanders

Roman

Aus dem Französischen von Amelie Thoma und Michaela Meßner
Piper Taschenbuch, 592 Seiten
ISBN 978-3-492-32082-5

April 1999. Im friedlichen Mount Pleasant an der amerikanischen Ostküste wird die Leiche der jungen Alaska Sanders geborgen. Die Geständnisse eines Verdächtigen und seines Komplizen genügen, um die Ermittlungen zu einem raschen Erfolg zu führen. Juni 2010. Sergeant Perry Gahalowood, der seinerzeit von der Schuld des Verdächtigen überzeugt war, erhält anonym einen neuen Hinweis. Was, wenn er damals die falsche Fährte verfolgt hat? Gemeinsam mit seinem Freund, dem Schriftsteller Marcus Goldman, rollt er den Fall neu auf – und plötzlich erscheinen die damaligen Ereignisse in einem völlig anderen Licht …

Leseproben, E-Books und mehr unter www.piper.de